2017年中国思想随笔排行榜

王必胜　主编

百花洲文艺出版社

图书在版编目（CIP）数据

2017年中国思想随笔排行榜 / 王必胜主编. -- 南昌:
百花洲文艺出版社, 2017.12
ISBN 978-7-5500-2550-9

Ⅰ. ①2… Ⅱ. ①王… Ⅲ. ①随笔 - 作品集 - 中国 - 当代
Ⅳ. ①I267.1

中国版本图书馆CIP数据核字（2017）第289533号

2017年中国思想随笔排行榜

王必胜　主编

出 版 人　姚雪雪
责任编辑　余丽丽
书籍设计　方　方
制　　作　何　丹
出版发行　百花洲文艺出版社
社　　址　南昌市红谷滩新区世贸路898号博能中心20楼
邮　　编　330038
经　　销　全国新华书店
印　　刷　南昌市红星印刷有限公司
开　　本　850mm × 1168mm　1/16　　印张　22
版　　次　2018年1月第1版第1次印刷
字　　数　300千字
书　　号　ISBN 978-7-5500-2550-9
定　　价　43.00元

赣版权登字　05-2017-478

邮购联系　0791-86895108
网　址　http://www.bhzwy.com
图书若有印装错误，影响阅读，可向承印厂联系调换。

目 录

旧邦维新的文化自信

王　蒙

文化自信：有底气的文化纲略

党的十八大以来，习近平同志提出了一系列关于文化建设的纲领性、战略性命题，尤其是文化自信的提出，具有极大的重要性与启示性，体现了理论坚定与文化勇气，需要我们更多地学习与探讨、发掘与切磋，需要我们沿着这个思路有所回顾，有所总结，有所分析，有所展开。

毛泽东同志早就提出："随着经济建设的高潮的到来，不可避免地将要出现一个文化建设的高潮。中国人被人认为不文明的时代已经过去了，我们将以一个具有高度文化的民族出现于世界。"邓小平同志也强调：物质文明建设与精神文明建设"两手抓，两手都要硬"。现在，随着中国的经济发展与面貌一新，随着实现中华民族伟大复兴的中国梦日益成为现实，也随着人们的文化饥渴与精神急需，迫切需要中华文化焕发出新的生命力，实现更大的繁荣昌盛、转化发展，实现国家民族人民精神资源的最大化，使我们的文化事业取得与中国的国力、历史与国际地位更相称的创造与成绩。

随着以文化复兴助推民族复兴的方针的确立，以文化支撑国家民族强盛的思想的引领，制度为本、传统为根、价值为魂的逻辑阐述，一系列文化建设的理论与实践课题摆在我们面前。我们越来越体会到经济富裕的可望可攀、国防强大的可喜可期，而文化的昌明进步、成果丰硕、可亲可敬、可感可泣、直达人心，更是令有识之士壮心不已。

中华民族玉汝于成，检验了中华文化的有效性

何谓文化？广义地说，文化就是人化，是人类的创造、经验、成果积累的总和，而非自然原生态。文化说大也大，说小也小，小到看不见摸不着，大到无时无刻、无处不有。人类带来的一切物质与精神成果，都是文化。我们关切的一切，包括科学技术的发展、全面小康的实现、世道人心的优化，产品质量的完美，国际形象的塑造，无不期待着文化的培育与充实。马克思认为文化是“自然的人化”和“人的本质力量对象化”。中国传统的说法是“以文化人”，强调圣人以其先知先觉所言所行教化百姓，为民立极。毛泽东强调的是卑贱者最聪明，高贵者最愚蠢，“人民，只有人民，才是创造世界历史的动力。”

文化的价值在于它的有效性，即一种文化能够吸引凝聚人民，被长期广泛接受，并为接受此种文化的群体与个体提供更好的生活质量，提供更好的人与社会关系，提供人类和平与进步的前景，提供发展的成果与动力；同时又能提供逢凶化吉，遇难成祥的应变、纠错与自我更新能力。中华文化历久弥新，百折不挠，艰难困苦，玉汝于成。珍惜与自信这样一个文化传统，对中国、对世界，对今天与未来都有巨大的意义。

我们说“文化是民族的血脉，是人民的精神家园”，是因为中华文化从思想方法到日常生活，无所不包。同时它的基本精神、基本价值认同与思想方法、生活方式、风度韵味又是相当恒久的，自成体系的，经得起考验的。有过这样的事情：一位中国学者在境外大讲中华文化博大精深，外国听众请他讲讲如何博大精深法，我们的教授则以“因为博大精深所以不可说”而最终没说出

所以然。这样的做法恐怕是不行的。因为博大，它有恒久的精神、思路、风度与发展空间。中华文化忠奸分野的观念，德才兼备以德为先的观念，沧桑盛衰聚散有常的观念，得民心得天下的观念，以及善有善报、和为贵、多行不义必自毙的信念等至今活在中国人民的心里。近百年来中国经受了前所未有的历史风雨，终能做出正确抉择，取得一个又一个令世界瞩目的可贵进展，往往是由于中华传统文化在其中起着深层作用。当然，传统文化曾经由于它落后于时代的种种“罪状”拖过前进的后腿，严重地苦恼过我们，最终却证明了它完全可以与时俱进，发展转化，帮助也护佑中华民族知难而进，迎头赶上。

应该看到，古老中华是以文化立国的。可能我们是太认定自己文化的优胜性了，我们并不过分着眼于族裔之分与强力之用。同时，我们的文化富有此岸性、积极性、精英性、美善性与亲民性，我们追求的是自强不息、厚德载物、经世致用。因此之故，在最危难的际遇下，我们没有失陷于虚无主义、神秘主义、消极颓废、悲观厌世。

中华文化为政以德、修齐治平思想，性善论、天良论、良知良能论思想，形成了一种循环认同，具有从一而定、定之于一、一以贯之的特色。“道之以政，齐之以刑”不若“道之以德，齐之以礼”的思想与“圣人无常心，以百姓之心为心”的思想，使天命、人性、民心、道德、礼义、王道、仁政、世道串联合一，乃是文化立国同时并不否定权与法、兵与政作用的纲领宣示。“修身齐家治国平天下”互为因果的说法，说明中华文化把政治、哲学、道德伦理、终极信仰、唯物与唯心全部打通。个人与群体、家与国、天与人、慎终追远与薪尽火传、自强不息与无可无不可、一的一切与一切的一、变与不变、混沌与清明……所有这些“浑一”，精神自足，颠扑不破。

中华文化更是早就认识到了过犹不及，不为已甚，物极必反，否极泰来，飘风不终朝、骤雨不终日的法则，这也正是自信法则，它同时进一步定下了反对极端、分裂、恐怖的中庸理性基调。中华文化一方面强调“杀身成仁”“舍生取义”“知其不可而为之”，同时又强调“以柔克刚”“穷则变，变则通，通则久”，民间的说法则是“识时务者为俊杰”，即是审时度势、灵活应变、善用谋略，给人以足够的适应能力与选择空间。

中华文化的这些基本观念，恰恰就体现了“自信”二字，是对道德与礼法的自信；是对人性、人心、人文、人道的自信；是对天道、天命、天地、民心即天心的自信；也正是古代中华传承至今，饱经风雨雷电，虽乃旧邦、其命维新的自信。自古而今，我们与野蛮自信、愚昧自信、暴力自信、迷信自信、金钱自信、神权自信、种姓自信等等进行过斗争，最终，我们选择了文化自信！

中华风度令人迷醉，是我们眷恋的精神家园

中华艺文提倡“道法自然”“造化为师”“天地有大美而不言”，讲究风骨、气韵、境界、器识，并将这些美学原则寄托于生活领域的各个方面。中华文化还得益于汉语汉字的形象性、综合性与浑一性，有它特殊的感染力、表情性与微妙性。中原文化的优胜与各兄弟民族文化的多元，推动中华文化不断扩容、融和出新、绵延不绝。

中华文化形成了中华风度。“富贵不能淫，贫贱不能移，威武不能屈”的大丈夫气概，“己所不欲，勿施于人”的相处之道，“为天地立心，为生民立命，为往圣继绝学，为万世开太平”的使命担当，高瞻远瞩，凛然大义，塑造了一代代中华民族脊梁。与此同时，中华精英也有自己独特的生活方式，“穷则独善其身，达则兼济天下”“邦有道则知，邦无道则愚”，动静咸宜，刚柔相济，儒道互补，乐山乐水，阴阳五行，琴棋书画，诗书礼乐，入山出山，方圆内外，大智大勇，素心内敛，进退有道，道通为一。

还有中华诗词、中华书画、中华戏曲、中华故事、中华园林、中华功夫、中华烹调、中华工艺、中华文物……这些祖宗留下的文化瑰宝，乐生惜生，代代相传，共同延续着中华价值观和中华智美，也为当代生活带来快乐，带来趣味。它们是中国人赖以安身立命的氛围与自珍自赏的美好心愿的对象化、具体化，也是中华文化与世界对话的特有媒介。中华文化为世界文化的丰富贡献了

重要一极，它的魅力令人迷醉。

有一年笔者在河南开封清明上河园的晚会上，听到合唱曲以辛弃疾的《青玉案·元夕》为歌词："东风夜放花千树。更吹落，星如雨。宝马雕车香满路。凤箫声动，玉壶光转，一夜鱼龙舞。"在那样的场合，想起历史上有过的繁荣与美好，感动得热泪盈眶。笔者著文称："哪怕仅仅为了欣赏辛弃疾的诗词，下一辈子，下下辈子，仍然要做中国人。"此话引来不少读者共鸣，说读得涕泪交加，此之谓"精神家园"是也。

反省、革新与开放，正是传统文化生命力所在

"周虽旧邦，其命维新"，这样的诗句端庄诚挚、循旧图新。中华文化是历史悠久的文化，也是饱经忧患的文化。我们经历了辉煌与艰难、停滞与突破、困惑与焦虑、危机与转机、纷纭与沉淀。尤其是中晚清以降，古老的中华遭遇了日新月异的西方工业文明，受到了严重的挑战与欺辱，付出了沉重的代价，也获得了醍醐灌顶的洗礼，终于由中国共产党带领人民找到了快速发展、通向现代化，同时符合国情、维护传统的中国特色社会主义的道路。

是的，中华传统文化也有明显的不足、短板。不管多么好的文化传统，都怕陈陈相因。文化的多重性与复杂性使当下某些文化人对"文化自信"的提法感到困惑。他们非常了解历史上中国文人老生常谈的可悲。"鲁叟谈五经，白发死章句。问以经济策，茫如坠烟雾。"李白讽刺的读死书无用文人不在少数；"寻章摘句老雕虫……文章何处哭秋风？"李贺也为呆板的学风感到悲哀。原地踏步就必然会出现老化、僵化、酱缸化腐变，早在唐代，天才诗人们已经痛感到这个问题。元明以后，中国势头明显不济。到清代《红楼梦》中记载的荣宁二府的状况，暴露了其时中华主流文化已经捉襟见肘，难以应对多方危难。可以说《红楼梦》正是中华封建社会走向没落、孔孟主流文化出现危机的一个缩影。而到了1840年的鸦片战争，面对列强，中华文化现出了全面深重的焦虑感与危机感。清末民初的文化大家王国维自沉，启蒙思想家严复也终入

保皇一党，吸食鸦片而死，显现了文化危机的严重性。除了更新、革命、天翻地覆慨而慷，中华文化几乎已经无路可走，这才有了新文化运动对中华传统文化的反思与批判，与各种境外思潮特别是马克思主义的引进。只有不可救药的糊涂人才会在强调继承弘扬传统的时候反过来否定革命与新文化运动的狂飙突进。

新中国成立以后，新潮涌动，百废待兴，我们的文化生活仍然经历了曲折与艰难。终于在今天，我们获得了重提文化自信、继承弘扬优秀传统文化、实现转化与发展的空前历史机遇。

我们背靠的传统，曾经被激烈地批判和反思。那么，我们为什么还要强调以它为基础的文化自信?

这是因为，我们今天所说的中华传统文化，是一个庞大的体系，既有孔孟提出后被官方提倡的修齐治平、忠勇仁义；也有替天行道、造反有理，“舍得一身剐，敢把皇帝拉下马”的激越拼搏；还有“天之道，损有余而补不足；人之道，损不足以奉有余”的对阶级剥削压迫的指责。而这后者，正是马克思主义能够在中国的山沟里成长壮大起来的理据。

我们更有新文化运动时以鲁迅为代表的反思批判文化，那是知耻近乎勇的传统，是海纳百川的传统，是苟日新、又日新、日日新的传统。

也正是五四运动与20世纪中国志士与人民的呼风唤雨、倒海移山，表现了中华文化“喑呜则山岳崩颓，叱咤则风云变色”雷霆万钧的革命性一面，使中华传统文化经受了置之死地而后生的激扬历练，使中华传统文化得以挽救，得以激活。

还有以井冈山、长征、延安为代表的革命文化传统，也是浸润着中国传统文化发展起来的。毛泽东思想是马克思主义普遍真理与中国革命具体实际结合的产物，这个中国革命的具体实际，就包含着中华传统文化的许多方面。比如毛泽东提出的为人民服务、实事求是、愚公移山、以少胜多、出奇制胜、统一战线、批评与自我批评、支部建在连上，一直到“深挖洞、广积粮、不称霸”，无不闪耀着传统文化的光辉。

我们还有以邓小平为代表的改革开放、通向社会主义现代化的正在完善成熟起来的传统：面向世界、面向未来、面向现代化，全面准确理解毛泽东思想，实践是检验真理的唯一标准，发展才是硬道理，摸着石头过河，一国两制……这些思想都带有中华文化特色的智慧与品质，是将中国带进全新的历史时期的精神指南。

百多年来，尤其是改革开放30多年来，中国各界优秀人士、文化精英与广大民众，前仆后继，以极大的紧迫感奋斗图强，力求补上科学技术、大工业制造、国防自卫、市场经济、民主法制、改革开放的课，追上全面现代化、全面小康、全面富国富民的世界步伐。这种不甘落后的奋斗热潮也使中华传统文化有了勃勃进取的空前扩容和发展创新。

中华文化的生命力不仅在于它的古色古香、奇葩异彩、自成经纬，更在于它生生不息的活力，它的反思能力，它在多灾多难中锻炼出来的应变调适能力，它的见贤思齐见不贤而内自省精神，它的水滴石穿的坚韧性，它的接纳与深思的求变精神，还有它屡败屡战、永不言败、“士不可以不弘毅，任重而道远”精神。

敢于从善如流，敢于走自己的路

有人问，百年来，衣食住行、生产生活、科学技术、名词观念，我们吸取了那么多外来文化，中国人是不是已经“他信”胜过“自信”了呢?

文化不是物资也不是货币，它是智慧更是品质，是精神能力也是精神定力，它不是花一个少一个，而是越用越发达，越用越有生命力，越用越本土化、时代化、大众化。它有坚守的一面，更有学习发展进步的一面，学习是选择、汲取与消化，不是照搬和全盘接受，“学而不思则罔，思而不学则殆”，谁学到手就为谁所用，也就归谁所有，旧有体系就必然随之调整变化，日益得心应手。

文化也不是垄断性山寨性的土特产，它既有地域性，更有超越性与普适性。任何一种文化都无须追求来源的单一、唯一、纯粹。如果用产地定义文化传统与文化内涵，国人吃的小麦、玉米、菠菜、土豆……最初都是舶来品，连中餐都不是绝对的“中”了。再看日本，先学中国，后学欧美，已经大大发展了日本文化。美国更是移民国家，文化土产有限，但绝不能说美国没有自己的文化。他山之石可以攻玉，古为今用、洋为中用，这样的态度正是中华文化历久不衰的原因所在。

20世纪七八十年代，当时各社会主义国家都掀起改革浪潮，但是那些了解中国的西方政要和学者，如撒切尔夫人、布热津斯基等，唯独看好中国的改革；未来学家阿尔文·托夫勒更是直言：中国可以实现跨越，“我相信中国正在向着成为21世纪第一流的国家稳步前进。”他们赞赏中国文化独特的包容与应变康复能力。他们从以邓小平为代表的中国领导人身上，看到了坚韧灵活，看到了既独立又开放，善于以退为进、转败为胜。果然，中国的改革开放没有走苏联和东欧国家的亡党亡国之路，没有辜负革命的先辈与国人的希望，也没有辜负国际人士的高看，取得了举世瞩目的成就。我们自己就更没有理由反过来嘲笑我们百余年来东奔西闯、披肝沥胆、改革开放、旧邦维新、发展变化的大手笔了！

文化一经吸收采用，必然与本土文化结合。马克思主义到了中国，发展成为毛泽东思想、邓小平理论、“三个代表”重要思想、科学发展观、习近平治国理政新理念、新思想、新战略，它们当然是中华文化而不可能是什么其他文化。孔子早就明白：“三人行，必有我师”“十室之邑，必有忠信”，甚至孔子宣告，他与伯夷、叔齐、柳下惠、少连等不同，叫作“我则异于是，无可无不可”，而孟子干脆明确孔子是“集大成”者，是“圣之时者”，说明圣者也要追求现代化、当代化。

我们主张文化自信，不是说只有中华文化是优秀的。《礼记》早就告诉我们：“学然后知不足。”《尚书》的说法是：“满招损，谦受益，时乃天道。”我们从不认为自身足够完满。我们对全球各国各地的文化必须是“各美其美，美人之美，美美与共，天下大同”。但我们必须重视、珍惜中华文化长久而又丰富的历史存在，重视它为我们当代快速发展所奠定的基础。越是经济全球化，越是西欧、北美取得了人类文化某些优势甚至主流地位，我们越要加倍珍惜自己的文化成果，越要思考为何或异其趣的中华文化对人类发展的参照作用越来越大。我常说，拒绝现代化，就是自绝于地球；而拒绝传统，就是自绝于中华本土，自绝于中国国情，自绝于中国人民，自绝于更有作为的可能。

是传统的复兴，又是全新的开辟

强调文化自信，我们不应忘记，中国目前兴起的“传统文化热”，不是汉唐明清人在讲文化自信，而是21世纪中华人民共和国人民讲文化自信；不是孔孟，也不是秦皇、汉武、康熙、光绪讲文化自信，而是中国共产党人讲文化自信；不是在甲午海战、北洋水师全军覆没或者庚子事变、慈禧太后西逃时的胡言乱语，而是在历尽艰难、中国终于成为世界第二大经济体、成为世界经济发展引擎、致力于全面建成小康社会、提出“一带一路”倡议的新形势下的坚定认知。我们的文化自信，包括了对自己文化更新转化、对外来文化吸收消化的能力，包括了适应全球化大势、进行最佳选择与为我所用、不忘初心又谋求发展的能力。我们的文化传统是活的传统，是与现代世界接轨的传统，是以天下为己任的传统，是历久弥新、不信邪、敢走自己的路的传统。我们绝不妄自尊大，更无须自我较劲、妄自菲薄。

还有一种说法，认为文化是有机整体，所以取其精华去其糟粕是难以做到的。这种说法不无道理，但却过于悲观。毛泽东同志强调对传统文化要剔除其封建性的糟粕，吸收其民主性的精华，习近平同志多次强调传统文化的创造性转化与创新性发展。那么，如何判断传统文化中的精华和糟粕？要点有三：一看是否有利于人的发展、社会的发展，二看是否有利于社会和谐稳定，三看是否符合人类文明共识。例如“二十四孝”，在今天绝对不可以不加区别地宣扬，“埋儿奉母”，发生在今天不是“孝”，而是刑事犯罪。除了这些明显的封建糟粕，还有一些借传统文化热而借尸还魂的落后的习惯和意识，这些都应被我们视为糟粕而加以摒弃。

近百余年来，中国志士仁人无日不在为使传统走出窠臼而苦斗，中国共产党人也一直在探索一条以传统为基石、以中华复兴为目标的道路。“一带一路”倡议的提出，既是传统的复兴，又是全新的开辟。这就叫继承弘扬，同时这就叫创新发展。

文化建设有它的复杂性、细致性与长期性，不能简单化、片面化，更不能急躁突进。现在我们还存在着将传统文化的弘扬形式化、皮毛化、消费化、口号化、表演化、煽情化、卖点化、圈地化、抢滩化的苗头。在文化自信问题上，传统与现代、普及与提高、学习与消化、叹赏与扬弃、继承与发展，须相得益彰、互补互证、不可偏废。我们期待的是更多的针对文化课题的认真分析、讨论、推敲，期待从家庭教育、学校教育、社会教育等各个方面入手，把文化自信与提高我们的文化学养结合起来。

我希望当今有识之士共议文化，弄清中华传统文化世界观、人生观、价值观的基本思路与基本取向，弄通中华智慧与中华谋略的特色，打通传统文化与五四新文化，与马克思主义、毛泽东思想、邓小平理论、“三个代表”重要思想、科学发展观、习近平治国理政思想的关系，还要结合实际工作，结合教育事业，更上一层楼，提升我们的文化事业与文化生活水准，提升我们的理论思考分析辨别能力，使我们的文化生产、文化消费、文化积淀、文化品格、文化精神不但得到推动与鼓舞，更得到丰富与提升，从而让我们文质彬彬，从容自信！

原载《人民日报》2017年8月15日

那个孤独而伟岸的身影

——写在徐霞客诞辰430周年之际

刘汉俊

公元1607年的春天，徐霞客挥别莺飞草长的家乡江阴，开始了长达30多年的科考之旅。他到过今天19个省份的100多座城市，探过500多个岩洞，游记中提及的桥有1000多处。

现存《徐霞客游记》的第一篇是5月19日所作，这一天，被确定为“中国旅游日”。

徐霞客是旅行家，但把他仅仅当作“游圣”来供奉，是一种误读；徐霞客是文学家，但把《徐霞客游记》只当作文学作品来欣赏，是一种浅读。

徐霞客首先是科学家，一位在地质学、地理学、生态学有独特发现、突出贡献的专家。《游记》内容涉及文化、经济、历史、民族、宗教、地理、地矿、水文、气象、动物、植物、风俗等多个领域，既是文学著作，更是科学著作、哲学著作。徐霞客是中国古代科学精神的集大成者。

让我们追寻400多年前的崇山峻岭之间，那个孤独而伟岸的身影。

（一）

游览黄山，不应该忘记先行者徐霞客。

公元1616年、1618年，徐霞客两次游历黄山。是他最早发现并记录了光明顶、鳌鱼背等处是黄山最高处的古夷平地，考证出黄山是长江水系和钱塘江水系的分水岭；是他第一个详细、系统勘测并记录下天都峰、莲花峰、光明顶、飞来峰等诸多标志点的地形地貌。登顶天都峰，徐霞客感觉“万峰无不下伏，独莲花与抗耳”，再爬上莲花峰顶，果真发现“其巅廓然，四望空碧，即天都亦俯首矣”“峰居黄山之中，独出诸峰上”，因而得出莲花峰是黄山最高峰的结论。这一伟大发现令今天的测绘专家们都啧啧称奇，因为现代化技术测定，莲花峰海拔为1864米、天都峰海拔为1810米，两峰高度相差54米，而两者相距1100米，一般人是很难通过目测发现这一差距的。

他是中外历史上第一个系统考察丹霞地貌的专家。他深入考察湖南茶陵“灵岩八景”、浙江天台赤城山、福建武夷山接笋峰、江西余江马祖岩层、广西容县都峤山等25处红层盆地丹霞地貌，对山川地貌、火山溶洞、动植物生长、村落形成及变迁等作了详细记录；他深入考察喀斯特地貌的成因、特征、分布等，发现岩洞是由于“水冲刷侵蚀”而成，洞中的钟乳石是由含钙质高的水滴蒸发凝聚而成，等等。外国学者认为，徐霞客关于岩溶地貌的考察，比欧洲科学家要早150到200年；法国洞穴联盟专家让·皮埃尔·巴赫巴瑞说，“徐霞客是早期真正的喀斯特学家和洞穴学家”，美国科学家甚至以“近代岩溶地貌之父”“最卓越的地理地质学奠基者”来赞誉徐霞客。

徐霞客通过实地考察，证明长江的源头是金沙江，而不是《尚书·禹贡》中记载的岷江；辨明了左江、右江、大盈江、澜沧江等多条水道的源流；他对沿途有详尽的生态记录，如“崖南峡中，箐木森郁，微霜乍染，标黄叠紫，错翠铺丹，令人恍然置身丹碧中”。阅读《游记》，如研读国土资源调查报告、百科全书。梁启超说，中国实地调查的地理书当以《徐霞客游记》为第一部。

如果屈原的《天问》是对神秘世界的叩问，柳宗元的《天对》是试图对《天问》的哲学回答，徐霞客则力图在自然世界里寻找实证解答。实证要求亲眼所见、现场目击，需要积累直接经验、第一手材料。他每到一地，名山必登，名川必访，无论是目测山的高度、丈量洞的深度，还是探究江河的源头、地形的走势，他都是登就登顶，“从石萼丛错中攀跻山顶”；到就到底，“直进东底，深峻不可下”。追本溯源，脚踏实地，徐霞客三十年一以贯之。

求是态度是科学精神的内涵。徐霞客治学态度严谨，线路选择正确，求证方法细致，分析判断准确。从最初的风光旅行到向科学考察转变，徐霞客的实践主题不断升华、与时俱进。他通过实地比较两条溪流的速度，得出“程愈迫则流愈急”的结论，符合流体力学原理；他通过周密实测，得出桂林七星岩“一山凡得十五洞云”的结论，与今天实地勘测结果一致。科考探险需要技巧，徐霞客发明制作了布带、铁杖等登山器材。他的考察日记严、细、深、实，堪称科学方法的宝典、科学态度的典范。

批判思维是科学精神的品质。没有批判思想的武器缺乏力量，没有批判能力的学科不是科学。徐霞客走出书斋，选择了反叛传统的人生道路，就是批判精神的初显。他尊重经典，但不迷信于典籍，敢于订正《大明一统志》等权威典籍；他尊重事实，但不满足于定论，认为“山川面目多为图经志籍所蒙”；他尊重权威，但不屈从权势，对官方结论敢于质疑；他敬畏生灵，但不迷信神灵，敢于登山入洞惊动“神龙精怪”。他把科学、哲学、文学有机融合在一起，又辨章学术、考镜源流，把自然科学研究从社会科学研究中分离出来，形成独立学科体系。考证意味勘正，确定亦是否定，重构必先解构，先行者往往是牺牲者，徐霞客的精神不亚于伽利略、哥白尼、布鲁诺等科学先烈。

（二）

徐霞客的科学思想为什么会出现在那个年代？他的科学精神缘何而来？

首先，让我们从几千年的中国科技史中来寻找历史的纵坐标——

中国是一个科技成果丰富、科学巨擘众多的国度。古代四大发明无疑是世界科技和人类文明的高峰，除此之外，先秦以来的古籍经典中保有大量科技知识、科学思想，许多科技成果世界领先。

中国古代自然科学发展形成过三次高峰。第一次高峰出现在魏晋南北朝时期；第二次高峰出现在宋元时期；最后一个高峰则出现在晚明，以李时珍、徐光启、宋应星、徐霞客等四位最伟大科学家的出现为标志。

让我们再回到徐霞客所处的晚明社会，聚焦现实的横坐标——

中国晚明社会有过开放的萌动，西学东渐有过短暂的风景。1598年6月，意大利传教士利玛窦到达南京，他发现中国有丰富的自然科学知识和科学思想，而且中国人渴望与西方人交流，于是他找到两个打开中国的突破口，一个是与中国思想家、科学家徐光启合作翻译出版欧几里得的《几何原本》，另一个是与南京大报恩寺的大和尚雪浪展开了一场关于科学思想的辩论，一时间影响力大增。与此同时，利玛窦向人们广泛展示他带来的自鸣钟、三棱镜、地球仪、日晷、《坤舆万国全图》等，介绍西方的天文、地理、历算、建筑、造船、机械原理和地图测绘等知识，引起了中国社会的关注，也激活了晚明社会的科学思想。这一年，徐霞客12岁。

徐霞客成长时期，程朱理学已显陈腐僵化之势，距徐霞客家乡一箭之遥的东林书院十分活跃，东林党人所倡导经世致用的求实学风、崇实黜虚的实证思想、知行合一的哲学理念，追求理想、敢于牺牲的精神深深地影响着徐霞客。

历史的云卷云舒，现实的忽明忽暗，为英雄的出场铺设场景，徐霞客科学精神的崛起，是历史的必然。

（三）

徐霞客科学精神的丰碑有三个支撑：奋斗意志、人文情怀和哲学实践。

顽强的奋斗意志铸造了徐霞客科学精神的本质——

徐霞客幼读诗书、饱览史志，深受儒家思想的浸染。他立足于格物、致知，专注于诚意、正心，有志于修身、齐家，虽然没有治国之心，却有走天下之志。20岁左右开启探险之旅，26岁到46岁完成第二阶段跋涉；49岁开始人生的最后一次出发，直到四年后因“两足俱废”而东归，回家一年后去世。他一辈子只做一件事，而且是特立独行的事情。

实现理想需要坚强信念，战胜困难需要坚定意志。徐霞客是一位野外地质调查科学家，但是他没有必要的安全保障、作业条件，缺乏足够的自救能力、避险知识。他遭遇过“路棘雪迷，行甚艰”；攀登过“阔仅尺余，凿级其中，仰之直若天梯倒”的悬崖；潜入过“陷身没顶，手足莫施”的深涧。电闪雷鸣的雨夜丛林中，衣衫褴褛的他靠野果充腹，盼风歇雨停；风雨如磐的断路绝壁前，瘦骨嶙峋的他咬紧牙关，胼手胝足而行。他逢险必探，遇洞必入。在株洲探险，洞深水湍，“归途莫辨”，当地人“无敢导者”“无肯为前驱者”，但徐霞客毅然“解衣伏水，蛇行以进”。他到过老虎“月伤数人”的梁隍山；深入过“豺虎昼游，山田尽芜”“俱不敢入”的云嵝山“虎窟”；在河南嵩山“忽见虎迹大如升”、湖北武当山“且闻虎暴”；闯荡过“十人去，九不还”的广西北流“鬼门关”；穿越过“瘴疠甚毒”的云南澜沧江畔；举烛进入柳州真仙洞，猛然发现“石下有巨蛇横卧，以火烛之，不见首尾”，何等惊悚！他五次遇劫，在湘江水面被盗贼“刀戟乱戳”，但侥幸跳水逃命，而随行的静闻和尚为了保护经书和徐霞客的手稿等，受了两处致命伤。

徐霞客科考的成果，是生命的代价。无数次履险临危，一路上穷困潦倒，甚至“卧处与猪畜同秽”，但他只留下“无可奈何”寥寥几字便不再纠结。他长期过着“足泥衣垢”“煨湿薪，卧湿草”的生活，受到“足痛未痊”“膝肿痛不能升”的折磨；在过箐篁瘴地时不幸皮肤中毒，苦不堪言，“久涉瘴地，头面四肢俱发疹块，累累丛肤理间，左耳左足，时时有蠕动状。而苦于无药”，切身之痛，彰然纸面，读来令人心痛。

科学精神不能没有人文滋养。三十功名，万里遐征，广博而深厚的人文情怀是徐霞客最原始的精神底质、最本真的情感底色，这种情怀体现在他对人与自我、人与自然、人与社会三大矛盾关系的处理中。

人与自我的关系，是徐霞客人文情怀的起点。他的先祖是东汉高士，北宋末年从开封落户江阴。南宋覆灭后，徐家拒绝做元朝的官员，归隐乡野，保持了“读书不仕”“不染势利”“务农为本”“耕读传家”的祖风，几百年来家境平安。徐霞客继承了父亲“志行纯洁”和母亲“勤勉达观”的秉性，15岁就藏身书楼，遍览四书五经，尤好图经志籍。以高士为伍，与贤德为友，注定了徐霞客的人生不落俗套，这是一种智慧的人生设计。

徐霞客开启了一场说走就走的人生模式，但他不是茕茕孑立、踽踽独行，而是志在天下、踌躇满志，创造了那个时代知识分子的新活法。

人与自然的关系，是徐霞客人文情怀的亮点。翻读《游记》，犹如参阅生态样本。一部游记，遍地开花，菊花桂花桃花梅花兰花玉兰花山茶花山鹃花；满篇文字，到处生绿，山绿水绿树绿草绿崖绿山寨绿田野绿青苔绿。他用最精美的文字，描摹最奇妙的世界，表达最深沉的情感。尊重天人关系，追求文化意蕴，崇尚自然法则，遵从客观规律，成为徐霞客一生的遵循。

人与社会的关系，是徐霞客人文情怀的高点。《游记》是科学巨著，也是调研笔记，记录了众生百相，宛如明朝版的《清明上河图》。他有佛缘圣心，到过许多佛教圣地、道教名山，入佛出道、出佛入道，一路上与僧侣为伴，以寺、庙、观、斋、庵为居。《游记》中叙及的僧侣道人150多位，“寺”一词出现1100多次，寺名205个、庵名230多个、庙名120多个。无论是风雨孤旅，还是临危涉险，总有僧侣护佑，总有无须报答的惠赠，使他既有儒家的仁爱，又有释家的智慧，更有道家的天性。

最让人动容的是徐霞客与静闻和尚的友谊。他在《游记》中240多次写到静闻。静闻一路随行，既是旅伴、向导，也是仆人、保安，佛心相吸，生死相托。湘江遇盗，静闻和尚挺身而出受了刀伤，到达南宁后一病不起。二人相约，徐公继续前行，静闻原地等候。临行前徐公专往崇善寺惜别，本已十分拮据的他留了些钱，托寺里僧人照顾静闻和尚。静闻自知来日无多，恐一去永诀，便讨得徐公的布鞋、茶叶等留作纪念。75天后徐公返回崇善寺，方知就在分别的第二天，静闻即长辞人世。徐公悲痛难已，“拜而哭之”，一连写下六首《哭静闻禅侣》，“含泪痛君仍自痛，存亡分影不分关”“黄菊泪分千里道，白茅魂断五花烟”，可谓痛断肝肠。徐公遵从静闻的遗愿，背上他的骨灰匣，历时一年护送到静闻生前向往的鸡足山悉檀寺安放。生死情谊感天动地。

古代科学的最高境界是哲学，科学家往往也是哲学家。读《游记》能感受到徐霞客文字背后的思想之重、科学深处的哲学之力。

他的哲学思想体现在实践中。他试图在山形地貌的本原中发现特殊的因子、共同的要素，从多样性中提炼同一性、特殊性中发现普遍性。这些实践特征，符合恩格斯对朴素唯物主义的描述。徐霞客的科考成果也是哲学成果，是实践哲学的生动展示。他与西方“科学和哲学之祖”、公元前7—6世纪古希腊科学家、哲学家泰勒斯一样，同为钟情山水的行走者，有着跨越2000年时空的感应，都是古代朴素唯物主义的代表人物。

徐霞客的科考之旅揭示了世界的本原是物质，而非超物质、超自然神力这一真理；揭示了世界是运动的结果、变化的产物，静止是相对的、运动是绝对的这一规律，具有朴素的辩证法思想。

没有思想的民族走不远，没有精神的民族立不住。历数先贤，不应该忘记作为科学家的徐霞客。回望430年前的时空，当遥祭万山丛中那一尊精神的丰碑。让徐霞客的科学精神霞映古今长天、照耀当今时代，是我们的文化自信。

原载《人民日报》2017年5月25日

黄钟大吕听雄安

徐　剑

1

夏季的北方平原，青纱帐一望无际，浮在地平线上。天将拂晓了，可黑云低垂，霾锁城郭，有点想下雨的预兆。从北京城南跑出来一百七十公里了，天穹依然有霾。何处才是原乡，何地可寻归处，何祠可资灵魂供奉？一群犹如白衣隐士的鹭鸶飞到哪里去了？万顷芦苇不见我梦中的荷花淀。冥冥之中，我仿佛看见一行雁翎掠过长天，一个年轻的太子，燕国的太子丹朝我走了过来，擦肩而过；一位风萧萧兮易水寒的剑客横刀在马，兀自而立。

昨晚一梦至燕国，梦到的竟然是一群死士，表情怆然，一副慷慨悲凉状。梦魇压身，一朝醒来，已汗水淋漓。后，竟一夜无眠。燕太子丹、荆轲、高渐离的雄姿不时岿然于夜空。

翌日七时半我们登车朝雄县方向而行。擦身而过的，依旧是熟悉的北方大集镇。太多的后现代建筑连村接城，已改变了旧时模样，在一处题有“宋辽古战场地道旧址”前戛然停下，仰望箭楼拱门，循楼洞而入，忽见一群衰翁老妪，手执笙、箫、笛和镲、鼓及钹和钟磬等乐器在奏古乐，我一听，惊呼，这是大唐工尺曲和洞经音乐啊！

初入雄安听黄钟大吕。然，我此时最想听到的却是燕国古乐。

2

那一年初冬，史军平还在读高中，一天傍晚，他骑车从亚古城越过。突然一缕洞箫声传出，犹如一声声杜宇啼血而鸣，一鹤冲天引颈而唳，时而凄凄戚戚，时而铿锵激越。史军平骤然刹闸，跳下自行车，伫立于门前，仿佛感受到一股大河之水夺峡而出的千钧之力，一抔大珠小珠落玉盘的清脆之音，一曲《胡笳十八拍》穿越风雪的悲怆余声，更是大唐宫廷胡曲彻夜不绝的妙音，最后则变成了高渐离击筑惊鬼泣神的绝响，随着石编钟打击乐的划破夜幕，清泉流音，深谷叠瀑。他的心被遽然一击，被这种重金属敲击之声震得心旌荡漾。于是，他锁好自行车，循声走去，屏气凝神，将一组古燕乐、胡笳、佛乐、大唐洞经听完，脸上绽开悦色。王门立雪，朔风吹过来了，史军平大梦初醒。一个念头在心中猛然浮起：我应当成为这种古乐的传人。此时，古乐霍然而止，陶醉的时刻过去了，史军平冷饿交加，瘫坐在地上。门咯吱开了，一位年过六旬的乐师走了出来，一看到门外有个年轻学子，连忙扶起来，问，你是做什么的，地冻天寒的，坐在我家门口做甚？

我被师傅的古乐迷醉了，忘了回家。史军平说。

哦。师傅沉吟片刻，点了点头，暗忖，此孺子可教。

师傅，我想学古乐演奏。

你什么文化程度？

在读高中。

为何喜欢古乐？

因为被震撼，所以喜欢。

看着这小伙子脸上未拭尽的泪痕，王志信看得出来，他真的是被感动了，这种表情装也装不出来的。自己等了多年的弟子叩门来了。

你既有心学乐，须随我演奏几年，只当学徒，分文不能取。

可以，只要师傅收下我！

先把高中念完。如果考不上大学，就随我去吹箫，敲磬，打鼓，敲锣，合镲，成我这派的传人。

谢谢师傅收留。史军平就这样跨进了雄县亚古城圣乐会的门槛。

那天上午，雄县的天气有些燠热，着白色大汉襟服的大爹大妈围坐在一条长桌前，或手执横笛，或双手合笙，或将大镲高举过头，嘭嘭地合镲而击。一位年逾八旬的老者，敲打一片片小黑石片制造的石编钟，一音独奏，齐声和鸣，一曲文戏后，又一场武戏，轮番登场了。

我站在一侧，倾心静听。一点一击落清泉，一音一波成旋律，波涛汹涌，流音诛心。我的眼前一片朦胧，自古燕赵多悲歌。远处，白洋淀的苇塘，一湖芦花白，有一条小舟向我徐徐驶来。

3

也是像今天这样的黄昏吧，燕太子丹身着白色长袍，伫于船头，头仰得高高的，似在眺望。荆轲、高渐离、秦舞阳三人坐于船尾，都是一身白，与湖中的芦花竞一湖之色。白茫茫的，仿佛每株芦荻都是死士，都在准备与他们一起走进冬天，一齐赴死。酒从早晨喝至傍晚了，离歌击筑，高渐离弹了一曲又一曲了。太子丹起身走至船头，时，西风四起，一抹残阳落在白洋淀里，他的白袍被吹得鹤舞婆娑。白袍壮士，一襟晚照，映在燕国长城的堞楼，更添了几分死寂之美。

太子丹并不喜欢这样的白，他讨厌身上这身白。丧服在身啊，彼可是燕国太子，从小被王室的金黄包裹着，那是高暖之色，是燕国之稻菽黄、芦荻黄、旌旗黄、殿堂黄…可是，所有这些都将很快灰飞烟灭，被秦皇黄土之色埋葬。秦军敢坑四十万赵军，当然也敢坑燕地一国寡民。一滴血，一摊血，一片血，将黄土浸泡成红色、黑色，肥沃千里的黑亮……念此，燕太子丹的手颤抖了一下，他不能再等了。鸡鸣芦苇荡，霜落白洋淀。天将拂晓时，秦军已兵临易水，剑指延芳淀，离白洋淀就只几个时辰的行船距离。养士千日，终有一用，荆轲该出发了。为了这一天，为了保守刺秦这个重大国家机密，自己老师鞠武死了，保荐荆轲的田光死了，刎颈绝口，以示守口如瓶。还有义友樊於期也死了，割头相赠，这是什么样的义啊。三个死士舍身报国，是在救我燕国，为了让秦王相信荆轲啊。蒹葭苍苍，白露为霜，有个壮士，涉水即亡。太子丹无厘头地想着，晓风之中，何止是死一个壮士，亡一群侠士，弱燕与强秦，图穷匕首见，刺秦不成，燕国将毁于自己之手。

燕太子丹招了招手，太子门下的几百幕客全都来了，白衣白巾，幕天席地，欲为荆轲饯行。高渐离是燕国的音乐大师，击筑而弹，众琴师相和。一箫伴一磬，清霜摇芦荻；一笛合一琴，壮士听雁唳；一鼓领铜镲，抚剑尽清辉；一筑一离歌，死士魂成灰。燕太子丹摇了摇头，燕乐太悲，简直就是一曲大悲咒嘛。荆轲的头仰得高高的，那是喋血之吼，是为自己壮胆，还是为燕国壮威？瞧！荆轲已经竭尽全力而歌，唱得脖子上的青筋偾张。高渐离和歌击筑，一击心亦颤，再击心生寒，荆轲的绝唱渐至高潮："风萧萧兮易水寒，壮士一去兮不复返。"

离歌，就这么两句吗？旋律太单调，也太悲凉了。军人出征须得鼓士气，得有气吞八荒之勇。燕太子丹拍了拍手，门客跑了过来，说太子有何吩咐。

奏一曲古燕乐吧。只许吹奏武场，不许再奏文场。

诺，燕太子丹的门客匆匆走过。

燕乐四起，堞楼高歌：

六月棲棲，戎车既饬。四牡骙骙，载是常服。
玁狁孔炽，我是用急。王于出征，以匡王国。
比物四骊，闲之维则。维此六月，既成我服。
我服既成，于三十里。王于出征，以佐天子。

好！燕太子丹为麾下众幕客鼓掌，和声唱出了多声部。再来一首《小雅·采芑》：

> 薄言采芑，于彼新田，呈此菑亩。方叔莅止，其车三千……蠢尔蛮荆，大邦为仇。方叔元老，克壮其猷。方叔率止，执讯获丑。戎车啴啴，啴啴焞焞，如霆如雷。显允方叔，征伐猃狁，蛮荆来威。

善哉，美兮！怎一个好字了得。燕太子丹满意地点了点头。

风雅颂，诗三百。出征的号角回荡于燕南赵北的分界线上，燕国的堞楼在震颤，燕国人的心也在震撼。荆轲摸了摸长袍袂袖里的匕首，那是花重金从赵国徐夫人处购来的，削铁如泥，且用毒煮炼、锻打，锋利无比，哪怕划一道血痕，也会让对手倒地而亡。他的眼神与太子丹一对视，彼此会意一笑，小小的匕首一旦刺向强秦，必如一柄青锷横空，寒光闪闪，剑戟般直抵云天，撕破天幕。云罅中，夕阳血瀑般泄下，灿然于白洋淀的黄昏里。晚霞一照，湖在流血，血涌成河，汪洋为白洋淀，一湖浅浅的红，这是浅浅的燕国血海啊。

武场古燕乐，戛然而止。

4

史军平对师傅王志信说，我想学燕乐。

师傅摇头道，先跟我从工尺曲学起吧。大唐宫乐，皆从我燕乐演变而来。先知工尺曲，方可上溯至古燕乐。那才是真正的黄钟大吕啊。慢慢来，我会将一生吹奏技艺传习于你的。

王志信带着徒弟走进正房的一间侧房，在一个古本画像前，让史军平跪下，他先上了一炷香，吩咐道，向师傅磕三个响头吧。

画像上乃是亚古城古乐的老祖宗，明代永乐年间的一位云游道士。有一天，他云游到了亚古城，无饭可吃，一把胡琴，一管竹箫，坐街衢上一吹，箫声动人心弦，将街坊后生马庆后吸引住了。一曲吹毕，马庆后恭敬而上，迎请云游道士到家，好菜好酒侍候了好一阵子。云游道士觉得后生可爱，临走前便将一生的神道之乐传给了他。有燕乐大型套曲《孔子探颜回》《骂玉郎》《回雪》，此为宫廷之音，可登大雅之堂；亦有开堂之曲《大走马》《三行礼》《翠竹帘》《放驴》及反调《小花园》，喜洋洋的民音，可做婚丧嫁娶、寿禄喜宴之用；更有祭祀祖先和亡灵的洞经和佛乐《普坛咒》，此从洞道、佛曲融合而来，儒释道一家；更有气势恢宏的打击乐《讨军令》，此为战争大幕揭开的序曲，风卷辕门，秋风铁马，皆为将士出征而歌。

燕乐源远流长、道统高古，法度森严。当年燕赵先祖从房山周家口店走至幽燕冲击扇平原，远眺燕岭，引喉高歌，咿咿呀呀地乱吼一气，从此成歌，高吟至今。乐起之时，天上飞过一只只妙音之鸟，大荒上行走一位持铜板琵琶的壮汉，高亢的、热血的、雄强的、沉抑的、悲凉的，甚至哀婉、低迷之乐，萦绕于燕赵高天，终日不绝。后来，竟然突破民族、地域、语言的疆界，五千年不绝，有乐之史，胜于有字之载。

出了密室，王志信令徒弟坐下，搬出小管、云锣、笙、笛、大鼓、镲、铙、钹和铛子等乐器，郑重托艺；又搬出六十卷本的《工尺曲》，叮嘱道，就照这个念吧，务必牢记于心，默想成曲，念到无声之时更胜有声，学到无乐之后，心中就有古乐了，就能奏好工尺曲。

学好工尺曲，要多少年？

二十年！

师傅一语成谶。

5

我第一次听工尺曲，是在北京海淀剧院。那是十年前的一个秋天，收完秋的陕西宝鸡农民，被一个村请进京城，演奏大唐宫廷燕乐工尺曲。据主办方介绍，这个村是当年大唐天子李隆基长生殿“教坊”里的皇家乐师，安史之乱后，流落民间，融入黄土高坡。然，流动他们精血里的音乐基因始终不衰，其祖上是唐宫教坊的“梨园”“宜春院”和“小部”之子弟，能够全套地吹奏唐宫十部乐的“坐部伎”和“立部伎”。坐部在殿堂里演奏，人数较少，乐器少而音清，对乐师演奏技巧要求极高；立部宜于室外，殿外大众之下演奏，演者众，乐器多而音高，讲求的是一种打击乐的集体合奏。唐明皇将隋炀帝九部大乐改为十部，包括了燕乐（宫廷雅歌）、清商伎（传统音乐）、西凉伎、天竺伎、龟兹伎、安国伎、疏勒伎、康国伎、高昌伎。唯有燕乐和清商伎，是中国的本土古乐，承续了夏商周至春秋战国的祭祀出征的雅歌、颂歌和国风之韵。隋唐年间，大量胡曲传至长安，“弦鼓一声双袖举，回雪飘飖转蓬舞”，雪后长安月，捣衣尽胡曲。然最终胡曲误国，雅乐终成挽歌，唐明皇的江山美人一并入葬，大唐盛极而衰。这群杰出的乐师从此流落民间，一去一千三百年，再度入京畿。

那个秋天晚上，我几近麻木、枯萎的音乐之穴，被一缕洞箫的清音击活了，心如止水的音湖，倏地被一股激越的古燕乐吹拂、撞击，狂澜四起，卷起千堆雪。

我开始关注古燕乐，开始试着去了解工尺曲，上溯追源而寻母本黄钟大吕的古雅之声。宋人沈括云，“先王之乐为雅乐，前世新声为清乐，合胡部为燕乐。”礼与乐，名与道，乃为人间正道，市井教化，从宫廷到闾巷，从天子到黎民，皆以古乐化人、化德，化己，化心。《礼记·乐记》：“凡音之起，由人心生也。人心之动，物使之然也，感于物而动，故形于声。声相应，故生变，变成方，谓之音。比音而乐之，及干戚、羽旄，谓之乐”。毋庸说，燕乐、雅歌起自诗经，浮冉于风雅颂之间，那国风周南、召南之南音和意象如此激荡人心，余音绕梁，便由古乐五音六律而来。五音，即宫商角徵羽，十二律分阴阳，奇数为阳，偶数为阴，阳律即黄钟、太簇、姑洗、蕤宾、夷则、无射，阴律则为夹钟、大吕、中吕、林钟、南吕、应钟。奇偶正负，五音俱全，这便是最古老的中国雅歌和燕乐的音乐旋律。隋唐引进胡曲，西风盛长安，但本土音乐燕乐、清商伎与胡曲中外合璧，衍生了工尺曲。“尺上乙五六凡工”笛色七调与现代音乐的融合，随着龟兹乐大行其道，唱遍长安城郭，燕乐二十八调也横空出世，这便是大唐的黄钟大吕。

6

一梦二十年。史军平果然如师傅言，成了雄县亚古城古乐圣会的会长。

师傅病入膏肓了，仿佛知道自己大限将至。那天晚上，他将史军平带至祖师爷像前，磕头，上香，然后郑重地将传承了六百多年的祖先画像和镇会之物——乾隆皇帝的御封，还有宫灯四盏（可惜毁于“文革”年代）及一张老唱片，1958年应中央人民广播电台之邀，在高碑店演出的盛况录音，犹如传承衣钵一样，赋予了他。说，军平啊，我观燕赵古乐，唯有我雄县最古，气势最盛，你赶上了好时代。国运盛，古乐兴，师傅九泉之下，会看到亚古城圣乐走出白洋淀，走向世界的那一天……

果然，两年后，亚古城古乐被列入“河北省第一批非物质文化遗产”，并进入国家申遗名录。

师傅乘鹤西去时，史军平也是从文场开始演奏的。

序曲过门，第一曲仍旧《大走马》《三行礼》，套曲《孔子探颜回》《骂玉郎》《回雪》，次第演奏。

史军平合掌捧笙而吹，一马当先，迎宾曲《大走马》古乐响彻云霄。我伫立一角，谛听，远眺，古乐声中，一个上古时代奔来眼底。古燕国平野无垠，穹高天蓝，一匹白骏马腾空一跃，打了一个响鼻，一骑绝尘，向着燕国城郭驰来。天堂之路，朝歌城阙，树树皆染秋色，山山尽落余晖。村庄上空炊烟袅袅，鸡鸣犬吠声回响平原，清脆而又辽远。走马之人，遇到一个牧人，倒骑牛背之上，吹着竖笛，驱赶着一群牛犊而归。一会儿又邂逅一位猎人，打马而来，卷起一阵阵烟尘，金马鞍旁挂满了锦鸡、朱鹮，一只猎狗紧随其后，剽悍之意无出其右。好像站在路旁的是唐朝诗人王绩吧，他目睹这一幕，随口吟出千古杰作：“牧人驱犊返，猎马带禽归。”如此雄强的上古气象，只有唐人唱得出来，唯有唐韵的打击乐敲得出来。

不知不觉之中，进城门了。文场转场，该奏三行礼了，笙箫独奏，一拜天地，唯有敬畏；铜笛再吹，再拜高堂，还是敬畏；而锣鼓齐奏，钹磬笙箫和鸣，三拜苍生，敬畏之后，更添了一层悲悯。

音乐之中，突然惊现了前不见古人，后不见来者的孤寂。

莽原如斯。夫子该出场了。他要看去颜回，文场最重要的套曲《孔子探颜回》奏响了。这组套曲回肠荡气，动人魂魄，最有人间烟火味，通天心而接地气。颜回去了何处，非让夫子去寻找，文场的笙箫过门，茫茫大荒之中，一位千古大贤踽踽独行，一幕历史画卷在我眼前徐徐拉开。

那是春秋年代的一个黄昏吧，垂垂老矣的孔夫子，拄着一根半人高的榆木拐杖，走出孔府大门。子贡挣了大钱，买了一辆豪华马车，停在孔家门口，他扶着老师慢慢爬了上去。

挥鞭欲驰，子贡扭头问老师，夫子，去什么地方呢？

去泗水边吧，我想颜回了。

又是颜回。子贡心里有点酸酸的，妒忌啊，在夫子心中，颜回最重。不过，他马上领悟到老师的寓意。老之将至，逝者如斯夫，学生一个个地走了。颜回走时，才42岁，老师悲恸欲绝地说，“天恨予！”夫子对颜回的感情超过所有学生，常说，“回也视予犹父也！”

夫子坐稳了，子贡扬鞭，驷马绝尘而去，朝着古兖州颜回的老家疾驶。

早年，孔夫子也是这样领着学生，奔于道上，将帝王之术卖给春秋诸霸的，也曾一次次流连于泗河边上，朝云暮雨，朝花夕拾。黄昏落下来，祥云浮冉天际，翩然飞来一只火凤凰，栖在夫子席地之处。老师与学生和歌诗三百后，奏颂歌雅歌，抚琴作乐，梳风而舞。那是多么惬意的日子。可惜一切如梦如电如影如泡了。

孔夫子下了马车，拄着拐杖爬到泗水堤上。流水潺潺，泗水依旧清亮，只是水势比春天大了许多。

风舞动孔子的襟袍袂袖，博带飘了起来，高冠歪了，未簪牢的鬓丝白也鼓吹起来，拂着他的脸。

他想起当年他带子路、子贡和颜回登景山时，问他们三人的志向。子路说他想做一名勇士，子贡想当一个纵横家，凭三寸不烂之舌游走诸侯。而颜回说，自己只想遇一个圣明的国君，辅以道德教化百姓。

唉！天妒英才啊。颜回死了，子路也走了……

昨晚，夫子又做了一个噩梦，梦见自己躺在棺材里，漫天的冥纸黄叶一样落下，身后尾随着鲁国披麻戴孝的孝子贤孙。

“逝者如斯夫啊！真是到驾鹤西去的时候了。”夫子神情凄婉，踽踽独行，这段路程让他爬得有点气喘吁吁。

仁性无敌，性乃本善。为了培育人性之仁，夫子一生花了很大精力去编诗三百，去整理损益过的礼乐。“知之者不如好之者，好之者不如乐之者。”用礼乐去引导节制人性，才能使这个世界充满仁爱和美好。在快乐之中接受教化与美感，这便是古燕乐的力量。

夫子极目所至，景色与格调都化入了亚古城的古乐里，就是一种“星垂平野阔，月涌大江流”的正大气象、上古气象。史军平领衔的亚古城古乐圣会演奏妙巧表述了这种乐境。

一个绝响将远，另一组套曲《回雪》回响，那文场将入尾声。岂有乐府觉天下，忍将功名苦苍生。

7

史军平心中一直有个不解之惑，不敢问师傅：为何从师二十多载，师傅传给他的古燕乐，多为悲歌？

在师傅弥留之际，史军平终于将此疑问抛给了师傅。师傅淡然一笑，说，因为燕赵多死士啊！

壮士、死士、猛士、烈士，构成了雄安古乐之魂，镶入了燕赵大地的万里云天。

古燕乐悲调由来已久。我在雄县有关典籍中发现，燕乐诞生于周，从朝歌传至燕赵，最先盛于戎狄之地，就是今天的太行山东麓，由鲜虞人建立的小国——中山国。中山国虽小，血脉中有胡风，崇礼，萱歌，尚武，倒也雄强了好几代，国运盛极一时。太行北麓的五霸之一晋国对其富足虎视眈眈，对其夜夜笙歌觊觎已久。一个弹丸之国，一柄危亡之剑时刻悬在城门上，随时落下。生于忧患，死于安乐，且人生之命如朝露，朔风一吹便零落了。忘战必亡，唯有以慷慨当存，悲歌荡气，能时时提醒国人以图自存。中山国正是凭着这些悲歌苦苦支撑了数百年，虽屡有兵燹，而一次次浴火重生。然，这样的北方平原，兵舆地理，无险可守，农耕文明还是败于骑术高超、骁勇善战的胡人、晋人和秦人。这就是燕赵之地的宿命，中山国如斯，赵国如斯，燕国也会如斯。

中山国亡后，秦国兵锋过太行之南，朝党河而来。长平之战，“尚能饭否”的廉颇本可与秦师坚壁对垒，然秦使反间计，使赵孝成王中途易帅。赵括率军乘胜追至秦壁，扎于今省冤谷，而秦将白起早已在此布了天罗地网。赵括四十万大军挤于道上，车辚辚，马啸啸，乱成一团。进入秦军的伏击圈后，秦军突然鼓角铮鸣，利箭、乱石、圆木雨点般落下，赵军顿成绞肉机，屡战不利，只好筑垒坚守。围困数日后，赵括打马向前，力争与白起一搏，可还是被秦军一一射杀，四十万大军喋血青天谷。

血流成河，一片血红，从此，青天河被易名丹河。

四十万亡魂。每具白骨上都爬过蚂蚁、蟋蟀，骷髅的眼睛里长满了摇荡的野花。数百年之后，曹孟德弯弓过此地，茫然四顾，依旧骷髅成山。于是他写下短歌《苦寒行》，吟啸赵国冤魂不散。之后，唐明皇路过此谷，马蹄所过，皆踏白骨忠魂，便命官员择山坡建骷髅庙一座，以祀赵国四十万亡魂。

燕太子丹知道，赵国灭了，燕亡的日子便不会远了。连赵国都不是秦国虎狼之师的对手，何况弱燕呢？

太子丹唯有靠荆轲最后一搏了。可是那天在秦王殿上，荆轲捧着樊於期的头颅献给秦王。当他一步步走向秦王时，嬴政的气场太大了，冷瞳如剑，一下就将秦舞阳吓破了胆，他的腿不自禁打了一个战，脸上掠过一丝惊惶。秦皇大帝窥见了，心中早有了防范。等荆轲拔匕首时，秦皇躲过了一刺。只有这次机会，荆轲已然痛失了，当他再度出手时，已被秦王一剑封喉，杀荆轲和秦舞阳于殿堂之上。那一刻，远方的燕太子丹心一痛，瞬间传递的不祥之兆锥心喋血般刺恸了他，他感到自己的末日到了。

燕太子丹跟着燕喜王逃到了辽东半岛，却最终还是躲不过自己的父王，被割了首级，献于秦皇的朝堂之上。

唉！太多的悲歌，太多的离歌，都化作了一卷卷悲凉的史记、史诗。壮士一去不复返，这回该轮到音乐大师高渐离上场了。挚友已死，高山流水，知音全无，燕国将国之不国，人活着还有什么意思。刺秦，再刺秦，死士就该前仆后继，以身许知己，以身许国人。高渐离这时只想一死，追寻荆柯而去。于是，他对秦王说愿去投秦，愿当其乐师，为彼击筑。秦皇说可，但要以刺瞎双眼为条件，高渐离没有一丝犹豫地答应了。他在刺瞎自己双眼前时，往筑里注满了很多铅，重重地，只待殿上最后一击，砸死秦皇。

可惜又失败了。时不运兮天亡我，亡燕国。中国历史没有被重新改写，千古一帝，开封建第一朝，惟我始皇最尊。

燕山雪花大如席，是满天的冥纸在飘散吗？还是众多亡魂青白的眼球，抑或中山国、赵国和燕国女人的泪眼？幽燕降大雪，是在为中山国的众生哭，为赵国的四十万将士哭，为燕太子丹的老师哭，为推荐荆轲的田光哭，更是为燕太子的好友樊於期而哭。泪哭干后，就是仰天狂笑，笑燕太子丹眼浊，笑荆轲无剑客侠士风，却高山仰止高渐离，先生有贵族名士风度，真正的琴师之王啊。

自古燕赵多悲歌，我已明晓其真谛。此时，亚古城古乐圣会武场随着最后一记鼓点敲下，辉煌落幕。那一刻，我听懂了燕乐之魂，也明白了千年一梦为何要选择雄安，这是中华民族千古一梦的最后绝版啊。

8

那天晚上，雄安管委会副主任孙宝玲宴请中国作家采风团一行，讲了习主席一年前来雄安视察，就住在我们下榻的酒店，召开会议，定下了千年之策。到了这年的人间四月天，时任河北技术监督局长的他，带着一行人潜入雄安，启动千年大计的伟业。地心的烈焰奔突运行，黄钟大吕激昂之曲早已奏响。再过五年、十年、五十年，当年雁翎队吹过芦笛的荷花淀深处，千古壮士血沃的雄安大地，将会崛起另一座大深圳，另一个大浦东。对此，我深信不疑。

原载《中国作家》（纪实版）2017年第11期

朗读与呐喊

莫 言

一

今年二月初，在故乡的大街上，我与推着车子卖豆腐的小学同学“矮脚虎”方快相遇。其实他的腿并不短，但不知为啥得了这样一个外号。他满头白发，脸膛通红，说起话来有嗡嗡的回音。他自小身体健壮，力气超出同龄孩子许多。班里的男生，几乎都挨过他的揍。我也挨过他的揍，原因好像是他向我借五分钱而我没钱借给他。当我哭着去向班主任告状时，那位很奇葩的老师说：活该！他怎么不来打我呢？

方快提着我的乳名骂我阔富了忘了老同学。我说“矮脚虎”啊，我都六十多岁了，你就别叫乳名了吧？他说，你想让我叫你什么？叫你莫言？呸！

我递烟给他。他伸出沾着豆腐渣的大手接过烟，看看牌子，放在鼻孔下嗅嗅，然后夹在耳朵上，说：工作时间，不能吸烟。

与方快分别后，我想起了好多与他有关的事。他自己给自己拔牙的事，他与人打赌吃了四十个红辣椒赢了一包香烟的事，他在草甸子里追赶野兔子的事，他扛着一台重达三百多斤的柴油机在操场上转了两圈的事，还有这件我马上要写的与朗读有关的事。

二

方快是十分调皮捣蛋的学生，但他家是我们村里最贫的贫农，他父亲是贫农主任，在那个年代里，这样的学生老师是不能管也不敢管的，于是就有了他打我而班主任老师却说我活该的事儿。平心而论，方快是很聪明的，他六十多岁了还靠卖豆腐为生只能说他没碰上展露才华的机会。他在大街上当着很多晚辈的面喊我的乳名就说明了他对我的不服气。我获奖后有一位记者去采访他，他提着我的乳名说："他呀，根本不行！朗诵课文，他不是我的对手；背诵课文，他不是我的对手；写字儿，他也不是我的对手；摔跤？我捆着胳膊也是他倒地……"

我们那时上语文新课，总是先由老师朗读一遍——我们的语文老师是我们学校唯一用普通话讲课的老师。他是中等师范学校毕业，在当时的小学老师里算是高学历，那时他的年龄也不过二十出头。我们那地方的人对说普通话的人有两种态度：如果你是外乡人，或是县里的干部，你讲普通话，大家都很钦佩；如果你是本地人，出去上了几天学或是当了几年兵，回来就说普通话，那就会成为被嘲讽的对象。我当兵回乡探亲时，母亲听到我的口音里有些外来的腔调，便语重心长地提醒我不要撇腔拿调让邻亲百家笑话。我曾写过一篇题名《普通话》的小说，感兴趣的读者可以找到读一下。在这样的社会风气影响下，我们对用普通话讲课的语文老师也是从心里鄙视的。只要他一用普通话朗读课文，读到那些与我们家乡话明显发音不同的字眼时，我便感到脊梁沟里阵阵冒凉气，身上的寒毛根根竖起来。在强大的习惯势力压迫下，我们的老师还能坚持用普通话讲课，现在回想起来，他也是个了不起的人物。——老师用普通话朗读一遍之后，便让我们跟着他读——我们当然不用普通话——先是一句一句地读，然后是一段一段地读，最后是让我们齐声朗读。我们齐声朗读时，老师提着教鞭在教室里转悠，辨别着我们发出的声音里，是否有对课文的故意歪曲，如有，他就会用教鞭抽打。方快是挨教鞭抽打最多的——其实也不是真打，打到略有痛感而已——但最后一次，方快夺过教鞭在屈起的膝盖上折成两截，扔在老师面前。我至今犹能记起老师的尴尬表情。老师家出身也不太好，对方快这样的赤贫子弟心怀忌惮，尽管他的尊严受到极大的挑战，但他没敢像对待我们这些学生一样——我们只要惹火了他，他就揪着我们的脖领子，把我们拖出去修理一顿——他只是蜡黄着脸说：好！方快，看我明天怎么收拾你！——明天到了，老师似乎忘了这件事儿。他给我们上了新课，领读之后，他就让我们齐声诵读，但是他不再提着教鞭巡视了。他坐在讲台后的椅子上，埋头看一本厚厚的书，那支用胶布缠起来的教鞭静静地躺在讲台上。方快虽然不是班干部，但因为他力气大，跑得快，敢跟老师作对，在同学们中很有威望。他折断了老师的教鞭，我们把他像英雄一样崇拜着，但他却好像很不高兴似的，谁提这事就跟谁急。

有一天中午，他带着我们去田野里捉了几十只青蛙，用瓦罐提到教室里，放在脚下。那天下午要上新课，课文题目是《青蛙》。老师带领我们朗读：

“每到黄昏，池塘边上有一只老青蛙先发出单音的独唱，然后用颤音发出一声短鸣，接着满塘的蛙便跟着唱起来。呱！呱！呱！……”

我们从来没像这次朗读这样兴致勃勃，这样卖力，这样愉快，这样充满期待。我们一边朗读一边偷眼看着方快，他的脸膛红扑扑的，脸上洋溢着喜气。他从来都是朗读的捣乱者，但这次成了领读者。他的嗓音洪亮，富有韵味，而且，他使用的竟是普通话，连老师也用讶异的目光看着他。这时候，我看到他用脚推倒了瓦罐，几十只青蛙争先恐后地跳出来。伴随着女生们的尖叫和男生们的怪笑，那些青蛙在教室里蹦跳着。我们看到老师变色的脸，我们听到教室里只有方快一个人还在朗读：

“……青蛙还受到科学家的另眼看待，因为许多科学试验都少不了它们……青蛙，真是一种可爱的动物……”

我们原以为老师会跟方快决一死战，但没想到在方快响亮的朗读声中，老师蜡黄的脸渐渐变得红润起来。我们老师是一个有酒窝的男人，他的脸上出现酒涡我们便知道他笑了。

方快停止了朗读，似乎有些不好意思地对老师傻笑着。老师响亮地拍着巴掌，连声说："好好好！太好了！"

此后不久，方快便当了我们班的学习委员，之后又当了班长，他成了好学生，成了老师的骄傲，成了后进变先进的典型，他参加全县小学生朗读比赛获得了第三名，一时声名赫赫，在他的面前，似乎铺开了一条撒满花瓣的道路，如果不是后来，在"文化大革命"初起的时候，他的父亲被查出"历史问题"，那他很可能会成为我们高密东北乡一个杰出人物。当然，现在也不能说他不杰出，他家的豆腐，质量很好，供不应求。

我应该是方快引发的朗读热潮中涌现出来的又一个典型。我们朗读，我们背诵，我们把语文课本一字不漏地从头背到尾，我们班的同学们一大半都达到了这水平，与此同时，朗读也使我们的写作水平大大提高，因为，我们在朗读中获得了语感。

小学五年级，我与方快都辍了学。方快力气大，加入到成年人的行列里去干活儿，挣整劳力工分；我无奈，只好去放牛，挣半劳力的工分。与大人们在一起干活儿，那是相当热闹的，干活的时间不如休息的时间长，休息时讲故事摔跤，打情骂俏。方快有摔跤天才，好多成年人都是他的手下败将。有一年在胶莱河水利工地上，方快打擂台，连摔十八位高手，一时"矮脚虎"名声大振，但那时我已经到棉花加工厂工作去了，没能亲见盛况。放牛确实不要耗费太多体力，但寂寞难熬。当牛在草地上吃草时，我便大声地背诵学过的课文，包括那篇《青蛙》，这是一件好像很励志的事儿，但实际上全因寂寞无聊所致。

在村里混到十八岁，托叔叔的面子我到离家八里的棉花加工厂当临时工，这是个令农村年轻人向往的好事儿。棉花加工厂晚上开"批林批孔"的会，厂里的团支部书记安排几个人发言，其中有我。稿子都是从报纸上整篇儿抄下来的，所谓发言，也就是念稿，谁的声音大，谁念得流利，谁念得音节铿锵，大家就给谁鼓掌。我是赢得掌声较多的，这得益于在学校时的朗读训练。在我赢得赞誉时，我想，如果“矮脚虎”在这里，出彩的一定是他。后来当了兵，在新兵连训练时，我能慷慨激昂地念报纸的才能被指导员发现，于是他就让我在团部欢迎新兵大会上发言。调到军校后，领导错以为我文化水平很高，便让我当政治教员给新学员讲课。讲哲学，政治经济学，使用的都是大学教材，我哪里懂这些？但箭在弦上，不得不发，硬着头皮也要冲上去。方快做豆腐是现做现卖，我讲课是现学现讲，现在回想起来，真是感谢领导的信任，也感慨自己的无知无畏。

那年寒假，我背了一大堆书回家探亲。为了使开学后的课讲得从容些，我在邻居家滴水成冰的空房子里备课，讲稿写好了，就一遍遍地读，先是小声读，读着读着就起了高声。当时我以为我讲的是标准的普通话，后来才知道我讲的是“高普”（高密普通话）。直到现在我还是一口“高普”，没有稿子闲谈时，还稍微“普通”一点，一念稿子就找不着调，为什么这样呢？我也不知道。

话说当年我在邻居家的空屋子里大声朗读，半个村子里的人都能听到。那其实已经不是朗读，而是标准的呐喊，甚至是吼叫了。我的朗读吸引了很多孩子躲在窗外听，大人路过时也会透过破窗往里望几眼。我当时特别崇拜我们单位宣传科那位讲课时手势繁多的干事。我学着他的样子，面对着墙上那面模糊不清的镜子，用我以为的普通话，用我以为的演说家的动作，挥舞着手臂，呐喊着，全不顾墙外有耳，全不顾村里人的说三道四，全不顾家里人的难堪。当时，除了崇拜我们单位宣传科的干事，我还特别崇拜共产国际的领导人季米特洛夫。辍学后无书可读，我就读大哥和二哥用过的中学课本。在大哥那本用粗糙的黑纸印刷的高中语文课本上，我读到了季米特洛夫在莱比锡法庭上的最后辩词，一下子就被那雄辩的语言和强大的逻辑力量捉住了。每逢恶劣天气不能出工，我就躲到东厢房里，先是默念，然后朗读，最后是手舞足蹈地呐喊。那时我们家东厢房里还养着一头牛，每当我呐喊时，母亲就会进来劝我：别吆呼了，你把牛都吓得不吃草了。

部队领导让我讲政治课，我就把季米特洛夫当成了榜样。讲第一课时，我颇为勉强地把季米特洛夫在辩词中引用过的歌德的诗句在课堂上朗读了一遍：

“要及早学得聪明些，在命运的伟大天平上，指针很少不动。你不得不上升或下降……”

在那难忘的第一节课上，除了引用季米特洛夫引用过的歌德的诗，我还引用了《诗经》里的“昔我往矣，杨柳依依。今我来思，雨雪霏霏”，这跟我那课要讲的内容基本上是八竿子也划拉不着的。何其卖弄，何其肤浅，至今思之，犹觉耳热。

方快曾到我备课的空屋里去看过我。他那时跟人合伙开油坊，还没做豆腐。他说，你的嗓门真够大的。我说，比你差远了。他一点也不谦虚，说：如果要说朗读，你还真不如我！我说：我不如你的地方多了去了。他问：你这些天老在呐喊“不做铁砧，便做铁锤”，是什么意思？连我儿子都跟着你学会了。我说：那是季米特洛夫《在莱比锡的最后辩词》中引用过的德国大文豪歌德的诗句。他说：纯粹瞎咧咧！我不做铁锤，也不做铁砧，我做铁钳子、铁钩子行不行？

尽管我的呐喊式朗读被老同学讽刺嘲弄，但这一个多月的训练，在开学后的课堂上，作用明显，反响强烈。我不得不非常不谦虚地说那时我的记忆力很好，备好的课几乎可以背诵；我不得不非常不谦虚地说那时我的嗓门很大，喊叫两小时，没一丝一毫嘶哑。——当时我颇为得意，两堂课吼完，回到保密室——我兼任保密员——点上一支烟，竟有那么几分季米特洛夫的错觉了。——三十多年后，我到江南去，与十几位当年听过我讲课的学员聚会，问起他们对我讲课的印象，他们笑而不答，一位性格豪爽的女学员说：我们当年给您起了一个外号叫“野狼嚎”——我听了这外号，心中一怔，马上就知道他们当年受了我多少折磨。是的，我们那军校离狼牙山不远，荒凉偏僻，深夜里，的确能听到孤狼的令人恐怖的嗥叫声。

三

去年秋天，我应邀去绍兴参加一个活动，见到了仰慕已久的叶嘉莹先生，并听她吟诵了唐诗宋词。叶先生说从来没有人教过她吟唱，从小她就这样唱读，她感觉就应该这样读，这样唱。我对叶先生说，小时候我念书，念着念着就拖长了腔调，唱起来了。这时候老师、家长都会来阻止：不许唱书！他们认为这是很不好的习惯，是只动嘴巴不动脑子的懒惰行为。他们希望我字正腔圆地朗读，最好是默读。我的父亲还以我们村那位上过三年私塾，能把《三字经》《百家姓》等启蒙读物背得滚瓜烂熟但却不认识字的人为反面教材告诉我唱书之害。听了叶先生的话，我想，散文是要朗读的；而古典诗词，是应该吟唱的，而且是每个人都用自己的腔调，想怎么唱就怎么唱。我们那些话剧演员和电视节目主持人用标准普通话读出的诗词，确实很好听，但其实都不是古典诗词应该发出的声音。

听叶先生吟诵，我发现她从没有打磕巴的时候，好像这许多的诗词，都不是她用脑子而是用腮帮子记住的。我观察过好多位能机枪扫射般背诵经典的人，发现他们都是用腮帮子记忆的。问过他们，都承认自己是在唱读中完成了背诵，之所以能几十年不忘小时背过的东西，腮帮子——其实是整个发音器官，都发挥了记忆的功能。

告别叶先生回京后，我曾把门窗堵严了吟唱过几首唐诗宋词，感觉到吟唱的自由空间确实大大超过朗诵，而且还可以用拖长的音节或声音的高低起落来赢得回忆的空间——如果忘了词，你尽可以将一个字拖腔甩调，甚至将一句词用不同的调子反复吟唱，直到想起下句为止——但我知道，叶先生的自由吟唱会赢得满堂彩，而如果我敢登台放腔，迎接我的——当然不会是猎枪。

原载上海《文汇报》2017年5月6日

野草在摇曳未来

徐　刚

当我们忽视草地的时候，也同样忽略了一种悲哀及一种希望。在天然林被破坏以后的草山草坡上的草，是这一块土地植被被演替中最后的绿色，此非悲哀乎？在石漠化土地上的人工改良草地，那青青牧草却是生态修复的先行者，此即希望也。在未来岁月里，压垮人类的很可能是一根草；拯救人类的，也可能是一根草。

草是仙草

为什么我们的先人逐水草而行、而居？因为大地到处都是草，无草不成林。林地外缘也是草，东部何以有稻？西部何以有黍？因为各色野草最多——为生命之延续，为求一饱也。因此故，先人留给我们的基因，使后来人对三种物质最有亲近感：土、水与草。

在我童年的记忆中，崇明岛上除了农田里的庄稼，沟河边的芦苇，田边地头里到处都是野菜，荠菜、马兰头等可食用的草不下数十种，还有可以入药的车前子等，更多的是开花不开花的无名小草：缠结于田埂路使其稳固的是马斑草，开着各色小花的是花被单草，如小太阳一般金光闪闪的是野菊花草，专门用来斗蟋蟀的是蟋蟀草，太多的蒲公英随风飘散……回想起来，认识这片土地是从草开始的，而江边芦苇荡里丛生的丝草籽，很可能是世界上最小的坚果，半粒米大小，饥饿的岁月里曾经以之果腹。后来知道原始人逐水草而居时，有顿悟之感。

人之初，有水可喝，无饭可吃。人类经过了吃草、吃草实的漫长岁月，后来才有能力捕杀野兽，吃肉。今天我们吃蔬菜，其实是吃草的延续。野草是我们的衣食之源。人类一部分人的忘恩负义，疏离自然，始于疏离水草。

我们不知道拔去了多少野草，以至于汉语——我一向认为是世界上最美的语言文字——出现了极为残忍的一个成语，“斩草除根”。现代化的推土机，在今天更是势不可挡地在铲除一切野草，代之以水泥楼房、水泥地，这个世界便卫生便干净了吗？活在当下的每一个人，都曾目睹并感受了消灭野草的过程，以发展的名义。

20世纪80年代初，我住北京团结湖小区，一箭之遥便是农村、农田、庄稼与野草。每到夜晚，无数的青蛙齐鸣合唱，此起彼落，虽然喧闹却不会扰乱人心，多了一种野趣，添了一点乡愁。半年后，取代蛙声的是混凝土搅拌机，建筑工地的日夜赶工，然后是新楼连片，庄稼、野草、蛙声一起飘逝。不到十年，北京三环以外的农村几乎全部消失，没有耕地，没有野草，只有层垒叠加的水泥楼板大行其道。

就这样，我们的城市变得不再温柔。

2000年，因不堪忍受造楼、装修，可以让人发疯的喧嚣、灯光与气味，举家迁往通县张家湾，路边有麦田，池塘有蛙声，小院里开着太阳花——俗称“死不了”——日出花开，日落花闭，自以为找到了一个好去处。待住下才知道，我住的小楼基地原是生产队的打谷场，整个小区所占用的全部是农田，当地农民告诉我这是“黑油油的耕地”。难怪水泥房基，路面的边边角角，会长出各种野草甚至麦苗秧，无助而孤苦地望着路人，好像在问：“千百年在一块地上厮守，情何以堪？”有专司拔草的清洁工，草长出来便拔，拔出来又长，小草希图展示自己的生命力的顽强，令我唏嘘不解：野草何害，人类必欲除之而后快？

2005年，我又迁往广安门外新居，紧邻住处有一块荒地，杂草丛生。杂草成块状，茁壮旺盛，夏秋之际开着红色和金色的小花。有几只流浪狗来回奔走，有时还追逐流浪猫，荒地中有两棵树，流浪猫情急之下便上树，流浪狗在树下大吠，继而退隐于野草丛中，伏莽而待。荒地紧靠二环的边沿，还有两间已拆毁的旧平房，住着一家拾荒者，夫妻俩带一个小女儿。女孩出来打水时，流浪狗紧跟其后，女孩便喂狗，似乎是窝窝头之类。戏耍片刻，女孩回去时流浪狗一路相送。偶尔，在秋日的阳光下，这个七八岁的小女孩会摘一朵野花捧在手里凝视片刻……这是我从住处的窗口所见的场景。

是冬大雪奇冷，融冰化雪时，那些野草开始返青，到夏天便茂盛，便开花，如是往复5年多，挖土机开始挖土，混凝土搅拌机昼夜轰鸣。挖出的土堆成了大土丘，以丝网覆盖着。一场春雨过后，从丝网的千孔百眼里，忽然又有青青野草探出头来，茫然地望着这一处耸立起吊车、脚手架的工地……

凡草木皆有根，人类无法阻挡推土机、挖掘机，它们可以毫不费力地斩灭野草，却无法根除，因为它们蛰伏于地下。倘若都市林立的水泥楼群使它们窒息、枯死于地下，那么对这个世界而言绝不是好消息：大地稳固者不再稳固大地了。

使这个地球变得有生机的首先是海洋，是水和草木。当地球成为草木世界之后，才有姗姗来迟的人类始祖。与其说人类当时离不开森林，更确切的意义上不如说更亲近荒草。荒野荒草，连接起森林、河流，在人类发展史上如里程碑一样，记录着人类先人的生命故事：荒野是人类最初的原始家园；荒草提供了最早的食物；荒草中盛放的各色花朵，荒草的自生自灭、自灭自生，使原始人有了最初的惊讶，促进了自然崇拜的发生；在只知其母不知其父的漫长岁月里，荒草丛又是当时人类共有共享的爱巢；以荒草为生，想来也发生过悲剧，有的草吃了人便死了，草的能吃不能吃，使原始人有了对草的分辨和思考，进而发现有的草能止血，有的草能止痒，则是草可治病之始。而流传至今的仙草一说，除了草能给人以温暖，大约便是草可以治病了。

“仙草”一词，是人类对草的最恰当的赞美。去昆仑山盗“仙草”是故事。在更加广泛的民间传说中，稻草是“仙草”，由此推溯，“仙草”应是泛指可食可医的所有野草，没有“仙草”，人类不可能延续至今，也就是说，人类有诞生，但不可延续。

烟草传奇

在野草所属的植物世界中，至少有五种植物影响了人类文明的历史进程，从而改变了世界。它们是：烟草、茶叶、甘蔗、土豆、白薯。它们在原生地往往是默默无闻的，越洋贸易的船只和水手是传播者，广及世界，或多或少改变了人类的日常生活，并且使远隔重洋不同种族人群的生活习惯，产生了趋同性。

哥伦布的船队，是烟草最早的传播者。

烟草源出美洲，哥伦布率船队到访，当地土著以礼物相送，其中之一，哥伦布航海日志有记，“发出独特芬芳气味的黄色干叶”，即烟草。再到古巴，当地土著把烟叶卷成筒状抽吸，青烟缭绕于口鼻，悠然返航先至西班牙，西班牙人跟着抽吸；再到葡萄牙，葡萄牙人也纷纷上瘾，烟草随之落地。1580年之后，烟草的传播更加提速，传播范围日益扩大，大致途径是：经葡萄牙进土耳其，烟雾又缭绕至伊朗、印度、日本。从烟草的广泛传播中看到商机的是西班牙人，他们把烟草水运到菲律宾，开始规模种植，赚得不少银子。接下来就要到中国，17世纪初叶前后，福建的船工与商人在与菲律宾生意往来时，不经意地把烟草带到中国。只要气候适合，烟草不难栽培。很快，先是在沿海省份，进而烟雾弥漫遍及中国。

烟草在16世纪的欧洲还曾享受过“神药”的待遇。除了抽吸烟卷、烟斗之外，欧洲医生还用它来治病，从牙痛、口臭到肠道寄生虫、破伤风乃至癌症，皆以烟草医治。实际治疗效果没有明确记载可证，倒可以想见当时欧洲医疗水平之低劣。

从哥伦布水手发现并吸食烟草，到传遍世界，所用的时间不到130年。今天几乎所有国家都处在吸烟有害与烟草制造业巨额利润的夹缝中。笔者也是烟民，这一如风如潮的烟草传播却使我想起，所有风靡一时的时髦与时尚，大约都带点毒。

“中国树叶”

在烟草传到中国之前，欧洲人抽烟，中国人喝茶，两相比较，不仅有习俗不同，文明高下程度也可立判。茶的温醇芳香，渗透在我们的民族性中，是为中庸、中和、温良恭俭让，与“斩草除根”相反，生出了一个绝美的词语——“齿舌留香”。

与人类文明史密切相关的，就动物与植物而言，动物提供了肉食，此植物所不及，但在更多的层面上，植物远胜于动物。原始人除了采集果实之外吃菜吗？在很长的历史时期内，所谓菜，就是野草和树叶。距今约8000年前，新石器时代又添一个伟大的创造：各种陶器的出现，其中的食用器用来煮饭煮菜煮汤。在中国的北方如大地湾，在中国的南方如河姆渡，先民们偶然地用几种他们吃过的草或者树叶，投之于陶罐，这是第一罐汤，也是人类历史的第一罐茶。在几千年前便有稻饭衣麻的太湖流域，极有可能这第一罐茶和第一罐汤难分先后。后来的饮茶史却是明了的，把茶汤从别的所有的汤饮中区分剥离出来，但好茶者仍视之为汤，汤色也。

中国人最早享用茶叶，并在千百年饮茶的实践中，知晓了茶树栽培、茶叶加工、茶叶分类，以何种水达到何种温度泡何种茶为最宜等等。西方人第一次喝中国茶并为之倾倒后，给中国的茶叶取了个在16、17、18世纪西方人熟知的流行词：中国树叶。这一称谓在某种程度上恰恰说明，中国茶树之众，享用茶叶的人群之广。从皇帝到山野草民，皇帝喝贡茶，山民饮土茶，土茶的味道甚至远胜贡茶。从都市到小镇，有了茶铺、茶馆，茶叶已和经济民生相连接。中国的文人雅士情有独钟于茶，则有了文化意味。

中国人饮茶、品茶、论茶，并为琴棋书画助兴，以一管羊毫作书画写出满纸烟云时，欧洲人还在茹毛饮血。

因为丝绸之路，与丝绸传到西方差不多时间的大约公元纪年开始之后800多年，阿拉伯商人用骆驼把茶叶——他们认为的东方神奇之一——运达西方。最早享用中国茶并在上流社会炫耀的是威尼斯商人，直到16世纪中叶，中国茶才传到欧洲。威尼斯商人颇得物以稀为贵的真传，始入欧洲的茶叶价格昂贵，唯贵族才可享用。那个时候普遍欧洲民众的梦想之一，就是有一日可得中国茶而饮之，其独特的芬芳与味道，何能得而品之?

17世纪开始，英国东印度公司取得特许经营权后，中国茶叶一则大行其道，一则渐渐“变味”。东印度公司每年以低价从中国进口4000吨茶叶，再以高批发价出手至欧洲各地。大发茶叶财的是东印度公司，而英国购买中国茶的银子日趋紧缺。赚足了中国人的钱而又丧尽天良的东印度公司，竟向中国输入鸦片回笼白银，中国人以茶叶使英国人得到愉悦，至今下午4点喝下午茶仍是英国中产家庭的生活习惯。而英国人回报中国的是鸦片，是铁壳船和洋枪洋炮——鸦片战争爆发。鸦片使中国人成为病夫，接下来的中华民族被奴役被瓜分的屈辱史，鸦片之危害当为外因之首。有不少论史者认为，鸦片战争源于中国茶叶，然而，英国人侵略的本质又怎能轻松地忽略?

甘蔗及土豆

欧洲人好喝红茶，放糖，以小点心佐饮。喝茶所连带的是对糖的需求。蔗糖从甘蔗中提取，最早种植甘蔗并品味糖的是亚洲人，其时欧洲所得的甜味，是蜂蜜，欧洲无糖。11世纪，十字军骑士幸运而雀跃地在叙利亚尝到了糖的甜味。随着海上新航路的开辟，西班牙、葡萄牙等老牌殖民帝国开始种植甘蔗，甘蔗种植园如风起云涌般出现，糖产量急剧升高，价格大幅降低。欧洲享用糖之甜蜜的不仅是皇室、贵族、大商人，普通的市民百姓也开始吃糖，欧洲似乎成了“甜蜜的欧洲”。

“甜蜜的欧洲”，说明了糖对饮食习惯的世界性的改变。糖的诱惑就是甜的诱惑，在我儿时，能吃上一块糖，上海的大白兔奶糖，那是一种奢望。可见此种诱惑所持续的时间之长。与之相比更重要的是，因为种植甘蔗需要大量劳动力，便产生了世界人口种族版图的改变。当欧洲人在加勒比大量种植甘蔗时，便从非洲一个船队一个船队地运来黑人，成为奴隶，辛勤劳作。一个我难以考证的话题是，那些被称为“黑奴”的黑人，在非洲就是奴隶吗？还是在白人的皮鞭下成为奴隶的？

说不清有多少“黑奴”在漂洋过海的途中便一命呜呼了。《环球时报》2006年8月29日载刘作奎先生的文章称：“据统计，16世纪以后的300年间，从非洲贩卖到美洲，从事包括种植甘蔗在内的大量种植园劳动的奴隶达1170万人，最终仅有980万人活着到达目的地。”刘作奎先生说得好，“糖的甜蜜是与奴隶的血与泪掺在一起的”。笔者再加一句：尤其是自诩为文明富有的西方！

所谓人类文明史，充斥着野蛮、残暴、血腥的不文明，以及对真相的掩盖。

相比较而言，能够使人类解除饥困，平和地传输到世界各地的是土豆和甘薯。也许，我们以及我们的后人，都要记住一个土豆原产地的地名：南美洲安第斯山区。与北美洲有的国家的霸悍、好窥探相比，南美洲温和，“有抵御别人暂时成功的能力”（南美洲谚语）。南美洲的地下埋藏有人类初始文明的种子，土豆其一也。土豆的特点是有土便可以种植，不仅产量高而且富含淀粉和别的营养。也是新航路的船长和水手们，把土豆带到了欧洲，然后以极快的速度传播到世界各地。土豆告诉我们，人类——无论西方还是东方——都曾长时间地为饥饿所困，在不缺淡水的前提下，吃饱肚皮是生存的第一要义。土豆养活了更多的人，土豆可以取代面包。我在云南、贵州山区采访时，一户一家，一个火炕，墙角只有一堆土豆的山民不在少数。在河西走廊古浪八步沙，我曾3次踏访6个农民的治沙地，他们留我吃饭，吃香喷喷的羊肉，而农民们吃的是土豆蘸盐巴。我和农民争吃土豆，真香！河西走廊的土豆个大，农人告诉我，“没有土豆早就饿死了”。

奢侈过度的享受是暂时的。奢靡者万不要以为百姓过着和你们一样的生活，他们中的边远山区贫困者，仍住土坯房，老人和孩子都在吃土豆，大米白面仍是奢望。愿记得李商隐的诗句：“历览前贤国与家，成由勤俭破由奢。”

地瓜苦旅

甘薯多别名，山东叫地瓜，北京叫白薯，河南叫红薯，江苏叫山芋，河北、四川称为红苕。甘薯一物，欧洲有植物考古学家认为，印第安人的先民是最早挖掘地下根茎时，发现了甘薯根块，使之通过根系再生繁殖而成为栽培作物的。甘薯有惊人的繁殖力、适应性，很快传播于整个南北美洲。甘薯硕大而美味，生熟皆可食，食之者强壮，此印第安文明之所以曾经繁华之一端也。

很少有一种植物如甘薯那样，吸引着闻名世界的专家学者的眼光，并据此勾勒了古代先人的生存技能及其发明。摩尔根在《古代社会》中说：“由栽培而来的淀粉性植物的获得，必须看作是人类经验上最伟大的事迹之一。”摩尔根所说的淀粉性植物是泛指，其中无疑包括了经过原始人选择之后的产物——甘薯。考古者在秘鲁的古墓中发现了距今8000多年的甘薯块根炭化物。1974年，伊恩《甘薯和大洋洲》中进而记述，古代秘鲁的印第安人把甘薯块根的图案绘制于陶器、编织在纺织品中；最为壮硕的甘薯在印第安人的宗教仪式上，被供奉为神灵，视同法器。

此一时期，距甘薯进入中国的明代，相隔几千年，一种有趣的历史现象出现了，当甘薯即将传播世界各地时，在它原产地的印第安族群中，它不仅是植物的块根、可吃的食物，而且历经岁月的淘洗之后已成为文化，具有神性。它使我想起了距今7000多年的大地湾彩陶所绘制的鱼、花草纹、水波纹、葫芦纹。我们的先民有意无意间记录了洪荒岁月中人赖以生存的若干图像，与印第安人把甘薯图案绘于陶器、编于织物，何其相似。绘图之始也，爱美之初也。它对今人至少有两点启示：其一，文化首先是物质的，是物质与人的想象与劳动的结合；其二，文化必具有真正的创造性、创造力，与人类发展相同步，除去“利用厚生”的生存需要，还有美的需要，即精神文化。

一般认为把甘薯引进中国的，是明代福建长乐人陈振龙，他曾侨居吕宋，即菲律宾。吕宋产甘薯，但其时吕宋的西班牙殖民者严禁甘薯外传。1593年，在前两次偷运未果后，陈振龙把薯藤系于缆绳，涂上污泥，才过得关卡运抵福建。当年6月，陈振龙之子陈经纶依父命呈《献番薯帖》于福建巡抚称：“番薯功同五谷，利益民生，是以捐资买种，并得夷岛传授法则，由舟而归。”当时福建荒年频发，即令全省“依法栽培，滋息繁衍”。甘薯自此落地福建，其产量之高使沿海饱受风袭水灾的福建人，渡过了一个又一个灾年。福建人称甘薯有二名，一曰番薯，得自番地故；二曰金薯，记巡抚金学曾试种之功。福建乌石山海滨有“先薯祠”，记陈振龙父子之功德，当地人告诉我，这是中国独一无二的祭祀甘薯的祠堂。其实，在广东电白还有“怀兰祠”，又称番薯林公庙，是记吴川人林怀兰从越南引进番薯之功。

甘薯在江南的种植，功推徐光启。江南水患经年，农人无衣无食，闻知福建、广州的番薯抗旱抗涝，块根大，可食，便经由他在福建的学生，在松江三次试种，终获成功，时万历三十六年（1608年）。徐光启赞扬番薯高产味美，济世备荒，向万历皇帝进《番薯疏》。甘薯惊动的另一个皇帝是乾隆，1786年即乾隆五十一年旨谕全国“广为栽种，接济民食”。中国当今的甘薯种植面积仅次于水稻、小麦、玉米，居主食之四，为世界甘薯种植面积的60%以上。

甘薯的大行其道，广为人类所喜好，其实质只是说明了一个真理：食物之于人类的生存发展，永远位居第一。“手中有粮，心中不慌”的古语不含时代性。

压垮或拯救人类的一根草

南国多青草，乃为宝中宝。以秦岭—淮河以南、青藏高原以东为限而界定的中国南方，气候温暖。考察南方的草地资源，以及原生植被，往往会心生困惑：这是繁荣的土地，还是凋敝的土地？南方当初的森林何止是现在我们所见的林区？占南方土地总面积之大部的山陵丘地上，曾经多为森林覆盖，千百年人类活动，砍树伐林，林区成为农区，是有南方森林被砍伐之后形成的草山草坡，亦即今日之天然草地资源。

南方的草地确切地说，是原始森林被破坏后的次生植被，它们的演化方向依自然规律，应是次生林。在人口增加、人类生产开发活动强力干扰下，规律也只能变通，南方植被终于未能成为次生林而成为草地。

20世纪80年代农业部的一项调查资料说，南方天然草地的总面积为7958万顷，另有560万顷的人工改良草地。在我踏访过的南方10多个省区中，贵州的天然草地和人工改良草地使人耳目一新。寒冬腊月，中国北方内蒙古草原冰天雪地、牛羊饥寒瑟缩时，贵州威宁灼圃草场上，牧草青青，大群牛羊津津有味地吃草，悠然自得地散步，牧羊人在草丛中闲庭信步。

贵州西南部的晴隆县，从2001年开始，在石漠化丘地上退耕还草，建立人工改良草地，放牧山羊。中国石漠化土地遍及贵州、云南、广西等岩溶山区。牧草以其植物世界中离土地最近、对土地最亲密、生命力最顽强著称，保护了土地，提供了中国粮食缺口中主要紧缺的饲料粮，从而为人类提供了不可或缺的动物蛋白。同时，我们在这些中国最贫困的岩溶山区农村，可以见到畜牧业为基础的草原经济模式，是循环可持续的。那里的农民还谈不上富起来，但不再穷下去。

只要有地，哪怕是石漠化土地，也能生出青草来。我们忽视草地的时候，也同样忽略了一种悲哀及一种希望。在天然林破坏以后的草山草坡上的草，是这一块土地植被被演替中最后的绿色，此非悲哀乎？在石漠化土地上的人工改良草地，那青青牧草却是生态修复的先行者，此即希望也。在未来岁月里，压垮人类的很可能是一根草，拯救人类的，也可能是一根草。

南国草青青，南国花烂漫，那是一些发生于草根、炫目于草根而不与名花游的草花、草根的花。在广东、海南气候炎热的深山野地，我见过状若牵牛的甘薯花，娇嫩地美艳着。有植物学家告诉我，野生牵牛很可能是甘薯的野生祖先。我对野生牵牛怎样牵出甘薯来无从考究，但我惊讶、艳羡、沉醉于野草的神奇美妙，我在大地上行走时会在山野荒草间席地而坐，坐拥青草、抚摸青草就是坐拥自然、抚摸自然。轻轻地抚摸野草时，会生出抚摸孩子的感觉，但我很快听到了一种天籁："不！是野草在抚摸它的孩子！"

我对汉语中"茶"字释放的信息反复思考，由此而生出对造字者的敬重，对汉字之美，常常拍案叫绝。"茶"，草字头下一个"人"字，人中间为"木"。它既说明了中国古人与茶的悠远密切的关系，又指向人在何处——人在草木中。一个汉字，"茶"字，却包含了人之初，人何以为人的意涵。

人生一世，草木一秋啊！

人生唯有一世，草木何尝一秋！

原载《光明日报》2017年6月9日

意大利读画记

冯骥才

前记

有时写作来自一种机缘。

今年入秋时候不期而遇——10月之初，先是受邀飞往遥远的希腊雅典去参加“中欧文明对话”；到了10月底，应好友韩美林之约，去了一趟意大利的水城威尼斯，出席他在那里举办的艺术大展开幕式。这突如其来的两次出行，使我来了灵感。古希腊是西方文明的源头，意大利是复兴古希腊罗马文明的圣地，伟大的人文主义精神“日出”的地方。何不借机用这个机缘，去活生生体验与感知一下那个使人类永恒骄傲的历史，并向历史提一点问题？

于是，我确定好一条路线，在威尼斯活动之后，立即南下，围着亚平宁半岛的中北部绕上一圈，将那些曾经被文艺复兴的光辉照亮的地方一个个跑下来。我要看那些古城，我知道意大利人是自己历史的知音，他们敬畏历史，珍惜历史的每一个细节。当然，我还有一个重点是看艺术：建筑、雕塑、画，特别是画。

画家看画，看画上边的东西。作家看画，看画后边的东西。其实画后边的东西不是看出来的，是读出来的。所以这本小书的名称是“读画记”。

我想知道画后边的画家和艺术史，雕塑里边藏着的思想，古城中依然活着的生命和灵魂，更想知道“复兴”真正的目的是什么？它史无前例地到达怎样的高度，它给后世留下什么？它靠哪些非凡的大师实现这个复兴？复兴仅仅是重现昔日的辉煌吗？当然，我还会情不自禁地用别人比较一下我们自己。因为比较是一种获得思想的方法。

尽管我有那么多思考，我还是珍惜此行中种种神奇又美妙的感知。所以在写作上，我没有选择思想随笔，而是采用了游记的笔法。因为，游记适合这种不期而遇的写作。行旅之间，有感而发，兴致所致，随手写下，而这种写作一定带着许多惊奇的发现和活脱脱的心灵感受，就像一本“艳遇”的日记。

好，就这样我的写作开始了。

泡在水里的威尼斯

在威尼斯，我总为那些数百年泡在水里的老房老屋担心，它们底层的砖石早已泡酥了，一层层薄砖粉化得像苏打饼干，那么淹在下边的房基呢？一定更糟糕，万一哪天顶不住，不就“哗啦”一下子坍塌到水里？

威尼斯人听了，笑我的担心多余。一千多年来，听说哪所房子泡垮？只有圣马可广场上那个钟楼在一百年前发生倾斜，重建过后就没事了，今天一如皇家卫兵那样笔直地挺立着。

其实威尼斯所有房子并非建在水里，而是在一片沼泽中间的滩地上。这一次，我乘飞机在威尼斯降落时向下望去，看到了这里地貌的奇观。大片的水域中间浮现着一块块滩地，此时正值深秋，滩上的草丛变得赤红。绿水红滩，景象绮丽夺目。威尼斯濒临亚得里亚海，但这里的水却不是纯粹的海水，它一部分来自内陆许多河流的淡水，咸涩的海水与清新的淡水交融一起，再给天然的沙坝阻截，渐渐形成一片世界上面积最大的潟湖。在这种又咸又淡的潟湖里很少生物，只有一种淡银色的尖头小鱼。二十年前我在盛产手织花边的彩色岛上，蹲在水边看人钓鱼，但这种鱼不能吃，人们只是钓着玩，每每钓上来便摘下钩，扔回到水里。威尼斯的海鸥和水鸟很多，大概在这个水城中到处可以找到食物。它们都吃得很肥，有一种白肚皮、灰背的大鸟像小猫一般，很敦实，有点吓人，其实它们胆子很小，你的手一伸过去，它就飞跑了。

古代威尼斯人就在这潟湖中的滩地上砸下密密实实的木桩，中间填上沙砾，上边铺一种又厚又大的石板。这些石板是经亚得里亚海从斯洛文尼亚那边的伊斯特拉运来的，这种石头的防水性能极好，几层石块铺好后，再在上边叠砖架屋，当然坚实可靠。不知这主意最初是哪个聪明的人发明的。历史总是把伟大的普通人忘记，威尼斯却受益于这个水中建房的高招，直到今天。

潟湖受大海潮汐的影响，每天都会涨潮落潮。涨潮时所有房子像站在水里。威尼斯有一百多个建满房屋的岛屿，四百多座连接岛屿的大大小小、各式各样的桥梁。绝大多数房子的正门开在岛上陆地的一边，后边是临水的私家小码头。在威尼斯如果想走近道，就得上桥下桥，穿街入巷，很吃力；如果想省腿脚，便乘船渡水过河。河道大多很狭，像水上的胡同，船身必须细长才好穿行。桥洞又低，不能有船篷。所以这里独特的风光是那种月牙式两头翘起的优美的小舟贡多拉，蜿蜒幽深的水道，插在老屋前各色各样的拴船的杆子，这一切都五光十色地倒映在波光潋滟之中，水光摇曳，影如梦幻，变化无穷，入夜后灯光再加入其中，无处不叫你感到新奇。

威尼斯这种世上唯一的奇特的风光，自古以来就为画家所痴迷。在古代欧洲的风景画中，“威尼斯风景”恐怕是最多的了。数百年来一直有大批画家聚在这里。从16世纪文艺复兴时期的威尼斯画派，到今天的国际性的“双年展”。

不过，对于这个最初是靠水陆交通与商贸发达起来的城市，商人比画家更多，而且个个比起莎士比亚笔下的商人厉害。一个导游告诉我，一次他带一个旅游团来威尼斯。他对团中的游客们说，你们买东西时可得留心点儿，别叫威尼斯的商人“忽悠”了。在游客们分别去购物后集合起来时，他发现一个游客买的皮包买贵了，就说你这包儿花的钱多了，质量也差。这游客听了就要去退货。导游说你退不成，这里的商人厉害着呢。游客非去不可，拦不住他就去了。可是不多时这游客笑嘻嘻地跑回来，手里提着两个同样的皮包。他不但没退成，反叫威尼斯商人又多“忽悠”一个。

六百年前，马可·波罗从这里去中国，他就是随着爷爷到东方经商去的。我一直认为他们是经过丝绸之路“走”到中国的，至少走了其中一段。

这一次，我听说威尼斯城中还保存着马可·波罗的故居，很兴奋，但找起来可真难，穿街入巷一直跑了一二十条街，上下十多道桥，再穿过一个低矮的街洞才找到。街口两边各一座房子，一边是马可·波罗出生的小楼，一边是他家经商的办事楼。虽然里边已经找不到任何遗物，房子却依然完好，如今底层都改作小饭店。这里的人以马可·波罗为自豪。尽管一些苛刻的学者还在怀疑中国游记的真实性，威尼斯的老百姓却坚信马可·波罗去过中国，并把面条、饼、饺子带到意大利来，变成意大利面和比萨；有趣的是他们的饺子变作四方形的了，好像火柴盒，模样虽然有点怪，可是外边有皮，里边有馅，说是饺子也不为过。他们肯定没把中国妇女包饺子的手艺学去。我第一次听到这个关于“中意交流”的奇谈，觉得好笑中也有三分可信。想想看，除去意大利，欧洲哪里还有这种食物？历史有时永远没有结论。反正马可·波罗的游记让西方人对遥远的东方燃起了兴趣，甚至促使了哥伦布渡海西行，寻找中国，可是船头跑偏，一下子发现了美洲“新大陆”。

如今的威尼斯不再是意大利的商贸枢纽，但它的文化留了下来。其实人类的很多文化都是不经意创造出来的，在应用它时并不知其中的意义。时过境迁之后，文化的价值才渐渐显现出来。这就要看你是否能够认知它的价值。

威尼斯曾被我们称作“西方的苏州”。威尼斯整座城市于1987年列入世界文化遗产，苏州却因为我们自己的破坏而名落孙山。

在旅游已成为当代主要消费方式而日益“猖獗”的今天，威尼斯人很清醒，没有把自己主要力气花在旅游上，而用在保持自己城市的品位和历史的原真性上。城市所有建筑不能随意改建，不能改变原貌乃至“百孔千疮”的外墙苍老的历史感，如果必须修缮则要经过专家认定。凡专家确认的，政府出资70%。保护不是做做样子，而是做好每一个细节。比方他们给住房安装的电子门铃，在设计风格上与斑驳的老墙很协调，高雅又现代。这使我想起德国一个民间的历史建筑保护组织曾经请我去演讲。这个组织的名字叫作“小心翼翼地修改城市”。“小心”二字中包含着对城市的历史文明多么至诚的虔敬？不像我们经常喊的那个词语“保护性开发”——说到底还是要开发，保护不过是个挡箭牌。反正我们现在挺有钱，想开发还不是手到擒来？

据说曾经我们南方某城一位女市长访问威尼斯，听说威尼斯不能走汽车，也不能骑自行车，感到不方便。一问方知，原来威尼斯是一座小岛组合的城市，无法行车。这位女市长问：“为什么不把它们连起来呢？”主人说：“不行，我们做不到。”意思是这是历史遗产，不能改变。我们这位去访问的女市长听了财大气粗地说：“这个——我们能做到！”把人家吓了一跳。

现在的威尼斯也面临旅游压力，总共不到8平方公里的城区内，每年有2000多万名游客。在旅游旺季，在大街小巷、院里院外，到处是举着相机和手机四处拍照的游客。有时出门走路都困难。你和原住民一聊游客，他们就皱眉摇头。在他们眼里游客就像大群大群候鸟，一年来一次，一来就闹得天翻地覆。现在住在城中的本城年轻人愈来愈少，老人们依恋着与自己生命记忆融为一体的老房子，所以留在这里。可是老人总要离去，关键是怎么把年轻人留在本土。

当地的做法挺有趣。比方划贡多拉小船的船夫，绝对不允许外地人来干。自古贡多拉船夫都是传男不传女，今天依然如此。如今站在船头戴着皮帽、穿紧身衣、随口唱一首当地民歌的结实又爽快的船夫，都是地道的威尼斯人。至于制作本地彩色玻璃、手织花边和面具的当地艺人，也依然在一些岛上的作坊施展他们的古艺。还有威尼斯那些重要的博物馆和美术馆更让他们奉若神明。不少人来威尼斯就是要到学院博物馆看乔尔乔内的《暴风雨》和卡列拉的粉画

《少女像》，要到公爵府大议会厅去看韦罗内塞那幅世界上最大的油画。历史是要不断更迭的，但只要精髓还在就好。

虽然威尼斯不担心房子泡垮，却担心整座城市的下陷。城市的下陷是由地球变暖、海平面上涨造成的。现在每年平均下陷一厘米多。一百年就是一米多。它会不会有一天陷到地平线以下，成为一座水下的城市？这可怕的事情虽然不会在我们这个时代发生，我们这个时代的人却要为此担忧，设法阻止。历史要延续，遗产要留给后人。这是文明的思维。

爱情可以弄假成真

一

不管维罗纳有多少珍贵的古罗马和文艺复兴的古迹，人们对这座城市最神往的还是有关朱丽叶的“遗址”。《罗密欧与朱丽叶》来自莎士比亚的戏剧，并非确凿的真人真事，甚至有人认为基本上是艺术虚构。但是，当年联合国教科文将维罗纳列为世界文化遗产时，此地关于罗密欧和朱丽叶的相关传说与“遗迹”反倒是依据之一。

如果你到了维罗纳，这一切似乎更加确凿无疑。在城市中心香草广场附近卡佩罗路上的一座古老的小楼，据说就是朱丽叶的故居，朱丽叶就住在二楼上一个带阳台的房间。那个阳台不就是她与罗密欧幽会的地方吗？而在不远一条街上还能看到罗密欧住的房子，那是一座挺大的宅院。不过这里现在有人家居住，大门紧闭，谢绝参观；可是关着门反倒更有神秘感。此外，在城外较远的河迪杰边一个宁静和绿荫重重的地方，还可以找到朱丽叶的墓地呢。

这些地方看上去不就是罗密欧与朱丽叶真实的遗迹吗？朱丽叶的故居多么像一座名人故居博物馆，朱丽叶之墓不是一个实实在在的历史遗址吗？

可是如果从博物馆的角度认真地看，朱丽叶的故居里却没有什么历史见证物。朱丽叶的服装是1968年佛朗哥·泽菲雷里拍摄电影《罗密欧与朱丽叶》时使用的。一些家具物什包括朱丽叶的床也都是电影道具，还有几件14世纪的圣像与壁画，虽然珍贵，也只是与朱丽叶“同时代”的宗教艺术品。没有一件是可以见证朱丽叶的“文物”。至于朱丽叶墓地里那口暗红色的大理石棺，残缺风化得十分厉害，无疑是一件数百年的古物，可是谁又能证实这就是朱丽叶的灵柩呢?

要想知道究竟，还要回到罗密欧与朱丽叶的故事的历史原型上去。

二

文学史家从古希腊时期奥德维的《变形记》中找到这个故事最初的影子，那时它只是一个殉情的神话故事。直到文艺复兴时期的1476年，它才出现在意大利诗人的《马萨丘故事集》中，可是主人公的名字并不是“罗密欧与朱丽叶”，也没有两个结仇甚深的家族的背景，尤其是故事发生的地址是在另一个城市锡耶那，这是今天的维罗纳人最不愿意提到的事。

过了半个世纪（1531年），一位维琴察的作家路易奇·达·波尔托写的小说《最新发现的两位高尚情人的故事》中，地点搬到了维罗纳，时间被确定在13世纪，增加了两个家族的世仇，故事基本定型。两个主角的名字叫作罗梅乌斯与茱丽塔。

把这个故事挪到维罗纳的好处是有了世仇的家族背景，故事有了戏剧冲突，人物关系也被强化了，爱情的主题也就更纯粹了。而维罗纳历史上确实存在这两个家族，这就增加了故事的可信性。

此后这个版本还不断地经过种种修改与添加。包括阳台幽会的细节。据说，在当时就有人将这个故事搬上过舞台。

莎士比亚的名剧《罗密欧与朱丽叶》是直接从英国诗人亚瑟·布鲁克的叙事长诗《罗梅乌斯与朱丽叶的悲剧史》改编而来的，于1597年出版。如果没有经过莎士比亚神奇的笔，它也许只是地方一个不见经传的传说而已。然而莎士比亚一动笔，便把它创造为人类爱情的经典。

显然，这只是一个在民间传说基础上不断改写与创造的故事，就像我们的《天河配》，充满了历史的虚构与虚构的历史，但是维罗纳却一天天把它变为现实与真实。

伦敦的“福尔摩斯博物馆”把话说得明明白白：福尔摩斯不是真人，是柯南·道尔虚构的。但维罗纳不同，他们把罗密欧和朱丽叶当作他们城市的历史人物了。

三

随着莎士比亚这部名剧的影响力日益强大，维罗纳人开始创造“历史”。

朱丽叶故居原本是一座13世纪用石头建造的建筑，属于卡普雷提家族所有，这个家族传说是朱丽叶的家族，于是这幢老房子就渐渐被说成“朱丽叶的屋子”了。在几个世纪里，这幢房子经过多次易主和翻新，一度还作为旅店使用。由于莎翁剧作的效应，它由传说中的朱丽叶“故居”，逐步转化为“历史的真迹”。19世纪中期德国诗人海涅和英国作家狄更斯都来到过维罗纳，对这座房屋当时的破败不堪表示忧虑。狄更斯这位大作家很有意思，他把莎士比亚奉为神圣。英国本土的斯特拉福的莎翁故居，就是他下了很大力气保护下来的。现在莎翁故居窗户玻璃上还有他的签名。由于他们发出的声音非比寻常，终于促使维罗纳当地政府在1905年房主拍卖这座建筑时，将它买了下来，然后一点点建成了朱丽叶故居博物馆。

朱丽叶的墓地原先是一座教堂和女修道院，院中有一个用砖石砌成的通往地下的墓室，室内空空，潮气浓重，只有一口没有盖子的残破的暗红色大理石的石棺，幽暗、凄凉又神秘，据说它原先嵌在墙里，后来才被发现的。到了16世纪就传说这是朱丽叶的葬身之地了。

这些传说开始都是似真似假，将信将疑，后来四方来游访的人愈来愈多，也就确信不疑。如今世界上每年都有几百万男女来到这里，除去游览这些“名胜”，更重要的是把这里作为自己宣誓对爱情忠贞不渝的地方。特别是朱丽叶的故居，从入口的门洞到里边的庭院，每一厘米的墙上都挤满人们的签名、留言，画上自己的心和丘比特的箭。用口香糖把写上诗句的纸条粘满墙壁。还有不少青年男女跑到墓地前的花园里举行结婚仪式，以示对爱情的信守终生和至死不渝。当人们把它当作爱情的圣地，谁还管是真是假。你说假，人们偏要信以为真。这个“真实”是人们集体想象力创造的，是爱情的力量。爱情可以把任何不可能都变成可能，可以弄假成真。

当然，还有一种伟大的力量来自莎士比亚的才华，来自文学。因为文学可以创造生活，包括生活的真实；因为生活包括两个方面，一是实际的生活，一是心灵的生活。作家无法创造实际的生活，却能创造心灵的生活和心灵的真实。

当罗密欧与朱丽叶在人们心中活起来，维罗纳人的传说就成了“事实”。

这很奇怪，也并不奇怪。

斯卡帕：与历史对话的现代建筑师

一座古老而残损的建筑到了当代建筑师手里应当怎么办？

如果是经典的遗产当然要严格地保护，慎重地加以修复，不能随便动手动脚，如果这古建筑还要应用呢？西方的建筑师拿出来一种办法，就是：与它对话。所谓对话，就是一边尊重它，维护它的尊严，保存它珍贵的记忆；一边用现代语言与它交流，让古典与现代在交相辉映中并存。这样的建筑师中间有一位让我十分钦佩，就是卡洛·斯卡帕。这也是我从威尼斯特意跑到维罗纳来的原因之一。我要看他的名作——古堡美术馆。

维罗纳的这座古城堡是当地有权有势的斯卡拉家族于14世纪建造的。维罗纳是扼守意大利北方的城市，屡经战火“洗礼”，还曾经几次落入奥地利帝国和拿破仑之手，待到二战之后这座古堡已经相当破落。可是维罗纳人没有丢弃它，仍然把它作为城市历史的象征，在上世纪中期经过慎重的研究和决定，把它交给了著名的理性主义建筑大师卡洛·斯卡帕，改为一座美术博物馆使用。

修复，当然是斯卡帕首要的工作。修复不是整旧如新，而是在十分细心地保留古堡的历史原貌的基础上，进行加固和适当的填补。一边让它恢复当年的气概，一边还要保存住这座历经沧桑的古建筑的历史真实及所具有的残缺美。为此，斯卡帕刻意地将那些曾经遭遇炮火的累累“伤痕”保留在古堡的墙面上，特别把一段已经残破不堪的老城墙，原封不动地保存在一片绿莹莹的草坡上，远远看去像一件历史的雕塑和雕塑的历史。绝不像山西大同那个苍劲的北魏古城完全被用新砖包裹起来——老汉穿童装——“做大做强”地做成一座亮光光、荒诞的新城。

然而，这位理性主义的建筑大师的工作并不止于文物修复。他的高明之处，是把古建修复、美术馆的构建与展品陈列作为一个整体进行再创作。他的思路是将展品与古堡内的空间一并构思；同时把展品陈列的支架、台座、背板以及固定方式一起设计，连材质、颜色和制作工艺全都视为一个整体。

同时，他放入现代的理念与十分强烈的审美个性。

比如窗洞和门洞。从外边看，他一点也没改变原有的样式，里边却加上现代感很强的黑铁边框的玻璃窗或落地窗，让它成为美术馆室内自然的光源。黑铁是他使用的主要材料，也是他主要的设计语言。他用黑铁将各种石刻的神像、雕花的建筑构件及碎块固定在墙上，为大型雕像制作背板和台基，甚至作为一些装饰性的建筑语言。这些铁件的造型简约到极致，全部采用直线和直角，具有斯卡帕鲜明的个人的现代风格；制作手段却全部采用传统手工的榫卯、钳接与切割工艺，以使历史与现代能够融洽地“交谈”。

在古堡美术馆里，斯卡帕陈列在每一个空间的东西都不多，有时只有几件，留下足够的空间给观众去想象。他对每件展品的陈列方式都十分考究，绝没有雷同。从他当时的设计草图看，他或是为具体空间选择展品，或是为具体展品寻找陈列位置，都经过精心的别出心裁的设计。比如进入一个展室，一尊石像立在一块四四方方的铁板上，看起来极其简单，但他故意让石像背对着你，为了让你欣赏这尊石像背上的衣袍特有的几条非常优美的长线，还有一种伫立沉思之感。他采用这种创造性的陈列方式，还有一种意图，是迫使你必须绕到石像身前去看，因为这石像的正面与脸部非常值得一看——很美很沉静。

他的方式很独特、很个性、很现代。现代是斯卡帕必须表现的。因为他是现代建筑师。他给坑坑洼洼的古堡美术馆的地面铺上一种平整的灰石板时，有意在现代的地面与古老的墙体的交接处留一条沟槽，划一条界线。表明地是新的，墙是老的，历史与现代界线分明。

他鲜明地表明一种理念，便是让历史与现代两种元素并存。彼此鲜明地不同，但不冲突。相互不是融合，而是对话。只有在这样的对话中，古老才会更古老，现代才会更现代。使历史与现代之间的时空感拉大。

这已经是当今西方保护历史建筑经常采用的方式之一。米兰的斯福尔扎古堡博物馆也用了这种方式。这种方式的思想理念是历史被虔诚地敬畏，现代被自豪地表达。谁说历史和现代一定是冲突的，关键要看你是否有高超而文明的理念以及创造力了。

到博洛尼亚看最老的东西

这次从维罗纳出来，一路南下，径直往文艺复兴时期重要的古城博洛尼亚看看。待到了这地方，连标志性的双塔都没去瞧一眼，就直奔着三样老东西——最老最重要的东西去了。这三样是乔托的画、圣路加教堂的圣母像和博洛尼亚大学。乔托称得上文艺复兴画家中的鼻祖，圣路加的圣母像是传说最早的圣母像，博洛尼亚大学是世界上最古老的大学，快一千年了！哪一样能够不看？

一

车子穿过广阔的林莽田野，到达博洛尼亚。没有入城，首先朝着市郊的圣路加教堂驶去，我要先去看圣母像。驰名于世的圣路加教堂在一座百米高的小山顶上，有点像我国南通小狼山的广教寺。教堂建于中世纪，传说出生于世纪初的耶稣的门徒圣路加擅长肖像画，这座教堂收藏的一幅《圣母与圣婴》为圣路加所画，称得上“史上第一幅圣母像”，为此他被天主教奉为美术家和艺术家的“主保圣人”。不管这幅画是否真是他画的，但这确是远在文艺复兴之前最早的宗教画，更重要的是信徒们坚信不疑。

信徒们的坚信来自一个类似神话的传说。据说1433年天降大雨，连日不停，农家受灾。人们就到圣路加教堂向圣母祈祷，祈求雨住天晴，谁知不久竟然云破日出。从此，每年人们举行盛大庆典，将圣路加的圣母像抬出教堂，从山上下来，一直抬到博洛尼亚市中心的圣彼得教堂，举行过隆重的仪式后再将圣母像送回来。这种说法和仪式与我的家乡天津的皇会祭典十分相像。皇会祭典传说海神娘娘妈祖救渔民船工于大海的风浪之中，故此也是一年一度要将娘娘雕像从天后宫中抬出来，巡街三日，万众敬拜，事后再将娘娘神像送回宫中。不同的是，天津的皇会自民国以来就已日渐式微，现在保持无多，而且已经演化为一种纯娱乐的社区活动和民俗表演。博洛尼亚的仪式却至今不衰，具体日期虽不确定，但每年准要举办一次；前年是5月9日，去年是5月17日。这两地的区别恐怕因为前者（天津的皇会祭典）是民间信仰，后者是宗教信仰。民间信仰有功利性，失去现实的需要就会渐渐消退。

我们的车子爬上山时，渐渐看到一条券洞式、橙黄色的长廊盘山而上，车子走了很长的路，长廊却一直随山就势，延绵不断。一问方知这长廊非同小可，它正是为迎送圣母的仪式而建，从山顶到市中心竟有十里之远，蜿蜒曲折，未有中断，极为壮观。长廊的拱顶多达666个；不过这666，与中国人的六六大顺无关。

罗马式砖红色的圣路加教堂屹立在这绿木葱茏的小山顶上，看上去像一个城堡。从这里可以俯瞰平坦又优美的平原和完整地保持着中世纪景象的博洛尼亚古城。我喜欢教堂内宏大的气息，走进教堂时里边正在做弥撒。我不敢扰动人家的活动，站在一角欣赏教堂的建筑与艺术。圣路加的圣母像远远地镶嵌在金碧辉煌的祭坛中央。由于尺幅小，远处看不清，又不便走到前边去，我用照相机镜头的焦距把距离拉近，终于看到了这幅古老的圣母像——圣路加的《圣母与圣婴》。它有一种异常的遥远和肃穆之感。从现代人的眼光看，这幅画的人物形象比例不对，神情木讷而无生气，动作直愣愣，只用一些线条简单地勾勒着，因此画面显得单调又呆板；然而正是这样，一种古拙、执着、纯粹的气息，是万能的今人无法画得出来的。就像我们中国顾恺之的《洛神赋图》和《女史箴图》。在艺术中，技术与精神不完全是一码事；也可以说，人一旦精明反而无法返回纯朴与纯粹。

啊，我看到了最古老的圣母，看到了人最初怎么画圣母。如果没看到最古老的圣母像，就不明白后来的文艺复兴何以伟大了。

二

看乔托的画是我走进博洛尼亚美术博物馆主要的目的。尽管这座建于拿破仑时期的博物馆还收藏着其他很多旷世名作。

这是乔托于1300年为博洛尼亚一座礼拜堂画的祭坛画。这种画多是画在木板上。画面周围有繁复的木板贴金与雕刻工艺，装饰得非常讲究；绘画被这种细致的金饰衬托着，显得华美又高贵。

乔托的这幅祭坛画分为五个竖长的神龛，每个神龛中间镶着一个画面。中间最重要的画面也是“圣母与圣婴”，可是拿它与圣路加以及中世纪的圣母像一比较，就看出明显的不同。乔托的圣母不再是呆板与庄重的偶像，她有表情了，面部的神情显得深沉与慈爱，怀抱中的圣婴伸手向她表现出亲昵。在这幅祭坛画底座上还有一个圣母像，手捂着嘴——这是耶稣受难后的圣母吧，她披着蓝色的披风，掩面而泣，表情极度悲切。

仅仅凭着这一些表情，乔托在艺术史就这么重要的吗？

可是，在乔托之前中世纪黑暗时代所有的圣母像中，我们能看到这样的表情吗？

乔托的时代适逢基督教从黑暗时代自我地解脱出来，他最早站出来，充满勇气和热情地拥抱圣法兰关于宗教必须抚慰人心灵的主张，并将客观世界的生命情感和人性需求引入绘画中来。他认为圣母和耶稣必须是有血有肉有爱心的。尽管那个时代绘画还都是宗教题材，但在他的笔下已经把圣母视为慈母，把圣子视作娇儿。虽然他做得远不如此后的画家如达·芬奇、拉斐尔等等更充分更鲜明，可他是第一个。是伟大的起步。历史总是要记住，甚至特别记住第一个人的。因为，没有第一步就没有第二步。

因此我站在乔托这幅画前时，不知不觉心中充满了敬意。

三

在博洛尼亚找博洛尼亚大学可不大容易，它好像空气一样散布在整个城市里。你到处可以看到学生，感受到校园特有的气息，但是走了许多条街，问了许多人，都说不好哪里是大学的正门。一会儿在这条街上看到一所什么学院，一会儿在那条街上见到另一所什么学院或图书馆。这些街都是些幽暗的数百年的石板老街，墙体厚厚的老房子，窗洞像山洞；而且所有街道的便道都在各式各样的券廊里。券顶和柱式各色各样，罗马式、哥特式、爱奥尼克式、科林斯式。从中穿来穿去，如入迷宫，最后终于找到这座大学的“参观室”，但正值中午休息时间，大门关着。我想，这就是我想看的世界最早的大学吗？我的大学是中国最早的大学——北洋大学，1895年建校。它建校于1088年，比我的大学年长八百岁。可是他们为什么不弄几百亩地建一个合乎身份的、气派十足的新校区？政府也不要个面子吗？

我忽想起，大前年在牛津大学演讲，几个中国同学带我去到校园里一个矮矮的、墙上爬着常青藤的小楼休息。楼是老的，门是老的，楼梯是老的，屋里的皮沙发不但老，而且坐垫是破的，从破洞可以拉出里边的棕丝来。据说这里是他们的博士生导师与学生交谈的地方。这就是大名鼎鼎的牛津？可是如果你想一想那些教授会与博士生谈些什么，这几把椅子破不破重要吗？如果换一个锃光瓦亮的新校区，坐在崭新的大椅上，说的话却平庸而无思想，还有大学的意义吗？

如果按校区的规模和占地面积排名，我们的大学肯定雄踞世界前五十名。想到这里方才明白，原来我们至今还没弄懂什么是教育。

原载《北京文学》2017年第4期

郑伯克段

李敬泽

公元前722年。《春秋》纪事首年。

这一年，鲁国的国君惠公薨逝。嫡子姬允已被立为太子，但是，姬允此时大概只有两三岁，于是由他的庶兄、已经成年的息姑摄政。按照周朝的传统，摄政者在摄政期间享有君王的称号，所以，息姑就此成为一代鲁公。鲁国的始祖，那位神秘的周公，也曾是摄政者，他是华夏文明历史上最关键的人物，作为最初的“总设计师”，制礼作乐，规划了这伟大文明的基本架构。在他的兄长、开国的武王崩逝后，周公扶立年幼的成王并临朝摄政，后来，成王长大了，周公把一个秩序井然的天下交还他的侄子。

——天下事，竟可如此完美。这是政治，也是伦理和亲情，是历史，也是律法，周公所做的一切将被持久地追慕和模仿。

当息姑登上君位时，他并不知道他恰好站在了一个凶险、壮阔的大时代的门前，他并不知道，一切坚固的事物即将烟消云散，他确信，他将像伟大的周公那样善尽职责，然后，把一个好的鲁国交还给他的弟弟。

于是，这一年便是隐公元年。一元复始，岁月清寂，在欧亚大陆的东端，大地正从漫长的严寒中复苏过来，气温升高，气候变暖，黄河流域水草丰茂，恍如江南。但夏虫不可语冰，彼时的史官无法越过个体生命的尺度观察人类生活的变化，两千七百年前，天下本来事少，他把自己等成了一棵树。终于，到了这年五月，风骤起，传来大事一件，史官端坐，在竹简上写下六个字：

“郑伯克段于鄢”。

是的，就这六个字，禁欲、淡漠。文字神圣，史官如同祭司，在他看来，繁复嘈杂的记述会扰乱在文字中、在人世间暗自运行的天道。

郑国的国君在鄢地击败了一个名叫段的人。

为什么称“郑伯”、为什么用“克”字、为什么叫“段”？后世的解经者们推敲每一个字，在每一个字中领悟微言大义。

左丘明则在这个标题下讲述了一个故事。这是春秋的第一个故事，左氏的讲述后来被收入《古文观止》，开卷第一篇。在现代，世事翻覆无常，但《郑伯克段于鄢》一直在，照例被收入各种教科书。后世的中国人，只要是读过书的，大概都记得这个故事。

现在，让我们重读这个故事：

“初，郑武公娶于申，曰武姜，生庄公及共叔段。”

——郑国国君武公从申国迎娶了一位夫人。申国与郑相邻，在河南南阳，后来被楚文王所灭。申国国君姓姜，这位姓姜的武公夫人后来就被称为武姜。武姜生了两个男孩，哥哥就是后来的郑庄公，弟弟名段。至于他为什么又叫共叔段，后边会说到。

“庄公寤生，惊姜氏，故名曰寤生，遂恶之。”

——何为“寤生”？后世的儒生各执己见，说法不下七八种。一说是生于白昼，白天生孩子很好啊，怎么会惊到妈妈？另有一说是，这孩子一生下来就二目圆睁，这确实有点吓人。吵来吵去，占上风的说法是，所谓“寤”乃“牾”之借字，逆也，足先出，这在春秋时代的医疗条件下，很可能会要了妈妈的命。

于是，给孩子起名就叫寤生。这名字起得真是不好，它时时召唤着母亲的伤痛记忆，它将时时提醒这个孩子，他是多么艰难地来到世上，他是不顺的，孝者顺也，难产的寤生从一开始就违逆着母亲。

然后，妈妈的心就偏了，都快偏到右边去了："爱共叔段，欲立之。请于武公，公弗许。"

老公老公，把家业传给小段吧。

武公当然不答应。心偏也偏不过天理去，周公礼法固然摇摇欲坠，但其中包含的制度理性，任何头脑不糊涂的人都能看得明白。在君位传承中，必须坚持嫡长子继承制，首先是嫡子，比如鲁国的姬允，如果有一个以上嫡子，那必须是嫡长子。别跟我说小儿子或者小老婆所生的大儿子更聪明、更贤能，问题是，如果没有金石一般清晰不移的规则，没有政治共同体无可争议的预期，仅仅凭着高度主观的贤能原则，每一次君位的更替都可能酿成可怕的分裂和混战，其代价远远高于君位上坐着一个废物或疯子。

更何况，寤生显然是一个聪明的孩子。

寤生终于成了郑公。妈妈很郁闷很委屈，妈妈要为她所爱的小儿子争利益。

"为之请制"。

——寤生啊，把制这个地方封给段吧。那是今日的河南荥阳市汜水镇，后来是三英战吕布的虎牢关。寤生沉吟，细细想了想小段站在虎牢关上的场面，终于说，不行啊，"制，严邑也"，地势险要，不能让小段闪了腰，"它邑唯命"，别的地方随你们挑。

母子俩对着地图看啊看，最后说，我们要京。

好，给你京。

于是，段成了京地的主人，从此江湖上人称"京城太叔"。

京还是在今之荥阳，虽说不像制那样地当要冲，却是莽苍苍一座大城。大夫祭仲连忙来劝：使不得呀，京城太大，“君将不堪”，那太叔迟早作乱！

庄公叹口气：我有什么办法，我娘非要给他。

祭仲急了：“姜氏何厌之有！”她恨不得把整个郑国都给了小儿子！“无使滋蔓，蔓，难图也！蔓草犹不可图，况君之宠弟乎？”防微杜渐啊，不要让事情不可收拾！

庄公沉默，然后一张嘴就说出了流传千古的名言：“多行不义必自毙，子姑待之。”

好吧，这句话我们记住了。面对着世间的不公和不义，我们说服自己，上天自有盘算，即使是恶，也如生命一般，会自然地走向衰败和朽坏。

多行不义必自毙，请相信，请等待。

“京城太叔”，这是多么炫目的名号。叔是弟弟，丈夫的弟弟是小叔，而太叔乃是大叔，是尊贵的，是国君的第一个弟弟。那些年里，太叔段是郑国最耀眼的明星。《诗经·郑风》中，《叔于田》《大叔于田》歌唱的都是这位小段。在《叔于田》中，两千七百年前的一个女子以粉丝般的狂热追捧着她的偶像：

> 叔于田，巷无居人。岂无居人？不如叔也，洵美且仁。
> 叔于狩，巷无饮酒。岂无饮酒？不如叔也，洵美且好！
> 叔适野，巷无服马。岂无服马？不如叔也，洵美且武。

——她站在村头，遥望着纵马行猎的小段，那人，那么美，那么好，那么英武，当他出现时，当他在原野上奔驰，巷子里就再也没有男人，世间再也没有男人，因为他们“不如叔也”，因为，在这痴狂、沉醉的眼中，只有这天上的、云端的男人。

好吧。如此的太叔段，他如同神，万众仰望，他如神一般浩荡、华美、纵情：

> 叔于田，乘乘马。执辔如组，两骖如舞。叔在薮，火烈具举。襢裼暴虎，献于公所。将叔无狃，戒其伤女。（《大叔于田》）

——“看名王宵猎，骑火一川明”！（张孝祥《六州歌头》）这位太叔，他驾着四马的战车，马缰如丝带飘拂，左右两边的马如飞如舞，太叔飞身下车，扑向林莽，火把遍地高烧，太叔赤裸着身体，胸大肌肱二头肌背肌和八块腹肌在熊熊火光中闪亮，他是一匹猛兽，他赤手搏虎，他竟制服了猛虎！

太叔啊，求你不要这样，小心它会伤害你！

——这是一个春秋巨人。在这两首诗里我们看见了与《郑伯克段于鄢》完全不同的段。在《左传》的叙述中，这个段面目模糊，他甚至是软弱的，他只是母亲的宠儿，在野心和贪欲的支配下妄动。而在《叔于田》和《大叔于田》中，你看到这个与猛虎相搏的人，这个在人们眼里具备一切男性美德的人，他的身体如此强大，他的气概震慑群伦，他的问题不是贪婪，而是无节制，他不知何为危险，热血翻腾，他会轻率跨越人类生活的一切界限，以至于即使是倾倒于他的人也不禁担心：“将叔无狃，戒其伤女！”

显然，太叔段不会听见这微弱的声音。此时，春秋的大时代刚刚开始，这个大地上即将出现无数这样的巨人，他们在一个崩坏的世界上、在原野和丛林中闯荡，他们将擒杀猛虎，或者自己成为猛虎。

太叔行猎的队伍必定不止于京，京太小，一只虎的领地应在一百到四百平方公里。太叔逐猛虎而行，他到了郑国的西边和北边，他直接向西边和北边的官吏下达命令，完全不顾那里并不是他的封地。

大夫公子吕跑去向寤生抱怨：“这个国家到底谁说了算？您到底是怎么想的？要是想让位给他，那您早说，我赶紧去伺候新主子。否则就赶紧动手，再拖下去，人心就乱了。”

庄公不动，回答道：“无庸，将自及。”

事态继续发展，太叔段公然宣布，西边和北边那些地方从此便是我的地盘。公子吕又急了："可矣，厚将得众。"

庄公还是不动："不义，不暱，厚将崩。"

终于，公元前722年周历五月，消息传来，太叔段已经做好了一切准备，将要暱袭国都，他们的母亲武姜将作为内应，打开城门。

是的，不能等了，庄公寤生说："可矣"，命公子吕率战车二百乘直扑京城。

令人意外的是，万众景仰的太叔段，他所得到的支持竟如此脆弱，也许是"不如叔也"，所以"巷无居人"，当国君的大军杀来，他的军队和国人竟立时土崩瓦解。段仓皇逃往鄢陵，那是如今的河南鄢陵县，郑兵追杀而来，"克段于鄢"。周历五月二十三日，段逃往共国——位于河南辉县的一个小国。从此，他不再是太叔段，他成了共叔段。

春秋史上，"郑伯克段于鄢"其实并非大事。但是，它位居《春秋》开端的醒目位置，成为大时代的先声：维系宗法制家庭、社会和国家的礼制和伦理正在崩坏，君不君、臣不臣、父不父、子不子，春秋二百四十二年，相斫相杀，正始于寤生与段这君臣兄弟之间。

春秋公案第一桩，大家都来评评理。庄公的君位无可置疑，段的反叛铁板钉钉。后人对此插不进嘴去，大家重点讨论的是庄公寤生的动机问题。

的确，在左氏的叙述中，寤生像一个处心积虑、阴鸷冷酷的猎人。他耐心地等待着，等待着他的猎物和对手犯错误、犯更大的错误。他本来可以尽快行动，制止段的悖逆行为，这样至少可以避免最后的悲剧，但是他不，他甚至是在期待着，端坐于此看着段走向他预设的陷阱。

《左传》中，在讲完这段故事后，对于《春秋》经文何以称"郑伯"做出了解说："称郑伯，讥失教也；谓之郑志。"这是对庄公寤生的道义谴责：你是郑伯呀，你是国君、你是兄长，你本来有义务，也有机会教导你的臣子和弟弟，但是你就这么心怀叵测地等着。杜预注《左传》更直截了当地断言："明郑伯志在于杀”。孔颖达《左传正义》引服虔的话进一步提出指控：“公本欲养成其恶以加诛，使不得生出，此郑伯之志意也。”

所谓“志”、所谓“志意”，说的是人心中无法言喻的隐秘动机，所以，无论《左传》还是后来的论者都是作诛心之论，他们指着庄公寤生的鼻子喝道：你是不是这么想的？你从一开始就存心除掉你的兄弟！

《郑伯克段于鄢》，好文章也。结构如此严密，逻辑如此清晰，起承转合，间不容发，层层推进，一气呵成。但问题是，它太好了，它让我们忘了，左丘明在此叙述的事件，时间跨度长达三十几年，如果从寤生即位算起，也长达二十二年。如果把这文章还原到三十年、二十年的岁月里，还原到一天又一天树叶般数不清的日子，你难道不觉得，它过于严密、过于清晰？

寤生即位时年仅十三岁，段只有十岁。现在，母亲姜氏为十岁的弟弟要求封地，十三岁的寤生怎么办？我很怀疑他会说出“多行不义必自毙”这样的话来，即使说了，这句话也可能已经是当时成语，他只不过是随口说出，然后幸运地被载入《左传》，从此获得著作权。相比之下，“姜氏欲之，焉避害？”这倒很像他自己的话。他面对着偏心的妈妈、娇纵的弟弟，他是长子，现在是这个国这个家的主人，他能怎么办呢？好吧，给他们，让妈妈高兴。

然后是二十二年的漫长时间，无论段的行为还是寤生的反应，必定不会像《左传》所述那样具有严密的戏剧性，那不是一场戏，没有人用二十二年演一场戏。在春秋时代，二十二年已经长过了大部分人的寿命，庄公寤生，他要用二十二年等待他的弟弟犯下不可饶恕的大罪，他真是太有耐心了。况且，现有的叙述中，包含着后设的、马后炮式的视角，庄公寤生是胜利者，由此倒推，人们揣度他的志意，使他的言谈和行为导向最终的结局。但是，让我们回到那漫长的二十二年，庄公何以就那么有把握他一定会在最后摊牌时获胜？无论当时还是后世，国君面对一个心怀叵测的反叛者，常常不堪一击，他怎么能够断定日益坐大的段不会是最终获胜的一方？不要告诉我“不义，不暱，厚将崩”，如果庄公真的这么想，他就太天真了。

郑庄公，这个名叫寤生的孩子，他一直在逃避，在拖延，这个拖延症患者，他不是在等待时机，等待果子熟了，从枝头落下，他只是不愿做出那个困难的决断，他一直期望着的是，最终的结局、摊牌的时刻永远不要到来。

因为到了那个时刻，他不能想象将如何面对母亲。这个女人，他活在她所赐之名里，就像在“寤生”这个题目下做一篇文章，母亲是出题者，寤生是作文者，他多么希望让母亲满意，虽然他知道母亲永远不会满意。他是寤生者，他的两只脚先来到这世上，从此逆水行舟，世道艰难。他是逆的，他是命里注定的忤逆者，他伤害了母亲，他和世界将互相伤害。他多么希望一切都是顺的，天地有恩，人世有情，可是，人世的恩情纷乱难治，他拒绝把制交给段，因为他不能负了，逆了把社稷、把郑国交给他的父亲。但在他拒绝母亲的同时，他就退却了，他让母亲失望了，他将不断妥协和退却来弥补这亏欠，补救这不顺。他嫉妒他的弟弟，他千百次地想过，如果段在这世上消失，那就是海晏河清、天下太平，但是，那同时也是天塌地陷，他将失去他的母亲。他无数次深怀恐惧和罪感地想象自己降生时的情景，喷溅的血，绝望的嘶喊，他是未遂的凶手，他差一点就杀了他的母亲，现在，如果他把段从母亲的怀里夺走，他就把母亲再杀了一次。

由此，我们才能理解庄公寤生的狂怒。他粉碎了段的叛乱，立即派人把母亲武姜押往城颍囚禁起来，他嘶喊着，发出决绝的誓言：

“不及黄泉，无相见也！”

除非到了地下，决不相见！

这是极不理智的行为。无论当时还是后世，如此囚禁亲生母亲都是绝对的人伦悲剧和舆论灾难，即使秦始皇这样心如铁石的人也不能承担。

此前的一切绝非庄公寤生处心积虑的结果，如果是那样，他一定会想好怎么处置母亲。但是，他显然没有想好，他不敢想，他只是忍耐、拖延，他拖了二十二年，他以为终究会拖过去，谁想到，他还是不得不面对结局。

那一日，黄昏日落，忽然，庄公寤生登上了城墙，众人愕然，他们不知道他来干什么，没有人敢上前说话。寤生独自走到城墙的垛口，他望着渐行渐远的囚车。

他忽然想哭，想像一个孩子一样放声大哭。

然后，有一天，驻守颍谷地方也就是如今登封一带的将军颍考叔拜见庄公。君臣宴饮，颍考叔把大块的肉拨到一边。庄公寤生看在眼里，问道：怎么不吃肉啊？颍考叔回话："小人有母，皆尝小人之食矣，未尝君之羹，请以遗之。"国君家的炖肉我娘没吃过，留着带回去，给老娘尝尝。

一席话锥心刺骨，庄公寤生怆然泪下："尔有母遗，繄我独无！"

——即使是古文，即使隔了两千七百年，你也能听出其中的委屈、伤痛：你是有娘的，天下人都有个娘，只有我呀，我是个没娘的！

然后，庄公寤生，这孤独的君王，把他最脆弱、最纠结的深处敞给了颍考叔，"公语之故，且告之悔"，这里边是多少年的郁结啊，是的，他爱他的母亲，比段更爱母亲，从他生下来，到现在，三十五年了，这三十五年他要做的只是一件事，让母亲欢喜，让母亲知道，他是多么爱她。但是，母亲决心夺去他的君位，她是在告诉他，他不是她的孩子。

现在，段跑了，他回不来了。我的母亲，她在城颍，我已立下誓言，再见除非是在地下、在黄泉！

颍考叔注视着他的君王，他正是为此而来，他必须给出一个主意，一个戏剧性的、极具心理治疗效果的解决方案——好吧，那就挖一条深深的隧道，让你和你的母亲在地下相见。

隧道幽深、黑暗、潮湿，无穷无尽，如同一个巨大的动物的腹腔。任何人在这黑暗的地下都会感到恐惧，那是身陷幽冥，如同死亡。在春秋人的想象中，这就是死亡，是永恒的黑暗。庄公寤生擎着火炬，在大隧中独自走去，他拒绝随从，他要一个人走进去，火光在隧壁跳跃，他惊叹地注视着隧壁上用铜锸铲出的泥土的纹路。他从未如此宁静，他慢慢地走着，他感到自己正越走越小，小如婴儿，小如浮游生物，直到在前方，无尽的黑暗中一点火渐渐地亮了，渐渐近了。

“大隧之中，其乐也融融。”

这是庄公的咏唱。

“大隧之外，其乐也泄泄。”

一个女人的声音迎合着。火光照亮了这个女人，她站在那儿，她是那么美，那么慈爱，她是母亲，爱他的母亲。

寤生重新生了一次。

公元前722年的事件，决定性地锻造了郑庄公寤生。此后，我们看到了一个精力旺盛、果敢强悍的君王。历史猝然加速，在这混沌的、昏昏欲睡的春秋早期，一切都被寤生唤醒。

但庄公寤生不仅难产，而且生错了地方。那是郑国，其国都在如今的河南新郑。比起其他诸侯国，郑国只是后起小国，庄公的祖父桓公是周宣王的少弟，始封在陕西。从祖辈起这个家族就显示出了在乱世中非凡的生存能力，桓公预见到大厦将倾，君子不立危墙之下，早早在东部安排了退身之地。然后，庄公的父亲武公在西周覆灭、东周初定的大乱中，灭掉了若干小国，生生挤出了一片天地，把郑国搬到河南。因为辅助平王东迁，他还获得了周王朝执政的卿士地位。

郑国生于乱世，危如累卵。打开地图，你会发现新郑居天下之中，四通八达，在现代此为大幸，在古代这叫作四战之地，八面来风，四面受敌，没有任何战略上的回旋余地。后来的春秋史上，郑国所能做的就是在虎狼环伺中机敏地生存下去。此时还是春秋早期，虎狼还没有充分醒来，庄公寤生得时代之先机，他清晰地看到：“王室而既卑矣，周之子孙日失其序”，人心散了，天下乱了，生何难，死何易，郑国随时都会烟消云散。终其一生，寤生反复谈及他自己的死和郑国的亡，这个人身上有深刻的悲凉，这个难产而生的人，他过的是借来的日子，生活对他来说就是一场必定散去的筵席。

——如此悲凉才能如此炽热。庄公寤生成为了一个重要的战略原则的发明者和实践者：劣势之下，最有效的防守就是进攻，不能停，停下就要挨打，要动起来，抢在挨打之前打人。

风乍起，庄公寤生搅乱了春秋早期的格局，使得中原和东部各诸侯国陷入混战。在与宋国、卫国、陈国、蔡国的频繁战争中，他建立并主导了与齐国、鲁国的联盟。庄公寤生在一个较小的规模上预演了、启示了后来齐、晋、楚的霸业。

公元前712年，隐公十一年，以郑国为首的齐、鲁、郑联军攻伐许国。这是一个与郑国毗邻的诸侯国，其地在今许昌一带。夏历五月二十四日，庄公寤生在太庙举行授兵大典。春秋的战争是贵族战争，打仗是高贵的事，是精英的专有权力，按照传统，开战之前要举行庄严的仪式，把平日储存于太庙的战车和兵器授予高贵的武士。

但这一次，就在授兵大典上，武士们先打了起来。那位颍考叔，按说是位心思深长的君子，但春秋时甚少没脾气的君子，君子大多是身体壮敢打架，他和另一个将军子都为争一辆战车起了冲突，颍考叔拉起车辕就跑，子都拔戟便追，长安街上跑了十几里，二人累得瘫倒，只好作罢。

这件事若到此为止也上不了《左传》，问题是还有下文：战场上，颍考叔果然骁勇，一手擎着大旗，头一个登上了敌方城头——就在此时，城下纷纷乱军之中，只见箭似流星，一箭正中，可怜那颍考叔栽下城头！

这是战场打黑枪啊，从古至今都该杀无赦。庄公寤生很生气，城是攻下来了，但这事不能算完，传令三军，站好队，端着猪、狗、鸡，一起诅咒那打黑枪的孙子：谁干的谁干的，让丫不得好死！

谁干的？大家都知道，子都干的。

寤生是在装糊涂。领导真糊涂时，你可以劝，比如颍考叔就出来劝了；但领导装糊涂时，你不能劝，比如此时，全军念念有词，没一个人出来指证子都。

为什么呢？因为子都是世上最美的男人，有郑国小曲为证："山有扶苏，隰有荷华，不见子都，乃见狂且。"（《诗经·郑风》《山有扶苏》）那意思是，只要心里想起子都，这世上就"巷无居人"了，别的男人就都没法看了。

大家你看我一眼，我看你一眼：谁干的谁干的？让丫不得好死！

就寤生的成长经历而论，他和子都的特殊关系也在情理之中。问题是，寤生和子都在这件事上败坏了贵族共同体的公义，他们所得的报应便是持久地成了八卦对象，京剧里有一出《伐子都》，就是人家编来出气的。那戏里子都被颍考叔的鬼魂附体报仇，武生子都，俊美如妖如神。

当然，装糊涂，说明寤生是个明白人。此一战，郑国占领了许国，若放到现在，嗓门很大身体很差的好汉们必是"灭了它灭了它"喊成一片，但寤生不，他善待许国的公族，特别交代占领军头领：

"寡人有弟，不能和协，而使糊其口于四方，其况能久有许乎？吾子其奉许叔以抚揉此民也，若寡人得没于地，无宁兹许公复奉其社稷，唯我郑国之有请谒焉，如旧婚媾，其能降以相从也。无滋他族实偪处此，以与我郑国争此土也。吾子孙其覆亡之不暇，而况能禋祀许乎？寡人之使吾子处此，不唯许国之为，亦聊以固吾圉也。"

"凡而器用财贿，勿寘于许，我死，乃亟去之！"

这一年，寤生四十五岁，在位三十二年，在春秋，已是垂垂老矣。他这一番话是春秋史上最动人的政治言说，句句出自本心，有大政治家的明智、远见，有饱经世事的通透、苍凉。是的，我亲弟弟跟我都不是一条心，许国人怎么可能跟我一条心？争这一块许地，不过是为了战略上的缓冲。这块地好比是借来的，迟早得还回去。我死之后你马上收拾行李撤军，许国还是许国人的许国。

庄公寤生，他知道他所做的一切，终究是经不住风霜雨雪，经不住生老病死。

也是在这一年，公元前712年，鲁隐公迎来了悲惨的结局。他已经摄政十一年了，他一直谨遵礼法，他眼看着他的弟弟姬允渐渐长大，他已经盘算着在泰安附近另建宫苑，归政于弟弟，然后，优游山林，颐养天年。

但是，这一年某个寒冷的冬日，大夫羽父向他提出了另一种选择：我替您杀掉姬允，这样您就是名正言顺的国君，您不必承担篡逆的恶名，然后您将一直坐在这里，而我，将成为执掌国政的太宰。

隐公惊骇地注视着这个人。他一直信任羽父，在他统治期间的史册上，羽父是最常出现的名字，他一直是一个忠诚、明智的臣子。但是现在，他站在这里，竟说出了如此残忍卑鄙的提议。

隐公并未愤怒，他只是感到蚀骨的疲惫。靡不有初，鲜克有终。他想，如果我是这样的人，这件事十一年前我就做了，何必等到今日。

他闭上眼，用微弱的声音说：

“借来的东西，我终归要还给人家。”

寂静。他知道，羽父默然地退出去了。

隐公真是累了，他竟不曾想到，此等弑君大事是不能说也不能听的，说出去就必须做，就必须成功。现在，对羽父来说，真正的灾难是隐公会把他的提议告诉将要亲政的姬允。

说的人是白说了，听者却不能白听，这年十一月，羽父指使人刺杀隐公。然后拥立姬允亲政，是为桓公。

隐公，他的谥号为“隐”，这不是一个美谥，这是隐晦、隐没。这个一生遵从周公之礼的人，被他的时代灭了口，被摒弃和遗忘。

然后，鲁桓公五年，公元前707年，春秋史上一次标志性的战争开始了。

这一年，庄公寤生五十岁，五十而知天命，他的天命就在于撕下温情脉脉的面纱，断然宣布一个全新时代的到来，那是最坏和最好的时代，是王纲解纽、礼崩乐坏的时代，是天高地阔、龙腾虎跃的时代，是毁灭的时代，是创造的时代，是华夏文明的轴心时代，是这个文明永恒守望的血气方刚的少年。

在此之前，公元前720年的周历二月初一，日全食。三月二十四日，周平王驾崩。五十一年前，父亲周幽王被犬戎所杀，他在天崩地裂中匆忙即位，立即面临着根本抉择，他可以横下一条心，留在镐京，那伟大的城，那制作了周礼、君临天下的地方；但是，这就意味着他必须面对戎狄的巨大压力，他身上流着文王武王的血，但这血已如此淡薄，无法承受危险而只能选择安逸。他把这片祖宗的地赏给了小小的秦国，然后逃往成周，那是周公在东部建立的陪都。他所放弃的正是席卷天下的起点，从咸阳、长安到延安，通向天下的路均起于那片平川和高原。从此，西周成了东周，周朝不再伟大。

继位的周桓王显然不知天下大势。平王身上尚且残存着西周的余晖，而他必定承受东周的衰微和屈辱。继位之初，这位傲慢的天子就和庄公寤生翻了脸，这无疑是鲁莽的。当初平王东迁，郑国是主要的支持者，从武公到庄公，郑国的国君一直是秉持东周国政的卿士。为了维持这种关系，周平王甚至低声下气地与郑国交换质子，把当时还是太子的桓王送往郑国为质。这段屈辱的经历显然影响了桓王的判断，周郑关系迅速恶化，在经历了一系列诸如郑国抢割了周王的麦子之类如同地主打架的冲突之后，公元前707年，桓王宣布，剥夺郑庄公的卿士之位，双方彻底决裂。

这年秋天，桓王率领蔡、卫、陈联军征讨郑国。周王征讨诸侯在西周是常事，在春秋却是首次。古老的传统和记忆被唤醒，郑国和郑庄公面临着生死存亡的考验。

只有战！庄公寤生起倾国之兵在郑国境内的繻葛迎战王师。天下屏息，这不仅关系到一战成败、一国安危，这关系到东周王室是否还有能力行使天子之权。

王师大败。混战中，郑将祝聃一箭射中桓王左肩。

——那一刻，乱军之中，庄公寤生眼看着那支箭向着战车上、大旗下的周王而去，他觉得他要窒息了，他觉得这支箭竟如此之慢。

然后，他看见那箭射入周王的肩头，发金石之声。

这是天地为之惊、鬼神为之泣的一箭。庄公寤生，他觉得在那一刻，整个礼乐天下都被这支箭射中了。

祝聃纵马欲追，寤生止住他：让他去吧。“君子不敢多上人，况敢陵天子乎？苟自救也，社稷无陨，多矣。”

此夜，寤生无眠。披衣观天，感慨万端。命祭足携酒食前往周营，探视天子，抚慰群臣。

——他不是为了祈求宽恕。他只是为了此心稍安。在这世上，庄公寤生即使在最放纵的时刻也持着一份分寸和克制。生下来是难的，活着也是难的，人终有一死，世上山高水远。

六年后，公元前701年夏天，庄公薨。他的身后，遍野巨人猛兽。

原载《当代》2017年第4期

《霓裳》的种子

陆春祥

我一直在古代笔记中蜗行，野史音乐笔记的点点细迹，犹如绵长的琴声，不断撞击着我的心灵。本文以《霓裳》和《六幺》两首唐朝大曲为引，耕云钓月，草蛇灰线，古今勾连，采珠而成。

一

白居易的《琵琶行》，我滚瓜烂熟。“老大嫁作商人妇”的琵琶女，“江州司马青衫湿”的白乐天，这一对“同是天涯沦落”的苦命人，因一夜相逢，谱写出了中国音乐史、诗歌史上的著名篇章。整首《琵琶行》中，琵琶女弹奏的曲子，有名称的只有两首，“初为霓裳后六幺”，一首是《霓裳》，一首是《六幺》。

这两首有名称的曲子，都是唐代大曲。所谓大曲，往往是歌、乐、舞三位一体，连缀融合的综合艺术。它一般由散序、歌、破三部分组成。唐代崔令钦的笔记《教坊记》，详细列举了当时流行的四十六种大曲名称：

踏金莲 绿腰 凉州 薄媚 贺圣乐 伊州 甘州 泛龙舟 采桑 千秋乐 霓

裳 玉树后庭花 伴侣 雨霖铃 柘枝 胡僧破 平翻 相驼逼 吕太后 突厥三台 大宝 一斗盐 羊头神 大姊 舞大姊 急月记 断弓弦 碧霄吟 穿心蛮 罗步底 回波乐 千春乐 龟兹乐 醉浑脱 映山鸡 昊破 四会子 安公子 舞春风 迎春风 看江波 寒雁子 又中春 玩中秋 迎仙客 同心结

“绿腰”就是“六幺”。每一种曲，都有不同的来历和故事。

先说《霓裳》。《霓裳》全名《霓裳羽衣曲》，唐明皇李隆基是此曲的创造者。唐明皇游月宫，谁带领？有申天师、洪都客，有罗公远，还有叶法善，最著名的当数天师叶法善。

道教作为大唐国教，法曲（道观所奏之曲）自然是主旋律。宋人李上交的笔记《近事会元》卷四《霓裳羽衣曲》中，有关于此曲的来历：

唐野史云，明皇开元中，道人叶法善，引上入月宫。时秋，上苦凄冷，不能久留。回于天半，尚闻仙乐。及归，但记其半曲。遂篴中写之。会西京都督杨敬述进《婆罗门曲》，与其声调相符，遂以月中所闻，为之散序，因敬述所进为曲身，名《霓裳羽衣曲》也。

虽是野史，情节却相当完整。但还有另外几种说法。比如，宋代乐史的传奇小说《杨太真外传》这样记载：霓裳羽衣曲者，是玄宗登三乡驿，望女儿山所作也。故刘禹锡有诗《三乡驿楼伏睹玄宗皇帝〈望女儿山诗〉，小臣斐然有感》：“开元天子万事足，惟惜当时光景促，三乡驿上望仙山，归作《霓裳羽衣曲》。”三乡驿者，唐连昌宫（洛阳宜阳县的离宫）所在也。

宋代王灼的笔记《碧鸡漫志》卷三则这样判断：“《霓裳羽衣曲》，说者多异，予断之曰，西凉创作，明皇润色，又为易美名，其他饰以神怪者，皆不足信也。”不管哪一种说法，《霓裳羽衣曲》都是一种糅合性的创作，它沾着仙气，犹如仙乐。这一下，中国音乐史上著名的曲子诞生了，有诗为证。《全唐诗》中，“霓裳”这个词，出现过一百多次，其中，至少有六十多次直接写到这部大曲，有说来源，有说曲调，也有说结构，还有说配器，涉及方方面面。

二

历代帝王中，李隆基的音乐才能和多情数一数二。宋代沈括《梦溪笔谈》卷五《乐律一》，让我知道了李隆基多情的源头。他打得一手好鼓，这种鼓叫羯鼓。羯鼓的特点是透空碎远，和一般的鼓极为不同，它可以独奏。沈括认为，唐代的羯鼓曲，比较著名的有《大合蝉》《滴滴泉》等，但差不多都失传了。沈括还写到唐玄宗和李龟年讨论羯鼓时的一个细节，说他为了练习羯鼓，打坏的鼓杖有四柜子之多。

在知道李隆基是打鼓高手之前，我对他的印象主要有以下几点。一是运气十分好也十分坏。十分好是，靠他太爷爷、爷爷和父亲的积累，唐朝到他这里，已经非常强盛，这不是他水平高，而是他运气好。十分坏是，唐朝的由盛而衰，也是他造成的，最后仓皇出逃，场景非常凄惨。

二是器重宦官。他曾经说，没有高力士在他身边值班，觉都睡不好。于是，从他开始，一大批宦官得到任用。这样的结果就是，高力士甚至代替唐玄宗阅读天下的奏章，小事就直接处理了，大事才向他汇报。

三是乱伦高手。杨贵妃原来是他儿子寿王的妃子，他想尽办法弄到自己的床上。“脏唐”里，他的“功劳”不可磨灭。奇怪的是他为什么会下这么大的决心，费如此大的周折。原来，杨贵妃除美貌以外，还有特别的天赋，就是通晓音律，唱歌跳舞样样拿手，这一点，与李隆基兴趣十分相合，自然是三千宠爱集一身了。

于是，我们可以设想：李隆基第一次看到、听到羯鼓，就异常激动，这个东西能表达他的心声，能让他放松，能让他达到想要的理想境界。俗话说，兴趣是学习之母，兴趣会给一个人带来无限的动力！他初试牛刀，竟然博得满堂喝彩，于是信心倍增，不断地打啊，打啊，有空就打，没空也要想办法挤时间去打。有一天，宰相姚崇来请示任用干部的事情，李隆基懒得理他，理由是你宰相就不应该把这么细碎的事情拿来烦我，什么事情都要我处理，还要你们干什么！这说明，他早就知道皇帝只抓大事就可以了，不必事无巨细都躬亲的。但这个羯鼓不一样，这是最爱，有这样的特长，为什么不发挥出来呢？皇帝就这么任性！

我在清朝余怀的笔记《板桥杂记》中，还读到一则《教坊梨园》，也写到了李隆基的音乐爱好，说李隆基本上就是一个优秀的音乐学教授，既知音律，又酷爱法曲，他还选极漂亮女学生三百，在梨园亲自授课。

不幸的是，唐朝无与伦比的美好时代，就这样被他给打坏掉了。喜欢羯鼓无罪，喜欢音乐无罪，但谁让他是皇帝呢？

三

李隆基几乎是用音乐在全方位治国呀，自然，他对自己灵光闪现的月宫调《霓裳》曲，一定视为得意之作。此曲也确实是旷世之作，于是，全体唐朝人民都膜拜。

《霓裳》曲始于开元，盛于天宝。除太常署、教坊外，李隆基还专门成立庞大的梨园机构，在梨园中又特别成立法部，教习法曲，《霓裳》就是最有代表性的曲目。《新唐书·礼乐志》记载："梨园法部，更置小部音声三十余人。"换现代话说，法部就是童声合唱团，由十五岁以下的少年歌手组成。唐朝的专门音乐机构，都要演出《霓裳》，这样的宣传攻势，《霓裳》得到了迅速普及。于是，盛唐大国，霓裳翩翩。

白乐天是《霓裳》研究专家，他在多首诗中写到此曲，又数次应邀入宫近距离欣赏，体会最深，"就中最爱霓裳舞"。他的七言长诗，《霓裳羽衣歌（和微之）》，从曲的组成部分、舞姿、服装表演、节奏变化等，都做了极为细致的描写。诗人眼里，《霓裳》曲分为三大部分。

散序六段。“散序六奏未动衣”，这六段，没有歌舞，只是器乐演奏部分，相当于开场曲。曲调舒缓优美，“磬箫筝笛递相搀”，打击乐、吹奏乐、弹拨乐次第发声，节奏自由，类似现代轻松的爵士乐。

中序十八段。“中序擘騞初入拍，秋竹竿裂春冰坼。”开始起舞，讲述一个长长的月宫故事，所有的意境，也都塑造成神话中的月官，祥云漫浸，水袖绕撩，让入神痴意迷。

入破十二段。“繁音急节十二遍，跳珠撼玉何铿铮。”似乎从沉醉中醒来，音乐渐转急促，节奏加快，舞姿奔放，循环往复，极尽酣畅。十一段后，又突然收住，曲末渐慢至散，长引一声结束。

至于《霓裳》曲的节奏，那是相当舒缓，慢板中之慢板。有多慢？“出郭已行十五里，唯消一曲慢霓裳”（白居易《早发赴洞庭舟中作》）。路都走出十五里了，《霓裳》曲才刚刚演奏完。我用“乐动力”计步，比较快的速度是，每十分钟一公里，那至少也得七十五分钟。

杨贵妃的贡献也不小，她将《霓裳》曲编成了《霓裳舞》。舞和曲一样，都极有名，重要场合，常常是曲舞联合表演。

唐宪宗时，《霓裳》仍然很红，但是，黄巢农民起义后，它就沉寂了。“苏州七县十万户，无人知有《霓裳舞》”（白居易）。白乐天被贬江州，做了小小的司马，他在浔阳江边送客的当晚，听到了琵琶女的演奏，该女来自皇家音乐机构，又是专业出身，自然，《霓裳》《六幺》这样的大曲，应该是必修课，加上琵琶女自身的经历，犹如作家丰富的生活实践，难怪她会将这些大曲演绎得如此完美。

白乐天的大曲情结一直浓郁。他做杭州太守时，业余时间还教官妓《霓裳》舞曲，“墙西明月水东亭，一曲霓裳按小伶”（白居易《答苏庶子月夜闻家僮奏乐见赠》）；“两瓶箬下新开得，一曲霓裳初教成”（白居易《湖上招客送春泛舟》）。这得有多大的兴趣爱好，才能坚持下去呀。音乐就是生活，美好的音乐，能让人的精神丰富而充实。

即便整个大唐国势在不断往坡下走，国家主要领导还是念念不忘《霓裳》大曲，欲借此重振国运。一个显著例证是，好几次的科举考试，都曾以此为题。五代王定保的笔记《唐摭言》卷十五有记：“开成二年，高侍郎锴主文，恩赐诗题曰《霓裳羽衣曲》。三年，复前诗题为赋题。”又考诗，又考赋，国家策略，生生要将《霓裳》的种子，种进全国读书人的心里，并深深渗透进唐人的社会生活之中。

政府倡导，民间喜好，大曲的种子得以不断延续，并丰富发展。但一直到五代十国和宋代，《霓裳》仍然小范围内流行在宫廷或者一些高级的聚会场所，它经常作为特别重要的节目演出。南唐后主李煜，音乐奇才，他凭着自己的音乐天赋，复原了失传二百多年的《霓裳羽衣曲》，堪称中国古代音乐史奇迹。

宋代张唐英的笔记《蜀梼杌》卷上中，记载了一场小型音乐会：“王衍，字化源。五年三月上巳，宴怡神亭，妇女杂坐，夜分而罢。衍自执板唱《霓裳羽衣》及《后庭花》《思越人曲》。”王衍是前蜀国的国主，他举行宴会，亲自执板唱《霓裳》。看来，兴趣爱好像李隆基那样的，也不是绝无仅有。

南宋周密的笔记《齐东野语》卷十中，记载了《霓裳》在宫廷里演出的情况：“《霓裳》一曲，共三十六段。尝闻紫霞翁去，幼日随其祖郡王曲宴禁中，太后令内人歌之，凡用三十人，每番十人，奏音极高妙。”这里说到了大曲的乐节：三十六段，融歌、舞、器乐演奏为一体，和白乐天的诗暗合。

南宋丙午年（一一八六年）间，著名词人姜夔，旅居长沙，在乐工的旧书中，偶然发现了《商调霓裳曲》的乐谱十八段。他还颇有兴致地为“中序”填了一首词《霓裳中序第一》，连同乐谱一起，被保留了下来。清代王国维的《唐宋大曲考》中，对大曲有详考。许多大曲舞都是循环往复，一遍又一遍地跳，每一遍都有不同的调，跳得也不尽相同，《破阵乐》要跳五十二遍，《庆元乐》七遍，《上元舞》二十九遍。

四

宋代国家四分五裂，文化却超级发达。大曲的种子，仍然顽强绵延，因为它有良好的音乐环境。

举一个例子。在《梦溪笔谈》中，沈括向我们描绘了寇准的另一种形象，他也擅长舞蹈，喜好《柘枝》舞。《柘枝》舞也很有名，是宋代大曲，官场上官妓常舞。“柘枝舞本北魏拓拔之名，后则易而为柘枝也”（温革《琐碎录》），看来，此舞历史非常悠久了。寇准与客人聚会时，一定要跳个痛快，每跳一次，一定是一整天，人们都称他是“柘枝颠”。沈括采访到，凤翔有一个老尼姑，是寇准当年的柘枝伎，她说：当时的《柘枝》曲有几十遍，今日所舞的《柘枝》和当时相比，遍数不到十之二三。

这是一个官员的典型业余爱好。记载虽然简单，但可以读出许多内容。宋朝官员的生活很富足，有大量的冗余官员，官员生活大多奢侈，这种风气一直带到南宋的杭州城。据说，杭州城里当时有澡堂三千多所，人口百余万，是个世界级的大型城市。在这样的风气中，官员有些自己的爱好是不奇怪的，即便像寇准这样的高级官员，有个人爱好，也非特例。因为空闲，因为富足，所以才有时间去学舞。

跳柘枝舞，应该是有一些难度的。也许是天分，寇准对这种舞蹈的感觉特别好，《柘枝》舞完整地跳完要几十遍，那么，可以想见，酒足饭饱的时候，在众人羡慕的目光和掌声中，他会越跳越起劲，一遍又一遍，感觉越来越好。更何况，这样的场面，怎么可能仅仅是一些男人，绝对还有明眸善睐的女子伴着舞着。

沈括只是事实记叙，并没有任何的褒贬。我觉得，以寇大人的声望，他的这点爱好理所应当。舞蹈绝对可以修身养性，不仅能锻炼身体，更是一种情趣。跳舞不要看得太复杂了，这和苏东坡写诗作词作画，道理是一样的，只不过一个比较阳春，比较白雪，另一个比较下里，比较巴人嘛！可以想象的是，暖风熏得官员醉，夜夜笙歌日日舞，天子呼来不上朝。美好的大宋王朝啊！

五

再简单说一下《六幺》，它也是唐代大曲中流传极广的一首。许多资料都指证，《六幺》原来叫《绿腰》，再早叫《录要》，在唐代就有歌、大曲、器乐曲、软舞曲以及词调《六幺令》等不同的音乐形态。宋代吴处厚的笔记《青箱杂记》卷八云："曲有《录要》者，录《霓裳羽衣曲》之要拍，即《唐书·吐蕃传》所谓《凉州》《胡谓》《录要》等杂曲，今世语讹为之'绿腰'。"就是说，《六幺》源出《霓裳》，是简明版。

唐段安节的《乐府杂录》中有"琵琶"一节，写了以《六幺》为主题的斗乐故事，非常有趣。贞元年间，长安大旱，皇帝下诏，在南市举行祈雨仪式。仪式隆重而热烈，从南市一直到天门街，百姓的娱乐活动热闹非常。街东，有个叫康昆仑的乐手，琵琶弹得最好，人们认为康无敌，请他登上彩楼，弹一曲《新翻羽调绿腰》。见此情景，街西也建一楼，东街人就大不屑，认为琵琶高手在他们那儿呢。有一天，康昆仑又登东楼演奏了，这时，西楼上出现一抱着琵琶的女郎，女郎对康说：我也弹您这首曲子，请您指正。女郎一出手，声如雷，妙入神。康一下惊倒，急忙拜师。女郎更衣出见，原来是个僧人，乃西街富豪花大价钱从庄严寺中请来的，僧人姓段，专门来和东街斗乐的。

这样的音乐盛事，立即惊动了朝廷。第二天，德宗将他们都召入宫中，让他们各自施展琵琶绝技，并要求段僧收康昆仑为徒。段大师要求康："你再弹一曲我听听。"康弹完一曲，段大师责问："你的琴声，不正呀，怎么夹杂着邪气？"康学生再次倾倒："段师神人啊，我少年初学艺，曾经和邻居的女巫祝学过，她教我《一品经调》，后来，我换了好多任老师，师法混乱。"段大师发话了："你如果想和我学，必须十年不碰乐器，忘掉原来的东西，然后我才可以教你！"后来，康昆仑果然学到了段大师的好技艺。

大唐人民能将祈雨都过成音乐节，朝廷对音乐又如此重视，足见《六幺》

曲的影响之大。

《韩熙载夜宴图》是中国古代一幅著名的画，五代画家顾闳中所作，画中有《六幺》舞蹈，形态逼真。这幅画的来历，充满了喜剧的味道。南唐后主李煜，不放心中书舍人韩熙载。这老韩，家里常常宾客云集，不会是搞小团体吧，今晚又有人报告，他家要举行大规模聚会，小顾、小周（文矩），你俩晚上潜入韩家，明天向我报告具体情况，我实在不放心。

小顾小周都是画家，他们索性将场面画了下来。据他们仔细观察，参加宴会的人员有新科状元、太常博士、教坊副使、走红的歌女舞女，觥筹交错，气氛热烈，通宵达旦。顾画将这场著名的宴会分为五个场景。第一场景，琵琶独奏。虽然没有指名弹奏的曲名，我很自然地将其想象成《霓裳》曲，在这样高规格的场合，在这样美好的夜晚，还有什么理由不弹第一大曲呢。第二场景，是《六幺》独舞，舞女王屋山，长衣窄袖，扭腰回眸，男女宾客皆有人拍手击掌，看，老韩还兴致勃勃亲自打鼓伴奏呢。

《六幺》如同《霓裳》，到宋代，也一直在流传，但形态有了新变化，调式有所增加，最主要是规模大大缩减，常使用“摘遍”的形式。唐大曲多至数十遍，宋代往往根据场景，按需所取，各自裁截，有的时候，只演出大曲中自“入破”到“杀衮”的一段，称“曲破”。宋代王灼的笔记《碧鸡漫志》卷三例证：“后世就大曲制词者，类从简省，而管弦家又不肯从首至尾吹弹，甚者学不能尽。世所行《伊州》《胡渭州》《六幺》，皆非大遍全曲。”

南宋周密的笔记《武林旧事》卷一里，记载了天基圣节皇帝观看的排当乐次：“天基圣节排当乐次，正月五日——再坐第一盏，觱篥起《庆芳春慢》，杨茂——第七盏，鼓笛曲，《拜舞六幺》——第十五盏，夷则羽《六幺》。”在整场演出中，阵容豪华，演员众多，乐手繁多。在第二环节，《六幺》舞出现了两次。

《六幺》就是《霓裳》的《录要》，虽然不是回环往复，但李隆基身临其境的那种仙境，亦梦亦幻，实在美妙！暂时忘掉所有的一切，什么收复中原，那都是奢望，过好一天是一天，今朝有舞今朝舞！

六

时光的长河，跨过元，跨过明，一会儿就到了清。这里要说一个我的偶像，杭州人洪昇，他在《长生殿》里，让《霓裳羽衣曲》又一次生动地飞扬。我迷洪昇，得从我妈那儿说起。我妈喜欢唱黄梅戏，在她如花似玉年纪的时候，老师告诉她：她不仅可以演七仙女，也可以演杨贵妃。只是二十世纪六十年代，七仙女是劳动人民，杨贵妃是王公贵族。我妈每每说到这一段的时候，总是眉飞色舞，两眼发亮，我似乎看到了一个热爱戏曲的可爱清纯少女，对杨贵妃的渴望。在我妈不断的念叨中，我也对杨贵妃向往起来了。我在想，这个唐朝美女，是怎样的风情万种，是怎样和唐明皇卿卿我我，恩爱到死，死了都要爱。不过那时我们村里人只知道《贵妃醉酒》，不太可能知道《长生殿》，当然，编剧洪昇，更不知道了。

一九八〇年十月的某一天，我钻进小树林中的浙江师范学院古籍图书馆，对一位中年管理员怯怯地说道："我想找，洪昇，《长生殿》。"管理员朝我看了看，微笑转身，拿着一本沾着点灰尘的旧书："喏，给你，登记一下，小伙子，中文系的吧？"我还是怯怯的样子："嗯。"

虽心里默念过许多回，这却是我和洪昇亲密接触的开始。他自己都说了，填词四十种，一生精力都在《长生殿》。从《沉香亭》，到《舞霓裳》，再到《长生殿》，十年磨一剑，几易其名，剑出手，戏剧江湖风雷震动。看看，第二稿，他简直就想以"霓裳"直接定名剧本。洪昇带着我，朦朦胧胧进入了《长生殿》：唐明皇欢好霓裳宴，杨贵妃魂断渔阳变。鸿都客引会广寒宫，织女星盟证长生殿。定情，春睡，禊游，幸恩，闻乐，制谱，进果，舞盘，窥浴，密誓。呵呵，真个是风流天子。唐明皇我是鄙视的，天子风流国家遭殃，他西逃，陷关，惊变，埋玉。贵妃死了，他的日子怎么过呢？冥追，骂贼，情悔，哭像，神诉，雨梦，觅魂，补恨，重圆。国事小，情事大，一切的一切，都为了一个情字。

一九八四年九月，我在浙江桐庐的一所高中教语文，讲关汉卿的《窦娥冤》时，讲着讲着就绕到了《长生殿》，信口讲洪昇。讲完了自顾自感叹，人世间，帝王，还有这般的爱情，纵然生前不能爱，求神告佛，到天堂里再相会。其实，那时，我还没有谈恋爱，只是纸上谈兵，那些学生呢，刚上高中，虽然青春萌动，但估计也没比我懂得多。不过，他们都对洪昇很崇拜，因为，老师都这么崇拜嘛。

杭州西溪，洪昇纪念馆，一个立体的洪昇站在我面前。有三个"月"的造型非常特别。洪昇像的背景，以新月、半月和满月烘托。解说员这么动情讲解：这是苏轼词"人有悲欢离合，月有阴晴圆缺"之寓意，暗喻洪昇跌宕起伏的一生。是的，洪昇的一辈子，虽然大名大噪，但绝对是悲欢离合的一生。

一六七七年的冬天，洪昇拖着一家数口，投奔好朋友武康县教育局长郑在宜来了。他看到的武康，虽离杭州不远，却只是荒凉肃杀的街市：孤城只似村，附郭百家存。且人烟稀少，还不时有猛虎出入。不过，这里有许多好朋友，虽没有大鱼大肉，饭可以饱，茶可以足，吟诗唱和，遍游武康，日子倒也潇洒。这一待，一直待到第二年的初秋。

二〇一五年六月四日，浙江德清，余英溪畔。一个微风晴朗的下午，空气中弥漫着栀子花的浓香，我和洪昇，又一次跨时空相遇。这一次，真真切切，场景翻回到了三百多年前的某天。我问洪大作家两个问题，这两个问题，数十年来一直在我心中萦绕。

我问：您的《沉香亭》初稿，是在武康完成的吗?

洪答：可以这么说。我在《长生殿》的序言里这样说："忆与严十定隅坐皋园，谈及开元、天宝间事，偶感李白之遇，作《沉香亭》传奇。"事实上，那天谈唐朝旧事，只是灵感的激发而已，它需要长久的酝酿。我在武康期间，心情愉快，每天读书研究，积累了不少资料。《沉香亭》的许多基础工作，都在武康完成。

我接着问：您为什么拿《霓裳羽衣曲》作主线，安排剧情呢？

洪答：你读过唐朝李肇的《唐国史补》吧，里面有一则写杨贵妃影响力的笔记：马嵬坡驿站，在佛堂前的一棵梨树下，杨玉环用高力士给的一根绳子自行了断。驿站里有个老妇人，极有眼光，收得贵妃锦袜一只。住店的客人想要看一下这只袜子，必须付一百钱才行，老妇人因此而发家致富。

不要小看这则素材。贵妃的袜子，很多人都想一睹：贵妃的玉足有多大？贵妃到底有多妩媚？唐明皇会亲自替贵妃穿袜吗？这只锦袜是哪里生产的？有着什么样的工艺？客人们太好奇，她的神秘，兴许能通过一只袜子探出大概，不为别的，就是好奇心重。“环粉”们连一只袜子都这么追，难怪唐明皇念念不忘呢！

长生殿，一句话解释，李隆基生生死死都要和杨玉环在一起，天上人间都要和她一起唱霓裳舞霓裳！我在五十出剧中，二十出都用到《霓裳羽衣曲》，有的《霓裳》贯穿全剧。《霓裳》不仅仅是舞曲和舞蹈了，更是李隆基和杨玉环爱情故事的代称，“长恨”化为“长生”，李、杨的情感，在天上成了永恒。

嗯，嗯，谢谢洪大师。

《长生殿》大红大紫后，洪大作家似乎有点得意忘形了，跑东颠西，参加各种戏剧节的开幕式、各种剧组摄制启动仪式，节奏也不控制一下。唉，那晚，在乌镇，他不该喝那么多的酒，运河水，就这么吞没了他！清冷的运河水，会载着他去遥远的天上，拜见霓裳月宫里的唐明皇和杨贵妃吗？

七

二〇一六年十月三十日，我去浙江松阳县，松阳作协主席鲁晓敏和当地作家鬼鬼陪我爬卯山，拜望著名道人叶法善。卯山脚下，是叶的出生地，也是他去世后归葬的地方。

叶法善活了一百零五岁，是和张天师齐名的中国著名道士。在卯山腰，有一座永宁观，观里供奉着叶法善的塑像。四周有壁画，第一幅就是“伴君游月”。这是一个仙乐伴奏的宴会场面，月圆形的画面上，唐明皇、叶法善、五位仙女，都踩在五色祥云上。一张矮地宽大茶几，上有各类仙果，有杯盅，有青花壶酒瓶，一仙女双手还端着一大盆仙果。唐明皇身着明黄亮丽龙袍，右手捏着酒杯，左手打开一个笏板，似乎在阅读乐谱；叶法师着鲜红道袍，拍打着双手，似乎是在打节拍。一仙女抱着大琵琶，正轻拢慢捻，三仙女围绕着唐明皇，左右伴着舞，飞舞起的水袖，和祥云互为云彩。这个场面，大约就是唐代野史和宋代诸多笔记描述的《霓裳羽衣曲》来历的经典画面了。

基于李隆基的音乐天才，又是个虔诚的道教徒，我情愿将《霓裳》曲的来历，看作是一场天才型的创作，一次灵感大爆发。李唐王朝，热衷于求神仙，迷信老子。有如此深厚的思想基础，再加上叶法善深得信任，被他引入月宫听到天曲，也就不奇怪了。当然是在梦中，大唐豪华的宫殿里，唐明皇经常做着白日梦。

我们登上卯山顶，这里是千年道观通天观的遗址。观破墙基在，卯山草木深。遗址一片废墟，乱石，蓬蒿，杂树，藤蔓缠绕。几百平方米的山冈，千年道观的屋基，石生青苔，有的仍有半人高。山冈中心甚至还有一口井，探头望，深幽然，井中有水，在强光的照射下，看上去黑黑的。鲁晓敏说，通天观，原是一座香火极旺的千年道观，不知毁于什么朝代，从现场的遗迹观察，颓废的年份已经很久了。

不难想象通天观当年的盛景，道事繁荣，仙乐飘荡，《霓裳羽衣曲》一定是主题，因为它连着唐明皇，连着叶天师。叶法善活到一百零五岁，在人均寿命三四十岁的唐朝，是个奇迹。据当地传说，李隆基对叶的丧事相当重视，命令唐朝有关机构，千里扶灵回松阳。

卯山还有一块大碑，“叶尊师碑”，这是叶法善大大荣光的标记，碑文由唐玄宗亲自撰写，太子撰写碑额。原碑早就遗失，我在碑前，仔细察看新碑，此碑由杭州著名书法家蔡云超先生书写，棱角刚正，遒劲有力。

蔡先生我熟，他擅碑文书写。他告诉我，这个碑，他写了两块，一块在松阳，一块在武义。武义和松阳接壤，叶法善也在那修过道，括苍山，树高山幽，云雾缭绕，山峦连绵，确实是个修道的好地方。二〇一六年，叶法善已经一千四百岁，松阳当地，以各种方式纪念着他。

八

文化的基因，生命力总是极其顽强，如杂草，只要有些许阳光雨露，它就会茁壮成长。

叶天师虽久居长安，也常衣锦还乡，九十几岁回松阳时，他舍宅为观，取名淳和观，唐玄宗赐名并题写“淳和仙府”，且赐戏台一座。自然，长安城里梨园的节目，也一定要带回来，“月宫调”也是必须传授的，而且要作为道教乐曲的经典，这是恩宠和荣耀。

二〇〇七年十一月，有报纸报道：多年来流传的月宫调，松阳人说很可能就是神秘的《霓裳羽衣曲》。演奏月宫调，至少得七人，两人吹笛，两人拉二胡，另外鼓、锣、板各一人。演奏时，锣鼓在前，丝竹乐器在两边或者后面，打竹板的在中间。演奏全曲大约需要六七分钟。乐队队员说：我们这里迎太保、搞庙会，都要演奏这个曲子，也不知传了多少年了。可以肯定，这并不是《霓裳羽衣曲》的全部，或者真本，但一定有它的遗传因子，因为松阳有叶法善。还有让人惊奇的，这个偏僻的深山县城，至今有一种高腔在传唱，松阳高腔，被赞为戏剧的活化石，唱词无定格，曲牌连缀，音乐节奏却自由、高亢、绵长，带着浓浓的唐代法曲腔调。

我采访过松阳高腔的两位研究者，松阳县高腔研究会的主席刘建超和浙江丽水学院的音乐学副教授王建武。据他们的研究，松阳高腔的音乐形式是对道教音乐的糅合，最主要的原因就是，道士布道，很多庄严场合都要用法曲，另外，松阳高腔的数代艺人，基本都是道士出身。当然，祖宗就是叶法善。

松阳高腔的嫡系传人吴永明，被称为“松阳高腔梅兰芳”，我们有过一次网上交流。

我问：您是怎么喜欢上松阳高腔的？

吴答：我是传承，从小就喜欢。我父亲吴陈俊，可以演绎高腔所有的角色，我们口传心授。二十世纪八十年代末，我在部队的文艺会演中，就演出过松阳高腔的折子戏。

我问：松阳高腔的代表剧目有哪些？

吴答：经过近几十年的挖掘，我们已经整理出四十多个传统剧目，比如《夫人戏》《耕历山》《白兔记》《买水记》《合珠记》，等等。

我问：这些剧目中，有明显的《霓裳羽衣曲》痕迹吗？

吴答：《夫人戏》就是道教戏，主题音乐都由法曲构成。《贺太平》中的砍柴调，我认为和月宫调十分相似。

刘建超也非常肯定，松阳高腔中的《渔家乐》，和《霓裳羽衣曲》的相似度在百分之八十以上，许多唱腔中的骨干音，还有很浓的月宫调痕迹。

回望公元六三〇年，唐朝初建，日本的舒明天皇就派出了第一批遣唐使，此后的二百六十多年间，奈良时代和平安时代的日本朝廷，一共派出了十九批次的遣唐使者。其中的使者，一定有乐师之类的音乐人才。音乐无国界，不难想象，这些遣唐使，当他们听到《霓裳》《六幺》一类的大曲时，极有可能足之蹈之，从而将唐朝的文明远播东洋。

九

白乐天让我们记住了技艺高超的琵琶女，琵琶女则带我们领略了唐朝大曲的无限神韵。白乐天用文学表现了音乐，琵琶女用琴声表现了文学。诗就是琴声，琴声就是诗，琶琶行和琵琶女，构成了中国古典文学史上一座伟大的丰碑。

琵琶溅起的声光碎影里，唐明皇忘情击拍，杨贵妃婀娜弄舞，众臣们整齐合掌，好一个大唐太平盛世。渔阳鼙鼓动地来，惊破霓裳羽衣曲。

长恨，长恨。

然而，千百年来，《霓裳》的旋律一直撩拨人心。无论多么辉煌的物质文明，都会随尘而湮灭，但大曲的精神内核，却永远百世流芳。

初为霓裳后六幺。

《霓裳》的种子，在中国，在松阳，在广袤而绵长的千年时空里，活跃而勃发。

原载《人民文学》2017年第3期

“巨婴男”是如何炼成的

陈思呈

庸才做什么都要结伴而行

我们楼下的广场舞正在如火如荼进行中，一会儿是《火火的姑娘》，一会儿是《今夜舞起来》。由于我是个很随和、很能抗干扰的人，所以基本可以闹中取静。但我妹就不行了，她抓耳挠腮地从房间走到阳台，又从阳台走到书房，在大妈阿婶们一会儿拍手一会儿跺脚的全情投入中，她到微信朋友圈里发了一条信息：“如果我将来有一天也加入广场舞队伍，你们一定要把我拉回家！”可是她有几个朋友马上留言：“我们已经是队伍中的一员了。”

我也觉得我妹太不合群了，等我老了，我就愿意加入这支队伍中，白天一起吃喝玩乐，晚上一起跳舞，多么充实的老年生活。——神一定是听到了我的心声，于是派人来提前让我感受广场舞蹈队的气氛。这是两位邻居大妈，她们在公车上一路愤愤然地讲述两支广场舞蹈队争场地、争演出机会的内幕，听到最后甚至发现两支舞蹈队由于男队员紧缺还在争老头儿，有没有发展成黄昏恋就不知道了，几乎可以写个电视剧呢。

我再次感到，集体就是江湖，集体就是力量。据说这几年广场舞之热门，到了有人用“社会洪流”来形容之的程度，据说有华人舞蹈队在纽约布鲁克林日落公园遭到附近居民报警，原因是扰民。——对，很多人都对广场舞的扰民提出批评，但我觉得广场舞之所以会成为“社会洪流”，还是出于人对集体的依赖。

一个人默默地绕着墙根跑步难道不能锻炼身体？一个人默默地关在家里跳舞难道不能锻炼身体？如果要发出声响，一个人坐在大街上引吭高歌，你敢么？

对集体的需要是一种很奇怪的情绪，事实上几乎谁都知道在集体里会有争风吃醋和钩心斗角，但仍然需要这个集体，仿佛是为了身处人群之中的安全感。像跳广场舞的大妈们，她们在团队中，有付出、有摩擦、有展现、有交流、有比较，一颗老心，得到多少滋润，真的不是锻炼身体那么简单的事。

我斗胆猜测，传销集团之所以能如此大规模地洗脑成功，很大一部分原因也是利用了其成员的集体依赖症。绝大多数人认为，加入传销组织的人纯粹都是出于财迷心窍，慕容雪村就此题材写过一本书，详尽描述了传销人员的贪婪和愚蠢。

对钱这件事，我的看法是，如果你直接给我一百万，我当然太愿意了，但如果你给我画一个饼，让我背井离乡待三年然后再给我一千万，我觉得正常人都很难答应。这个事情如果只用贪婪和愚蠢来解释，始终还是令人困惑，那么多形形色色的人，怎么会不约而同、如有神助地蠢成那个样子？

前年，我就目睹了身边朋友被卷入传销组织。多年老友，知道她绝非被钱冲昏头脑的人，再说，她原来的工作收入不低啊。据说她们的团队里，像她这样的案例也不少。最令我感到意外，也与慕容雪村所写略有不同的是，她们那一堆人，在传销窝里面，心情很好，完全不苦逼，半年胖了十斤。

他们三餐都有限定的消费价格，吃得肯定谈不上多好，胖起来的这十斤，完全是拜找到组织、心情愉快所赐。

传销组织的每个成员，都背井离乡，与各种随机分配的“事业伙伴”，出于“同一个梦想”住到一起。每天过着纪律严明、同吃同住、朝夕相处、与外界极为隔绝的生活，马桶里煮对虾，臭也一起，烂也一起。“外面”社会对他们的误会，却使他们犹如众叛亲离的爱偶，越发相依为命地团结。

他们告诉每一个队员，我们干的是一件正确的事，只是由于这样那样的原因，不得不忍受各种委屈和误解，这正是考验你心性和智力的时刻。总有一天，真相大白，那时你受到的苦，都有加倍的甜的回报。只要想到这么悲壮的事实，每个传销人员，心里都有一双泪水模糊的眼睛。

在传销组织中，所有的队员（也称事业伙伴）都是相亲相爱的，充满了各种人际美好。前辈们，也就是上线们，最常说的、最为骄傲的一件事情就是，“在这里”，人际关系的单纯和美好。“为什么大家能这么单纯呢？因为在这里没有利益的竞争，大家都是为了同一个目标走在一起。”

我想，人们在判断传销的魔力时，也许忽略了这种集体生活的蛊惑。“在这里”的很多人，也许都在“外面”感受到单枪匹马的孤独和空虚，或者内心依赖集体但又感受过被集体排斥的痛苦，感受过求而不得的失落。

法国心理学家勒庞在著作《乌合之众》中指出，群体中的人大脑功能是处于停滞状态的，最活跃的是脊椎神经，所以群体行为有着惊人的一致性。

他提到一个心理学实验，心理学家达维曾经将一群人召集在一起，甚至包括英国最著名的科学家，他让这些人亲自检查了物件，并按其自身意愿做了标志。然后，达维先生当面演示了一场灵魂现形的过程，最后，所有的人都认为确是灵魂现形，但实际上，这只是达维先生的简单骗局。勒庞说，这就是群体中的“智力泯灭”，即残存的智力品质被反噬。

所以，在集体中，你是否能相信自己？这件事，比当你孤单一人时，更有难度。

容我武断地得出结论，对集体的依赖程度与智商是成反比的。因为在集体中，人通常只能表现平均值的智商，为了与其他人取得对话和沟通的方便，往往是“就低不就高”的，因为“低”可以就，而就高则心有余力不足。这个过程，任何有创造力、珍惜创造力的人，都会本能地感到集体的扼压。

高智商的人都是只身来往、事了拂衣去的，庸众才是上个厕所也要结伴而行，浩浩荡荡。

但是，也有人通过人与人之间的互相鼓励、互相感动而获得成就感。我那个加入传销的朋友就是如此，她迷恋于为他人付出、为集体牺牲的机会。据说，他们集体迁徙时，有先驱部队先到一地，吃方便面睡地板，身体不好也跟着装修工一起加班加点，只为大部分的其他队员可以准时进驻。她觉得这非常感人，她爱这样的集体。

一个人如果把成就感寄托在感动他人或者被他人感动之上，那实在太危险，必定要出事。感动这东西，听着是很好，但在生物学上，一个热泪盈眶的人，又能有多少余力去思考真相呢？看到真相、反高潮都需要非常尖锐的判断力，而鼓吹美好、渲染感动则多么容易，简直只需要肾上腺素。

人在很多时候，都不如王小波笔下那只特立独行的猪。王小波说，他活了四十岁，除了那只猪，还没见过谁敢于如此无视对生活的设置。“相反，我倒见过很多想要设置别人生活的人，还有对被设置的生活安之若素的人。”王小波说的可能还是客气了点儿，还有一些人，被“设置”了之后不但安之若素，还深为感动。

再继续说集体的可怕。集体的可怕，除了前面所说的“智力泯灭”，还在于它的“暴力性”。就像勒庞所写，独立的个人绝没有勇气去洗劫一家商店，但是群体则不然，群体是没有负罪意识的，群体“天然合理”，他们的数量决定了这一点，数量就是真理，当群体中的任何一人融入其中的时候，他就会感觉到自己的天生正确和合法，并意识到这群体的绝对数量赋予人的力量。

——这不仅能解释很多传销分子在加入传销组织之前，是极为老实守法，甚至善良懦弱的人，也能解释广场舞蹈队在大庭广众下喧嚣时毫无不安。勒庞刻薄但又无疑很准确地说，假如我们把不计名利、绝对服从、勇于献身真实或虚假的理想算成美德，那么毫无疑问，群体必定是最具备这种美德的人。在这一方面，群体中个人所达到的水平，即使最聪明的哲学家也难以望其项背。

话说回来，跳广场舞的大妈和搞传销的人群肯定不能同日而语。除了高智商的独立知识分子以外，有集体生活的老人，绝对要比没有集体的老人快乐，他们年轻的时候就是普通群众，老了以后只求健康长寿，谈独立精神与对集体的反思这件事太不现实了。除开扰民这个因素，广场舞还是利大于弊。

活在世上也没有谁能真正脱离了集体，我也曾经对我身处的某个集体有很深的感情，但是知道这些感情是生活的最外层，与心智无涉。从广义来讲，所有的人类就是一个集体，身为其中的任何一员，都不能狂妄地说：我恨、我不需要集体。“任何人的死都损害了我，因为我与整个人类相关。不需要知道丧钟为谁而鸣，丧钟就是为你而鸣”，即使我此时写文章反集体，又何尝不是希望这些文字，能影响一点点的人群，得到一些些共鸣，我所期望的人群，又何尝不是一种无形的集体。

你敢不敢骄傲地寒酸

我有几个特别要好的朋友，都有强悍的金钱观。吾友许多多，推崇亦舒金句“没有爱，有许多许多的钱也好”。她说人生的大部分事情都是钱可以解决的，而钱解决不了的则属于命运的范畴，操心不了。吾友金山山，她的代表言论是：“事实上挣钱多少往往能看出一个人素质和能力的高低，你看任何行业只要收入高的，肯定吸引了绝大部分的聪明人。”

我觉得她们的言论既稳准狠又真实大气，自然是比虚与委蛇的假清高者强。但是我心里总有一点不安，起因首先是我很穷，按金山山的标准，属于能力不足的人群。但她要是看不起我倒也罢了，问题是她和许多多一样，对我有一种对自己人才有的担心，比如有时候我和许多多谈人生，说到兴起，她抽口烟：“纸媒都不行了，你有没有想办法？”她在烟圈后面忧虑地看着我。

“我有办法多赚点儿钱的！”我指天画地地保证，内心感到很温暖。自从我妈去世之后，我已经很久没有看到类似的眼神了。

金山山呢，有时候她会聊到谁谁生活状态窘迫，她推人及己，一副后怕不已的样子，仿佛庆幸我们不至于此。我都不忍心把真相告诉她：其实我觉得我也和那谁谁差不多。

时代变了，谈钱不可耻，不谈钱才可耻，因为有可能是自欺欺人，有可能是无能，更有可能是虚伪。

不过，我最近认识了一个比我还穷，比我还寒酸的朋友。这件事，我认为值得写写，值得写的不是她的穷，而是她的寒酸。穷是一种客观处境，而寒酸则是一种生活态度。不，我想说，寒酸，这个表面看来被赋予贬义色彩的词，其实可以成为一种美学境界。

我们是在一个会议上认识的，称之为宋勇气吧。会议开了几天，昏昏欲睡，刚好手机信息一响，发工资了。我一看，“您尾号×××的储蓄卡账户于×××收到工资3560元，活期余额为4850.24元。”因为我们几天来常常谈论纸媒快死的话题，所以我顺便把这条信息递给旁边的宋勇气看，以做佐证。她看了很有同感地说，她的情况与我不相上下。为配合这窘迫的收入，我们进而比赛谁的生活状态更寒酸。我说我现如今几乎不买东西，因为我发现购物欲是越买越旺盛，而越不买则越不想买，都各有惯性。我告诉她，我穿我妹淘汰的衣服就可以了，也幸好我妹的码数对我完全合适，真乃天助我也。

她表示赞慕，然后开始陈述她的寒酸境界。除了和我一样，用按键手机、出门尽量步行、不购物不饭局之外，她说她不打算买房。多少件衣服才能换一套房？于是我被打败了。四十岁、拖家带口的中国人，如你所知，几乎都把买房当成某种生活宗教，即使有房的也处于焦虑之中，事实上一套房都没有的人极少，而宋勇气显然对此深感坦然。瞬间，我感到自己变成了许多多和金山山，也开始在廉价茶水的水蒸气后面，忧虑而费解地看着她。

我问她：“你觉得自己是穷人吗？你怕不怕贫穷？”这个话题对于刚相识的人来说有点儿不礼貌，但考虑到我们谈话至此，已是同一条绳上的蚂蚱，另当别论。

她说：“谁真的不怕穷呢？如果家里人吃不饱，孩子读不上书，老无所养，还叫他不要怕穷，那肯定是不现实。但像我们这类人，生活是有基础品质的，有就业，闲暇，阅读，交际，孩子能读书，生病能看病，只是衣食住行都要节省，只能买必需品，不能买奢侈品，我们这种不是绝对贫穷，而是相对贫穷，所以，不害怕。”

“房子不是必需品吗？”我跟她确认。

“对，不是。”她说，“房子是这个时代的‘必需品’，不是真正的必需品，也许是经济的阴谋。”

涉及经济的话题有点儿超出我的智商，于是我停了下来。与其说我被她说的内容说服，不如说被她的态度折服。她咋能比我更不怕寒酸呢？她对贫穷的定义的底线，咋能比我还低呢？但我又隐隐觉得她有道理。事实上对钱的态度不但与欲望纠结在一起，还与“体面”纠结在一起，也就是说，有时候我们表面上害怕的是贫穷，事实上是害怕不体面，这是多数人不能欣赏寒酸的原因。

于是宋勇气还跟我讲到一件事。有纪录片讲到，法国有一批年轻人专门捡超市扔掉的食物吃，并计划这样过一生，这批人肯定不是乞丐，他们出于什么原因，有多种，有可能是反对社会浪费，还有可能，我猜是对“体面”这种事物给出一种嘲讽的定义。

大师和圣人，是属例外的人群，他们得到异于常人的标准，寒酸也好，贫穷也好，都天然地拥有了美学价值。然而普通人的勇气，比如那群遥远的法国年轻人，比如身边的宋勇气，他们对物质的低欲，对寒酸的坦然，则更令人起敬，也更值得玩味。我能猜测他们的后盾，那是物质无法否定的其他追求。而这就是生而为人最奇妙的所在。在物质带来的匮乏感之外，他们早已有别的途径，可以获得更多的生活，像文学大师加缪所说那样去“生活得最多”。这个途径，也许是艺术，也许是孔子说的“道”，更可能是超出我们的想象力的，总之必定是人世间最有力量的事物——这些骄傲地寒酸着的人，他们拥有这种事物。

所以我重新想到孔夫子那早被我们耳熟能详的“安贫乐道”论。孔子和子贡交流金钱观，子贡说，贫而无谄，富而无骄，何如？孔子说，这样固然不错，但还不如“贫而乐，富而好礼者”。你会发现，子贡说的是行为修养的问题，是怎么对人；孔子的回答比他进了一步，他的重点从“行为”转到了“内心”，从“怎么对人”转为“怎么对自己”。

而孔子的话中，最令人感动的是那个“乐”字。“贫而乐”之所以被强调，正是因为多数时候贫穷容易不快乐。而贫而乐的可能性，无非来自两种。一种是，他们得到关于幸福的更好的想象力，独辟了另外的蹊径，轻巧地绕过了物质的关卡。另一种是，他们无感于约定俗成的标准，不恐惧尚未到来，或许永不到来的贫穷，不预支尚未到来，也或许永不到来的艰难。

归根到底，我只是害怕我们还没有穷死，就先被对贫穷的害怕给吓死了。

“巨婴男”是如何炼成的

看《围城》，无意间注意到一个以前没注意的细节。方鸿渐在三闾大学开始他的教书生涯，常感到囧，讲课时仿佛衣料尺寸不够硬要做成称身的衣服，课堂气氛又闷，学生时不时缺课，种种沮丧时，他突然感慨了起来——回国后这一年来，他与他父亲疏远得多，在从前，他会一五一十禀告父亲方遯翁的。只是现在他想象得出其回信不外是纪念周上对学生说的话，自己在教职员席里也旁听腻了，用不着千里迢迢去招来。

这细节真叫人诧异，其时方鸿渐已经28岁，去欧洲留学四年回来，三闾大学教了快一年的书，是一个回乡消息要被登当地报纸、回乡后要在本地中学演讲的人物，这时候遇事还想着“在从前，会一五一十禀告”，真不知道让人要称赞他的乖顺呢，还是奉他为“巨婴”。

其实方鸿渐对父亲的态度甚为矛盾。一方面他清楚父亲的见识，这个前清举人、小县乡绅方遯翁，很可能是“最爱说教的家长联盟”组织的重要成员，平生名言是“赠人以车，不如赠人以言”。对方鸿渐的婚事，他所赠的言是

“嫁女必须胜吾家，娶妇必须不若吾家”，初见儿媳妇孙柔嘉，所赠之言则是“家无主，扫帚倒竖”，意思是柔嘉要在家里管家才是，不要外出做事，这建议成为日后小夫妻诸多争吵的根源。

方遯翁还自信“不为良相，便为良医”的古训，桌面上录着《镜花缘》中的奇方，给他怀了孕的三儿媳妇开的方子是：豆腐皮一张，酱油麻油冲汤吞服，因为豆腐皮是滑的，麻油也是滑的，在胎里的孩子胞衣滑了，容易下地。

方鸿渐对父亲很了解，自然谈不上信服，比如他父亲听说他失恋了，误以为是与苏小姐，方鸿渐也不敢纠正父亲的误会，唯恐他会大笔一挥，直接向唐小姐替儿子求婚，方遯翁是会闹这种笑话的。

但同时，对这么个父亲，他有事却总要一五一十地禀告，方家逃难住在上海租界时，住周家的鸿渐，隔一两天就到父母处请安。这一方面是我们传统文化伦理的影响，“君子有三畏，畏天命，畏大人，畏圣人之言”；另一方面，也许因为方鸿渐需要一个“父亲”的角色，来作为他的禀告对象。这个父亲借现实中的父亲为实体，事实上只是借了一个名分。或者这么说，巨婴都需要一个父亲，遇事可以一五一十地禀告。

方鸿渐其人，甚有“巨婴”人格的影子。他看似玩世不恭，其实，与其说玩世，毋宁说是糊涂。例如制作假学历这事，当时他的想法是：“父亲和丈人希望自己是个博士，做儿子女婿的好意思教他们失望么？买张文凭去哄他们，好比前清时代花钱捐个官，……反正自己将来找事时，履历上绝离不开这个学位。”

确实他自己从没有主动提过这个学位，但不提，不等于没做过，污点已经形成。待到苏小姐知道这件事之后，他“把丈人和假博士的来由用春秋笔法叙述一下，买假文凭是自己的滑稽玩世，认干亲戚是自己的随和同随俗”，这些解释有一种自以为老练的笨拙，一种掩耳盗铃的天真，一个老实人干的丑事，总像枚沉默的炸弹在那里，不知何时会被引爆。方鸿渐的情商不足以从容地解除后顾之忧，后来他因此如何自取其辱，我们也不需多说了。

而他与苏小姐的暧昧就更冤了。苏小姐需要他的爱意，这是苏小姐的需要，方鸿渐却没有能力去抵抗这样的要求。爱上唐小姐之后，方鸿渐更觉得应该与苏小姐疏远，书上说，他迫于苏小姐的“恩威并重”，还时不时往苏家走动。“他只等机会向她声明并不爱她，恨自己没有快刀斩乱麻的勇气。”其实根本不是因为苏小姐的恩威并重，而是方鸿渐没有力量去面对与别人情面上的破裂。

在这么“拖一天算一天”的麻痹中，他获得一种心理舒适区。人在做蠢事的时候，未必不知道后果，都是出于软弱，假装不知道。方鸿渐也一样，他去苏小姐家一次，回来就后悔一次，但是，他对自己的生活有一种乡愿式的、“维稳胜于一切”的心理，“好比睡不着的人，顾不得安眠药片的害处，先要图眼前的舒服。”

在圣·埃克苏佩里的小说《小王子》中，小王子离开他的星球，访问了几颗星球，遇到了各种各样的人，其中有一个酒鬼，令我印象最深。酒鬼默默地坐着，面前放着一堆空酒瓶和满酒瓶。

“你在干什么？”小王子问。

“喝酒。”他答。

“为什么喝酒？”

“为了忘却。”

“忘却什么呢？”

“羞愧。”

“羞愧什么呢？”

“（羞愧）喝酒。”

方鸿渐从开假学历到与苏小姐暧昧，到最后失去真爱唐小姐，都有点儿像一个广义的酒鬼，在生活中带着酒精给予的醉意，麻木地往前走着，抱着没理由的乐观，相信他的拖延和逃避，能使事情变好，能使坏事情不被命运发现。

然而方鸿渐不仅是糊涂的软弱，他还有任性之后的强硬。在三闾大学就混不下去，没接到高松年的聘书时，他恼羞成怒，只想发封信去发泄怒骂，倒是孙柔嘉比他成熟得多，阻止他说这么干全无必要。他内心良善厚道，却易让人（尤其是强势的长辈）看不上，比如刘东方的太太就认为姓方的小子挺无能的，孙柔嘉的姑姑也认为自己的侄女儿配错了人，但以方鸿渐的抗挫能力，对此只有闹翻，有点儿像小孩子对不满意的局面一阵搅浑。他的自卑心理，像战时物价一样高涨，以至于赌气说要养条狗，说那样就算世界上还有件东西比我都低，要讨我的好。

这样的无能和赌气，都是"巨婴"人格的典型。孙隆基在《中国文化的深层结构》一书中说，中国人认为接受他制他律是好的，一个人人格有问题时，也往往不是从这个人本身去追寻这种毛病的根源，而是回到教育者身上去，如"养不教，父之过，教不严，师之惰"。孙隆基此说很有道理。同时，也因为接受他律是好的，他也需要为一个人（在方鸿渐这里，则是父亲）去"事事一五一十地禀告"，这并非一种忠实，更是一种自我暗示，一种他制他律的暗示。

"巨婴"需要一个人来帮他负责任，这个人首先当然是父母，成年之后父母力不从心，那么，这个臆想中可以"替自己负责"的人，其实就是全世界。仿佛全世界都应该为他的错误掩耳盗铃。不然的话，任性或自怜，其实都是赌气。方鸿渐与苏小姐暧昧也好，气呼呼想写信责骂校长高松年也好，归根到底都是同一种性质，是一个软弱的老实人不断地逃避对自我的负责。

饭局上的风骚与尴尬

又到年底，各种饭局又组起来了。在我孤陋的人生经验中，饭局大致分为两种。

第一类，由段子和酒精组成，有狂欢的外壳，以喝得半醉为成功标志，但未必是推心置腹的好朋友，这类饭局，往往是一个部门及其主管领导的聚餐。

部门领导大概是最有压力的，因为他有义务把气氛盘活。所以在这种聚餐里，他将格外器重一两个能活跃气氛的下属。他们的作用不只是插科打诨，在适当的时候要有舍身精神，比方说成为某个调情话题的主角。

在这种饭局上，一个具备流氓气质的男性简直就是神来之笔！众人的哄哄抬抬中，他把自己变得很低很低，低到尘埃里，他可以扮演一个陷于苦恋的情圣，借着酒力，向现场随便一个人抒情。

“对方”的分寸尤其难以把握，不能当真，但又不能完全不接戏。接戏也不能简单接，要使这戏有个起承转合，比如说，发展一下旁边的配角B、配角C，如果能把整桌子的人都发展成配角，那就是最高境界。如果一场饭局能取得这样的效果，那么可以说，它已经成功了大半。

当然这些都不是目的，目的还是在于喝酒。比如说，我暗恋你，喝一杯；没暗恋，与这位很久以前曾经合作过，好，喝一杯。没有合作过？那么你们将来可能会有某种合作，喝一杯。你刚才说哪句话说错了，赔罪，喝一杯。没说错？那你刚才那句话说得很好，喝一杯。

我理解这种风俗。我们需要一个主题游戏，喝酒是没有门槛的游戏。没有门槛，却略带禁忌。不然要以什么为游戏呢？难道是排排坐？丢手绢？击鼓传花？还是朗诵诗歌？

这种饭局虽然浮躁空虚，但也有适当的放松，与之相比，另一种饭局简直是受刑。

很多年前刚参加工作时，有一次陪领导去参加某个饭局。路上，领导就和蔼地叮嘱我：“一会儿你敬敬他们，表达一下感谢。”

我当时几乎升起了辞职的念头。倒不是怕喝酒，其实稍微喝点儿小酒挺开心的。是领导俯耳交代的隆重语气，让我意识到，那将是一场高度讲究规矩的饭局。我记得曾在哪里看到一篇“饭局上的各种注意事项”之类的帖子，那是一些耸人听闻的规矩，不管是座位排序，还是敬酒顺利，以及敬酒说啥，酒喝多少，都大有讲究。想到我竟也有一天，沦为一个要遵守这些讲究的人，我的内心是崩溃的。

然后，我就看到他们握手寒暄、谦让推搡，一左一右鱼贯而有节奏感地入了座。小小一张圆桌每个座位的排序，展现了完美的艺术一般的权力的暗示。

过一会儿，敬酒的时刻来了。这个时刻是在非常微妙的气氛中开始的，一般是菜基本上齐，大家点评了各种菜的味道，差不多无话可说的时候，殷勤的客人就站起身来了，举着那杯浅棕色的洋酒，向我方领导致意："今天很荣幸……"我方领导自然也忙不迭地起身，将酒杯去碰对方的杯身，风度翩翩地表达着"自己也很荣幸"这样的意思。接下来，对方有几个客人，这番话就会被重复多少遍，以至于听到后来，会产生一种幻觉，觉得他们在辩论到底是我方更荣幸还是对方更荣幸。

当时，我很难想象世界上还有什么事比敬酒更加尴尬。在众目睽睽之下，要与一些无话可说的人，说一些绞尽脑汁的废话。也许这件事本来没有那么烦人，但因为我的尴尬，放大了它的沉重。

所以，不久前有一天，我忽然觉得自己混得很成功，因为我混到了只需要出自友谊而向对方敬酒的境界。不需要出于别的任何东西，也可以不遵守什么潜在的心照不宣的规矩。有时候朋友聚餐，先到的人自然坐到最重要的那个位子，最后到的就坐在"买单位"。这情形，看着真是心旷神怡。这没大没小、没有规矩的人生才是我心所爱。

那些不美的才女

在一战前的法国小镇桑利斯，中年妇女萨贺芬是杜佛夫人家的清洁工，由于欠债累累，萨贺芬几乎不与人打交道。她在街上走过，低着头，匆忙而又蹒跚，仿佛竭力想把自己臃肿的身体变成被忽略的透明薄片。

但是这个窘迫又木讷的清洁妇，每天晚上回到家之后，会唱着歌开始作画。她没钱买颜料，只能用野外的土壤、植物汁液、肉店里的兽血、教堂的烛脂等等，混合制成自产的颜料。

这是电影《花落花开》的开头，电影中的萨贺芬真有其人。在朋友家看这部影片之前，我已经知道她的故事：在她的命运里，出现了伍德先生。伍德是杜佛夫人家的房客，是当时致力提倡“素朴艺术”的德国收藏家，伍德偶然看到萨贺芬的画作，震惊，买下萨贺芬全部作品，并开始资助她创作。

中间，伍德因战火离开法国13年，萨贺芬再度陷入贫困，但她没停止画画，伍德再与她相遇时，发现她画技更纯熟了。萨贺芬再度受到伍德的帮助，放纵地享受了物质的丰盛之后，伍德宣布卖画的钱远无法负担她的开销，并且取消了她的画展。闻此她崩溃，她说：“天使们已经在去往画展的路上，这一行程无法改变。”

谁都不会听她的胡言乱语，最后，她被送进疯人院，接下去她的人生都在疯人院度过。

即使知道萨贺芬人生的大概剧情，看电影时，仍然对这名清洁妇感到迷惑。确实很难想象那些活物一样的画作、像动物一样的植物、像眼睛一样的果实，是出现在这名表情木讷、形象邋遢的清洁妇的手下。她的生活，尽是低贱的劳作、欠债的狼狈、偷窃颜料画布的猥琐。她没受过教育，没有被爱过，也没有爱过人，与所有人仅有一点点交往都充满别扭。在她的眼神中，你觉得智慧这种事物好像与她不相干，情感这种事物也是缺席的，当然，也更难以想象她的灵魂。

这种感受，也许是出于一种势利。这种势利，在另一部电影《立春》中，也出现过。《立春》里王彩玲一出场，喜欢油画的黄四宝便很是遗憾地说，想不到王彩玲长得这么难看。电影中，她迈着八字脚，携带一口龅牙，她性情古怪，情商为负，不与邻居打招呼，对男人不屑，躲在房间里自己缝制演出服，去婚介所时戴着墨镜，自视为天才，说“我一定能把自己唱到巴黎去”。

王彩玲是令人感到尴尬的，萨贺芬当然也是。与伍德分别13年后，萨贺芬再度获得伍德的资助并开始卖画，突如其来的物质宽裕令她癫狂。她疯狂地购买画布和颜料，阔绰地租下大房子，采购家居用品的时候，她几乎买空了一整个杂货店。她为自己订制最昂贵的新娘礼服，一挥豪手为邻居也订了一套，甚至她还准备购买一套庄园别墅。最后，伍德忍无可忍地说，抱歉，我无法帮助你了。

当然，伍德的拒绝也因为经济萧条的降临。但是，除了神，凡人很难因为一个人的才华，而无限地爱上她，容忍她的丑陋形象、古怪性情、偏执、不识趣以及疯狂，即使伯乐伍德。当伍德有所冷落时，萨贺芬还曾哭泣着责问，是不是因为安玛莉小姐对他们的交往怀有嫉妒之心？伍德只好耐心解释，不是的，安玛莉小姐只是我妹妹，我是个同性恋者，不会与女人结婚。

尽管把画家萨贺芬称为女文青不太公平，但是萨贺芬和王彩玲对艺术赤诚的热爱，却最符合女文青的本义。她们的存在，仿佛有一个声音在暗处嘲讽着质问："长得丑，身处卑贱，也配热爱艺术么？"看起来那么的不搭。

这种种尴尬，也许是女文青的另一种可能。人们总设想女文青是美的，起码文青范儿是美的，要不然，文青范儿也不会借安妮宝贝的文字而成为一种热衷模仿的生活方式。但事实上，比如对画画和声乐爱得如此炽热虔诚的萨贺芬和王彩玲——这么说吧，真正的女文青很可能是一些令处女座抓狂的生物，邋遢、丑陋、低能、卑贱、残败，等等等等。

但是我还要说到第三部电影。电影《黑暗中的舞者》的女主角塞尔玛，与萨贺芬和王彩玲却很不同。当然，她们也很相同，塞尔玛也是长相平庸，身处低卑的接近中年的女人，生活艰难，贫穷之余还有眼疾。她对音乐的热爱，也与萨贺芬对画画的热爱很相似。

与萨贺芬和王彩玲所不同的是，塞尔玛与世界的相处没有那份尴尬，多数时候尽是陶醉，也许因为她的性情里有封闭得更加完美的天真。

影片中有这么一个细节。塞尔玛瞎了之后，最开始仍然没有脱掉眼镜，也许企图向他人掩饰。后来，是爱慕她的男人谢夫看出来这一点，塞尔玛才把眼镜摘下，扔掉。这个细微的动作，可以想象，非常痛苦。奇怪的是，绝望的神情在几分钟后就消失了，因为塞尔玛唱了一首歌。

这首歌是塞尔玛和谢夫的对唱，歌词如下：

谢夫：你没有看过大象、国王和秘鲁！

塞尔玛：我可以愉快地说，我看过比这更好的。

谢夫：那么你看过中国吗？看过长城吗？

塞尔玛：长城确实很伟大，但我小小的屋顶没有坍塌，这也很伟大。

谢夫：那么你不想看见你的爱人？你的家？

塞尔玛：坦白说，可以不看。

谢夫：你还没有看过Niagara大瀑布。

塞尔玛：但我见过水。瀑布不就是水吗？

谢夫：那你见过Eiffel高塔吗？见过金字塔吗？

塞尔玛：我第一次约会时的血压也一样高。

这歌词令人很难忘，以前，我只认为，它是塞尔玛针对谢夫的一步步追问不得已给出的解释，是她对自己失明之后的人生进行自我安慰。但现在我不这么看了。我觉得这歌词说的不只是失明，还包括生而为人，生而为一个普通人，所有可能承受的一切不幸、不足、不完美。

比如萨贺芬、王彩玲的贫困和丑陋，比如我们种种与生俱来的局限。凡人你我，既不比王彩玲漂亮，也不比萨贺芬聪明，更遑论她们的天才。

萨贺芬疯狂地购买一切，以至令伍德忍无可忍的行径，岂止是物质上的放纵，其实也是她对命运种种不足的不甘。而王彩玲，则是把我们生而为人的心有余而力不足做出极端化表现罢了。

这一切，幸而有塞尔玛，天真又智慧的塞尔玛，借一首歌唱出她对这残败人生和残败自我的理解。在这些貌似自我安慰的歌词中，她接受了命运。财富、健康，美貌，能力，都与她无缘，就像我们中的多数人一样。没有见过国王、秘鲁和大象，这也像我们中的多数人一样。但是，即使见过了国王、秘鲁和大象，也还有比这更多的没能得见，总之，每个人都在失败中跋涉。

这也解释了前文那个浅薄的提问：长得丑，身处卑贱，也配热爱艺术么？事实上，任何卑贱或丑陋的人都可以配上灵魂的璀璨，而热爱艺术和拥有艺术天分，即使是发生在最为残败、卑微的躯体里，都是光荣的事。“我小小的屋顶没有坍塌，这也很伟大。”这一首歌里，塞尔玛拿出这份至高的骄傲，在不足和不幸中，她领悟了幸和自足。

原载《美文》2017年第5期

民国夷门书法史记

张晓林

隶：王友梅

王友梅（1887—1950），名作梅，以字行世。擅隶书。

王友梅的书法启蒙来自王觐侯。黎明时分院子里传来第一声鸟鸣的时候，王觐侯就会把他吼起来，拎把戒尺督促他进行一个半时辰的临池日课，日日如此。王觐侯不是私塾先生，那把戒尺是专门为王友梅准备的。在这把棕红色的戒尺下，王友梅打下了深厚的翰墨基础。以至若干年后，当书坛泰斗于右任在夷门见到他的隶书墨迹时，大呼："速引见此人！"一时成为夷门书画界佳话。王觐侯是清朝贡生，更重要的是，他还是王友梅的父亲。这个贡生经商方面是一把好手，他虽说居住在老家泌阳县城，但在开封、郑州都开有店铺，而且生意兴隆。王觐侯生有四个儿子。长子七八岁时得天花死掉了。二儿子少年淘气，上树掏鸟窝摔瘸了腿，走路一拐一拐的，长大后街坊邻里都喊他"王拐子"。"王拐子"于深秋的某日黄昏进山访道，就再无踪影。王友梅是老三。那个老四叫王友琴，毕业于北京大学。

这兄弟俩曾创下过一个神话。不妨先把这个神话提前交代一下：1925年6

月23日，王氏兄弟同一天被国民政府委任为县长。王友琴出任南阳新野县县长，王友梅则去了豫北，做了河北道修武县县长。那些日子里，王觐侯每天都在梦中笑醒，然后捧着个二尺长的水烟袋在泌阳的大街上转悠。然而这种深含炫耀意味的转悠没能持续太久。王友琴病倒在新野任上，后回到故里泌阳疗养，一年后病逝。弟弟的故去使王友梅受到很大的打击，一夜之间白了两鬓。他常常夜半时分披衣下床，在县衙的院子里踉跄而行，对着满天星辰慨叹命运的无常。这个时期，他的书法字里行间处处跳荡着神秘的音符。

现在，回过头来继续叙述。

王友梅十九岁时考入北京高等筹边学校，这个位于辟才胡同的高等学堂，主要教授满文和蒙文，培养满族蒙族人才。王友梅怎么会考进这么一个学校，至今仍然是个谜。在这个学校读了四年书后，1916年夏天，王友梅来到了开封。在开封不到八个月的时间里，他参与发起了两个重大活动：一个是全省的请愿豁免田赋联合大会；另一个是致电省政府，对当局地丁银折改银圆一事提出强烈抗议。这两件事令王友梅在开封声名大噪。

第二年，王友梅和于右任在开封会晤。

1917年5月，于右任由北京出发，第一站到洛阳，然后西入长安，他的使命是策动井勿幕、张钫、胡景翼等人，举行起义以推翻北洋军阀的统治。不久，于右任走陇海线东赴上海，在开封稍事停留，并经人介绍结识了王友梅。于右任先是对王友梅的书法大为赞赏，认为足可以执开封书法界牛耳！然后建议他涉猎一下《龙门二十品》，对他必将大有裨益。临走前，于右任把王友梅介绍给了中华革命党（国民党前身）开封领袖胡英介，吸收他为党员。

这次短短数小时的会面，看似平淡无奇，但它却决定了王友梅后半生的命运。

1924年，王友梅参加了在广州举行的国民党第一次代表大会。当“联俄，联共，扶助农工”的三大政策刚一确立，王友梅第一个站了起来，紧握拳头高喊：“万岁！”这次会议上，王友梅与鄂陕边绥靖督办刘镇华结识，二人都大有相见恨晚之意。1932年，王友梅受刘镇华之邀，由开封奔赴南阳，出任唐河、桐柏、泌阳三县联防主任。他的任务就是负责剿灭三县边界日益猖獗的大小各股土匪。一天黄昏，王友梅接到密报，说有小股土匪将夜袭唐河赊湾大户马大牙家抢粮，马大牙已成惊弓之鸟。王友梅率部卒埋伏在马大牙家四周，夜半时分，果然有一小股人马闯入埋伏圈。枪声大作，对方仓皇遁逃，只捉住一个负伤壮汉。壮汉大骂不已。王友梅对手下的一个络腮胡子说："让他住口！"络腮胡子走过去，掏出匕首，一把将壮汉的舌头割了下来。壮汉抬起头，满嘴鲜血吐在络腮胡子脸上。络腮胡子大怒，砍下壮汉头颅，弃之荒野。

很快，王友梅就弄明白了，杀掉的那个人并不是什么土匪，而是共产党唐河县委委员吕秀甫。他十分不安，怀疑已落入一个陷阱中。他找到大学者冯友兰，倾诉自己内心的惶恐。在冯友兰的斡旋下，他见到了八路军少将彭雪枫，向这位将领做了详尽的解释。

抗日战争爆发。王友梅在抗战中认清了国民政府腐败的面目，淡出政界，回到开封做了《大公报》驻开封站记者。1946年，河南省参议会二次会议召开，王友梅作为议员参加了这次大会。会上，他措辞严厉地抨击了政府部门的贪官污吏，说这些蠹虫最终会使国民政府的大厦轰然倒塌！第二天的《大公报》以"敢直言的河南省参议员，刘恩茂一气回巩县"为题目，刊发在头版头条。该期报纸投放市场第一天，即被抢购一空。

日寇投降，王友梅回到了泌阳，开始替父亲王觐侯管理王家的一千多亩土地。他的管理模式颇为新颖，王家出种子让佃户耕种，秋天收成后五五分成。隔一年，泌阳发生大饥荒，饿殍遍野，而王家佃户却无一人饿死。

1950年旧历年末，王友梅正在家中为左邻右舍写春联，忽然闯进来一班挎着枪的人将他逮捕。第二天就召开了公审大会，宣布了他的死刑，紧接着把他枪毙在泌阳城外的荒野中。枪响的一刹那，他喃喃自语，但谁也不知他说了些什么。

楷：无己叟

张楙（1900—1975），号无己叟，书法理论家，善小楷。

他是夷门为数不多的书法理论家，脾气怪异，喜饮烈酒，总是把自己灌得烂醉如泥，常无缘由地朝陌生人咆哮。最苦恼的事情是夷门的书法圈子把他排斥在外，认为书法理论和写字是两回事，你理论再好，字写得不好，依旧是被嘲笑的对象！夷门人最讲究实际。

昏黄的灯光下，张楙常常坐在书斋里翻阅那部祖传的明末刊印本《宋笔记大观》，他有一个设想，要从这套书中将黄山谷有关书法的论述摘录出来，然后加以注疏，刊行于世。在他看来，黄山谷零星的书论微言大义，对书法家不读书这种现象的鞭挞深入骨髓，尤其深切夷门书坛时弊。夷门书家重挥毫而轻读书的现象由来已久。

张楙常自比作前贤蔡邕。蔡邕一生藏书三万余卷，这个数字让他深感汗颜。在他的书斋里，加上祖传的善本孤本也不足万卷。张楙编写了三部书法理论方面的著作。第一部《蔡邕〈九势〉解读》，他另辟蹊径地阐述了自己的观点：与其说《九势》是一部书法理论著作，倒不如说是一部论述“道”与“自然”的道家真言。他甚至认为《九势》应该与《道德经》一起，并称为道家“真经”双璧。第二部是《大醉和微醺对书法的魔力》，在这本只有三十二页薄薄的小册子里，张楙列举了王羲之、张旭、石曼卿、苏东坡等大量实例，来证明酒在书法家挥毫时所产生的魔力，这种魔力具有着神秘的力量，来无影去无踪，谁也无法说清楚它。从而得出了大醉适合写狂草，而微醺则适合写行书的结论。在他看来，如果一个书法家从不喝酒，永远处在清醒的状态，那么他的书法也永远进入不了像《兰亭序》那样的最高境界。在这本书的最后一个章节里，他提到了个案米芾，米芾不需喝酒，只要一捉毛笔，马上就能进入“微醺”状态。像米芾这样的奇才，简直就是为书法而降生到这个世上的！第三部就是前面已经提到的《黄山谷题跋书论注释》。

有一段时间，他喜欢上了欧阳修的《新五代史》，并且在读第三遍时明白了欧阳修著这部史书的真实意图。这部书中，欧阳修每写到一个人的死亡时，大都会用“以忧卒”三个字作为结尾，而想就那个时代发表一点什么议论的时候，又往往会以“呜呼”二字作为开端。这“五个字”让他心惊肉跳，夜半梦境里总是听到它们三两成群地在黑暗中凄厉地啼哭。他真想知道，近千年的时间里，有几人读懂了这“五个字”？

张椒的父亲去世的时候，曾托付给他一件事。他家原来藏有夷门名士常茂徕手抄本《续两汉金石记》一书，有一年他父亲游历洛阳时，身上的盘缠为盗贼所窃，就把这本书押在了龙门庞家，用它换取了返回开封的银两。赎书的日子，张椒只身一人来到了龙门。不巧的是，庞家老掌柜已经故去，现在是小庞掌柜执掌门户。

让人没有想到的是，当张椒拿着老庞掌柜立下的字据找到小庞掌柜的时候，对方却拒绝还书，其理由令张椒啼笑皆非。小庞掌柜说：“老掌柜已命赴黄泉，字据为他所立，那你只有去黄泉路上找他去了结了。”说过，小庞掌柜先自哈哈大笑。

张椒在龙门住了下来。他很快打探到，小庞掌柜并不是老庞掌柜的亲生儿子，而是他过继过来的别姓儿子。张椒替老庞掌柜唏嘘再三，找到他的坟茔，把赎书用的银圆埋在坟头旁边，深深地鞠三下躬，说：“庞老掌柜，钱我替父亲还你了！”

那是黄昏时分，荒野空无一人。夕阳把张椒的身影拉得很长。他想：赎书是一回事，还钱则是另一回事。

在随后的几年里，张椒数次游历河南境内的各大名胜古迹。在获嘉的武王庙，他很恭敬地参拜了毕公。他闹不明白，民间为什么会把毕公塑造成一个主宰天下文运的神。走出毕公殿，张椒被眼前的景象惊呆了，在当院那棵有着数百年树龄的老楸树下，一个七十余岁的老妪，个子低矮，满头银发，穿一身粉红色衣衫，手里紧紧握着一杆巨大的杏黄旗，站在一块方石砖上挥运如风，

“嘞嘞”之声鼓动着张林的耳膜，令他头疼欲裂。老妪越舞越快，最后竟舞成了一个红黄的球团！

1946年暮春，张林把老妪恭恭敬敬请到了开封。在龙亭前开阔的广场上，张林让人支起三口大铁锅，里面盛满猪牛羊肉，下面用榆木劈柴煮，毕毕剥剥，不时有火花迸出。离三口大锅不远，一字排开两个半人高的瓦缸，缸里全是酒。一口缸里装的是“刘伶醉”，另一口缸里装的是“汴京高粱红”。广场的正中央，地上铺着十余张一丈八的巨幅宣纸，张林手持萱麻缕子做的特制毛笔，赤脚站在其中的一张宣纸上。忽然，锣鼓家伙“咚嚓咚嚓”响起来，张林仰头将一瓯酒喝净，把酒瓯摔碎在地。听到响声，老妪开始舞动杏黄旗。杏黄旗往东，张林手里的笔就往东挥；杏黄旗往西，张林手里的笔就往西挥，配合很是默契。

这天天气晴和，一丝风都没有，观者如堵，欢声雷动，可谓夷门书法界一件盛事！

当天晚上，张林把自己反锁在书斋，一边饮酒一边大哭。从此，他戒酒了，也不再写大字。现今，开封市面上流传的，多为他的小楷书法作品。

草：汪绶承

汪绶承（1886—1953），字延年。擅行草书，得王宠笔意。

有资料说，汪绶承是夷门最具性情也是最不幸的书法家。他的童年和少年时期都是在杞县乡下度过的。他的父亲是一个落魄的私塾先生，给他留下的唯一遗产是一部王雅宜的《雅宜山人集》和一本《杂诗卷》法帖。汪绶承很快就喜欢上了王宠，因为王宠一生困顿的境遇和厌恶喧嚣尘世生活的情怀和他有某些相似之处。这种情结伴随了汪绶承一生，并且在他身上发生裂变和变异。

汪绶承有一个癖好。他喜欢收藏女人的绣花鞋，他一生收藏大小不等、花色各异的绣花鞋二百余双，而且都是女人脚下踩过的，新鞋他不要。他说闻着鞋子散发出来的味道比美酒还令人陶醉。他一直想收藏一双夷门名妓李怜怜的绣花鞋，可是到死都没如愿。他临咽气时说的最后一句话就是：“我到那边找你！”他的两个侄子将这二百多双绣花鞋用竹筐抬到院子里，泼上桐油焚烧掉了，那种暧昧的气味在小巷子里数月不散。

汪绶承终生未娶。因为脾气怪异，来给他做媒的人很少。仅仅有一次，他的一个近门婶子想把邻村马屠户家的老姑娘撮合给他，便登门来说合。正是三伏天，近门婶子一进院，见屋门敞开着，忘记打招呼，直接进了屋。事情就是这个时候发生了逆转，汪绶承正躺在床上，一手拿着一册《春宫图》，一手在裆部运动。当他看到婶子进了屋时，洪水已经决堤，刹不住闸了。婶子骂了一声：“鳖孙！”扭头就走。

事后，汪绶承听说婶子介绍的是马屠户家的老闺女，冷冷一笑，说：“我看不上那个女人！”这话传到屠户女儿耳朵里，她找上门来，把汪绶承堵在当院骂了个狗血喷头。

一个时期内，汪绶承闭门不出。他养了七只老母鸡，都给它们起上小孩的名字，盈盈、豆豆、果果之类。夜半三更来到鸡圈旁，看这些鸡是否睡得香甜，如果鸡还没有睡，他就会给它们说上一阵子话，问它们渴了还是饿了，冻着了还是热着了。鸡们咯咯一叫，他会用同样的声音相应和，好像双方在斗嘴。他喝点小酒，会借着酒兴给鸡们吟诵两首王雅宜的诗歌，或者背上王的一篇短文。他自言自语地说：“和你们这些小东西说话，比和人说话有趣多了！”

有一天，他的这些鸡悉数被人下药毒死了。他痛哭一场，将鸡合葬在院子里的榆树下，立一小块碑，碑上写着“七女冢”。他给鸡们烧了纸钱，制作了几顶小花圈。有人在院墙外哧哧低笑，他浑然不顾。

他很少练书法，照他的说法，不是没有时间，是没有感觉。心里有了悲戚，或是喝过酒有了某种冲动，他才挥毫。他用笔在纸上诉说，发泄。他临雅宜山人的《杂诗卷》法帖，不追求形似，只追求那种恬淡雅致的趣味。有人指出他这样临帖难得雅宜山人真髓，要照帖临，一笔一画，必须做到毫厘不爽。汪绶承不以为然，他说："纵然使王雅宜复生，再写此法帖，也万难做到这一点！何况我们的头，我们的臂，我们的手，和王雅宜不同呢？"

汪绶承的父亲教私塾时，有一个学生叫吴鸿初，这一年出任河南省财政厅厅长，他打探到汪绶承近况，很是唏嘘了一阵子。就让人把汪绶承请到开封，做了他的幕僚。过了半年的时间，汪绶承突然又回到了杞县乡下。乡人问他回来的原因，汪绶承三缄其口。但乡人很快就发现，打从省城归来，汪绶承性情大变。

进入了冬天，汪绶承收留了一只流浪猫。这只猫有着黑白黄相间的花纹，尾巴粗大，体态肥硕，黄色的眼睛里隐隐有虎威，是一只母猫。每天，这只猫卧在院子的墙头上，或者在墙头上逡巡，不让别的猫走进院子。若有猫硬往院子里闯，它就撵着那猫撕咬，直到那猫逃之夭夭。方圆数里的猫都怕它。在汪绶承面前，它却极尽温柔恻媚之态。每当汪绶承从外面归来，它就会倏地一下从墙头上跳下来，跑到汪绶承跟前，用粉红色的小舌头去舔他的鞋尖或者鞋后跟，嘴里还不停地"喵喵"温柔地叫着。到了夜里，如果汪绶承秉烛夜读，它会跳进他的怀里，用温软的身躯蹭他的衣袖。汪绶承该睡觉了，它跳上床，睡在他的脚头。

汪绶承很喜欢这只猫。

忽然有一天夜里，这只猫再不肯进屋里来，成夜在院子里不停地嚎叫，犹如婴儿啼哭一般。不久，院子里来了一只大黑猫，追逐那只母猫。母猫不叫了，开始和那只黑猫嬉戏，窗台旁，水井边，到处可以看到它们欢乐的身影。有时它们也会追逐到屋里，在汪绶承的书案上，甚至床上戏耍。汪绶承感到莫名的焦躁。

也合该这天出事，汪绶承正在厨房做饭，那两只猫嬉闹着跑了进来。那只黑猫一边和母猫嬉戏，一边用它的猫眼睛看着汪绶承。汪绶承忽然暴怒起来，他关了厨房的门，将那只黑猫捉住，放到案板上，手起刀落，黑猫的一只爪子被斩落在地，鲜血淋漓。黑猫疼痛难忍，撞墙身亡。

黑猫死后，这只母猫日夜哀号。汪绶承越发烦躁，每天都要殴打这只母猫。过三两天，这只母猫失踪了。

一转眼，旧历年到了。天空飘起了蚊虫般的雪花。汪绶承站在二楼的窗前看雪，这一阵子，他感到百无聊赖。忽然，汪绶承觉得窗外有异物，仔细看时，脸色顿时如土。窗外有一棵梧桐树，树叶已经枯败，仍有未零落的枯叶稀疏地挂在枝头。枯叶中间，正有一双虎一般的眼睛注视着他。等他推窗再看时，那双眼睛已无了踪影。

过了年来，汪绶承的身体说垮就垮了。他找到街上棺材铺的王老板，多给了他一些银两，让他打一口大些的棺材。然后，他把他一生满意的书法作品装入黑匣，打入棺材。

夷门名妓李怜怜已步入暮年，形容枯槁。一天黄昏，她用鸡皮一般的手把她一生所穿过的绣花鞋按年代顺序排列在床上，然后对着这些鞋垂泪而歌。

魏碑1：高道天

高道天（1900—1959），书法以《石门颂》为宗，参以于右任笔意，大气磅礴。

高道天原是陕西城固人氏，为陕南高姓大族。他三十一岁来到夷门，那时他是一个狂热的诗歌爱好者，成为一个诗人是那时他最大的理想，书法仅仅是饭后的余事。他曾向河南大学教授邵次公讨教写诗秘诀。邵次公告诉他，写诗就像练书法，得临帖。对于做诗来说，读书就是临帖，而读书的多寡，决定了你在诗歌道路上到底能走多远！

邵次公的一番言语让高天道茅塞顿开，从而动了定居夷门的念头。他去铁塔寺里租了一间僧舍，在昏黄的豆油灯下阅读各类诗歌书刊。他还成了邵次公“金梁吟社”的常客。这个时候，他浓密的头发开始一根根脱落，短短月余，头顶上已是寸毛不存。

这种好学的态度让邵次公大为动容，尤其是高道天在书画方面又有着极高的天赋和良好的家学渊源，使他认识到这是个可造之才，于是，1933年初春，他写了一封长十余页的信函，推荐高道天到北京张恨水创办的北华美术学校深造，进修书法和绘画。在北华求艺这段时间里，他结识了诗词大家吴心谷——忍庵先生。吴心谷先后做过袁世凯和徐世昌两任大总统的秘书官，专意给他们讲解古今诗词，精通古音韵六法，还与齐白石交往颇深，著《历代画史汇传补编》。

吴心谷曾为武学大师孙禄堂的《形意拳学》作跋，是孙家的座上客。孙氏太极拳传人孙剑云那时才十余岁，经吴心谷介绍，拜在高道天门下学习书法。若干年后，因为著作归属一事，孙禄堂与吴心谷之间起了一点波澜，在坊间产生了一些误传。孙剑云曾让高道天出面著文澄清了事情的原委。

一年后，高道天在北华学业期满，重新回到了夷门。这个时候，在河南执政的，是冯玉祥将军。吴心谷托人出面，把高道天介绍给了冯玉祥。冯玉祥这个时期非常喜爱书法，尤其对魏碑情有独钟，他早听说过高道天的书名，就把他留在了身边，和他一起探讨书法技艺。有很多次，冯玉祥对外人介绍高道天说：“这是我的书法老师！”

高道天很快在夷门书法界站稳了脚跟。

1934年，河南省书画展在开封大相国寺开幕。夷门书画界名流诸如许钧、关幼调、关百益、张乐天等悉数参加了这次展览。高道天在这次展览中大获丰收，他的一副行书“赏心、欲辩”四尺对联、一幅仿文徵明《积雨连村图》和一幅仕女《文姬归汉图》入展，并赢得夷门书画界好评。

这次展览过后，在一段相当长的时间里，高道天的艺术生涯陷入到了迷惘徘徊期，他感到很苦恼。恰在这个时候，吴心谷写信来让他去北京一趟，帮他校勘《历代画史汇传补编》一书。书稿校毕，正要返回夷门，于右任忽来拜会吴心谷。于右任身材高大魁伟，长髯飘拂，颇具仙风道骨。喝茶闲谈间，得知高道天是陕西同乡，又善书法，且与自己书法风格相仿佛，感到很是亲近。次日，书法大家王世镗、文伯子来相聚，几人商定同游石门山。谒先贤，访石刻。

石门山是孔子撰写《易经·系辞》处，此地自是卜卦算命者云集。来到山脚下，但见卜卦的幌子一个紧挨一个，幌子下大都是一张年老的脸孔，见几个人走过来，纷纷仰起花白的脑袋，朝他们喊：“客官，卜一卦！”几个人避开这些算卦者，往山深处走。

山半腰有一片柏树林，如墨一般黑，荫翳蔽日。高道天内急，喊声：“先走！”钻入柏树林。头顶上“哗啦啦”有一只大鸟飞过，高道天不禁打了一个寒战。走出林子，已看不见于右任几人，高道天忽然感到迷失了方向，看太阳，太阳蛋黄一样挂在中天，东西南北依然无可辨识。他静静神，四周看了看，就见一山坳避风处有一个卖茶水的摊子。

高道天觉得口渴得厉害，到茶水摊前坐下，要碗茶喝着，想问问那几个人的去向。

卖茶人是个老者。一袭灰色长衫，衣袂落落，竟遮掩住了他的双脚。很高的个子，鬓发斑白，留着长及腰间的胡须，额头突兀，眼睛却深深地凹陷进去，内蕴精光。他将茶碗递给高道天，突然说话了，声音喑哑。他说：“客官是翰墨场上人物！”高道天吃惊地去看灰衣老者，问：“你怎么知道的？”老者不答，诡异地笑了。又说：“最近遇到难迈的坎了！”高道天愈加吃惊，不由得喊道：“奇了！”便将茶碗放下，问老者这道坎有多长。老者告诉他：“短者三五年，长者就不可预测了！”高道天再次注视着相貌奇古的卖茶人，心想，遇到高人了，何不讨个破解之法？

于是，高道天摸出两枚铜圆，放在茶桌上，小声问道：“可有破解之法？”

老者迟疑，眼角余光扫一下桌上的那两枚铜圆。高道天会意，又掏出两枚铜元放在桌上。灰衣老者咳嗽一声，喑哑着说：“你得小心一个高个子留长髯的人，他会像蛇精一样吸干你艺术的脑髓！”说着，灰衣老者不由得伸了一下腿，双脚从衣摆下露了出来。高道天霎时感到毛骨悚然，头发根根竖起，他紧紧盯住了老者的双脚。茶桌下的那双脚上，穿着一双粉红色的绣花鞋！

高道天落荒而逃。

1939年，高道天在开封大相国寺搞了一次个人书法展。于右任为他题写了展标，并发来了贺信。贺信中说他的书法已得《石门颂》真髓。

魏碑2：野王老人

杨望尼（1899—1981），名宗彦，字望尼，号大块子、野王老人。擅魏碑。曾任河南画社评审委员会主席。

一个时期，大块子杨望尼的书画作品几乎与张大千、齐白石、于右任等跻身于同一个台级，因为在2000年前后的一次重要的拍卖会上，他们同一尺幅作品的起拍价都是五千元上下。后来有人分析其中的原因，发现一个十分有趣的现象：杨望尼的这些作品，诗书画达到了完美的结合。譬如他画了一幅《初夏枇杷图》，尺幅的左边画枇杷，画得很有趣。碧绿而繁茂的叶子后边（叶子呈“琵琶”状），黄黄的果实如少女般“犹抱琵琶半遮面”，把枇杷果都当成美人去画了。右半边靠上一点，用魏碑小草书写了一首诗：“风味何殊十八娘，初夏时节色微黄。一丸金弹凭伊取，百斛珠玑尽我量。”诗也把枇杷当作美人去写了。

杨望尼身上有诗人的气质！或者说，他就是一个诗人。

他在开封河南地政筹备处任职期间，中原地区遭受旱灾，赤地千里，路有饿殍。家乡沁阳一带竟有十万之众流离失所，拉棍到山西逃荒要饭。当杨望尼在某个黄昏听到这一音讯时，脸色显得十分阴郁。很快，他通过同窗王世博在山西永济购买了二百担杂粮，运抵沁阳。

购买这批粮食的款项，是他拿出了家藏的明清古画38幅，送到新乡文福堂画店寄卖得来的。这批古画寄卖期间，还发生了一件故事。当地国民党驻军第四十军参谋长云华锋对这些画颇感兴趣，想裹入囊中，但他只愿出画价的三分之一，而且态度很强硬。杨望尼连夜赶回新乡，在文福堂与云华锋会面。云华锋带了两个护兵，荷枪实弹站在他身后。云华锋冷冷地说：“我喜欢这批字画，但我掏钱买！”

杨望尼站起身，面色冷峻。他说：“如此低价，等于豪夺，无异于强盗行径！”

杨望尼又说：“夺此字画，等于夺灾民性命，虽禽兽不忍！”这句话击中了云华锋，他意味深长地看杨望尼一眼，朝两个护兵摆摆手，走出门去。

回到开封，杨望尼总觉得什么地方出了问题。出了什么问题呢？他说不上来。有一天深夜，杨望尼走在回家的小巷子里，忽然，嗒嗒嗒，一梭子枪弹从他的头顶射过去，打在旁边的砖墙上，冒起一溜火花。

杨望尼从开封来到了西安。先是在于右任手下做科长，后又到杨虎城将军帐下，当专职秘书。他对于右任很是崇拜，认为若以书法创新论，民国书坛无人能出其右者。在北京大学及开封期间，杨望尼对“二王”的行草书是下过一番功夫的，但越到后来越感到笔力纤弱，线条显得飘浮，缺乏一种厚度。他很是苦恼过一阵子。他就这个问题向于右任请教，于右任笑笑，好像还捋了一下他那美丽的长胡须，说：“你临一下魏碑看看。”杨望尼当天就跑到书店，把能见得到的字帖都买了过来，譬如《张黑女墓志铭》《张猛龙碑》《龙门二十品》《中岳灵庙碑》《石门铭》等等。

这天以后，对于魏碑，杨望尼开始了长达十多年的临写。他还将于右任的一首诗“朝学石门铭，暮临二十品。竟夜集诗联，不知泪湿枕”用魏碑楷书抄写了，悬挂在床头，每晚看着它入睡。

杨望尼在杨虎城将军麾下做专职秘书时，摊上了那场举世闻名的大事：西安事变。他亲自参与了把蒋介石囚禁起来的军事行动。事后，特务们自然也不会放过他，把他投进了监狱。他的妻子陈励修（擅楷书，取法二爨）找到于右任哭诉，于右任便打通关节，亲自出面作保救杨望尼出了监狱，并在自己掌管的西北审计部安排他做了审计处处长。西安解放时，作为国民党政府里的旧官员，他差一点被遣返沁阳老家，是一个知情的人说他曾参加过“西安事变”被蒋介石关过监狱，事情发生了逆转，他很快被人民政府接收，编进西北财经局做一般工作人员。

隔二年，杨望尼从一个旧友嘴里得到一个消息，与他一同在杨虎城将军处共过事的南汉宸（1926年加入中国共产党，杨望尼曾冒风险掩护过他的地下党身份，二人遂结成至交），经周恩来总理特别推荐，已经做了中国人民银行首任行长。周恩来在西安期间，杨望尼也与他有过短暂接触。杨望尼掂起笔，再三斟酌，给南汉宸写了一封信，详细谈到了自己眼下在西安的处境，字里行间透出了一种感伤情绪。

很快，南汉宸的回信就送达他手上，叮嘱他尽早进京。南汉宸将他的情况向总理简要提及，总理已作书面批复，着进京面谈后擢用。杨望尼当天就向西北财经局请了假，晚上十点坐上开往北京的火车。他因激动而难以入眠，几年大学下来使他对北京并不陌生，开始勾画去北京后的生活情景。黎明时他模模糊糊进入梦乡，竟非常清晰地梦见了老家村口的财神庙，醒来眼角挂满泪痕。

杨望尼在洛阳下了火车，然后改乘汽车，一路颠簸，夜幕降临前回到故土沁阳崇义村。原说第二天中午赶回洛阳的，可是大清早他就被村里的民兵堵在了杨家老宅。民兵队长告诉他："你不能离开村子，我们要对你进行审查！"原来沁阳已开始镇反运动，因他在国民党军队干过事，自然在审查之列。

突如其来的变故让杨望尼束手无措，他再次给南汉宸写信，却如泥牛入海。审查的结果，杨望尼成了"管制对象"，被派进村生产队牲口院喂牛。隔三岔五拉去游斗一番，头顶扣上纸糊的高帽子，脸上涂满锅灰或墨水。从五十余岁走进崇义村，到八十一岁去世，近三十年的漫长岁月，杨望尼再也没有走出这个村庄一步。人生的后十年，他自号野王老人。

他曾在村里悄悄教孩子们学起了书法，他去世以后，这个村子先后走出了二十余个省和国家级书协会员。

小篆：漫集梧

漫集梧（1904—1997），笔名野夫，以篆书驰名夷门书坛。

漫集梧在开封高中谋到了一门差事，教低年级的国文。开始把行书搁置起来，改练篆书。他选择了徐铉的铁线篆书作为临习的对象，每天临一个小时，或者左一点，或者右一点，看心情而定，总之有的是时间。抗日战争爆发的第二年，漫集梧暗中参加了抗日杀奸团，在开封城内实施放火、爆炸和暗杀。书店街景升书店偷偷出售伪教科书，漫集梧接到指令，要对之进行警告，他装着去买书，趁买书人多的时候溜到二楼暗处，狠狠地放了一把火，烧毁了两扇窗户。

但是，对放火这样的事漫集梧并不热心，他的兴趣还是在对篆书的研习上（由铁线篆已上溯到大篆，譬如金文、石鼓文等）。等他见到禹王台密室里珍藏的《岣嵝碑》时，内心受到了震撼，他认为这可能是仓颉造字时代留下的神迹。这天夜里，漫集梧做了一夜稀奇古怪的梦，梦见一些篆字在天空像鸟一样飞翔。

第二天，漫集梧接到新的指令，让他配合一暗杀高手刺杀伪市长高余海。高余海在河南大酒店包了一处豪华房间，常带着副官来这里和情妇私会。高余海有个鲜为人知的癖好，情妇到来之前，他会让副官用皮鞭抽打他，狠劲地抽，他曾给那个情妇说他的情欲是用鞭子抽出来的。漫集梧事前不知道这些，他化装成服务生送水果时，见一个人正用鞭子抽打另一个人，误把抽打者当成了高余海，向同伙发出了信号，结果副官被一枪毙命。

很快，《河南民报》在醒目的位置报道了刺杀事件，杀奸团才知道这次行动失败了。漫集梧被赶出了杀奸团，他很是懊悔和苦恼，后来就病倒了，发起了高烧，不停地说胡话。他又开始做梦，梦见很多红色的鸟在天空飞翔。梦快结束时，一个弓箭手出现了，挽弓对着飞鸟射出支支利箭。从梦中醒来，漫集梧竟奇怪地想到“后羿射日”这个传说，突然脑洞大开，认为后羿射的不是

“日”，而是在天空飞翔的一种红色的鸟。这种联想让他感到异常兴奋，开始对这个神话传说进行更为详尽的考据。

漫集梧开始暗中打探高余海的下落。暗杀事件后，高余海迅速离开了开封，先是去了西安，看了西安的碑林、大慈恩寺和小雁塔，吃了老刘家的苍蝇头（泡馍的一种），飞到东北去了，之后，就在漫集梧的视野里消失了。但是，在漫集梧心底，高余海这个名字却越来越响亮，他曾无数次在内心杀死了他。这个念头苦苦折磨着漫集梧，以至后来发展到病态的地步。他让女人给他捏了一个小面人，鼻眼突兀，写上高余海的名字，插上绣花针，放在自己的床下，每天睡觉前从床下拿出来，用滚烫的开水淋浇。

一个时期里，漫集梧的篆书走红夷门。人们奇怪地认为，他的篆书背后有一种深刻的隐喻，代表了某种高贵的品格。然而，漫集梧让许多前来向他求字的人吃了闭门羹。看着来人尴尬告退的背影，漫集梧四尺有奇的身躯霎时觉得高大起来，他从鼻孔中轻轻哼了一声，折转身，背袖了双手，踱到后院赏花去了。

周口茶叶富商陈同文想求漫集梧一幅篆书中堂，却与漫集梧不熟，他专程来开封找到漫集梧的好友李子培，让他从中撮合这件事。李子培说：“你先在‘又一新’摆一宴席，我去请人，请时只说吃饭，不说其他。人如果来了，宴席上见机再说不迟。”李子培去不多久，就请来了漫集梧。席间，漫集梧谈兴很高，吃得也很高兴，鼻头上亮亮的。李子培朝陈同文使了个眼色。陈同文离席拱手，将求字的想法说了出来。李子培很紧张地看着漫集梧。不想漫集梧没有犹豫就答应了。

陈同文觉得这字求得也太顺利了，并不像坊间传闻的那样。李子培也感到意外，愣愣地看着漫集梧，觉得好像对不住这顿饭似的。隔几天李子培去取篆书中堂的时候，漫集梧还眼角带笑地说：“那个茶叶商人真有意思。”李子培嘴里“唔唔”着，但他不知道陈同文究竟是怎么个“真有意思”。漫集梧又说：“看他那身材，估计比我还要矮上两寸吧！”

20世纪80年代，漫集梧到东北参加一个书法交流性的会议，竟意外地碰见了高余海，他已经从某市政协主席的位置上退了下来。谈起往年的那次暗杀事件，高余海茫然地摇摇头，丝毫不记得了。虽然高余海满面微笑，但目光却比他冷酷多了，无意间看他一眼，漫集梧竟然感到了丝丝寒意。

回到夷门，漫集梧闷闷不乐了好长时间。

原载《鸭绿江》2017年第4期

天下才子半流人

狄　青

古代的中国文人，极看重行走与创作之间的内在关联，因而特别将“行万里路”与“读万卷书”的重要性并列在一起，仿佛此二者才是文人创作的入门条件与不二法门，之后方有“下笔如有神”的灵性与决绝。读书这事儿的重要性嘛，咱就不用说了吧；而行走嘛，于古代中国文人而言，方式大致有两种，一种系主动，一种乃被动。所谓被动，便是贬黜与流放。比之前者，后者对文人内心的触动以及对其文学创作的影响无疑更大、更重要，同时也更深远。

王昌龄当年被流放的原因，史料谓之“不护细行”，也就是说有人认为王昌龄这个家伙“太不拘小节了”。大家都知道王昌龄是中国边塞诗的领军人物，有“七绝圣手”之美誉。为了谁在坊间影响力更大的问题，他曾不止一次与王之涣、高适以歌女吟唱谁的诗多为由轮流付酒钱，由此也可感知其豪放的一面。他一生两次被流放，都与他的“不护细行”有关。对王昌龄这样的文人而言，流放无疑属于“痛并快乐着”，他一方面舍不得长安城的繁华与热闹，一方面又借此与更多地方上的文人、隐士、僧道以及官员结交，乃至于朋友遍天下。公元739年，王昌龄被流放岭南。他一路遍访名山大川，于襄阳见到之前慕名已久的孟浩然。孟浩然当时正患疽病，原本就要痊愈了，据说因见到王昌龄实在高兴，不仅破戒喝了大量的酒，还吃了海鲜，并乘着酒兴写了《送王昌龄去岭南》一诗。没想到事后痈疽病证复发，竟就此离世。王昌龄十分悲痛，原本要去金陵，却在巴陵遇到了李白。当时李白也正在被流放夜郎的途中，二人一见如故，盘桓多日。临别，王昌龄作《巴陵送李十二》一诗送李白。一年后，王昌龄得赦，高高兴兴地赶回长安。可他屁股还没有把长安的板凳坐热，就再次因自已的口无遮拦而被流放至湖南龙标。李白闻讯后，专门写了《闻王昌龄左迁龙标遥有此寄》。王昌龄乐观，去龙标不仅带去了中原的蔬菜种子，在流放地推广中原的先进农业生产技术，还教人读书、办了许多诗社，引导当地人吟诗作赋，以至于人称“诗荒开遍夜郎西”。

白居易的老娘去世，据说是因为看花落井而亡。于是有人说，白居易的老娘都掉到井里死了，而他却还在写赏花和与井有关系的诗文，这样的人实在不该在朝中任职，于是白居易就被贬为江州司马。江州系今日九江，那时候还属于偏僻之所。他的挚友、通州（今四川达州）司马元稹闻讯后，曾写下了《闻乐天授江州司马》一诗，所谓“垂死病中惊坐起，暗风吹雨入寒窗”，可见当时流放之令人揪心。然而就在流放江州期间，白居易几乎完成了他一生文学创作中最重要的作品，包括《琵琶行》《与元九书》等，尤其是《与元九书》，乃中国现实主义文学理论的里程碑式的作品。后白居易又被放四川忠县。按说比九江还要路途遥远，但他却怀着无比喜悦的心情沿长江而上，一句“鸟得辞笼不择林”，便可一窥他彼时的愉悦心情。因白乐天的到来，原本荒僻的忠县亦很快成了文风繁盛之地。

与其他被流放的同时代文人相比，刘禹锡是个特例，因他被流放的地方特别多，先后被贬湖南朗州、广东连州、四川夔州、安徽和州等地。刘禹锡流放朗州达十年之久，其间，他一边在当地办学授课，一边与流放到湖南永州的柳宗元相互通信打气，倒也算“既来之，则安之”了。终于等到了被朝廷赦免召回的那一天，或许是实在太高兴了，刘禹锡一回到长安便写了一首名为《游玄都观咏看花君子》的诗：“紫陌红尘拂面来，无人不道看花回。玄都观里桃千树，尽是刘郎去后栽。”旋即朝廷中有人认为是“暗含讥刺”，刘禹锡因而被流放夜郎播州（今贵州遵义）。同被赦免回到长安的柳宗元听说后，立马上书道：“播州非人所居，而梦得（刘禹锡）亲在堂，吾不忍梦得之穷，无辞以白其大人，且万无母子俱往理。”朝廷似乎觉得有理，于是又将刘禹锡改为流放广东连州。后刘禹锡母亲于连州去世，刘禹锡奉灵柩北返，至湖南衡阳，听到柳宗元于同月去世的消息，“惊号大叫，如得狂病”，遂写下了中国古代散文史上感人至深的两篇长文《祭柳员外文》《重祭柳员外文》。

李白原本是没有被流放的资本的，这与他始终没有进入权力中心有关。但被“赐金放还”的李白因为不甘心于自己从此远离仕途，便投到了造反的永王麾下。没承想跟错了人、站错了队，永王兵败，李白也下了大狱，后改判其“长流夜郎”。于是李白在他58岁那年开始了他的流放之旅。前往流放地这一路，于李白可谓一次光耀中国文坛的辞赋之旅。他先武昌，再洞庭，又湘西，所到之处都留下了他的诗赋与逸闻。那时候的官员也可爱，明明来的是一个被贬黜的文人，却不光好吃好待，还争着抢着让李白多住些时日。于是，单是去程，李白在路上就消耗了七八个月的时光；他的“夜郎万里道，西上令人老”诗句的含义，显然不只是感叹时光流逝那么简单。这七八个月的时光，对中国文学史非常重要。倘使没有这次流放，李白与他的“粉丝”们也难以如此近距离相见，更不会留下那么多别有意味的诗篇，就连杜甫，都因李白的流放而写下了《梦李白》《天末怀李白》等篇什。至少有四五个省因李白的“长流夜郎”，而留下了各式各样的“李白旧址”。李白在流放地待了有两年多时间，便遇上了全国性大赦。诗人欣喜若狂，回程一路的诗作与去程形成了鲜明的反差。公元762年，据说李白在安徽醉游采石江的时候，因为兴之所至入水捞月而死。晚于李白不长时间的唐代诗人项斯有诗为证：“夜郎归未老，醉死此江边。”醉死，无疑算得上是文人最好的死法之一了吧！

韩愈与柳宗元都是大诗人，与元稹、白居易被人并称“韩柳元白”，被封为文坛一代宗师。然而，韩愈跟柳宗元却不是一条道儿上的人。韩愈是保守派一边的，柳宗元是改革派一边的，二人只要碰面就抬杠，闹得脸红脖子粗，但这倒没妨碍他们成为好朋友。柳宗元死后，韩愈甚至还收养了他的孩子。这令人想起在他们二人之前，魏晋时的竹林七贤，嵇康与山涛绝交，还写了《与山巨源绝交书》，就怕全国人民不知道他跟山涛撕破了脸。可到后来，嵇康被问斩前，却把儿子托付给了山涛。古代文人的处事方式，的确与众不同。

还说韩愈和柳宗元。二人在朝廷里貌似政敌，却都没能逃脱被流放的命运，而且是差不多同时期被流放，一个被流放到广东潮州，一个被流放到广西柳州。他们的区别在于，韩愈是头一次被流放，而柳宗元是第二回了。那是一千三四百年前，潮州跟柳州往好了说，也未必能赶得上我们现今的“五线”小城镇，两个爱呛火抬杠的文人差不多同时被抛入了各自人生的最低谷。然而，你看他们二人这个时期相互往来的诗文，却极少谈到他们各自的失势与不如意，倒是大谈人生理想以及两广美食。说美食其实很牵强，那时候显然还没有如今以生猛海鲜为主打特色的粤菜菜系，两广地区甚至连二人早已习惯的猪肉牛肉这些肉类都很难吃到，于是，他们不约而同地喜欢上了吃蛙肉。尤其是柳宗元，吃青蛙甚至吃出了许多心得，他一方面与刘禹锡鸿雁往来谈人生，一方面和韩愈诗文酬酢论美食。韩愈后来则是吃海鲜吃上了瘾，他写了一首《初南食贻元十八协律》寄给长安他的“粉丝”，不仅仔细描述了他在广东见到的许多稀奇古怪的食物，而且还讲了他刚学到的一些生物学知识。

再来说说宋代的苏东坡与秦观。从公元1079年移知湖州开始，老苏的被贬就成了他人生的一种常态。黄州，常州，广东英德，广东惠阳，海南琼州……苏东坡一生中的大部分时间，其实都是在各种颠沛流离之中度过的。不得不说苏东坡为人的宽广胸怀。他一路被贬到广东惠州。那个时候，广东尚属蛮夷之地，什么也没有，即使如此，他还能“日啖荔枝三百颗”，何其乐观！在广东惠州的时候，苏东坡写下了“吏民惊怪坐何事？父老相携迎此翁……岭南万户皆春色，会有幽人客寓公”。他还写信给友人：“到惠将半年，风土食物不恶，吏民相待甚厚。”并附上“日啖荔枝三百颗，不辞长作岭南人。报道先生春睡美，道人轻打五更钟”等诗篇。这些篇什传到朝廷，当时的掌朝者章惇道：“苏子瞻尚尔快活。”于是老苏立马又被贬为琼州别驾，前往海南岛。《宋史》言海南“非人所居”。正是这个“非人所居”的海南，却让苏东坡写下“九死南荒吾不悔”的诗句。仅仅数年后，海南便出现了“书声琅琅，弦歌四起”的景象，海南文士还结成了“桄榔诗社”，此被称为海南文化团体的发轫。

苏东坡与秦观亦师亦友。当年29岁的秦观在两淮游历，于彭城见到了他最为崇拜的苏东坡，于是乎写下了“我独不愿万户侯，惟愿一识苏徐州”。苏东坡对秦观的才华也大为赞赏。在苏东坡的鼓励下，秦观同学发奋读书，连考三次，终于在他37岁那年考取了进士。没承想，其后来之命运与苏东坡也十分相似，被贬流放，先长沙，再郴州，后广东横州、雷州。秦观在性格上柔弱，内心不如苏东坡强大，苏东坡就从海南写信至雷州鼓励他。在雷州，秦观写下了大量吟咏当地民俗风光的诗文，并教授当地人文化与生产知识。他与苏东坡后来在雷州相会，二人百感交集，并相约“齐生死，了物我”。

宋元以后被流放的文人其实也非常多，最著名的，我以为当属王阳明无疑。王阳明被流放完全是因为他得罪了当朝的大太监刘瑾。他当时是被流放到贵州的龙场驿做驿丞。驿丞嘛，实在是个小得不能再小的吏了，即便如此，因知道刘瑾为人之狠毒，所以王阳明被流放的时候“日夜南奔”，生怕刘瑾派锦衣卫的人追来刺杀他。

贵州的戍所可谓苦不堪言。日夜兼程终于赶到了贵州龙场的王阳明，当时就写《杂诗》三首，其一云：“危栈断我前，猛虎尾我后。倒崖落我左，绝壑临我右。我足复荆榛，雨雪更纷骤。”因为根本就没有可居住的房屋，王阳明只好结草庵以居，至此，“自计得失荣辱皆能超脱，惟生死一念，尚觉未化”，便“日夜端居默坐，澄心静虑，以求诸静一之中”。据说，他长期端居默坐，一天夜里，忽然高兴得雀跃欢呼，“从者皆惊”，原来他已“大悟格物致知之旨”，认为“圣人之道，吾性自足，向之求理于事物者误也”。

也就是说，“圣人之道”存在于每一个人的人性里，即每一个人的心里，向外部事物去寻找是错误的。于是他创立“心学”，称“心即理，心外无理，心外无物”，并写成《五经臆说》一书，为后世留下了中国古代哲学里的“阳明学派”，甚至被后人尊崇到与朱熹并列的位置。完全可以这样讲，如果没有流放贵州龙场的经历，在京城养尊处优的王阳明是不可能如此“顿悟”的。

普希金的名篇《致西伯利亚的囚徒》，最初是为流放西伯利亚的十二月党人和他们的妻子而作的。后来就成为所有流放西伯利亚者共同吟诵的诗篇。1849年4月23日，作家陀思妥耶夫斯基因牵涉反对沙皇而被捕，并被判死刑。11月16日，在圣彼得堡谢苗洛夫校场，他都已经被穿上了白色的尸衣了，士兵们也已经举起了准备射向死刑犯们的步枪。然而在行刑之前的一刻，有人急火火地拿来了沙皇的最新“指示”——陀思妥耶夫斯基等人被改判为流放西伯利亚。我很难想象，这些被从木桩上解掉绳索的死刑犯，在那一刻会不会集体疯掉，这当然就包括陀思妥耶夫斯基在内，况且他原本就患有癫痫症。在西伯利亚，陀思妥耶夫斯基的思想发生了巨变，同时癫痫症的发作也愈发频繁。1854年他被释放，但是要求必须在西伯利亚服兵役。1858年，陀思妥耶夫斯基升为少尉，从此可以有自己的时间来思考与写作了。从假处决事件到西伯利亚服刑这十年时间，是陀思妥耶夫斯基人生最重要的转折。他开始反省自己的文学观念与文学写作，并开始笃信宗教。可以说，陀思妥耶夫斯基此后一系列重要的作品，应该全部来源于他被流放期间对人类命运和宗教哲学的再思考。1860年，陀思妥耶夫斯基获准返回圣彼得堡，次年他便发表了第一部长篇小说《被侮辱与被损害的》。这部作品可以被看作他前后期文学创作的过渡性作品，既有前期对社会苦难人民的描写，又带有后期对宗教与哲学的深刻认识。1881年，陀思妥耶夫斯基开始准备写作《卡拉马佐夫兄弟》第二部。2月9日那天，他在写作的时候，笔筒不小心掉到了地上，而且滚到了柜子底下。他在搬柜子的过程中，因为用力过猛，导致血管破裂，当天便离开了人世。弥留之际，他要求妻子为他朗诵《圣经》。

与陀思妥耶夫斯基在执行死刑的前一刻被改判流放差不多，几年之后的1864年5月，有个文人被押至圣彼得堡梅特宁广场示众，并处以残酷的假死刑。这个人便是车尔尼雪夫斯基。他后来被改判为流放西伯利亚，在伊尔库茨克盐场劳动，之后又被转送到卡达亚矿山。两年后，他被押到亚历山大工场做苦役。七年苦役期满后，又被延长，转押到荒无人烟的位于东西伯利亚的雅库特和维留伊斯克地区，继续流放，前后长达21年之久。被流放前，在彼得保罗要塞囚禁期间，车尔尼雪夫斯基就创作了长篇小说《小说中的小说》，以及一部未完成的中篇小说《阿尔费利耶夫》和一系列短篇小说。在漫长的流放生涯中，车尔尼雪夫斯基坚持创作小说和撰写随笔，但其中保存下来的只有一部长篇小说《序幕》。流放的经历，使车尔尼雪夫斯基开始重新思考人类生存的价值和意义。晚期他曾撰写《回忆屠格涅夫与杜勃罗留波夫的关系》《人类知识的特征》等文章，对自己年轻时候的许多观点进行了某种形式的反思。1889年6月，他被准许返回自己的故乡——温暖的萨拉托夫。在故乡，他自称是流亡者中的幸存者。仅仅4个月后，车尔尼雪夫斯基便因脑溢血离开了人世。

二战中苏德战争爆发后，索尔仁尼琴应征入伍，曾任炮兵连长，在前线两次立功受奖。1945年2月，索尔仁尼琴在波兰前线给自己的朋友写了一封信，因信中出现了“那个蓄着络腮胡子的人”以及“主人”和“老板”等词汇，被当时的苏联内务人民委员部以“进行反苏宣传和阴谋建立反苏组织”的罪名，判处8年劳动改造。1953年3月获释后，他便开始了在中亚哈萨克斯坦的流放生涯。他先后在数个劳改营里劳动。在一个专门关押政治犯的“特别劳改营”里，他从事采矿、制砖、铸造等多个繁重工种。在埃基巴斯图兹的劳改营，他创作了短篇小说《伊万·杰尼索维奇的一天》。正是长达数十年的劳动改造和流放生活，铸就了一个作为思想家和思考者的索尔仁尼琴。他的作品绝不仅仅是单纯泄愤抑或控诉性质的揭露黑暗与苦难的文字，他始终要探讨的都是人类何以“会如此”、世界该“怎么办”等等形而上的问题。随着《古拉格群岛》《癌症楼》的相继面世，索尔仁尼琴旋即被流放出了自己的祖国。1974年2月

25日的美国《时代》周刊封面上，索尔仁尼琴被拍成像卡什镜头下的海明威那样：脸颊的线条坚毅而粗犷，面部稀疏的白色胡茬和沧桑的皱纹，令他像一头老狮子。内文文章的副标题是“从艺术家到流亡者”。美国人的初衷，是认为索尔仁尼琴只是讨厌极权主义，但有一天，他们却惊恐地发现，他对资本主义和封建的极权主义几乎一样保持着严厉的批判态度。在一次受邀出席哈佛大学的毕业典礼时，他在演讲中并不认为西方式的自由民主有着什么普世价值，他称西方已经陷入了庸俗的物质消费主义。这样的言论让美国人极为尴尬。1998年，当时的俄罗斯总统叶利钦宣布颁发给索尔仁尼琴国家奖章，而他却为了抗议叶利钦的“毁灭性国内政策”而拒绝接受。直到2007年，索尔仁尼琴才接受了普京亲自去他家颁发给他的国家奖章。作为一名流亡作家，索尔仁尼琴的流亡生活于他而言并不是一个可资展示与控诉的卖点，而是让他更加深刻地认清人类命运的荒谬与无常、生命价值的高贵与渺小的现实舞台，这也是他不管走到哪里，都要坚持自己独立的批判精神、从不为某种利益或权力而低头的缘故。

一战到二战期间的德国形成了人类历史上最大规模的作家流亡潮。最先离开德国的不是政客，更不是土豪，而是作家。因此，“流亡文学”成了那个时期德语文学的最重要的表现特征。先后出国流亡的德语作家约有一千余名，其中具有世界影响力的，就包括了贝歇尔、本雅明、布莱希特、雷马克、亨利希·曼、克劳斯·曼、托马斯·曼以及阿·茨威格等。在这一大批流亡作家中，后来有一部分人由于对国家前途失去信心、感觉看不到出路而自杀，如本雅明、茨威格等；有一部分人则加入了居留国的国籍，如德布林、楚克迈耶尔、雷马克、托马斯·曼等。最先感知到德国纳粹对人类文明戕害的是德国作家，始终选择不与纳粹有一丝一毫合作的也是德国作家，他们因此而不得不进行自我流亡。同时，德国“流亡文学”所形成的强大的文学冲击波，也深深地震撼了当时的世界文坛，其影响力至今依然存在。

文人曾被认为是最柔弱且无力的一群，然而，在人生的逆境中，在无常的命运里，却是这些人创造了文化的奇迹、推动了社会的发展，同时，也是这些人坚守了人类良知的底线。反观那些帝王，无论是中国的还是外国的，无论是南唐后主李煜，宋徽、钦二帝，还是因支持战争而被流放到国外的意大利最后一个国王翁贝托，他们忘不掉的是自己昔日的荣华富贵，不能放下身段面对现实。像李煜，干脆“日夕以泪洗面”；看他的词，那简直幽怨到整个人都快不行了。还有那个被金人掠去的宋钦宗赵桓，更是“时时仰天号泣”，搞得他父亲宋徽宗都看不下去。二帝被金人掠走的一行共计一千四百余人。而“幸存者”中，有名有姓的只有几十位；这固然有被金人迫害的因素，但相当一部分人（尤其是昔日的王公大臣），既无法忍受北国的寒冷萧瑟，更不能放下身段迎接甚至改变现实，他们缺少的恰恰是像苏东坡那样“九死南荒吾不悔”的气度与洒脱。西方的官僚贵族们也一样。十月革命后被流放到西伯利亚的沙皇时期的行政长官们，自杀率极高；而在斯大林时期，著名的劳改营地——荒凉的索洛维茨岛上，最先无法忍受艰苦环境而倒下的，是那些曾经养尊处优，却在残酷的权力斗争中失势的昔日官僚们。

流放从来都不是一种正常的人生进行时，但于文学而言，于作家来讲，我们今天能够记住的刘禹锡、柳宗元以及苏东坡的那些金词锦句，差不多都是他们在流放期间所创作的，更不用说像王阳明那样开创了中国哲学新领域的文人了。而像索尔仁尼琴那样，无疑是流放造就出了一个原本很可能不是作家的大作家。这难道不是正印证了孟子的话：“天将降大任于斯人也，必先苦其心志，劳其筋骨，饿其体肤，空乏其身，行拂乱其所为，所以动心忍性，增益其所不能。”这显然是一种力量，更无疑是一份担当。

原载《文学自由谈》2017年第5期

龚橙与火烧圆明园

陈歆耕

骨鲠在喉

自从拙著《剑魂箫韵：龚自珍传》于2016年初面世后，我才知道，公众对龚自珍儿子的印象似乎比龚自珍更深。这个印象可不是好“印象”，它得自于把龚自珍的长子与中国近代史上的一个重大事件——火烧圆明园捆绑在一起。

这个事件，犹如中国近代史上一块巨大的至今仍在流血的疮疤，谁沾上都得遗臭万年。龚自珍作为近代最早的启蒙思想家、清代第一诗文大家而名垂史册，他绝不会想到，自己的儿子在死后若干年却长期被污名化为“卖国贼”，至今仍遭到口诛笔伐。这一父子形象的极致反差，在中国文学史上可能再无他例。

我经常被人问道：“龚自珍的儿子曾否为八国联军火烧圆明园当向导？”提这个问题的人似乎心中已经有了肯定的答案。在回答这个问题前，先做一个常识纠正，洗劫和火烧圆明园的是“英法联军”，而非“八国联军”。英法联军入侵中国发生在1860年，而八国联军入侵中国发生在1900年，相距40年，等到八国联军到圆明园，虽再次洗劫，但已无珍宝可捞，也无楼阁可烧了。那些沉重的石柱、石雕，既搬不动，也烧不坏，成了英法联军强盗行径的抹不去的罪证。

如果被人当面问，我则回答："目前未发现可靠史料可以证明此事。"如果有人通过微信询问，我则把书中相关的一段话拍下来发过去："笔者遍查各种史料，未见有关此事的可靠记载。当时的清人著作、留京官员日记、当年侵略者的回忆录，无一字提起此事。如果确有其事，不可能没有文字记录。梁启超《饮冰室文集》卷四十四集（下）有一段关于龚孝拱的文字：'孝拱为定庵子，圆明园之役，有间谍嫌疑，久为士林唾骂。或曰并无此事，孝拱尝学英语，以此蒙谤耳。'如果没有可靠的证据，任何严肃的学者和写作者，岂能把传闻当作信史，写入书中？"

其实，即使不引用可靠史料，用一个"常识"来作判断，也可看出这一传闻是多么不靠谱！龚自珍的长子龚橙，又名家瀛等，再加字、号，有一堆。"孝拱"是其号，下文统一用"龚橙"。龚橙生于1817年，卒于1878年（见樊克政《龚自珍年谱考略》第568页，商务印书馆2004年5月版），而英法联军洗劫和火烧圆明园事件，发生在1860年10月——也就是在英法联军火烧圆明园事件发生后，龚橙又存世18年。想想看，如果龚橙曾为英法联军当向导，在如此重大的事件中充当如此重要角色，难道可以蒙过清廷的耳目？龚橙在无任何特殊防护的条件下，还能够苟活于世18年？清王朝再无能，砍掉一个如此十恶不赦的"罪犯"脑袋，还不是举手之劳？因此，就算不用脑袋想，即使用脚趾想，也会得出一个明确的结论。而关于所谓"向导"的传闻，也发生在龚橙死后多年。

到此，似乎笔者无须再就这一事件的真伪进行考辨了。我书中的一段话，虽然文字不多，也算有一个明确的结论。但发出疑问的人，仍然持续不断。因为这持续不断的"疑问"，让我也有些困惑起来。既然是不足为凭的传闻，为何会产生"蝴蝶效应"，让传闻几乎变成一段历史铁案？在写龚自珍传时，我对其子的人生经历未作太多关注，因此涉及龚橙的叙述也就不足一千字。因这段传闻，不仅彻底毁掉了龚自珍儿子的形象，也连带着让其父沾污，因此我觉得有必要再下一点案头功夫，将事件的真相做一个稍稍细致的爬梳。

“八卦”传闻

我的史料收集途径主要是两个：一是通过论文期刊网，搜索相关的研究论文；二是从图书网站上购买可能有关联的书籍。从第一个途径，获得了十多篇论文资料，其中有几篇不算严格的论文，但谈到了龚橙与火烧圆明园的问题；从第二个途径获得的书籍有五部，其中最重要的是法国学者贝尔纳·布里赛写的《圆明园大劫难》。这部书2003年由巴黎峭岩出版社出版，2005年译成中文，由浙江古籍出版社出版，2015年10月修订版又由上海远东出版社再次出版；我获得的是上海远东出版社新出的修订版。真是孤陋寡闻，时隔十多年，通过图书网络搜索才知道这部书，虽然晚了些，但让我有如获至宝之感，因为这是一部迄今为止最为全面呈现英法联军洗劫和火烧圆明园事件的书籍，60万字，厚达600多页。这部书最为接近历史真相，因为作者是在查阅了70余种当事人的传记、回忆录、日记资料后撰写而成。最为难得的是，该著的作者是一位法国学者，他以一个现代知识分子的眼光和良知，不仅对那段历史有翔实客观的记录，而且有较为深刻的反思。

从收集到的资料中我发现，关于龚自珍儿子为英法联军火烧圆明园当“向导”，乃至被称为“主谋”，这样的毫无确证的“八卦”，在当代仍然在继续传播、发酵。影响最大的大概要数一篇语文课文带来的效应。在人教版六年制小学语文课本第九册第七单元，有一篇名为《圆明园的毁灭》的课文。该文只有数百字，对圆明园如何辉煌及被英法联军劫掠和毁坏的过程做了非常简略的描述，内容并未涉及龚自珍儿子是否为英法联军当向导。问题出在，很多语文老师在解读课文时，将“八卦”传闻当作历史事实，总是要列举此事，作为爱国主义教育的反面教材。由此产生的影响之大，实在难以估量。因为从娃娃起，很多人脑子里就刻下了龚橙是“卖国贼”的烙印。在《人间一股英雄气——记清华大学附属小学窦桂梅》的报道（《北京教育》2006年3月号第15页）中，介绍窦老师的教学经验，有这样的文字：“焚毁圆明园的前几天，英法联军列队入城之时，清军士兵夹道跪迎，北京居民观者如市，这一场面后来被痛斥为‘麻木’，通常也被历史隐去。中国人龚橙（龚自珍的儿子）是火烧圆明园的主谋，因他带的路。”《资料性课程资源在结课中的效用》（张海峰、刘健文，刊《语文教学通讯·小学刊》2006年第1期第52页）在谈到《圆明园的毁灭》一文的教学心得时说：“据说中国人龚橙——著名诗人龚自珍的儿子是火烧圆明园的帮凶，是他带的路。”笔者还搜索到另一篇也是谈教学心得的文章，题为《在阅读教学中培养学生的高尚情感——以〈圆明园的毁灭〉一课为例》（王金才文，刊《新课程研究》2006年9月号第27页），此文专题谈《圆明园的毁灭》的教学，有这样的字句：“皇帝、太后跑了，清军在街道两旁夹道跪迎强盗入城，著名诗人龚自珍的儿子龚澄（橙）领着英法联军进入了圆明园……”这位老师还用这样的提问句，来激发学生的爱国情感：“……无比的耻辱，几千年文明熏陶下的人民竟然这样的不知羞耻？著名诗人龚自珍的儿子龚澄（橙）居然是数典忘祖的汉奸，领着强盗进入了圆明园……”这些文章和报道，在引用这一“历史事实”时，并没有标明史料的来源。在《“圆明园，是谁烧了你”补说》（刘振修文，刊《中学历史教学参考》2003年第12期第16页）中，作者称：“龚自珍长子孝拱，少好学……各国语言文字，略知一二。英人威妥玛立招贤馆于上海，延之为秘书……民国初年蔡东藩《清史演义》说，英人北犯，他恰跟入北京，火烧圆明园，定是他唆使，烧了三日三夜，变成一堆瓦砾场，只有珍奇古玩，由半伦（龚橙）带领洋兵搜取净尽。又据《清朝野史大观》卷一载：‘橙单骑先入，取金玉重器而归’……咸丰十年八月癸亥之谕也能证明这个名人之后作恶的可信性，谕旨曰：‘该夷去国万里，原为流通货物而来，全由刁恶汉奸，百端唆使，以致如此决裂。”且不说这个咸丰皇帝把与英法的“决裂”责任，一股脑儿推到“汉奸”头上是多么荒唐可笑，仅从字面看，也没有提到与龚橙有什么关系。另外，请读者注意，该作者引用的资料，不是“演义”，就是“野史”。如果没有严谨的考证，这些都是无法作为信史来确认的——虽然“正史”与“野史”，有时也很难说谁更接近历史真相。“正史”的编修者出于某些因素，会有意避讳和遮蔽一些该记录的史实，但如龚橙此类行为，没有任何需要避开不录的理由。

这些文章大都刊登在语文教学参考类期刊上，在语文教学中具有引领作用，在语文教育的从业人员中当然也会有很高的阅读量，再通过课堂连锁扩展传播，对龚自珍儿子的形象，必然带来连续性的大面积伤害。难怪一个多世纪过去了，一个根本不存在的“卖国贼”面孔，几乎在国人脑幕上定格。

另一个传播载体，来自一些研究者和著名作家的文字。找到若干例。在《火烧圆明园，谁是“带头大哥”？》（谭伯牛文，刊《报刊文汇》2007年3月号第81页，摘转自《断章取义晚清史：天下残局》）中，谈到是谁点燃了火烧圆明园的第一把火，称有三种说法，这三种说法，都把火烧圆明园的主犯指向了中国人。“第二种说法则指出：联军入京，龚橙导之毁园。龚橙是著名爱国主义诗人龚自珍的儿子，也是英国公使威妥玛的中国密友。他曾说出过‘中国天下，与其送与满清，不如送与西人’的名言。当时士大夫几乎一致认为他向联军提出烧毁圆明园的建议，龚橙终其一生，也未对这个指控进行过辩白。”这里虽然只是将龚橙“卖国贼”行为作为三种说法之一，但作者的语气是肯定性的。这里我首先根据史料推翻一个说法：龚橙的“八卦”传言，出现在龚橙离世之后，而不是生前。所谓“龚橙终其一生，也未对这个指控进行过辩白”就成了一个没有前提的判断。有一篇杂文，题为《龚自珍的败笔》（向贤彪文，刊《江西日报》2005年2月10日），居然将电影《火烧圆明园》作为信源来引用：“凡看过电影《火烧圆明园》的，都会记得这样一个情节：一个戴洋人帽，穿白色西服，出入洋兵营盘的假洋人，强拉民妇供侵略军蹂躏，又引洋兵闯进圆明园……这个充当可耻汉奸角色的，就是龚自珍的长子龚橙。”该文以此为据，批评龚自珍如何未能注重儿子品行修养的培育。文章以虚构的电影为据，再以此倒推龚自珍教子无方，逻辑上显然无法成立。

这类文章中影响最大的要数著名老作家李国文写的多篇大“骂”龚自珍儿子“卖国”的文章了。手头就有两篇，一篇题为《名父之子》（刊《河北日报》2016年5月6日），文章开篇就说：“龚自珍是名人，龚自珍的儿子，应该也算得上是个名人，因为圆明园是他引领英法联军去烧的。”“万园之园的圆明园化为灰烬，固然是英法帝国主义的罪恶。但龚自珍之子为向导，为高参，为狗头军师，出这恶主意，坏点子，是不能饶恕的。历史的这一页，就永远留下了这个丑陋的名字，遗臭万年。”国文先生义愤填膺，文采斐然，但他的史料来自何处呢？一是与前面刘振修文章为同一处，即《清朝野史大观》（卷十）中的一段记载，还有就是咸丰皇帝癸亥之谕里，大骂“汉奸唆使”，但并未涉及龚自珍儿子的那段话，刘振修也引用了。国文先生则大加发挥，“在诏谕里出现‘汉奸唆使’之词，当有所指，绝不是普通老百姓，而是有头有脸之辈，自然是冲着龚自珍这样有大名声的人而言，若他地下有知，将何以堪？”国文先生这是把写小说的浮想联翩的思维方式，用到写史学类文章上来了。国文先生还有一篇专题批评龚橙的文章，题为《龚自珍的不肖子》（刊《同舟共进》2005年第3期）。他在高度赞誉了龚自珍的诗文成就后写道：“他的一个儿子叫龚橙的，却是地道的混账东西，地道的浪荡无形的人，地道的引狼入室的卖国贼。”他的史料依据，除了上文中标注的以外，另据几种野史记载，大多都是说龚橙生活如何放荡不羁；真正涉及圆明园事件中如何充当“卖国贼”，也是来自《清朝野史大观》（卷一）。同样的引文，前文标注为“卷十”，此处为“卷一”，总有一处是笔误，且不论。这些所谓的野史、笔记记载是否可靠，能否作为信史依据，才是最重要的。通过百度搜索可以发现，国文先生的文章被很多报刊刊发，更不用说被难以统计的网站转帖，又被很多人作为历史事实引用，可见影响之大。由此我想到，名作家写文章，涉及历史事实理应慎之又慎，因其名人效应和公信力，往往失之毫厘，谬以千里。

"稗官"杜撰

传播龚橙为英法联军做向导的，不仅有龚橙卒后十多年的一些野史和笔记，还有两部影响很大的小说。虽人人皆知小说为虚构的文体，但因其大众化的传播特点，产生的影响也就远远超过了私家笔记和文章，就如同《三国演义》的影响力远远超过《三国志》。非史学研究者，常常是分不清两者之间关系的。就如今日，很多人从历史电视剧中获得历史知识一样。

其一为民国时期曾朴著《孽海花》，写到一青楼女子与龚橙的对话。女子问龚为何引领英国人火烧圆明园，龚橙答："你当我老子是好死的吗……我老子和我犯了一样的病，喜欢和女人往来，他一生恋史里的人物，差不多上自王妃，下至乞丐，无奇不有……""他被满人毒死在丹阳"。为了报复满人的杀父之仇，"庚申之变（指1860年英法联军攻战北京，咸丰皇帝逃往热河），我辅佐威妥玛，原想推翻满清，手刃明善的儿孙。虽然不能全达目的，烧了圆明园，也算尽了我做儿的一点责任。人家说我汉奸也好，说我排满也好，由他们去吧！"

这段话真是离奇得距离史实十万八千里。一是说话口气哪像儿子谈论父亲，二是龚自珍被清朝贵族"毒杀说"，经考证完全属无稽之谈。建立在"无稽之谈"基础上的报复行为，又从何谈起？三是这是小说，是虚构出来的"稗官野史"，岂可当作信史来征引？

其二是蔡东藩著《清史演义》，书中写道：这一日圆明园中火光烛天，一个身穿洋装的中国人在引导英军放火，清廷武务院卿恒祺问他是谁，他大声道："谁人不晓得我龚孝拱，还劳你来细问！""看官！你道龚孝拱是何人？他是晚清文人龚定庵长子……这次英人北犯，他恰跟了进京，烧圆明园，实是他唆使。"（两例均转引自王开玺《龚孝拱引导英军焚毁圆明园考论》，《北京社会科学》2011年第4期）这样的小说情节，真是荒唐复荒唐。既然清廷大臣都知道龚橙在引导英军放火，怎么可能在圆明园事件之后，他还能继续像常人一样存世18年？谁敢说，清军的大刀、弓箭对付不了英军的火炮，连一介普通中国文人的脑袋也砍不下来？

对于不明真相的大众，演义、小说者的杜撰，就成为先入为主的“信史”，这是多么可怕的事？谣诼之言，杀人不见血，此之谓也。这样的小说面世于龚橙死后很多年，作者知道，当事人不会从黄土下爬出来找他们算账，因此敢用真名实姓胡编乱造。

绝无此事

下如此结论，是否过于武断？

下面笔者列举已掌握的权威考证文章和书籍史料来做论据。在当代学者和作家中，已经有人对此史实作了相当严谨的梳理。只是他们的文章发表在小众的期刊上，未能如李国文先生的文章那样，产生裂变式的传播效应。有两篇史学研究者的文章，大大减轻了笔者考证这一历史事实的压力。其一为《龚孝拱引导英军焚毁圆明园考论》（王开玺文，刊《北京社会科学》2011年第4期），作者为北京师范大学历史学院教授、博导、中国圆明园学会学术委员；其二为《龚孝拱事迹考》（叶斌文，刊《史林》1999年第3期），作者为上海社科院历史研究所助理研究员。这两篇文章，前者重考证，后者重叙事，是目前看到的对龚橙的生平形迹最为详细的介绍。他们的共同特点是，所有的史料来源都有详细的标注。如果国文先生在写《名父之子》前，先查阅一下这两位学者的文章，大概就不会抓住野史中的只言片语，洋洋洒洒地随性发挥、妄下断语了。但是这两篇考证文章，皆未能征引法国学者关于这一事件的最为全面而又权威的读本《圆明园大劫难》。前文作者可能未注意到此著，后文作者的文章则写于此著出版之前。如果他们同时也能参照这部书，那么笔者几乎可以放弃本文的写作了。

叶斌考证后断定：“庚辰之后至少八年内，世人尚未以圆明园事加诸孝拱”。王开玺遍查最初相关史料，未见到任何龚橙引英军焚掠圆明园的记载。

这些原始的记载，包括恭亲王奕䜣、内务府总管明善、步军统领瑞常给咸丰皇帝的奏折、《李慈铭日记》等。恭亲王的奏折说，英法两国夷人“于（八月）二十二日（10月6日）窜扰园庭，肆行焚掠”，“因夷兵退出，旋有匪徒乘势聚众抢劫”。明善的奏折称：“初次夷人进馆焚烧，尚无土匪。自二十三日后，时有土匪进园，后被获正法”。瑞常的奏折和李慈明的日记，也表述了类似的情形，未见有一字涉及龚橙。

王开玺论文的要点是：“大约在民国初年，社会上开始流传龚自珍之子龚孝拱认贼作父，引导英军劫掠并焚毁圆明园。这一传言，虽然当时即有学者表示怀疑，但经若干笔记野史渲染，似乎已成铁定事实。近年，这一说法再次泛起传播。笔者对相关史料分析后认为，所谓龚孝拱引领英军焚掠圆明园云云，实为三人市虎之传言，不足为信。”“当时的一些笔记、野史，虽有中国奸人劫掠圆明园的记载，但并无具体明确的姓名指称，更无龚孝拱引领英军焚掠圆明园的说法。”这些野史、笔记，有陈代卿的《庚申畿辅纪变略》（1905年排印本）、王闿运《湘绮楼自书圆明园词》（1921年有影印本）、徐树钧《圆明园词序》。这些最初最早的记载，均无龚橙与圆明园焚掠有任何关联的文字。1897年杨圻写的《檀青引》涉及具体人，文中说：“奸民李某，导联军劫圆明园，珠宝珍玉尽出，三朝御府希（稀）世之物，不知纪极掠殆尽。”还说道清政府“稍稍闻圆明园之毁，祸由李某，下狱穷治诛之，籍其产，以赐文丰家属焉”。这里记载的“李某”，与法国学者贝尔纳·布里赛的《圆明园大劫难》中，有一处记载可以互证。1860年10月6日，英法联军在向圆明园“挺进”途中，因“一路上都是茂密的树木，纵横交错的道路简直就是个大迷宫！下午2点，法军抓了个农民，让他在前面带路……”（[法]贝尔纳·布里赛《圆明园大劫难》第287页）这里未说被抓的中国农民“向导”姓什么，是否中国文人野史记载的“李某”，也无法确定。请注意，当时英法联军分头向圆明园进发，书中谈到被抓的中国农民，引导的是法军。也许因为法军有这个农民带路，实际情况是当晚7点先到了圆明园，而英军则是第二天中午时分才抵达。

是因迷路，或忘记了与法军会合的地点是在圆明园，当事人有不同说法，但甭管怎么说，英军比法军迟到了10多个小时。（[法]贝尔纳·布里赛《圆明园大劫难》第295页）该著无任何文字写到龚橙为英军当向导，若果有此事，这么重要的角色，书中不可能忽略。假如有龚橙当向导，英军反而迟到10多个小时，也是不可思议的事情。而这部法国学者的著作，是综合了70余种英法联军当事人的日记、回忆录、传记提供的原始资料写成，是迄今最全面最权威全景呈现英法联军圆明园之役的史学著作。另外，无论是中国的正史、野史记录，史学界基本的共识是，英法联军对圆明园的劫掠在前，中国奸民哄抢于后。至于火烧圆明园的“主谋”，布里赛的书中也有详细记载。这里可以分“决策”和“动机”两个层面来看。英法联军有四个关键性人物，在英方，军事统帅是格兰特，外交特使是额尔金；法方的军事统帅是蒙托邦，外交特使是葛罗。英法远征军与外交特使从不同的途径进入中国，重大的军事行动由英法军事统帅协调决定，涉及外交谈判，则由两个外交特使负责。像火烧圆明园这样对两国关系、对国际社会都会产生影响的重大行动，根本轮不上一个普通中国文人来当“主谋”“引导”。如果无史实依据，做这样的揣测，只能是太低估了英法联军决策层的智商。他们是入侵中国的强盗，但不是文盲、莽汉，他们也是受过教育和训练的会思维的强盗。从布里赛书中提供的史实看，英法联军的统帅在是否火烧圆明园上是有分歧的。提出和决定实施这一重大恶行的，是英国特使额尔金和英军统帅格兰特。动机和直接导火索，是英法联军与清政府之间发生的“人质事件”。

在英法联军攻陷天津时，清廷钦差大臣桂良与英法特使曾有一场谈判，因在某些条款上无法满足英法联军的要求，导致天津谈判失败。其中有一条款是英法联军各派1000士兵到北京出席条约批准换文仪式。桂良答应了英法联军的要求，但遭到咸丰皇帝的否决。他怒斥桂良等“丧心病狂，擅自允许……违旨畏夷”。和谈不成，英法联军继续向北京进攻。强硬的态度和维护皇上的“脸面”，得有相匹配的军力。怎奈大清帝国的弓箭、大刀、长矛、马队，在完成工业化革命，手持先进枪炮的英法远征军面前节节败退。眼看大清皇帝的那张龙椅也岌岌可危了，此时，皇帝又派新的钦差大臣、“实际主政”的三大王爷之一怡亲王载垣来商谈和约了。（[法]贝尔纳·布里赛《圆明园大劫难》第229页）怡亲王以皇帝全权大臣身份致函英法使臣额尔金和葛罗，恳请英法联军不要再向北京推进，要求他们返回天津，然后开始和谈。英法使臣则回复怡亲王：“鉴于前派大臣背信弃义，在抵通州之前不存在商签任何条约的可能。”怡亲王仍要求英法联军撤回天津，否则将可能重燃战火，因为他虽是“全权使臣”，但左右不了军队的行动。此言在英法特使看来，是带有威胁性的。但这种“威胁”说了等于白说，阻止不了英法联军的进攻。在临近通州的地段，额尔金派巴夏礼和威妥玛去通州，拜会怡亲王和随同大臣穆英，双方谈判持续八个小时，怡亲王做出退让，交给巴夏礼和威妥玛一封急件，表示完全同意额尔金的要求。两天后的9月17日，英方巴夏礼、罗亨利和诺曼，还有法方的葛罗首席秘书巴士达等人，再去通州会见中方全权大臣，以便敲定英法特使与中方全权代表会谈的具体事宜。此次谈判持续七个小时，气氛非常紧张，双方都有剑拔弩张的非理智举动，但最终似乎还是达成了准备签署和平协议的共识。出乎英法联军统帅和外交特使意外，第二天（9月18日）英法参与谈判人员（有军人、外交官和文职人员），共三十多人，在举着白旗回营地途中突然失踪。英法联军发现，这些人实际上是被清军扣留而成为“人质”了。这一事件被后来的很多当事人看作是“9·18圈套”。也有人后来认为，如此再次背信弃义的行为，非全权大使所为，而是主战派清军将领僧格林沁干的。（[法]贝尔纳·布里赛《圆明园大劫难》第243页）甭管是谁干的，是否获得皇上准奏，已经不重要，反正此事产生了非常恶劣的后续效应。即使在战争中，双方也不应该扣留或武力惩处外交使节，这也是中国传统就有的处理外交关系中的伦理。侵略者应该严惩，但显然不能用此类愚蠢的手段。于是和谈终止，清军与英法联军在八里桥发生激战，又是以清军的惨败而告终。英法联军决定继续向北京城挺进，约定在圆明园会合。

清廷开始陆续放回“人质”，但有相当一部分人在酷刑中死亡。根据统计，英法联军被扣留的“人质”共39人，其中20人已经死亡，他们收到的是20具棺材。活着回来的人，则诉说着他们受到的“残酷折磨”。面对“人质事件”，英法联军的头头们都主张要采取“报复”行动，因为此事在他们看来践踏了国际法，如果不采取行动，难以平息国内舆论及政府高层的压力，从而影响到他们自身的职业命运。“报复”是共识，但在如何采取“报复”行动上，英法联军的统帅和外交特使，有不同的想法。法国人主张以“直接进攻皇宫”相威胁，摧毁皇宫，“以便在一国之都的中心留下一个令人久久遭受创伤的记忆”。而英国人则要“把皇帝的夏宫圆明园完全彻底地烧毁”。英国特使额尔金在给法国特使葛罗的信函中写道：“圆明园是皇帝偏爱的居住之地，摧毁它就等于打掉皇帝的威严，也刺痛他的个人情感。正是在这个地方，他把我们那些可怜的同胞弄来，对他们施行了最残酷的折磨……”（[法]贝尔纳·布里赛《圆明园大劫难》第383至388页）好了，笔者简单引文介绍圆明园被烧的“决策”过程，并不是在这类“野蛮”对“野蛮”的行径中要分出什么是非来，仅仅是说明：这一事件与龚自珍的儿子无任何鸟关系。不要说无可靠史料证明龚橙参与了英法联军如此重大的行动，即使按照常识，也可判断：一介普通中国文人，想成为“主谋”，恐怕也是不具备资质的。咸丰皇帝癸亥诏谕里那段话，并未提及龚橙名字，同时把责任一股脑儿推给国内“奸民”，也是荒唐可笑的。他的事实依据从何而来？圆明园被烧时，他作为一国之主在哪里？大概正在热河宫妃温热的被窝里吧？

虽然从表面史实看来，“人质事件”与英法联军洗劫和火烧圆明园似乎有因果逻辑关系。但我也不认为，假如没有“人质事件”，英法联军在中国的强盗行径就会收敛一些。强盗既已入室，非抢即盗，离开时再放一把火，都不会让人感到奇怪。一个衰朽的王朝，面对强悍的用军舰、火炮推销毒品的强盗，无论主战，还是主和，都难逃被宰割的命运。这个王朝已经腐烂到如同一堆朽木。他们没有能力保护自己的国家、人民，以及圆明园这样的收藏有无数瑰宝的世界顶级园林。“陛下”有旨，再加上“摇尾”文人呼应，在“内奸”上大做文章，恰好可以遮盖无能无力抵御外侮的衰朽。

咸丰“鹿血”

这个标题化用自一个曾风靡一时的保健品“中华鳖精”。不知道精明的商家，是否也会借皇帝威名，研制一款名叫“咸丰‘鹿血’”的保健壮阳药?

关于龚橙与火烧圆明园的话题，说到这里，笔者觉得有必要荡开一笔，说几句闲话。

在查阅有关史料时，笔者每每从火烧圆明园，想到杜牧写的那篇震烁千古的文章《阿房宫赋》。要说当年阿房宫的繁盛，恐怕不在圆明园之下。秦王朝灭掉六国，然后将俘获的美女和掳掠来的珍宝皆汇集于新建的阿房宫。在杜牧笔下，美女多到何种程度呢?“明星荧荧，开妆镜也；绿云扰扰，梳晓鬟也；渭流涨腻，弃脂水也……”想象一下，是何等了得！美女倒弃的胭脂水，让渭水都变得油腻了。至于珍宝之多，则“倚叠如山”。可是项羽一把火，皆化为焦土。在项羽的眼中，那可不是什么“珍宝文物”，而是一文不值的秦皇搜刮来的民脂民膏、穷奢极欲的象征，烧了就烧了。杜牧并未在文中谴责项羽的那把火，而是做出了秦亡的深刻反思：“呜呼！灭六国者，六国也，非秦也。族秦者，秦也，非天下也。嗟乎！使六国各爱其人，则足以拒秦；使秦复爱六国之人，则递三世可至万世而为君，谁得而族灭也?秦人不暇自哀，而后人哀之；后人哀之而不鉴之，亦使后人而复哀后人也。”

阿房宫纵火者项羽是楚人，从历史语境看，他在秦人眼中也是一个外国遗民“造反派”。他的身份标识，与火烧圆明园的英法联军是否也有接近的地方?今天的学者，在谈到火烧圆明园时，除了谴责纵火“强盗”，强调圆明园的辉煌和文物价值外，有多少人做出了像杜牧那样深刻的历史反思?

圆明园始建于康熙朝中期，鼎盛于乾隆时期。后任皇帝不断地扩建、续建，规模越来越大。它本质上也是大清皇帝吃喝玩乐、穷奢极欲的象征。就在国难当头，英法联军远征中国时，清廷仍在继续耗资整修圆明园，直到咸丰出逃前一个月，才迫不得已停工。（据常润华《圆明园兴衰始末》，北京燕山出版社1998年9月版）咸丰皇帝长期沉湎酒色之中，“以醇酒妇人自戕”，“身体久虚，遇庙堂大祀，常因腿软恐登降失仪，遣奕䜣恭代”。身体既虚弱多病，又要缠绵于妇人枕衾，则需常饮鹿血以提精神。因此苑内专门饲养了上百只鹿，以供“朕”饮用。清军八里桥大败的消息传来，咸丰率宠妃、皇子和有关大臣仓皇逃往热河，美其名曰：“以巡幸之备，作为亲征之举。”临行前，咸丰还记着要喝鹿血，命大臣“率鹿以行”。大臣则觉得带着一群鹿，实在是拖累，则力劝：“外兵已逼近京师，方避寇之不暇，何必率是（鹿）以为累。他日事平，再饮鹿血，未晚也。”因此才“鹿不行”。（出处同上）

这个国家的最高统治者，已经奢侈衰朽到如此地步，江山社稷还有救么？更何况一个皇家园林？你视百姓为草芥，百姓怎会用鲜血和生命来捍卫你的那些“宝物”？所谓哄抢园内珍宝的“奸民”，又有多少是朝廷逼“良”为“奸”出来的？

下面再继续龚橙与火烧圆明园的话题。

“影”自何来

常言道：风起于青蘋之末。那么有人会问，这个“青蘋之末”在何处？即使是“捕风捉影”，“风”和“影”又是如何生发出来的？从龚橙的生平形迹看，只能大致判断与他饱读诗书，为人狂放不羁，得罪人甚多有关；也与他生逢乱世，怀才不遇，生活无固定收入，常陷入困顿，曾被朋友推荐到英人领事馆为威妥玛担任文案翻译有关。在1851至1853年间，魏源任高邮知州时，招龚橙佐撰诸书，生计是有着落的。魏源去世，他只好别寻生路。据记载，龚自珍教子重学术而轻科举。而在那个年代，靠“学术”到哪里去换取糊口的银两？王韬撰《龚蒋两君轶事》，介绍龚橙云：“中年颇不得志，家居穷甚，恒至典及琴书。旅寄沪上，与粤人曾寄圃相识。时英使威妥玛膺参赞之任，司翻译事宜，方延访文墨之士，以供佐理。寄圃特以孝拱荐，试与语大悦。”自此，龚橙断断续续担任威妥玛的译员有若干年，与英人多有交往。在那个年代，国人普遍存在一种仇外心理，尽管魏源提出“师夷长技以制夷”，但“师”的目的是为了“制”。龚橙在“夷人”手下任雇员，换取养家糊口之资，在今日看来是正常的现象，但在那个时代氛围中遭人诟病也就难免。即便如鲁迅，在日本侵略中国的背景下，因与日本友人内山完造保持关系，至今不是也还被有的人骂为“汉奸”吗？因此“骂”龚橙“卖国”，也就有社会、时代的心理因素起作用。“骂”也就罢了，民间作为茶余饭后的“八卦”谈资也就罢了，但严肃的学人、史家、教育工作者，把不存在的为英法联军火烧圆明园当向导这样的恶行加诸龚橙，就背离了史家的职业操守。

不知道我为此而写的这些文字，能在多大程度上稍稍洗刷掉一点泼在龚自珍之子身上的污水？愿信口雌黄、以讹传讹者从此能少一些。

原载《文学自由谈》2017年第2期

经典的反面

张　炜

经典与常态

现在我们比较多地听到这样的号召："多读书读好书""营造书香社会""阅读经典"。这种呼吁隐含着焦虑。一般来说经典阅读并不需要强调，因为它是自然而然的现象，再正常不过。经典本来就是时间的结晶，如果被轻易地疏远和遗弃了，一定是出了什么问题。文明族群必有阅读的嗜好，他们与经典有天然的亲和力。经典的属性就包含了这一点：不会因时间的流逝而陈旧，历久弥新。一个族群某一天不约而同地疏远了经典，肯定是发生了什么大变故，这可能远远不是少读几本书那么简单。

倾全区之力推动阅读既是最可赞许之举，又显现了文化与精神的危机和忧虑。一个东方古国什么时候、缘何丧失了阅读习惯，倒也的确需要深长思之。我们常讲的一句话是"没有阅读就没有未来"，这绝不是什么套话和俗辞，而是从世界各民族的社会发展史、从无数观察中得出的一个结论。背离经典就意味着放弃思想，意味着对美的疏离与躲避。当一个族群集体走入神思恍惚的时候，唯利是图的野蛮拼挣也就开始了。从此再也找不到精神坐标，危机频发，最后成为时代的弃儿。

人类对美具有天然的向往，是生命固有的品质，是基本属性。当它一点点湮灭，代之而来的就是丑的繁殖和蔓延。虽然经典是各种各样的，但它们总的精神指向仍旧明确无误，这就是真和美，是仁与爱。

经典的标准

人们也许会问：何谓经典？它的具体标准是什么？追寻的目的，无非为了求证它与泛泛读物的一些区别。回答是困难的，却是必须的。这或许不仅仅属于知识，而更应该包括了心灵的感受力。我们可以谈出许多经典必备的条件，比如更能抵抗时间的磨损，比如强大的道德力量、精神与思想的深邃蕴含。就一部文学作品而言，它有迷人的艺术魅力，比如它的语言魔力。

我们到了这样一个时期：在纸质载体无比发达的同时，新兴数字传播方式正呈现席卷之势，无以计量的“文学”与“艺术”制品正铺天盖地而来。在这种情势之下，我们为了获得一次文字享受，就不得不从重重堆积中苦苦寻觅，识别和判断成为艰难的、极其费力的工作。我们一边思考什么是经典，一边还要问一句：经典的反面是什么？这其实牵涉了同一个命题，它在心中稍稍厘清一点，就会清晰许多。

知道了经典的反面是什么，也就知道了经典，并由此深入认识经典的品质、它的尊贵与杰出、它的不可取代性。在时下这样一个泥沙俱下的特殊时期，经典的反面可能离我们更近，更容易将我们簇拥和包围起来。这简直是“时代之缘”，是每个人都难以摆脱的运势。我们可能早就站到了经典的反面，还沾沾自喜，以人多势众而骄傲着和欣悦着。这种情势到底是怎么形成的，经历了多么烦琐曲折的演化过程，恐怕一时还说不清，复杂到了没有头绪可寻。

不过，经典真的被我们彻底遗忘，已经消逝得无影无踪？也许并非如此。就一个人来说，它极有可能仍然压在心底，在心的最深处，甚至化为了隐隐的一线血脉。不过也正因为如此，反而让自己一时难以察觉，在时代的喧嚣之声里变得一片迷茫。举目望去，它们在各种读物丛中面目模糊，险些被埋葬，有一种最熟悉的陌生感。记忆尽管陈旧，一切却不会完全死去，它们还活着，而且在不断地生长。只是我们的迟钝和愚顽造成了误解和遗忘，以至于只知道一路向前，一味地、不停地求新。“苟日新，日日新”，这是一句得到整个民族座右铭般推崇的古训，却很少有人敢于怀疑，未能从不同的方向去理性地认识和辨析。它许多时候当然是正确无误的，最可贵的是“洁净”之意；还强调了学习和进步的重要性，强调了一个“新”字。但后者一旦它变成了一种单向思维时，就会训导出我们对“新”的盲目崇拜心理，以至于变成为“新”而“新”的浮浅冲动，酿成唯“新”是求的偏执病。

将“新”与美等同起来，凡“新”皆好，是最能造成危害的一种误识。正因为“新”，也就意味着需要再认识和再鉴别。这就有了另一句常说的话：“实践是检验真理的标准”。更确切地说是“认识”而不是“检验”，因为真理原本就存在着，只不过在等待我们走近。“新”的到来，必然要通过一番实践才能接近和认识。这其中就包含了人类的理性，缺少了这种精神，就会走入喜新厌旧的泥淖。“新”是一种表象，它既有可能是真正的进步和创造，也有可能是伪饰过的一种旧物，或直接就是极不成熟或有害的东西，属于早就被证明了的糟粕和谬误。我们不能为了一个时髦、为了一个“新”字，轻率地抛弃在长期生活中历尽辛苦才获得的一点点珍贵之物。比如经典，就是在时间的长河中，从无数的沙泥中淘洗出来的一些颗粒。

经典多见于我们耳熟能详的那些文字，中国如诸子百家，司马迁屈原李白杜甫等一直历数下来，直到鲁迅。对他们，很少会有什么异议。国外从英雄史诗、古希腊悲剧，一直到十九世纪前后那些欧洲作家的作品，到托尔斯泰。世界文学的天空上闪烁着这样一些恒星。我们能够记住的是关于经典的笼统印象，往往不太去梳理它们共同拥有的元素。然而这其中就涉及经典的标准。也许不同的人有不同的标准，但共同认定的一些特征和条件一定是存在的，经过讨论更不难达成共识。

比如经典是不受时间限制的，最能经受岁月的磨损。几千年过去了，它们依然不会被淹没和遗忘，甚至还会随着时间的推移而不断生长和更新。一般意义上的作品过了三五年就被淡忘，甚至一两个月之后就不再被提起，再好一点的可以在阅读界撑上二三十年。总之，一旦阅读风气和社会风气有所改变，原来曾经获得满堂彩的一本书，其影响将不复存在，这就不是经典。它有可能在刚刚出版的时候，因为商业操作和契合了当时的某种社会思潮、娱乐与时尚趣味等因素，发行成百上千万册，激起巨大的反响。但如上这些并不能确保一部书在百年之后仍然鲜活如初。被时间淘汰的，就不是经典。

真正的经典总是具有表述上的准确和特异性，它精当而简练、不同凡响。比如一部小说，从人物到故事再到语言，都呈现出极高的叙述水准，它一定不会是泥沙俱下和粗制滥造。仅仅从技术层面看，它也足够卓异。它的思想是卓绝的，它所表达和蕴含的人性经验既深刻又生鲜，是对一般意义的超越，更是对读者个人经验的一次补充和延伸。它给人以新的审美体验，增加了另一种元素，这些元素因为超出了一个人原有的认知范畴，而显现出非凡的艺术和思想价值。

经典作品无论采用什么形式，无论其风格有多么怪异，甚至现代主义的反艺术、黑色幽默之类，都一定包含了巨大的善意。它不会透出对一个族群的厌恶与仇视，也不会表现出对劳动的憎恶。无论是现代主义的荒诞，还是令人不安的所谓“审丑”，最后通向的无一例外也还是仁善，巨大的仁善。悲悯，痛苦，自我批判，淋漓的鲜血，爱与恨，肮脏与阴郁，绝望，荒凉，令人瞠目的罪恶，它们都存在于经典世界之中，但不同的是这个世界仍然有无法遮掩的灼热温度，它总是被我们感知，总是照射进我们的心灵。

站在反面

记忆中，我们好像不曾被这么多垃圾给包围。过去我们做梦都没有预料会有这么多书籍和文字一齐涌来，它们无穷无尽无边无际，要多少有多少，远远超出了期待。五十年前要找一本书是那么难，更不要说找到一本极有魅力的书了。不过现在走到了另一个极端，这到底是我们的幸运还是厄运，一时还不能决断。在今天，一个嗜读者想要不被淹没都很难，遑论其他。以前那种无书可读的荒凉，与现在的图书拥挤无路举步的状态，有时真不知道该选择哪个才好。记忆中一本好书给我们的甘美滋味，真是终生难忘。现在书多了，类似于以前那样深刻的阅读体验却少了。

从垃圾中跳出来并不容易，因为它们呈压倒和淹没的态势。书店曾经是多么美好的场所，可今天却要警惕它变成垃圾场。那么多人在书架前翻捡，谁说我们不爱读书。可问题的严重性就在这里：在某些时候和某些角落，越是垃圾，围拢起来的人就越多。看来真正的悲剧或许不在于不读书，而在于吞食了无数的垃圾。这些人虽然站在了书架前，却是站在了经典的反面。

讲到文学的表述和接受，也不仅仅是文学自身的事情，因为文学是人类生活的镜像，它的标准被捣毁和破坏，其他的标准也一定会同时垮塌下来。文学内容从来都来自人的灵魂，一个民族没有精神上的美好向往，其他一切都谈不上了。我们知道，如果用一种手段强制阅读，那不但会劳而无功，而且还极可能导致悲剧。精神上的远大目标不是在强制之路上抵达的，而是沿着一条心灵上的愉悦小径才能走通的。让阅读来改变一个民族也许是缓慢的，但却是真正有效的。

我们每年都由相关部门做出一个“全民阅读调查”，前几年的调查如果没有记错，那么每人年均读书量不足一本。同时期的某个中东国家是人均六十多本。我们这不足一本或两本的统计结果还包括了专业用书、教科书和教辅，甚至是杂志之类，而世界通用的阅读调查是不包含这些的。

我们常常谈到综合国力，其实最可以参考的还是全民阅读指数。现代世界上还没有任何一个强大的民族是丧失了阅读力的族群。我们一一对照人均阅读量、文明程度与国力之间的关系，就会发现是成正比的。在这个令人尴尬的阅读调查面前，自然会想到眼前的道路有多么漫长。

但更加令人忧虑的还是阅读的内容。这不需要更细致的调查，因为大家都知道当前最大的文字消费是什么。

风气对人的腐蚀力比想象的还要大。从一种风气转向另一种风气，会在不知不觉中完成。风气的形成许多时候是非理性的。

醉酒小屋

对精神产品的认知、阅读趣味的败坏，严重到令人费解的程度。为什么会造成这个局面？究竟是怎样的一种综合之力，让这么多人共同放弃或共同选择？一些人在垃圾面前很容易就达成了共识。有时候我们会看到一个聪慧且受到良好教育的人在为极其荒谬拙劣和粗俗下流之物叫好。这些人不乏堂皇的头衔，然而居然丧失了最基本的判断力，令人瞠目结舌。

这里有一座国际啤酒城，我们可以去参观一个啤酒博物馆。在博物馆的出口附近，有一座别致的“醉酒小屋”，游客进门之后，会在这座小屋里体验一些奇怪的事情：只不过走了几步路，就有一种头晕恶心的感觉，无法站立。所有人都像喝醉了酒一样，东摇西晃。这座小屋本身十分稳固，没有一丝晃动，可为什么就是让人无法站立，头晕恶心？大家开始喊叫，不得不贴紧墙壁扶住东西往前慢慢移动。出了门再次观察这座小屋，发现它真的基础牢固，是正常的那种钢筋水泥建筑。有人不信，再次进入，结果还是一样。

后来才弄明白，原来屋里的一切都是不正常的：所有的物品都摆放在并非水平的地板上，却与地板构成了垂直关系。也就是说，这座小屋里的一切就局部看一切全都“正常”，与室外那个大世界的关系形成了巨大的反差。那是我们一直生活的世界，我们平时所感受的方位、重力等已成习惯，形成了固定的判断标准。而这小屋内却另有一套逻辑，它突兀地颠倒了我们的经验，令我们无法适应。

换位思考一下：一个人如果长期生活在这个“醉酒小屋”里，也就会认同新的标准。因为这里也有自己的地板，有自己的“水平”和“垂直”。很久以后，当我们从这座小屋中走出，对外部那个正常世界就会感到严重的不适，也会头晕恶心难以站立。世界没有变，是我们自己在“小屋”中生活得太久了，以至于让我们与正常的世界发生了对立。阅读的道理同样如此，一直被垃圾包围，面对了经典就会感到极度不适。

有一部分人在网络时代的“醉酒小屋”里待的时间太久了。在一个被扭曲的精神空间里生存，其结果是非常可怕的。

在自然科学领域，我们承认规则和规律。科学的进步带来的发现越多，人们就越是认同客观的标准和准则。科学的进步就是不停地接近那个普遍法则，这一点很少有人怀疑。但是人文领域复杂得多，有人认为一切都是相对的，不断地陷入无所适从的境地。其实人文世界和自然世界一样，也同样有一个普遍准则，无论认识与否都是存在的。真理是超验的，真理并不会因为人的经验没有抵达而消逝。从这个角度讲，文学经典的标准是一点一点接近和建立的，像荷马、维吉尔、但丁、托尔斯泰、屈原、司马迁，等等，经历了漫长的时间才得到确认。

一座“醉酒小屋”就摧毁了我们的判断力，这是荒谬的事情。

扁平的牛粪

经典的标准不是毁于一朝一夕，而是在时间中演化的结果。说到这里就不得不谈到整个世界蔓延的“现代主义”潮流，谈一点心头的疑惑。第一次到美国纽约的大都会艺术博物馆，令人大开眼界。那里有世界各地区的艺术展示，东方西方无所不包。东方艺术有几个展厅，中国占了其中的一个角落。因空间所限，有些极珍贵的艺术品也只能占据很小一块地方。比如一幅价值千金的古画，可以拥有一平方米的位置，这已经算奢侈了。可是当走到一个地方，竟遭遇了突兀的空旷感：这儿开辟出了一个很大的空间，仰头看，从天花板垂下一根根铁丝，每根末端都悬挂着一个废纸团，挂了一大片，下方还摆了一片土块和石头。这打眼一看只是一堆等待打扫的垃圾，可一边那个精致的说明牌上又明确标注，这是一件了不起的“现代艺术”。再看下去，大厅中类似的艺术品还有不少，它们全都是“现代艺术”。

而后的几年又看了其他一些国家和地区的“现代艺术”，也就见怪不怪了。比如某个艺术博物馆里摆了一整排电熨斗，就是用来熨衣裳的那种家用小电器，它们底部绘满了历史上的著名人物头像。去另一个地区的艺术博物馆，墙上挂了镏金的画框，里面却是一团在玻璃板下压平的干牛粪。如上这些都是了不起的“现代艺术”。我们搜寻记忆，会想起很早以前的杜尚，那个名声极大的法国现代艺术家、行为艺术家。他有两件遐迩闻名的“现代艺术作品”，就是放置在博物馆那个陶瓷男用便池、卸下的自行车把手。而今作为艺术品，它们早就价值连城了，已堪称“经典”。

在“现代艺术”方面，大艺术家毕加索也率先垂范。毕加索说自己十几岁的时候就画得和拉斐尔一样好了，可是到了晚年，却在努力想法画得像儿童那样。他年事已高，体力大不如从前了，也没有那么大的专注力，实际上无论怎么用心，近晚年以后的全部绘画既没有超过历史上的杰作，也没有超过他自己。大量的“现代艺术”从他手底涌出：脸是扭曲的，眼睛长在脸庞外边；还有大量变形的生殖器之类。就是这些出自大师手中的现代艺术，震惊了世界。

毕加索的“现代艺术”在世界艺术史上占有显赫地位。人们宁可忘记他在老年的一句自我评价：“这是我对他们开的一个天大的玩笑，其实这些画没有什么价值。”今天可以问一句：究竟是他的“现代艺术”是玩笑，还是他的这句自我鉴定是玩笑？人们已经无法分清了。冷静思之，这为什么不可以是一个绝望的老艺术家最后说出的一句实话，发出的一声朴素的感慨？这或许透露出的正是生命的悲哀、艺术的悲哀，是无法言喻的绝望之痛。在告别人世之前，他终于说出了真话。可惜所有听过这句话的人都会哈哈一笑，认为大艺术家又一次在逗弄他们。

毕加索这句话衬托着极其苍凉的生命底色。

整个的“现代艺术”之侧都回响着毕加索的那句“玩笑”。那团压扁的牛粪放在博物馆里，还会一直放下去。还有那些垂下的铁丝和纸团，它们也将放下去。

我不相信

我们需要一直待在“醉酒小屋”里，以便让自己适应这个小世界。屋内一应俱全，而且还不断制造热闹，所以待在其中的人绝不孤独。比如这里要时不时地举行“评奖”活动，一些世界级的艺术大奖就从“小屋”源源不断地产生出来。这些机器隆隆转动，无论外部的世界承认与否，它都会持续地运转下去。除此之外还有艺术品大拍卖，各种各样的“现代艺术”正是主角。一幅看上去拙劣怪异且庸俗不堪、荒诞下流的画，竟然拍出了天价。出大钱玩这个游戏的只能是一些特殊集团，他们不在乎钱。但对一般人而言钱却是硬道理，一幅画拍了一个亿或更多，其“艺术价值”如何也就不必置喙，因为不知说什么才好。惊愕，呼叹，形成一个巨大的广告，就像那些“庄严”的评奖一样。

与此匹配的还有著名学府的“学术”。世界上最有名最权威的学院派都是“小屋”常客，他们负责为这些“艺术”制造说辞，各种研究成果连篇累牍，怪异费解。在无比深奥的“现代”理论面前，他人仍旧无话可说。人在这座“醉酒小屋”中待久了，一出门就会产生巨大的不适，头昏脑涨，恨不得立刻缩回去。就连那些主意坚定、历经长期磨砺的专家也难免惶惑，大吸一口冷气，开始怀疑自己。

一个时代就这样丧失了对经典的基本认知。只有缴械投降，承认现实：荒诞下流、庸俗和拙劣恰是一种前卫、前卫品质，它们确立了不可更改的现代经典的标准。我们就是这样地倒霉，需要和“小屋”中的人一起荒芜着，共鸣着。这就像无论对核武器有多么恐惧，核毁灭仍是未来的选项；无论对工业污染有多么忧虑，雾霾还是要把我们笼罩其中。我们达成了可怕的共识。

但生命总还有机会。一旦焕发出巨大的勇气，设法摆脱那座“醉酒小屋”，回到绿色的原野上，即可能恢复正常的感知。这不仅是对待文学艺术，更是对待生存。我们将摒弃那团压扁的牛粪，把杜尚的小便池之类搬出皇皇殿堂，让野外的清新空气灌满肺叶，然后大声回答一句：我不相信。

东方的自卑

对那些“现代主义”经典，我们掺杂着游移不决的复杂心态。关于它们的理论探究何等高深，其中或有一两页真知也说不定。它们来自西方，又被东方鹦鹉大量复制。我们在其中披阅十载，除了疲惫还有绝望。东方是非常不幸的区域，这里无一例外地经历了巨大的坎坷，是多灾多难的民族，在漫长的历史时期内，很有一些人在文化上自认倒霉和失败。所以东方对西方的崇拜有时是不可遏止的，在一部分人那里，许多时候已经谈不到文化自尊，只有跟随和模仿。物质主义时代的糟粕和垃圾太多了，这些都被毫不犹豫地搬进家门。

苏联有个作家叫拉斯普京，以前在我们这里拥有大量读者。当时那种体制下的作家有明显的局限性，但俄罗斯文学的强大力量仍然注入，使其成为一个了不起的继承者。他的作品深刻影响了中国新时期的一批重要作家，如今受他影响的一代有的不在了，有的开始进入老境。他似乎成为一个过时的作家，年轻读者不多。是的，我们对当年那批苏联作家的兴趣少多了，几乎不太翻译他们的作品，转而瞩目西方各种现代作家，以及日韩的潮流跟随者。稍有例外的是近来国内一家出版社翻译了拉斯普京的一部中短篇集，邀请他来访问。老人很高兴。这之前他到日本和韩国去过，归途又到了上海。他在那里发表了一番感慨，令人深思。

他说在日本看到了一些下流无耻的写作，到了韩国也差不多。这些庸俗不堪的东西都是学西方的，与商业物质主义社会相匹配。老人换了一个设问：中国将来会怎样？这里现在出他的书，以后呢？他说上海到处是几十层的大楼，上面住了“天人”，真不能想象这些“天人”会喜欢怎样的文学？

老人这番话是七八年前说的。如今他已去世。可是他生前的那番话仍旧徘徊不去。他的担心和判断还在，不幸的是一切开始得到印证。我们今天的文学在许多人那里，就趋向和趣味而言，已经和日本韩国没什么区别。拉斯普京，有人还记着你在上海的吁叹。

某些东方人由于历史上的挫败感，除了沮丧还有谄媚，极为自卑，并将这种自卑像病菌一样散布开来。一切都要仰望西方，好像这里的土地不是土地，不能滋生更不能收获，人也没有灵魂只有躯壳，对美没有感知更没有欲求，于是不配拥有自己的文学和艺术。他们忘记了，艺术的堕落也在西方发生，东方更多的是跟随者和模仿者。

文化上的自卑是难以疗救的。精神和艺术的源头只在心灵，东方人不再坚信自己的心灵，也就必将加速败坏。一种文化走向颓败的原因是复杂的，但不外乎文化主体遭受了厄运。此时此刻，唯有精神最强悍的一部分人才能力撑，顽韧地恢复。社会上所有的财富，精神财富和物质财富，都要依赖这部分人。不分青红皂白地附和强势，是人性当中最卑劣的东西。

经典的反面是庸俗和粗野的欲望的呻吟，它们依附于物质主义，服从于商业主义，灵魂无敬畏，头顶无星空，心底失律令。哲学家所说的“生本能”与“死本能”，二者对创造和毁坏的左右，其实是有道理的。毁坏确实需要垂死的心理，这是一种本能。疯狂地破坏，得过且过，这是它。而所有美好的创造都是生的希望和欢乐，是最大的仁善和馈赠。“死本能”是一种现实存在，它时而占据上风，牵引我们的世界，让人一起滑向没有希望的绝望。

这种推断并没否定整个的现代艺术。我们会特别警惕简单和过分的泛道德主义。艺术与精神层面的诠释是异常复杂的，事实上也许没有任何事物比现代艺术更复杂、更需要包容的了。艺术不可能一直停留在过去，它会走向自己的未来和现代，并深深地激动过我们。但一切都不能成为堕落下流的说辞，平庸与拙劣不能变成卓越的替代物，它需要我们的拒绝。事实上比起伪“现代”的那些放肆和破坏，建树和劳作是困难的。比起顽强的付出和努力，毁坏和堕落在许多时候确给人特殊的快感。人的严苛，向上，自律，坚持，许多时候是辛苦的。劳动和追求完美的喜悦需要等待，需要耐心，尽管回报也是巨大的。

每个人身上都有恐惧。社会的悲剧常常由众人一起上演，而努力和奋斗却从优秀的个体开始。

写出好小说

怎样才能写出一部好小说，这可能是一个复杂的问题，不光属于写作学的范畴。首先有一点是肯定的，就是要多阅读，它会让人产生联想，处于一种激活状态，促进个人的写作练习，增加冲动。这个很重要。广泛的阅读会让人对一般意义上的创作不再满意，让人“好高骛远”，而这种情形只能让写作变得更好。不满意越多，进步也就越快，沾沾自喜的写作是走不远的。

在学习的过程中，人的才能会一点点发挥出来，这是诱发。人究竟有多少才华谁也不知道，它等待发掘。人的艺术才能是固有的，学习也许不能增加这一部分，但是却能帮助发现和认识。人的学习力也是才华的一部分。

关于创作要“真实”，是比较晦涩的一个问题，并不像一般以为的那样好理解。人们常说艺术应该是真实生活的反映，却不知道这种反映究竟是怎样的。这并不意味着一笔一画的描红就是“真实”。尽可能像生活原态，这是记者的工作。记者要克制自己的想象和虚构，尽力还原，所以记者写出来的是纪实。文学创作也要像记者那样了解现实，但只为了促进虚构能力，激发想象能力。

文学作品貌似写了现实，实际上完全不同。它经过作者心灵的发酵之后，已经变得满脸酒气了。创造可能是就一次深深的沉醉。

读者的高兴

自己想写的东西，编辑和出版者不一定喜欢。每人都有自己的标准和兴趣。最喜欢的才容易写好，可是事实上作者也不得不迁就。读者是各式各样的，他们当中也包括了编辑。随便迁就读者不好，除非对方是真正高明的。关键不在于他拒绝还是赞扬，而在于其他。有人写了四十年，还将写出的东西读给别人听，这是个习惯，并不表明他不自信。他听到的意见有二十条，或许一条都没有采纳。但有时候极小的一点意见有意义，也是很了不起的帮助。要会听，要自由，不要简单地谦虚。

现在好多人总是想让读者高兴，说读者就是上帝。没有人指出一个简单的事实：一个写作者的堕落往往就是从迎和读者开始的。读者是各种各样的，有的人很希望读到一点下流的东西，庸俗之物尤其喜欢。相信读者不如相信个人的顽强坚持。常常讲要有勇气，这勇气就是不讨好读者。

记得初中读书的时候，老师将一个作文题给大家，总有一两个学生是很顽皮的，他们想吓老师和同学一跳。这一两个往往是最有前途和希望的。也许他们并不是什么作家，但强烈的个人表达欲是一种能量。如果老师总想培训学生考高分，就不能让学生发挥个性和才华，而是学着写平庸的文章：没有什么毛病。其实平庸就是最大的毛病。给文章打分的人可不管这些。作家要卓越，就不要平庸。

诗人与故事

往短里写还是往长里写？当然短最好，越短越好。一般来说诗比较短，所以诗最高贵。应该写一百万字，努力写成了八十万字，这就是短；应该写一千字，写成了一千一百字，就是长了。节省是一种美德。那些泥沙俱下的长卷，都不是好作品。从事文学，开始写诗最好，进而再写散文，最后写小说。要训练对言辞的敏感，训练对意境的把握。从写诗进入，语言会精准。一开始就写长篇故事，大大咧咧，那可能就糟了。有人一再说故事的重要，当然重要。不过本质上属于诗人的作家讲出的故事才重要，否则就会廉价。故事是最初级的东西，诗人的故事才是高级的东西。

时间和经典

我们读经典为了节省时间，觉得时间太宝贵。这不光指我们从经典中找到喜欢的东西，还有更重要的一层意思。经典也是读不完的，天天读也需要时间。可见从时间的角度谈问题，是在算人生的一笔大账。时间很快，一闪就是十年二十年，而人的一生也不过几十年。正因为每个人的有效时间太短了，常常没有预料和防备就把时间过完了大半。有时觉得是四五年前的事，细算起来可能是十多年前。这说明时间比我们所能感受和记忆的还要快。人在小时候不懂事，老了又糊涂，留下中间这一段还要好好学习，一辈子可用的创造时间很少。我们自身经历的事情极其有限，感受的全部远远不足以支撑我们的需求。一个人如果珍惜时间，最好的办法就是阅读经典，因为这是一些特别丰富和优秀的人写出来的，是生命的结晶。读经典等于和特别卓越的人对话，跟随他们的文字一块儿感动和经历。从这个角度看，一个常读经典的人就等于感受了双倍或多倍的时间。

欣赏了不起的艺术，靠近一个又一个杰出的人物，是因为我们太热爱这个世界了！我们要在极有限的时间里，被一个个大人物领到高处去遥望。人的一辈子堕入精神的瓦砾就看不到地平线，被精神的雾霾所笼罩，也看不到地平线。

原载《小说评论》2017年第2期

空　山

祝　勇

一

有一天，朱哲琴来故宫，告诉我在著名建筑师王澍设计的富春山馆，她展出了一个声音装置，希望我有时间去看——或者说，去听。我问声音装置是啥，朱哲琴说，是她采集的富春江面和沿岸的声音素材，加工成的声音作品。她还说，那声音是可以被看见的，因为她还采集了富春江水，声音让水产生震动，光影反照在墙上，形成清澈变幻的纹路。她给这一作品起了个名字，叫《富春山馆声音图》。

我敬佩朱哲琴对声音的敏锐，她让《富春山居图》这古老的默片第一次有了声音，但我想，《富春山居图》里原本是有声音的，只不过黄公望的声音，不是直接诉诸听觉，而是诉诸视觉，通过空间组织来塑造的。其实黄公望本身就是一个作曲家，徐邦达先生说他“通音律，能作散曲”。黄公望的诗，曾透露出他对声音的敏感：

水仙祠前湖水深，

岳王坟上有猿吟。

湖船女子唱歌去，

月落沧波无处寻。

元至正七年（公元1347年），黄公望与他的道友无用师一起，潜入苍苍莽莽的富春山，开始画《富春山居图》。这著名的绘画上，平林坡水、高崖深壑、幽蹊细路、长林沙草、墟落人家、危桥梯栈，无一不是发声的乐器。当我们潜入他的绘画世界，我们不只会目睹两岸山水的浩大深沉，也听见隐含在大地之上的天籁人声。也是这一年，黄公望画了《秋山图》，《宝绘录》说他“写秋山深趣长卷，而欲追踪有声之画”。

黄公望把声音裹藏在他的画里，朱哲琴却让声音（光影图像）从画里脱颖而出，这跨过七百年的山水对话，奇幻、精妙，仿佛一场旷日持久的共谋。

二

但我想说的，却是另一件很重要的事情——《富春山居图》（包括古往今来的中国山水画），之所以与音乐合拍，有一个原因：中国的山水画，有很强的抽象性。

绘画，本来是借助形象的，但赵孟頫老先生一句话，为绘画艺术定了性。他说：“书画同源”（赵孟頫原话为“书画本来同”）。这句话，一句顶一万句，因为它不仅为中国书法和绘画——两门最重要的线条艺术——溯清了源头，解释了它们在漫长文明中亲密无间、互敬互爱的关系，更为它们指明了未来的路径，尤其是绘画，本质功能是写意（像书法一样），而不是为现实照相。

中国画，起初是从图腾走向人像的，唐宋之后，中国画迎来了巨大变革：

首先，山水画独立了，不再依附于人物画充当背景和道具，如东晋顾恺之《洛神赋图》里的山水环境，还有五代顾闳中《韩熙载夜宴图》里的山水屏风。

其次，色彩的重要性减弱，水墨的价值凸显，于是，“草木敷荣，不待丹碌之彩。云雪飘扬，不待铅粉而白。山不待空青而翠，凤不待五色而綷”，因为墨色中包含了世间所有的颜色，所谓“墨分五色”（张彦远的说法是“运墨而五色具”），水墨也从此在中国画家的纸页间牵连移动、泼洒渲染，缔造出素朴简练、空灵韵秀的水墨画。

最后，这份素朴简练不仅让中国画从色彩中解放出来，亦从形象中解放出来，从而更具抽象性，更适合宋人的哲思玄想。

当然，那是有限度的抽象，是在具象与抽象之间进进退退，寻求一种平衡。

总之，绘画由彩色（青绿）时代进入黑白（水墨）时代，这是中国艺术的一个巨大进步，或曰一场革命，这一过程，与由黑白时代进入彩色时代的摄影艺术刚好相反。

大红大紫的青绿山水也没有从此退场，在历史中不仅余脉犹存，且渐渐走向新的风格。青绿与水墨在竞争、互动中发展，才有各自的辉煌历史。

也因此，今人用材料指代绘画，一曰水墨，一曰丹青。

三

为此我们要回看两张图，一是北宋王希孟《千里江山图》，一是南宋米友仁的《潇湘奇观图》。

其实王希孟与米友仁，年代相差不远。

王希孟生于北宋绍圣三年（公元1096年），很小就进了宋徽宗的美术学院（当时叫“画学”，是中国历史上最早的宫廷美术教育机构，也是中国古代唯一由官方创办的美术学院），但他毕业后没有像张择端那样，入翰林图画院当专业画家，而是被“分配”到宫中的文书库，相当于中央档案馆，做抄抄写写的工作。或许因为不服，他18岁时创作了这卷《千里江山图》，被宋徽宗大为赞赏，宋徽宗亲自指导他笔墨技法，并将此画赏赐给蔡京。王希孟从此名垂中国画史，迅即又在历史中销声匿迹，不知是否死于靖康战乱。

米友仁是米芾长子，生于北宋熙宁七年（公元1074年），比王希孟还年长22岁，画史却常把他列为南宋画家，或许因他主要绘画活动在南宋，而且受到宋徽宗他儿子宋高宗的高度赏识，宫廷里书画鉴定的活儿，宋高宗基本交米友仁搞定。所以今天，在很多古代书画上都可看见米友仁的跋尾。

王希孟《千里江山图》与米友仁《潇湘奇观图》，一为青绿，一为水墨，一具象，一抽象（相对而言），却把各自的画法推到了极致，所以这是两幅极端性的绘画，也是我最爱的两张宋画。

这两张图，好像是为了映照彼此而存在。

它们都存于故宫博物院，不知什么时候，它们可以同时展出，同时被看见。

先说《千里江山图》吧，这幅画上，群山涌动、江河浩荡，夹杂其间的，有高台长桥、松峦书院、山坞楼观、柳浪渔家、临溪草阁、平沙泊舟……这宏大叙事的开阔性和复杂性自不必说，只说它的色彩，至为明丽，至为灿烂，光感那么强烈，颇似修拉笔下的《大碗岛的星期日下午》，阳光通透，空间纯净，青山依旧，水碧如初，照射古老中国的光线照亮了整幅画，使《千里江山图》恍如一场巨大的白日梦，世界回到了它原初的状态，那份沉静，犹如《春江花月夜》所写：

> 江天一色无纤尘，
> 皎皎空中孤月轮。
> 江畔何人初见月？
> 江月何年初照人？
> …………

有评者曰：“初唐诗人张若虚只留下一首《春江花月夜》，清代王闿运评为‘孤篇横绝，竟为大家’。现代闻一多誉之为‘诗中的诗，顶峰中的顶峰’。北宋王希孟的青绿山水卷《千里江山图》可比《春江花月夜》，孤篇压倒两宋，而论设色之明艳，布局的宏远，说前无古人，后无来者，也不为过。”

然而，假如从这两幅画里再要选出一幅，我选《潇湘奇观图》。虽然王希孟的视野与胸怀已经有了超越他年龄的博大，但他的浪漫与天真，还带有强烈的“青春文学”印记，他对光和天空的神往，透露出青春的浪漫与伤感，还有失成熟和稳定。

这只是原因之一，更深刻的原因在于，比起王希孟《千里江山图》，米友仁《潇湘奇观图》更加深沉凝练、简约抽象，且因抽象而包罗万象。米友仁不仅舍弃了色彩，他甚至模糊了形象——《千里江山图》的焦距是实的，他截取的是阳光明亮的正午，每一个细节都清晰毕现；《潇湘奇观图》的焦距则是虚的，截取的烟雾空蒙的清晨——有米友仁自题为证：“大抵山水奇观，变态万层，□在晨晴晦雨间。”与《千里江山图》的浓墨重彩相比，《潇湘奇观图》是那么淡，那么远，那么虚，全卷湮没于烟雨迷蒙中，山形在云雾中融化、流动、展开，因这份淡、远、虚而更见深度，更加神秘莫测。在“实体”之外，山水画出现了“空幻”之境。

《潇湘奇观图》才是北宋山水画的扛鼎之作。

四

但绘画走到元朝，走到黄公望面前，情况又变了。

那被米友仁虚掉的焦距，又被调实了。

看元四家（黄公望、吴镇、王蒙、倪瓒），云烟空蒙的效果消失了，山水的面目再度清晰，画家好像从梦幻的云端回到了现实世界。

但仔细看，那世界又不像现实，那山水也并非实有。

它们似曾相识，又似是而非。

就像这《富春山居图》，看上去很具象，画面上的每一个细节，似乎都是真实的，但拿着《富春山居图》去富春江比对，我们永远找不出对应的景色。

可以说，《富春山居图》是黄公望精心设置的一个骗局，以高度的“真实性”蒙蔽了我们，抵达的其实是一个“非真实”的世界。

那仍然是一种抽象——具象的抽象。

或者说，它的抽象性，是通过具象的形式来表现的。

很像小说中的魔幻现实主义，细节真实，而整体虚幻。

王蒙后来沿着这条路走，画面越来越繁（被称“古今最繁”），画面却呈现出“一种难以言喻的超现实氛围，像是一个乌有之境”。

那真实，是凭借很多年的写生功底营造出来的。

《富春山居图》，黄公望78岁才开始创作，可以说，为这张画，他准备了一辈子，而且一画就画了七年。80岁老人，依旧有足够的耐心，犹如托尔斯泰在61岁开始写《复活》，不紧不慢，一写就写了十年。他们不像当下的我们那样活得着急，连清代“四王”之一的王原祁都在感叹：

> 古人长卷，皆不轻作，必经年累月而后告成，苦心在是，适意亦在是也。昔大痴画《富春》长卷，经营七年而成，想其吮毫挥笔时，神与心会，心与气合，行乎不得行，止乎不得止，绝无求工求奇之意，而工处奇处斐然于笔墨之外，几百年来神采焕然。

黄公望活了85岁，他生命的长度刚刚够他画完《富春山居图》，这是中国艺术史的大幸。

可以说，他活了一辈子，就是为了这张画。

放下黄公望一生的准备不谈，只说画《富春山居图》这七年，他兢兢业业，日日写生，“五日画一山，十日画一水”，如他在《写山水诀》中自述：“皮袋中置描笔在内，或于好景处，见树有怪异，便当模写记之，分外有发生之意。”

李日华在《六研斋笔记》中记录："黄子久终日只在荒山乱石、丛木深筱中坐，意态忽忽，人莫测其所为，又每往泖中通海处，看激流轰浪，虽风雨骤至，水怪悲诧，亦不顾。"

因此，《富春山居图》上画了十数峰，一峰一状，数百树，一树一态，"雄秀苍莽，变化极矣"。明代大画家董其昌看到，彻底服了，简直要跪倒，连说："吾师乎，吾师乎，一丘五岳，都具是矣。"这赞美，他写下来，至今裱在《富春山居图》的后面。

在这具象的背后，当我们试图循着画中的路径，进入他描绘的那个空间，我们一定会迷失在他的枯笔湿笔、横点斜点中。《富春山居图》里的那个世界，并不存在于富春江畔，而只存在于他的心里。那是他们精神世界的一部分，而不是现实世界的一部分。那是他的梦想空间，他内心里的乌托邦，只不过在某些方面，借用了富春江的形骸而已。

但在他其他山水画中，山的造型更加极端，比如故宫博物院藏《快雪时晴图》卷、《九峰雪霁图》轴，还有云南省博物馆藏的《剡溪访戴图》轴。就说《快雪时晴图》卷吧，这幅画里的山，全是直上直下的悬崖，基本上呈直角。它不像王希孟《千里江山图》那么明媚灿烂，不像米友仁《潇湘奇观图》那样如诗如梦，甚至不像《富春山居图》那么温婉亲切，在这里，黄老爷子对山的表现那么决绝，那么粗暴，那么蛮横。他画的是人间没有的奇观，那景象，绝对是虚拟的。显然，黄公望已经迷恋于这种对山水的捏造，就像夏文彦所说："千丘万壑，愈出愈奇，重峦叠嶂，越深越妙。"

我们在现实中找，却听见黄公望在黑暗中的笑声。

五

自我们今天能够见到的最古老的山水画——隋代展子虔《游春图》（故宫博物院藏）开始，中国画家就没打算规规矩矩地画山。中国画里的山，像佛塔，像蘑菇，像城堡，也像教堂。古人画山，表现出充分的任性，所以中国山水画从来不是客观的地貌图像，即使作者为他的山水注明了地址——诸如“潇湘八景”“剡溪访戴”“洞庭奇峰”“灞桥风雪”，也大可不必当真。五代董源《潇湘图》与南宋米友仁《潇湘奇观图》，画的是同一个潇湘（潇江与湘江），却几乎看不出是相同的地方。中国山水画里的山形，大多呈纵向之势，一副“欲与天公试比高”的架势，仿佛大自然积聚了万年的力量喷薄欲出。这样的山恍若想象中的“魔界”，适合荆浩《匡庐图》、范宽《溪山行旅图》（皆藏台北故宫博物院）这样的画轴，即使像北宋张先《十咏图》、王诜《渔村小雪图》、宋徽宗《雪江归棹图》、王希孟《千里江山图》、南宋赵伯驹《江山秋色图》（以上皆藏故宫博物院）、元代黄公望《富春山居图》这样的横卷，也不例外。如此汪洋恣肆、逆势上扬的山形，在现实中难以寻见（尤其在黄公望生活的淞江、太湖、杭州一带），除了梦境，只有在画家的笔下才能见到。

中国古人从来不以一种“客观”的精神对待山川河流、宇宙世界。中国古人的精神世界没有像西方那样，经历过“主”“客”二分，世界没有分裂成“主体”（subject）和“客体”（object）两个部分，而外部世界（自然）也没有成为与主观世界（自我）相对（甚至对立）的概念，不是一个独立于自我之外的“他者”，因此也不仅仅是一个“看”的对象。自然就是自我，二者如身体发肤，分割不开，如庄子所说：“天地与我并立，而万物与我为一”，大千世界，变化万千，一滴水、一粒沙、一片叶、一只鸟，其实都是人类感觉器官的延伸。

人类对世界的探索与发现，其实就是对自我的探索与发现。庄子说：“朝菌不知晦朔，蟪蛄不知春秋。”朝菌是朝生夕死，所以它不知月（月初为朔，月底为晦），蟪蛄过不了冬，所以不知年（春秋）。他说的不只是自然界的两种小虫子，而是说人类自己——我们自己就是朝菌、蟪蛄，我们所能知道的世界，比它们又多得了多少？当然，庄子不会以这样的虫子隐喻自己，在他眼里，自己是美丽的蝴蝶，所以周庄梦蝶，不知道是自己梦见蝴蝶，还是蝴蝶梦见自己。李白独坐敬亭山，说：“相看两不厌，只有敬亭山。”山即人，人即山。这山，不只是敬亭山，而是包括了天底下所有的山，当然也包括南宋词人辛弃疾在江西信州所见的铅山，所以他说：“我看青山多妩媚，料青山看我应如是”，人与自然、“自我”与“他者”，在古人那里，完全是重合的，它们的界限，在古人那里并不存在。

这种“天人合一”的观念，几乎构成了中国古代思想和艺术的核心观念。魏晋时代，山水绘画与山水文学几乎同时起步，历经宗炳、王微，到唐代李思训手里初步完成，引出山水画大师王维，再经五代荆浩、关仝、董源、巨然的锤炼打造，在宋元形成山水画的高峰，有了前面说到的米芾、王诜、王希孟、米友仁的纵情挥洒，有了赵孟頫的铺垫，才有黄公望脱颖而出，历经倪瓒、吴镇、王蒙，在明清两代辗转延续，自然世界里的万类霜天，才在历代画家的画卷上，透射出新鲜活泼的生命感，那“无机”的世界，于是变得如此“有机”，山水画才能感人至深（哪怕倪瓒的寂寞也是感人的），月照千山，人淡如菊，连顽石都有了神经，有悲喜、有力量。

徐复观先生在《中国艺术精神》里说：“中国的风景画较西方早出现一千三四百年之久”，相信这只是一种大而化之的说法，实际上，古代中国没有风景画——在古代中国人的心里，山水不只是风景，山水画也不是风景画。风景是身体之外的事物，是“观看”的对象，山水则是心灵奔走的现场——山重水复中，既包含了痛苦的体验，也包含着愿望的实现。人不是外置于“风景”，而是内化于“风景”，身体是“风景”的一部分，“风景”也是身体的一部分、生命的一部分。因此，“风景”就不再是“风景”，中国人将它命名为：山水。山水不是山和水的简单组合，或者说，它不只是一种纯物质形态，而是一种精神的体现。正因如此，在千年之后，我们得以透过古人的画卷，看见形态各异的山水，比如董源的圆转流动，范宽的静穆高远，王希孟的青春浪漫，赵孟頫的明净高古……

在西方，德国古典哲学自17世纪开始使用“主体”与“客体”概念。有了

“主”“客”二分，人类才能“认识世界”和“改造世界”，以研究和改造客观世界为目标的西方近代科学才应运而生，而西方风景画，就是“主体”观察、认识和表现“客体”的视觉方式，所以它的方法也是科学的，比如人体解剖，比如焦点透视。西方的风景画，也美，也震撼，比如俄罗斯巡回画派大师希施金（Ivan I.Shishkin），以生动的笔触描绘出俄罗斯大自然，亦伟大，亦忧伤，但他所描绘的，是纯粹的风景，是对自然的“摹仿”与“再现”。相比之下，中国山水画不是建立在科学之上，所以中国山水画里，没有极端的写实，也没有极端的抽象，它所描述的世界，介于二维与三维之间。

西方风景画是单点透视，无论画面多么宏大，也只能描绘自然的片段（一个场面），中国山水画里则是多点透视——高远、平远、深远的“三远”图式，在唐代就已流行，北宋郭熙说：“自山下而仰山巅谓之高远，自山前而窥山后谓之深远，自近山而望远山谓之平远。”而这仰望、窥视与远望，竟然可以运用到同一幅画作中。

这是最早的“立体主义”，因为它已不受单点透视的局限，让视线解放出来，它几乎采用了飞鸟的视角，使画家自由的主观精神最大限度地渗透到画面中，仿佛电影的镜头，“空间可以不断放大、拉近、推远，结束了又开始，以至于无穷尽，使观者既有身在其中的体验，又获得超乎其外的全景的目光。山水画表现空间，然而超空间；描绘自然，然而超自然。”

西方人觉得，中国画是平面的，缺乏空间感，岂不知中国画里藏着更先进的空间感。以徐复观先生的说法，中国画领先西方现代派一千三四百年，又是成立的。但“主”“客”不分的代价是，中国人强调了精神的蕴含而牺牲了对“物理”的探索。像黄公望这些画家，一生中大部分时间在云游，但兴趣点却不在地理与地质。古代中国人的世界观，是经验的，而不是逻辑的；是哲学的，而不是科学的。著名的“李约瑟难题”，即“为何近代科学没有产生在中国，而是在17世纪的西方，特别是文艺复兴之后的欧洲”，我想其秘密就藏在：中国人的思想世界，没有像西方人那样，经历过“主体”与“客体”的分家。这一看似微小的差别，在17世纪以后被迅速放大，经过几百年的发酵，中国与西方的历史，已判若云泥。

六

关于中国山水画的抽象性，我说得有点抽象了，还是回到黄公望吧。

他究竟是怎样一个人呢？

黄公望的履历，至为简单——他几乎一生都在山水中度过，没有起伏，没有传奇。

他的传奇，都在他的画里。

他一生中最大的转折，出现在47岁那年。那一年，黄公望进了监狱，原因是受到江浙行省平章政事张闾的牵连。四年前，黄公望经人介绍，投奔张闾，在他门下做了一名书吏，管理田粮杂务。但这张闾是个贪官，他管理的地盘，“人不聊生，盗贼并起”，被百姓骂为“张驴”。关汉卿《窦娥冤》里有一个张驴儿，不知是否影射张闾，从时间上看，《窦娥冤》创作的时间点与张闾下狱基本吻合，因此不能排除这种可能性。总之在元延祐二年（公元1315年），张闾因为逼死九条人命而进了监狱，黄公望也跟着身陷囹圄。关键的是，正是这一年，元朝第一次开科取士，黄公望的好朋友杨载中了进士，热衷功名的黄公望则失去了这一“进步”的机会。

人算不如天算，出狱后的黄公望，渐渐断了入仕的念头，只能以两项专业技能为生——一是算卦，二是画画。还有两件事值得一说：一是他在50岁时成为赵孟頫的学生，从此自居“松雪斋中小学生”——显然，他上“小学”的时间比较晚，这也注定了黄公望大器终将晚成；二是他在60周岁时，与28岁的“小鲜肉”倪瓒携手加入了一个全新的道教组织——全真教，从此改号“一峰道人”。

诗人西川在长文《唐诗的读法》里说，“唐以后的中国精英文化实际上就是一套进士文化（宋以后完全变成了进士—官僚文化）。”他提到，北宋王安石编《唐百家诗选》中近90%的诗人参加过科举考试，进士及第者62人，占入选诗人总数的72%。而《唐诗三百首》中入选诗人77位，进士出身者46人。

据此，西川说："进士文化，包括广义上的士子文化，在古代当然是很强大的。进士们掌握着道德实践与裁判的权力、审美创造与品鉴的权力、知识传承与忧愁抒发的权力、钩心斗角与政治运作的权力、同情—盘剥百姓与赈济苍生的权力、制造舆论和历史书写的权力。你要想名垂青史就不能得罪那些博学儒雅但有时也可以狠刀刀的、诬人不上税的进士们。"

但任何理论都是模糊的，比如黄公望，就是这"进士文化"的漏网之鱼，在这规模宏大的"进士文化"中，黄公望只能充当一个"路人甲"。而且，在元代，"进士文化"的漏网之鱼还不只黄公望一个，吴镇、倪瓒、曹知白等，都未考科举，未当官，王蒙只在朱元璋建立明朝以后当过一个地方官（泰安知州），后来因胡惟庸案而惨死在狱中，他在元朝也基本没当过官（只在张士诚占据浙西时帮过一点小忙）。在道教界，这样远离科举的人就更多，仅黄公望的朋友中，就有画家方从义、张雨，以及著名的张三丰。

尽管元朝统治者希望像《尚书》里教导的那样，做到"野无遗贤，万邦咸宁"，但在帝国的山水之间，还是散落着那么多的"文化精英"。他们不像唐朝李白，想做官做不成（西川文中说李白没有参加科举考试的资格），但他承认自己"我志在删述，垂辉映千春"，心里是想着当官的，这些元朝艺术家，对科举一点兴趣没有，也不打算搭理什么鸟皇帝。所以，清代孙承泽《庚子销夏记》说："元季高人不愿出仕。"这样的一个精英文化阶层，成为元朝的一个"文化现象"，也是"进士文化"传统的一个例外。

由此我们可以知道，黄公望的内心世界与当了大官的赵孟頫截然不同。当然他们也不是"竹林七贤"，躲在山水间，装疯卖傻；也不像李白，张扬、自傲，甚至有点跋扈。黄公望内心的纯然、宁静、潇洒，都是真实的，不是装给谁看的，当然，也没有人看。

所以，才有了黄公望对山水的痴迷。

他也才因此成了“大痴”。

他在王蒙《林泉清话图》上题诗：

霜枫雨过锦光明，
涧壑云寒暝色生。
信是两翁忘世虑，
相逢山水自多情。

他的内心，宁静澄澈、一尘不染。

他的心里，有大支撑，才不为功名所诱引，不为寂寞所负累。

山是他的教堂，是他的宫殿。

是不绝如缕的音乐。

他晚年在富春山构筑堂室，说：“每春秋时焚香煮茗，游焉息焉。当晨岚夕照，月户两窗，或登眺，或凭栏，不知身世在尘寰矣。”

《画学心印》说，他的世界“静观自得，非躁妄之人所能领会”。

也是清“四王”之一的王时敏称他“迥出尘埃之外者”。

七

黄公望或许就像《射雕英雄传》里黄蓉他爹黄药师，隐居桃花岛，“桃花影落飞神剑，碧海潮生按玉箫”。巧合的是，黄公望不仅像黄药师那样，有一套庞杂的知识结构，所谓上通天文，下通地理，五行八卦、奇门遁甲、琴棋书画，甚至农田水利、经济兵略等亦无一不晓，亦曾隐居于太湖，而且，也喜欢一种乐器，就是铁笛。

有一次黄公望与赵孟頫等人一起游孤山，听见西湖水面上隐约的笛声，黄公望说：“此铁笛声也。”于是摸出身上的铁笛吹起来，边吹边朝山下走去。湖中的吹笛人听见笛声，就靠了岸，吹着笛上了山。两处笛声，慢慢汇合在一起。两人越走越近，错身而过，又越走越远，那笛声在空气中荡漾良久。

黄公望为人直率透明，如童言般无忌。74岁那年，危素来看他，对着他刚画完的《仿古二十幅》，看了许久，十分眼馋，便问："先生画这组册页，是为了自己留着，还是要送给朋友，传播出去呢？"黄公望说："你要是喜欢，你就拿走吧。"危素大喜过望，说："这画将来一定值钱。"没想到黄公望闻言大怒，劈头盖脸骂了一顿："你们敢用钱来评价我的画，难道我是商人吗？"

其实危素虽然小黄公望34岁，却是黄公望最好的朋友之一。他曾官拜翰林学士承旨，参与过宋、辽、金三史的编修，他曾珍藏二十方宋纸，从不示人，他向黄公望求画，就带上这些宋纸，因为在他心里，只有黄公望的画能够配得上（《宝绘录》说："非大痴笔不足以当之"）。对危素求画，黄公望从未拒绝，仅60岁那一年，黄公望就给危素画了《春山仙隐图》《茂林仙阁图》《虞峰秋晚图》《雪溪唤渡图》四帧画作，而且在画末，还有柯九思、吴镇、倪瓒、王蒙的题诗。黄吴倪王"元四家"在相同的页面上聚齐，这危素的人品也太好了。

关于黄公望的个性，元代戴表元形容他"其侠似燕赵剑客，其达似晋宋酒徒"。关于他喝酒，有记载说，当他隐居山中，每逢月夜，都会携着酒瓶，坐在湖桥上，独饮清吟，酒罢，便扬手将酒瓶投入水中。

那种潇洒，有如仙人。

以至于很多年后，一个名叫黄宾虹的画家仍在怀念："湖桥酒瓶，至今犹传胜事。"

我不知道黄公望的山水画里包含了多少道教的眼光，但仙侠气是有的。所以看他的山水画，总让我想起金庸的武侠世界，空山绝谷之间，不知道有多少绝顶高手在隐居修炼——《丹崖玉树图》轴的右下角，就有一人在木桥上行走，可见这座大山，就是他的隐居修炼之所。只是在他的大部分山水画里，像前面说过的《快雪时晴图》卷、《九峰雪霁图》轴，看不到人影，到处是直上直下的叠嶂与深渊，让人望而生畏。

假如我们将黄公望的山水画卷（如《富春山居图》《快雪时晴图》）一点点展开，我们会遭遇两种相反的运动——手卷是横向展开的，而画中的山峰则在纵向上跃动，一起一落，表现出强烈的节奏感，如咚咚咚的鼓点，气势撼人，又很像心电图，对应着画家的心跳，还像音响器材上的音频显示，让山水画有了强烈的乐感。

其实，在山势纵向的跃动中，还掺杂着一种横向的力量——在山峰的顶部，黄公望画出了一个个水平的台面。好像山峰被生生切去一块，出现一个个面积巨大的平台，与地平线相呼应，似乎暗示着人迹的存在。这样的“平顶山”，在以前的绘画中虽亦有出现，但在黄公望那里却被夸大，成为他笔下最神奇的地方，在《岩壑幽居图》轴、《洞庭奇峰图》轴、《溪亭秋色图》轴、《溪山草阁图》轴、《层峦曲径图》轴（皆藏台北故宫博物院）等画作中反复出现，仿佛由大地登天的台阶，一级级地错落，与天空衔接。那充满想象力的奇幻山景，有如为《指环王》这样的大片专门设计的布景。那里是时间也无法抵达的高处，是人与天地对话的舞台。又俨然一位纸上建筑师，通过他的空间蒙太奇，完成他对世界的想象与书写。又像一个孩子在搭积木，自由、率性、决然地构筑他想象中的城堡。

西川在《唐诗的读法》中，说唐人写诗，“是发现、塑造甚至发明这个世界，不是简单地把玩一角风景、个人的小情小调。”其实，中国画家（包括黄公望在内）描绘山水，也是在缔造、发明着一个属于自己的世界。他如此肆意妄为地塑造、捏合着山的形状，透露出画家近乎上帝的身份——他是真正的“创世者”，在纸页上、在想象中，缔造出一种空旷而幽深、静穆而伟大的宇宙世界，并将我们的视线、精神，从有限引向无限。

黄公望笔下的富春山，山峰起伏，林峦蜿蜒，平冈连绵，江山如镜。

那不是地理上的富春山。

那是心理上的富春山。

是一个人的意念与冥想。

是彼岸，是无限。

是渗透纸背的天地精神。

“宇宙便是吾心”。

在高处，白发长髯的黄公望带着无限的慈悲，垂目而坐，远眺群山。

八

《富春山居图》原本是无用师的“私人订制”。他似乎已经意识到，自己将得到的注定是一件伟大的作品。它在绘画史上的地位，可比王羲之《兰亭序》在书法史上的地位，如明代邹之麟在卷后跋文中说：“至若《富春山居图》，笔端变化鼓舞，右军之《兰亭》也，圣而神矣。”

这幅浩荡的长卷，不仅收容了众多山峰，它自身也将成为无法逾越的高峰。所以，他为黄公望提前准备了珍稀的宋纸，然后，耐心地等待着杰作的降临。只是他没有想到，这一等，就等了七年。

我想，这七年，对无用师来说，是生命中最漫长的七年。想必七年中的日日夜夜，无用师都在煎熬中度过。因为无用师并不知道这幅画要画七年，不知道未来的岁月里，会有怎样的变数。在《富春山居图》完成之前，一切都是那么不确定。为了防止有人巧取豪夺，无用师甚至请黄公望在画上先署上无用师本号，以确定画的所有权。

黄公望似乎并不着急，好像在故意折磨无用师，他把无用师等待的过程拖得很长。实际上，黄公望也在等，等待一生中最重要作品的到来。尽管他的技巧已足够成熟老辣，尽管生命中的尽头在一点点地压迫他，但他仍然从容不迫，不紧不慢。

此前，黄公望已完成了许多山水画，全是对山水大地的宏大叙事，比如，他76岁画的《快雪时晴图》、77岁画的《万里长江图》。与《富春山居图》同时，79岁时，他为倪瓒画了《江山胜览图》，80岁，画了《九峰雪霁图》《剡溪访戴图》《天涯石壁图》，85岁，画了《洞庭奇峰图》……

他的生涯里，只缺一张《富春山居图》。

但那张《富春山居图》注定是属于他的，因为那图已在他心里酝酿了一辈子，他生命中的每一步，包括受张闾牵连入狱，入赵孟頫室为弟子，加入全真教，在淞江、太湖、虞山、富春江之间辗转云游，都让他离《富春山居图》越来越近。

《富春山居图》是建立在他个人艺术与中国山水画长期渐变累积之上的。

它必定成为他艺术生涯中最完美的终点。

于是，那空白已久的纸上，掠过干瘦的笔尖，点染湿晕的墨痕。那些精密的点、波动的抛物线，层层推衍，在纸页上蔓延拓展。远山、近树、土坂、汀洲，就像沉在显影液里的相片，一点点显露出形迹。

到了清代，画家王原祁仍在想象他画《富春山居图》时的样子："想其吮毫挥笔时，神与心会，心与气合，行乎不得行，止乎不得止，绝无求工求奇之意，而工处奇处斐然于笔墨之外，几百年来，神采焕然……"

终于，在生命终止之前，这幅《富春山居图》完整地出现在黄公望的画案上，像一只漂泊已久的船，"泊在无古无今的空白中，泊在杳然无极的时间里"。

《富春山居图》从此成为巅峰，可以看见，却难以抵达。此后的画家，无不把亲眼见到它当成天大的荣耀；此后的收藏家，也无不把它当作命根，以至于明代收藏家吴问卿专门筑起一栋"富春轩"安置《富春山居图》，室内名花、名酒、名画、名器，皆为《富春山居图》而设，几乎成了《富春山居图》的主题展，甚至连死都不舍《富春山居图》，竟要焚烧此画来殉葬，所幸他的侄子吴子文眼疾手快，趁他离开火炉，返回卧室，从火中抢出此画，把另一轴画扔进火里，偷桃换李，瞒天过海。可惜此画已被烧为两段，后一段较长（横636.9厘米），人称《无用师卷》（现藏台北故宫博物院），前一段只剩下一座山（横51.4厘米），人称《剩山图》（现藏浙江省博物馆）。2011年，这两段在台北联合展出，展览名曰：“山水合璧”。这是《富春山居图》分割三百多年后的首次重逢。

永远不可能与我们重逢的一段，画着平沙秃峰，苍莽之至。当年烧去、化为灰烬的，大约是五尺左右的平沙图景，平沙之后，方起峰峦坡石。吴问卿的后代曾向恽格口述了他们记忆中的《富春山居图》被焚前的样貌，恽格把它记在《瓯香馆画跋》里。

在元代无用师之后、明代吴问卿之前，两百多年间，这幅画过过好几道手，明代画家沈周、董其昌都曾收留过它。沈周是明代山水画大家，明代文人画“吴派”开创者，与文徵明、唐寅、仇英并称“明四家”。《富春山居图》辗转到他手上时，还没有被烧成两段，虽有些破损，但主体尚好，这让沈周很兴奋，认为有黄公在天之灵护佑，立马找人题跋，没想到乐极生悲，画被题跋者的儿子侵占，拿到市场上高价出售，对沈周不啻当头一棒。沈周家贫，无力赎回，只能眼睁睁看着它渐行渐远，直至鞭长莫及。

痛苦之余，极力追忆画的每一个细节，终于在60岁那年，把黄公望《富春山居图》全图默写下来，放在手边，时时端详，唯有如此，才能让心中的痛略有平复，同时向伟大的山水传统致敬。

这幅长卷，即《沈周仿富春山居图》，现存故宫博物院。

《富春山居图》是黄公望用命画出来的，所以它也滋养着很多人的命。

九

我不曾去过王澍设计的富春山馆，但我去过富春江。那是很多年前，我第一次到富春江时，穿过林间小径，看到它零星的光影，待走到岸边，看到那完全倒映的山形云影，猜想着在茂林修竹内部奔走的各种生灵，内心立刻升起一种招架不住的欢欣，仿佛一种死灰复燃的旧情，决心与它从此共度一生。

一个朋友问：

今天的人们，为什么画不出从前的山水画，写不出从前的山水诗？

我说，那是因为山水没了。

变成了风景。

甚至，变成了风景点。

前面说，风景是身体以外的事物，是我们身体之外的一个“他者”。

风景点，则是对风景的商业化。

它是我们的旅行目的地，是投资者的摇钱树。

风景点是一个点，不像山水，不是点，是面，是片，是全部的世界，是宇宙，把我们的身体、生命，严严实实包裹起来。我们存在于其中，就像一个细胞，存在于我们的身体中。我们就是山水间的一个细胞，生命被山水所供养，因此，我们的生命，营养充足。

古人不说“旅行”，只说“行旅”。“行旅”与“旅行”不同，“行旅”不用买门票，不用订酒店，“行旅”是一场“说走就走的旅行”，是在自然中的遨游，是庄子所说的、真正的“逍遥游”。

行旅、渔樵、探幽、听琴、仙隐、觅道，都是生命的一部分。

所以，范宽画《溪山行旅图》。

要画“溪山旅行”，境界立刻垮掉。

“行旅”与“旅行”，见出今人与古人的距离。

黄公望很少画人，像王维所写，“空山不见人，但闻人语响”。

他的山水世界，却成全了他的顽皮、任性、自由。

他的眼光心态，像孩子般透明。

所以董其昌形容黄公望“九十而貌如童颜”，“盖画中烟云供养也”。

但现在，我们不被山水烟云供养，却被钱供养了。

山水被划级、被申遗、被分割、被出售。

我们只是在需要时购买。

雾霾压城、堵车难行，都提升了风景的价值，拉动了旅游经济。

后来我们发现，所谓的风景点，早已垃圾满地，堵车的地方，也转移到景区里。

我们或许还会背张若虚的诗：

江天一色无纤尘，

皎皎空中孤月轮。

江畔何人初见月？

江月何年初照人？

心里，却升起一股揪心的痛。

十

空山无人，水流花谢。

那空山里有什么？

有“空”。

原载《当代》2017年第4期

跨过一条河流的方式

汤世杰

1

“人不能两次走进同一条河流”。赫拉克里特如是说。当我就要跨过家乡那条大河时，想起这句话，心头先是一紧，旋即哑然失笑：那位古希腊人的话尽管经典、哲学得要命，可对那些别说两次，连一次都没走进过同一条河流的人，这话还未必管用。

呵呵，我就是那些人中的一个，于是坏笑一声，踏上旅途。

2

不管有意无意，将聚会选定在家乡那条大河那边，都既让人叫绝，又让人遗憾：到大河那边看看，是从小的梦，梦的年龄跟我的年岁差不多一样大；可生生只让一条伟大河流当一回怀旧聚会的陪客，而非倥偬岁月的见证者、在场者，怎么我都觉着荒谬。记忆中，不管任何时候，在任何地方，那条大河都一直在场，既是我生命的见证者，也是参与者；而把一条时时新、日日新、年年新的河流弄成怀旧对象，是不是过于轻率？都是“怀旧”两个字闹的。这年头，生活总在无形中扭曲、篡改着词的本义，“小姐”成了卖身女人的雅号，“老板”成了官员的代称，“怀旧”一词也变得模糊暧昧。怀旧当然是每个人的权利，只要愿意谁都可以尽情怀旧，不干我事；而当怀旧越来越像某种时尚的群体活动，带有娱乐性的社交生活时，我更喜欢“回忆”，而非“怀旧”。“怀旧”是留恋，“回忆”却是厘清。同乡聚会、同学聚会、同事聚会，大多都有点儿似是而非；处于同一年龄段，或有某些共同经历的人们，借助短暂的聚会，虚拟出一个共同的怀旧目标，然后便开始“怀旧”。那样的怀旧，在某种程度上因少了些对往昔的深刻反思，对当下的深切关注，一不留神就会从某种无厘头的夸张、虚拟和粉饰，变成一场温柔的闹剧可怖的麻醉。而参与者过去和当下真实、严酷的生活一旦被排除在“怀旧”之外，就会变成娱乐性的公共活动，谈论的无非是些严峻现实生活之外的轻松话题，诸如健康、住房、孩子之类的应酬性话题；其实那在任何场合都能谈论，未必要在一次正经八百的“怀旧”活动中进行。那样的怀旧注定是公共性的，浑浑噩噩的，浅尝辄止的；回忆则是纯私人的，清醒明白的，触及灵魂的。“怀旧”因而从来都说不上是扪心自问的心灵活动，“回忆”却是。智者因而远离“怀旧”，很少参与那种看似优雅、欢快的“怀旧”聚会。他们沉浸于对往事的回忆，说到底渴望的是对昔日生命之杯的再次品味与渴饮。相比怀旧时对旧日旧物的无端迷恋，回忆却试图从看似孤立的旧时事物中找到暗藏的逻辑。“现在”发生的事情只有与过去联系起来，方能透彻地显示出它的意义或荒谬所在。我祈愿的，是大河作为一个在场者出现在游子回忆之中——那样的回忆往往平淡得让人揪心，又快乐得让人流泪——而不是作为一个木讷的旁观者置身事外。真能那样，不管一次还是两次，轻松还是沉重，我都会毅然决然地跨过那条历史的河流。

3

生命总是尴尬。时间不停地向前，生命倒怎么都有些朝后；反过来说也一样，生命总在向前，时光倒总是朝后。将来与往昔，作为岁月长河的两个“终极”，无时不把人往两个不同的方向死命地拽。当时光年复一年地离我们远去，人一边无可逃脱地朝着生命终极的不可知走去，一边又常常沉溺于对往昔的追忆与怀想之中。而艺术，总在有意无意中证实着那样做的价值。除了畅想未来的科幻作品，古今中外，一部真正优秀并堪称经典的文学作品，从普鲁斯特的《追忆逝水年华》，到曹雪芹的《红楼梦》，倒尽皆对往昔生活的追忆：或如前者，是对一段生命历程的轻柔抚摸，梦呓似的怀想；或像后者，是盛宴散尽人去楼空后，对一段花团锦簇般的繁华转眼烟消云散的伤情凭吊。活生生的现世似乎总在让人回想往昔，而沉湎在往昔中的生命又无法拒绝面对现世——就像一场旷日持久、难分输赢的拔河，永难结束。生命的幸运或尴尬，怎么说好像就在这里。

而我，那天遭遇的或许正是那样的尴尬：明知人最多只能在短暂的瞬间沉浸于往事，不可能真正跨过那条时光之河，回到无拘的时光，我还是弄不清往事和现世到底哪个更真实，也更亲切。

4

对预想中那个时刻的到来，我早做好了准备——至少我以为是这样。回忆从来无法避免。现世对往昔的撩拨虽多出于无意，倒总会在骤然中仓皇发生，或轻或重，都会锵然触动人心中那架多年未曾触摸过的古琴。谁心中没有一台那样的琴呢？一台真正的钢琴会有许多牌子，心中的那台琴或许也有许多名字：年少、青春，浪漫、幼稚，聪颖、顽皮，学习、生活、友谊，甚至莫名的忧郁、朦胧的爱恋……恰如歌德在《少年维特之烦恼》所说：“有关可怜维特的故事，凡是我能搜集到的，我都尽力汇集在这里，供你们翻阅，我知道你们将为此而感谢我。对于他的精神和性格，你们定会深表钦佩和爱怜，对于他的命运定会洒下你们的泪水。”我不是可怜的维特。可记忆中的往事，照样会展示出那段时光的各个层面，就像一枚钻石被切割出的多个棱面。记忆的古琴再次发出优雅之声的过程果然几近玄秘：揭去往事之琴上厚厚的、落满尘灰的琴缦，小心翼翼地掀开记忆熟悉的琴盖，当思索的手指刚一碰触琴键，稔熟于耳的琴声便与岁月的覆尘一起纷飞而起，新鲜的思索也与敞旧的记忆一齐如花绽放——不知为什么，这样说时，我心里既有些快乐又有些疼。随着那台古琴的奏响，回忆便悄然开始。琴声有着零乱的清新稚嫩的深邃，古雅缠绵得恍若隔世，汹涌而至的激情却将久违的青涩韵律，演绎出春江水多情的喷涌与奔泻。那旋律尽管至清至纯，一如天籁，却会在刹那间让既石头般坚硬又鹅羽般轻柔的人心，在无助中欢快而又慌乱地沉溺，沉溺于记忆，沉溺于童心，沉溺于对现世的无可辨认。快乐的痛苦或痛苦的快乐，就那样不可思议地袭到心头，迅速且不可阻挡地弥漫全身。这时我才惊异地察觉，自以为藏得深之又深、早就不会奏响的往事之琴，其实从来都未沉默过，从来！琴弦依然张弛有度，无须调试，随时都将在战栗中奏响——在某个寞寂的午夜，或某个惬意的清晨，青春的生命突然造访，让人悲喜交集，甚而失声痛哭；这么说来，即便世事沧桑，人生沉浮，支撑那些琴弦的琴柱倒一直完好如初，牢记着自己的使命和职责；黑白分明的琴键既坚实如铁又柔韧有序，既能承受霹雳般猛烈的敲击，也能回应微风般轻盈的抚弄；貌似沉默的悄寂，实则是漫长无声的等待——它知道，那个人迟早终会归来；它在等待，等待斯人离去多年后一朝归来，给那曲早就孕育于心却始终没能完成的乐曲续写一个结尾。即便那不是一支由发酵已久的旧日子酿制出的新故事，也注定会既饱含着往事的古雅陈香，也会散发出新日子的潇洒异趣。

5

事情好像正是如此。当那一天终于来到时，浸淫于回想中的往事，便像一个庞大的乐队，开始了它们激情的演奏——各个音区，不管清晰明白还是混沌模糊，尽皆呈现出它单纯的清新与醇厚的敞旧；固然某些叫人心疼亦心酸的遗憾，也会与清新的纯真敞旧的美丽相伴而至——世事人生，或许都是既相伴又不尽和谐的混合，听上去恍若一部主题复杂得要命的交响乐前奏曲：青春的小号以它稚嫩的圆润透亮的清澈穿透云空，转眼便深深搅彻你的灵魂；细听，历史在那个小号喇叭口塞上的弱音器依然还在，金属质地的坚硬号音于是变得多少有那么一点儿柔软，遥远得如在昨天，又清晰得就在就在耳边。小提琴是什么时候加入进来的？那声音清丽得近乎尖锐，如一条哧溜溜的小蛇，让人怎么都躲不开它不舍的追逐与纠缠——或许它太小，就像我们曾经太小一样，即便恶作剧也不会伤人，却让人悠然想起懵懂岁月里刚刚发蒙的友情或爱恋，以及那种被异物吸引甚至被它咬噬引发的战栗的欢喜恐惧的快乐。还有些什么声音？多了去了。沉郁的圆号声宽广、辉煌地涌来退去，一如平静的海水舒缓的大波。弦乐窃窃私语般的齐奏成为那片舒缓波浪最好的解说，就像专家评议团做出最后评判前的小声商议。长笛尽管只在主乐句的间隙小鸟般地飞起，短暂得如游丝云片转瞬即逝，却明亮得像一道穿透云层的阳光。或许还有润泽饱满的圆号、飘曳灵动的长笛、浑厚滋润的双簧管？竖琴多半不会有，那太过优雅与奢侈，在我的青春年代，甚至都没听说过那种另类的乐器。遗憾的是我怎么都没听到沉重一些的乐音。对了，怀旧的致命之处或许就在这里，它总是避重就轻，避实就虚，显出某种盲目的轻松。那或是这年头最容易犯的毛病。怀旧者倒是真忘了，人无法将脚伸入同一条河流两次。不论你的动作有多快，河水都在不停流淌，而在伸脚缩脚的一刹那，脚也早已不是原来的脚。幸好我不是在“怀旧”，而是在“回忆”。回忆可以有无数次，而每一次真正的回忆，都会从往事中品尝出早先并没有品尝到的滋味。

哦，倘若我是那支交响乐的指挥，或是那支乐曲的作曲者，定要在乐曲中增添几声轰然作响如惊雷掠空的定音鼓，再伴以夏日江声那样沉郁雄健的贝斯，让从琴声中凸现出来的青春故事，不至于太过缠绵纤弱，太过飘浮游移，失却了岁月真实的品格凝重的秉性。还记得我家后门的那条小街，几乎每次从那里用卡车整车整车拉出去的人，最后都躺在“铁路坝”的血泊里——即便大多罪有应得，其中也难说有冤屈的灵魂。也记得上世纪五十年代初家乡的那次洪水，江水一直涨到家门口，我能一手抓起那条就在我家门口游动的鱼；

我蹚水而行，但那绝不是什么跨越。当我在水中唏里哗啦地走着时，在那条河的下游，由于分洪而几十万人被迫逃离家园。某个酷热的夏天过后，新学期开学时几个教我们的老师突然不知去向，再也不能来到我们的课堂。那个课讲得最好、对学生也最“狠”的老师不在了，他能用粉笔头百发百中地砸向你的鼻子，让正在犯困的同学从睡梦中惊醒。我们总对他又爱又怕。能干人大多这样。从此再不会有他像子弹一样飞来的粉笔头，也没有他叫你起来回答问题常说的那句让同学们大为恼怒的话：“临时起来眨眼睛，2分，坐下！”当然也再也听不到他说：记住我的名字了吗？不是中华的华，是白桦林的桦！他也真像一株白桦，清瘦的高个，挺直的腰板，那双眼睛怎么都会叫人想起白桦树干上的那些“眼睛”——我们是从画报上看到那些眼睛的。那株白桦后来到哪里去了？

多年后当我已成年，才从历史的缝隙中窥见，世相比那几个老师的失踪更为惨烈：那个夏天跟他们一起沦为失踪者的，不下千万。如果人生真是一条河，他们肯定没跨过去。他们会不会在心里说：孩子们，我们没能跨过去，你们能跨过去吗，那条河？

6

当我完全沉浸在那种回忆中时，已置身在梦想多年的那条大河的那边——平生第一次，我到了大河那边，在故乡。

人之一生，到底要面对多少江河？说不清。有自个儿突然出现在我眼前的，你在大地上走着走着，它突然就横亘在你的眼前，要想前行，你还非得跟它作一次亲密接触：从水中涉过，或从空中跨越；有我千辛万苦才找到的河流，先是听到了它的传奇，它的故事，仰慕便油然而生；那样找到的河流，情形差别甚大，有比传说中更汹涌、更磅礴的，也有比传说更柔美、更诗性的。可命中注定，只有一条大河属于我，我也真正属于它。那条我以身相许的大河，从没给过我任何许诺，有的只是我自己的确认。不是山里的小河小溪，你只消几分钟就能把它搞定：或胡乱卷卷裤腿，便可轻松地蹚过，或踩着溜滑的、长满暗绿苔藓的石墩子，一步步走过，任清白浪花在脚丫子间嬉闹，就是溅湿了衣服，都是一种喜悦；或至少有一座小桥，或由旧木板搭就，看上去风雨飘摇；或以几根粗大的藤条编成，双脚刚踏上去，人便天旋地转，终于晃里晃荡地走了过去，则有一如喝醉了酒那样的惬意；或干脆就是一根溜索，就像我在高原山里看到的，两头连着陡峭绝壁，胡乱找个溜梆把自己往溜索上挂好，双脚一蹬，人虽早已到了对岸，江上风声身边云彩从此都留在心中，怎么都不会忘记……

不，全然不是那种可以纵身一跃而过的小河沟，也不是可以像结识了个新伙伴似的，可以与之随意嬉戏的溪流，那是一条大河，一条真正的大河。它的名字叫长江。那条真正的大河，说到底是一条时光之河。我到过它的上游，两岸山峦陡峭，河水冰凉湍急。在那里，面对它我总有些恍惚，无法明白一条曾经狭窄的河流怎么会变得那样恢宏，那样浩瀚，而又那样地充满了母性。

而比那条大河更为深邃雄阔的，是人人心中都有的心河。

7

说来真是难以置信，打小生在江边长在江边，年年见水起水落，时时闻号子船歌，却一直没去过河的那边。对河那边的神往如对宗教里的天堂，哲学中的彼岸，伴随着我一生的追寻。甚至，当我远离故乡千万里，到了异乡，我还是在那条大河旁边——那是那条大河的上游。说来真是奇妙：我幼时看到的，是那条河的下游，也可说是那条河的壮年，而我成人后看到的，反倒是那条河的上游、孩童期。于是每次靠近那条名为金沙的江，我都会想起从家乡小城边的大河，事实上它们就是一条江。有段时间，我有空就往金沙江边跑，不定就是出于心里那个潜在的念想，去看看长江——那条既给了我快乐，又给了我沉重的大河。

……那个炎热的中午，我没睡午觉，和几个同学约好，一起偷偷去江边学泅水，为的是有朝一日能游过那条大河。那是校规不允许的，每年都有人在大河里溺死。可大河的诱惑强烈得像万花筒里的明天，一茬又一茬的孩子，都会在老师、父母的严密监视下，偷偷溜到大河去泅水。人太小，只敢选个河岸平缓的河段，在浅水中像只小鸭子那样，胡乱扑腾。而那天，我们常去的那个河段停了好几艘木船。那个姓刘的同学，第二次下水后就再也没有起来。几个小伙伴一阵呼天喊地后，个个面如土色，立马作鸟兽散。

稍长，在北岸，泅水、放风筝，挑水、扛码头，天天对着大河那边，总想知道大河那边到底有些什么。人太小，隔着浩浩一条大江，想过去倒怎么都过不去。以那时的体力，想赤手空拳游过那条大江，亦绝无可能。倒是江对岸那座酷似金字塔的山，晨昏都在眼前，到底叫磨基山，还是磨金山？没查证过，我倒喜欢后一个。磨金山下游不远，一字排开五道山梁，家乡人叫那是“五龙”。遥望中，“五龙”葱葱郁郁的山林，足够一个少年安排他千奇百怪的遐想。河那边就那样神秘起来——神秘总与梦想纠缠得紧。没想几十年后，竟有机会去河的那边看看——如今短短一段江上，建了好几座桥，想去大河那边容易得很，花一元钱，乘公交车就能方便地到达。但横亘在岁月里的那条河，横亘在人生暮年与青春年少之间的那条河，却并不容易轻松渡过。那是一条更大更长也更汹涌的河——美好包裹着沉重、恐怖中夹杂着温情。

终于就到了大河那边。

那真是个好地方，下车往北走，大江转眼隐去，忽悠一下躲到了我的身后；眼前唯青山碧瓦，绿树浓荫。这里那里，到处是干干净净的农家小院。说不上有什么景色——也许最好的景色，就是天造地设的原生山水，寻常人间。原来我梦想过多年的河的那边，竟有那样寻常的恬淡，又有那样出奇的静美。当江声隐约已在山的背后，我意识到我到底已跨过了那条河，到了河的对岸，同时跨越的，甚至还有那条长长的时间之河，这才与儿时的朋友们聚到了一起。聊天，说笑，吃饭，喝酒，照相……一切也都寻常得不能再寻常。

8

我说过，应对那样的尴尬，我该是有准备的，准备经受某种触动，某种喜悦，某种痛楚甚至无奈。事情早在大半年前就已敲定，机票也在一个多月前定好。从那时起，我一直在收拾行装，收拾心情。临出门我还往屋子里有过一次回望，生怕忘了什么。然后我悠然离开，去赴一次往事之约。

但事后想来，对要跨越一条河流那样的事来说，通常的准备无论怎么都会显得太仓促，也太空洞——半个世纪后的一次约定，绝非几天、几个月能准备好的。我太自信，也太轻率。事实上那样的准备简直不堪一击。临到事前，预先备好的应对，反复演练的台词，甚至在某些特殊场景应有的表情，就像洪水汹涌而来时匆匆堆垒起来的土堤，刹那间便坍塌瓦解。往事如凶猛的洪流，迅捷而又无情地扫荡一个归家游子的灵魂，进而冲决那道看不见的心堤，怎么都叫人猝不及防——你把它叫作涤荡也未尝不可。

我醉了。

问题绝不止于空着肚子喝了几杯酒。之前，依傍着农家场院简陋的天棚，就在一棵作为中心柱的木柱旁，我们有过一次简短交谈。天棚多少有些透明，从顶棚和四周透过来的光线恍惚不定，让人对现实的确定性难以把握。那并非分别多年后的第一次见面，却是第一次单独面对。早先几次，都是在与众多老朋友一起见面时的远远相视，包括头天傍晚，我应约去赴他特意准备的家宴。他在忙着做饭。在场的几个老同学多年未曾谋面，饭前和饭中，我们一直在“怀旧”，谈论一些重逢后常常谈论的话题，家庭、孩子、身体等等，亲切却无关痛痒。至少，我不是为这些而来。我看到了他的生活，却无法谈论。而在那个农家小院，我们只隔着那根柱子，近在咫尺。可恍惚不定的光线，加上刻意想把紧张变成轻松的思绪，终于把那个场景中的一次寻常交谈弄得更像一个梦。时间大约不到十分钟。我说了许多，他也许说了很多。我记得他说，我一直等着你的解释，却没等到。我突然有点儿蒙：解释什么？我努力回忆着他暗示我该做出解释的某些细节。没有。没有那些细节。于是我陷入更深的恍惚。或许是我把事情弄错了，反正从那时起，我完全失控，就像我乘坐的那条小舢板面对大河突然掀起的波涛，剧烈颠簸而又一筹莫展。事情竟然如此奇妙，就像我已弄不清我原先的那个梦到底是一个真正的梦呢，还是一个真实的记忆。于是，所有早已预备好的话，都没能向他脱口说出。

9

心河波翻浪滚。

再怎么贫穷的年代，青春的富足也足以妆点小城的宁静与美丽。几个要好的朋友，似乎正朝我走来——我听见他们正在谈论，“相约”着要去跨越甚至走进那条大河。说那是个“准约定”或更恰切，因为那约定并不成文，怎么都还停留在朦胧的心理层次。可这样想时又觉得，难道心灵的相约不比一纸誓约更珍贵，更让人刻骨铭心吗？常常是，离开学校后，我们在小城的大街小巷漫步而行，一路谈着些乱七八糟的话题。无邪的年龄，谈什么都无关紧要，重要的是我们一直在谈论着，也愉快着。某种隐秘得连我们自己都没察觉的情感，正在心里悄然萌动。说不清那到底是什么，也无须说清。如今想来，那奇怪的情感或许早在那天就已萌生：某天，班上发生了一件非常严重的事，他在他抽屉里发现了一张纸条，纸条上写着那时一部流行电影《国庆十点钟》里的几句歌词：“有一个年轻的小伙子，他爱上了一个小姑娘，嘴里不敢说，心里总是想……”纸条不知怎么就到了班主任老师手里，全班同学立马遭到了一顿狂风暴雨般的训斥。那是谁干的？不知道，尽管我就坐在他的后排，尽管我以为那必出自一个喜欢他的男生之手，那家伙却太胆大妄为了，简直聪明到了愚蠢！从此便记住了：绝不能说那样的话。我那该死的致命的错误或许就在这里：到了也没把那种内心的隐秘躁动变成面对面的告白与承诺，和盘托出。实在是太年轻了，年轻到以为只要那样经常谈论着那条大河，谈论着与那条大河相关的某些话题，就是在谈论着我们该怎样、又在什么时候跨过那条大河了。事实上，其中有两个朋友，在某个夏天后不久，便悄然跨过那条大河，远去他乡。多年后，当我与他们再次面对面时，他们已然身在大河的那一边，尽管多少显出了一些疲惫与辛苦，却满脸都是成功跨越那条大河后的喜悦。

10

当我突然明白该向他表白那个愿望时——其实，到底是个什么愿望，什么叫表白，该怎样表白，我仍不清楚——他已沿着那条大河顺流而下，早早去到了我要去上学的另一个地方。

我是坐船离开家乡的——或许他也是。夜晚的大河通体黝黑，码头上，灯光有也不多。那时我还没想到此一去便近五十年。总以为随时都会回到家乡，跟他一起跨过那条大河。那是我的一个牵挂，一个梦，就像我对一条小巷的牵挂和梦一样。小巷短得像半截竹竿，瘦得像另外半截竹竿；但印象里的小巷怎么都深得没底，宽得没边。梦就在那里游荡，像是好多年，又像是好几个钟头，徘徊、游弋，满怀期冀，又满心绝望；脚步无声，生命却愈来愈沉重……梦，从来无形，牵挂，也无非牵挂，想说清其中的缘由，倒怎么都说不清。韶华暗转，人生的景致也不知变换了多少场景，那样的梦和牵挂倒越来越清楚明晰——真感慨一个人年少时的梦，到真能说出的时候，竟然已是两鬓如霜发如雪！当初，到底是为什么呢，那么要死要活地回来？又那么离乡背井地远走他乡，流浪？直到那天站在大河那边，才了然那个牵挂和那个梦，竟让人那样刻骨铭心。不想也罢了，又怎能不想？一旦想起，便会努力回到那个胞衣之地，回到那个牵挂，回到那个梦中。人虽回来了，一切都已成了定局。多年后我听说了他的事，才明白就像下棋，上学时我在他的后排，到那时，我也怎么都已是“后手”。“后手”容易输。其实输，多年前就输定了，总以为是技不如人，以为其中有太多复杂的缘由，太多的恩怨；一旦明白不过是因为“后手”才输，那时的懊恼、后悔便如山而至。

11

记得当初我很犹豫：到底该不该去那里上学？以我的意愿，那并非我想去的地方。我犯了一个错误：我先是在一个地方准备功课，而后，在中途，我又换了一个地方准备——因为他在那里。他肯定不知道我为什么会做出那个临时的改变。我也没说，心想他或许知道——我们不是相约着一起去跨过那条大河吗？结果却令人沮丧：落在两个相约者头上的命运并不相同。从知道那个结果开始，我就不想去上那个学。他来劝过我：好多人想去都去不了，你为什么不去？一定要去。几天后他走了，顺流而下，去他的亲戚那里了。或许是无法面对命运的残酷？或许是早有预感，提前去那里等我？我及早动身，按他留的地址追到那里时，他却提前返回家乡。我无法形容我按那个陌生的地址找到那个陌生的地方时感到的陌生的孤独。我生着法子要重新回到那条河边，准备着与他一起跨过大河。问题是他突然消失——反正我怎么都再也找不到他了。清晨黄昏，我不知到那条小巷去过多少次，都无法找到他。我怀疑他根本就没回来，还在我去找过他的那个陌生城市。但我知道，他就在那里，在那条小巷，在那道大门里边，哪里也没去。是在躲我吗？我有什么问题吗？他说他等待着解释，我以为无须解释，何况，也没人给我一次解释的机会。

时至今日，已不用解释。就像那天早晨一样，我们已分别地、各自地乘公交车跨过了那条大河——时光最能磨钝人心，将沧桑之变分解成每天的毫厘之变，怎么也会觉得寻常……

就那样，那天我酒多了，话也多了，人就醉了——仿佛是存心。

12

回忆的古琴当然不会无休止地演奏下去，终会重归冥寂——就像人不能生活在昨天。生活总是现在时的。好在我总算跨过了那条大河，能一睹大河那边的风景。可那结局又很模糊——我真跨过去了吗？几天后，我乘火车离开家乡。硬座空调车厢，人很挤，车窗紧闭，却不开空调。我用手机发了几个短信，向朋友们告别。不久就有短信回复，都是朋友们的，无非祝一路平安，有机会回来再聚。唯独他说：上路了，一个人很寂寞吧？我被触动，坦然回复：是啊，很寂寞。可又说不出为什么寂寞。车厢里挤满了人，列车上播放着音乐。寂寞不是周围没人而孤单。寂寞是无处言语，无处诉说。在拥挤的硬座车厢里，面对无数年轻的面孔，我一下就陷入了寂寞。他还真猜对了：在那片怀旧的欢乐中浸泡了两天后再次离去，仿佛偌大一个大观园曾热闹非凡，却转眼便人去楼空。那么，他所说的等你做出解释怎么会出错？列车上在播放一首歌。一个沙哑的男声唱的，正是寂寞——大河又远离我而去了。那时我才想起那天在农家小院他说的另一句话：那么重要的事你都不听我劝，以后怎么办？我想说，那么重要的事情我都可以不管不顾，还能怎么办？可我没说。

回我居住的城市不久，我把在大河那边聚会拍的照片全找出来，一一辨认、整理。所有的照片中都看不到那条大河。一个在大河那边的聚会，一些没有大河在场的照片。我将照片用E-mail分别发给那些朋友，也发给了他。他发短信来说：照片看到了，不管美丑都是一次记录，很珍贵的，只是照得太晚太少了！我对着手机上的那些话发呆：他在说什么？什么叫太晚？太少？是在说“后手”吗？我等待解释。是在说“错过”吗？我也在等待解释。其实所有的解释都已没意义。错过是终身遗憾，聚会却总是一种美丽。聚会中的交谈，短短数语已一释半世情怀，当然也禁不住让人顿生感慨：或许，一切都是命定？记得站在那个农家场院与他面对时，真想紧紧拥抱他一下，不管那是不是他所等待的“解释”，以一泻心中无数说不清的话语；可到底老了，近在咫尺，却有如梦寐。结果一不小心，或有所存心，我喝多了，恍惚中是不是说过这些年一直想说的那句话，终想不起来。如果真说过，老同学们会不会觉得尴尬？果然，他来短信说：你那天下午的表现，加重了我的负疚感，以后再告诉你！“以后”是什么时候？看来我真还要等待。那就是尴尬。其实都老成这样了，真有尴尬也任它去，他既不用“负疚”，我也用不道歉——毕竟，我们已经分别而又同时跨过了那条大河，虽不像青涩岁月想象的那么浪漫、优雅，但比起某个夏天那些突然失踪的、我所尊敬的先生们来，比起那些溺死在大河里的人来，我们到底还是幸运的——这，倒怎么都不需要解释。

13

回忆不是迷恋，而是厘清。“人不能两次走进同一条河流”，我倒一次跨过了两条甚至三条河流，想想就值得庆幸——多少人都没能跨过人生那条大河！跨过内心之河就更难。“后手”也好，“错过”也罢，时代的深深印记，恰如一本教科书，总能让人受益。尽管一切都像时间一样不可重复，我还真愿永远都在他的“后排”，作为朋友，有机会我们照样还可以相约着，去河边看大江东去，看日升月落，不再郁闷、懊悔，而是互道珍惜——想想，在一次大醉中赢得清醒，还真有点儿奇妙。相对而言，自然的河、时光的河好歹都有法子跨过，而要跨过谁人都有的内心之河，却大不易。心河当是静水。静水无形，倒能更真切地照见这个大千世界，照见一生一世所识之各色人等，然后将其细细密密地尽收于倒影中，成为风景。但愿我的心河已是静水。静水无形，却有万千风景。

歌声是后来响起的，一个老同学从网上发来——

别管以后将如何结束
至少我们曾经相聚过……
人的一生有许多回忆
只愿你的追忆有个我

听说那是首很老的老歌，我不会唱，还不会学吗？

原载《大家》2017年第3期

故乡春天记

阿　来

春天了。

这些年的春天里总想，而且总要回乡。

如今城乡疏隔，回乡是需要理由的，高原的春天便是我回乡的好理由之一。

高原的春天来得晚，在成都，所有春天繁花开过，眼看就是绿色深浓的夏天，家乡那边才传来春天的消息。达古冰川的朋友今天打电话说，高山柳开花了；明天打电话说，落叶松和桦树发芽了。又说，你教我们认得的苣叶报春和龙胆都开了。

达古冰川在黑水县，在小时候从故乡的小村庄时时仰望的那座大雪山的北边。

大雪山叫作阿吾塔毗，山的南边是我家乡马尔康县。那些日子，县里也打电话来说，我老家梭磨乡的开犁礼要在木尔溪村举行了。所有这些消息，都在诱惑着我。当下就把几乎在车库里停了一冬天的车开到店里保养，换了新轮胎。我要回去看家乡的春天。

新轮胎黑黝黝的，新橡胶的味道也像是春天的味道。

取车的时候，站在已经开过了一树红花的刺桐树浓重的荫凉下，我想，成都的春天刚刚过完，我又去过家乡高原的春天。多么幸福！一年过两个春天！

这一天，是4月15日。

4月18日，终于可以出发了，先去黑水县。

“名家看四川”系列活动之一，邀请作家中的大自然爱好者，去黑水县境内新开发的风景区达古冰川，去走走看看，多少有帮忙发现与提炼景区丰富美感的意思。达古冰川不仅有壮美的雪山风光，更有从海拔两千八百米到海拔五千多米的冰川造就的地质景观与植物群落的垂直分布。旅游业勃兴后，这样的审美发掘工作，正是作家可以做些贡献的地方。

但我决定不随团行动。不参加半途上的集体午餐。但我对工作人员建议：安排的饭食要有山里的春天——刚开的核桃花、新鲜的蕨菜。而且，眼前马上就浮现了那些石头建筑错落的村寨，高大的核桃树刚刚绽出新叶，像一团绿褐色云雾，笼罩在村寨上面。浅浅的褐色，是树叶的新芽。绿色是核桃树正在开花：一条条肥厚的柔荑花序，从枝头悬垂下来——那就是颜色浅绿的花。这个时节，村民们会把将导致核桃树结出过多果实的花一条条摘下，轻轻一捋，那一长条肥嫩的雄花与雌花都被捋掉了。焯了水拌好的，其实是那些密集的小花附生的茎。什么味道，清新无比的洁净山野的味道！而在那些不被人过分打扰的安静村庄，蕨就生在核桃树下，又嫩又肥的茎，从暖和肥沃的泥土里伸展出来，一个晚上，或者一个白天，就长到一拃多高了。要赶紧采下来。不然，第二天它们就展开了茎尖的叶苞，漂亮的羽叶一展开，为了支撑那些叶子，茎立即就变得坚韧了。乡野的原则就是简单，取了这茎的多半段，摘去顶上的叶苞，或干脆不摘，也是在滚水中浅浅焯过，一点盐，一点蒜茸，一点辣椒，什么味道，苏醒的大地的味道！

这样一顿风味午餐后，他们还要去看色尔古藏寨。

这些好味道我都很熟悉。而那古老的村寨——我自己就出生于与之相似到相同的村庄，至今仍在细细观察。我在一首叫作《群山，或者关于我自己的颂辞》的诗中写过，这些村庄，都跟我出生的那个村庄一模一样。我是说人、庄稼、房舍、牛栏、狗、水泉、欢喜、忧伤、老人和姑娘。正因为这份稔熟，这些年，我从熟悉的乡野找到了新的观察对象——在青藏高原腹心或边缘地带走动时，会留心观察一下野生植物，拍摄那些漂亮或不太漂亮的开花植物。这正是我要单独行动的原因。

从成都去黑水县城，将近三百公里，一路都沿岷江峡谷而上。其中一半行程，成都到汶川是高速公路。相当部分是在深长的隧道中穿行，无景可看。出汶川县城，过茂县，公路傍着的都是岷江主流。出茂县，沿着岷江主流上行二十多公里，有一处地方叫飞虹桥。在这里，河流分岔，过桥右行，是岷江主流，去松潘。左行，是岷江支流猛河，沿河而上，到黑水。这段时间，是山里的融雪时节，所以江流有些混浊。水清时，比如秋天，站在飞虹桥上看在桥前汇聚的两路江水，岷江主流清澈见底，左边的猛河一样清澈见底，却水色深沉，因此猛河也被叫作黑水，连带着分布在这条河上下两岸的地方也叫作黑水了。这一带，海拔已经上升到两千多米，而且还是继续渐次抬升。山高谷深，山势陡峭。一路上，见有道路宽阔的地方，我就停下车来，爬上山坡去寻找开花植物。春天进到岷江峡谷已经有些时候了。公路两边人工栽植的洋槐正开着白色繁花。河谷台地上，那些石头寨子组成的村落，桃树已是丛丛翠绿。可是，河谷两岸干旱的山坡上的灌丛仍然一派枯黄。但我知道，这些枯瘦的灌丛里一定有早开的花朵。这一路，走走停停，上到山坡，又下到路上，果然遇见了好几种开花植物。

两种蓝色鸢尾。

一种叶片细窄，花朵也清瘦，长在土质瘠薄的干旱山坡上，那些多刺的灌丛中间，名字叫作薄叶鸢尾。

再一种，叶片宽大肥厚，在有肥沃腐殖土聚集的地方，一开一片，花朵硕大，成片开放，风起时，那一朵朵花摇动于随风起伏的绿叶之上，仿佛成群蝴蝶飞翔。它们正式的名字就叫鸢尾。以其美丽与广布成为鸢尾属植物的代表。

一种枝上开满细小黄花的带刺的灌丛，名字叫作堆花小檗。米粒大的小黄花一簇簇拥挤在一起，抢在绿色叶片展开前怒放。这植物的名字概括的正是其花开的繁密。小檗的根茎中可以提炼一种叫小檗碱的物质，也就是平常所称的黄连素。

还有耐旱耐瘠薄的带刺灌丛沙生槐也开出了密集的蓝色花。

折腾得累了，我坐在山坡上，翻看相机里的花朵，却突然弄不明白，大自然为什么要让植物开出这么多的花朵。这些花朵，和这神秘的不明白，也许就是我这一天的收获。

是的，人们都在世界上力图明白，但我宁愿常常感受到自己很多的不明白。

拍完最后一组照片，坐在山坡上喝几口水，一根根拔去扎在衣袖裤腿上的灌木刺时，已经是山谷中夕阳西下的时刻了。

再车行二十多公里，就是黑水了。

黑水县城分成两个部分。先到的老县城。即便地处深山，这些年被城镇化的潮流所波及，要到城镇上来讨生活的人越来越多，地处狭窄谷地的老县城容不下这许多人了。五年前的汶川地震后，又在老县城上方一公里多，起了新县城。新建了一些机关和商业网点，更多是往城里聚居而来的四乡村民。这次住在新县城。县城是新的，酒店也是新的。四层楼房，居然有一座运行有点缓慢的电梯。

县长和管理局长请大家吃饭。当地猪肉，这种猪半野放，肉香扑鼻，是名藏香猪。野菜多种。最受欢迎者有三。一种，土名刺龙包。其实是五加科楤木的肥实叶芽。蕨菜和核桃花已经说过。这些野味入口就是清新的山野气息，加上所有人都会想到无污染绿色这样的概念，就更觉得不能不大快朵颐了。只是酒不好，当地产烧酒，有点遗憾。但也理解主人，现在而今眼目下，禁止公款胡吃海喝，不但理解，而且赞同。我对坐我右边的县长说：好喝，好喝！

又悄声对坐我左边的李栓科说：明晚我请你喝好酒！

栓科是我过去做杂志时就认识的。跟我一样，高兴了酒量就好。他做《中国国家地理》杂志前是地质学家，到有地质奇观的地方来，自然没有不兴奋的道理。

突如其来的地震

4月20日。

这一天，说好九点早餐。大家自然要多睡一会儿。我舍不得，早早起来，走到外面去呼吸新鲜的空气。真是好空气！饱含着那么多新萌发的植物的新鲜气息。黑水的新老县城之间一公里多的地段上，还有几户农家，我就站在土豆地边看一阵垄上的新苗。然后散步往老县城去。经过地震后新建的中学校，教室中早读的书声琅琅。

走到了老县城街上，突然街边铺面的铁门开始哗哗作响。

地震。我想。

然后，继续散步。

一个小时后，回到酒店早餐。我发现地震正在成为一个比较严重的事件。餐桌上的人除了我都没有动筷子，有人在往家里打平安电话，有人在接问询平安的电话。还有短信和微信。弄完这一切，打开电视，CCTV新闻频道。芦山地震。芦山县城在夹金山下。夹金山是一座积雪越来越少的雪山。我原来计划，几天后回程，从那里到成都。为的也只是更大幅面地感受故乡大山里的春天。电视里只口播说芦山县7.0级地震。除此没有更多消息。我开玩笑说，好吧，过几天，我替你们到那里看看。

九点半，大家又说一会儿地震，才上车离开。我驾车跑在采风团的中巴车前面。我们要一起过亚克夏山，在山的那一边，是红原大草原。他们有一个目标，去看一个分水岭。分水岭下发源了一条河，那是往东南方流去纵贯了我家乡马尔康县的梭磨河。分水岭另一面，沼泽中发育了另一条河，藏语叫嘎曲，意思是白河。白河西北流向，在川甘边境汇入黄河。梭磨河流入大渡河，大渡河汇入长江，所以，这道分水岭也可视作是长江水系和黄河水系的分水岭。作家朋友们要去那海拔四千米的岭上看宽广的雪野，看河的源头。

我和他们约好中午一起在刷经寺镇上午餐。他们去看雪，我要在沿途峡谷找寻早到的春天。车行不久，我就在一座叫沙石多的藏寨前停下来，拍寨子前开了繁花的野樱桃。刚支好三脚架，寨子里有人出来和我说话。他们见我穿得像游客，却不是游客。笑说，原来你就是山那边马塘村的人啊！解放前，我们马塘村是驿道上有一条小街道的大市集。后来，有公路了，这个市集便消失了，我们的爷爷辈还经商开店赶马帮，父亲辈便变成种青稞和土豆为生的农民了。我拍完那几树樱桃花，坐在栅栏前开满野草莓白色花的草地上，和他们一起抽了一支烟。我们一起看着对面高大幽深的山，他们说，都是听爷爷辈的人说过他们翻山去马塘街上卖麝香买快枪的故事，如今，村里爷爷辈的人都没有了。我说，我还听爷爷辈的人说，你们这些黑水人拿着快枪，曾经把我们马塘包围过好多天，一把火，就把街上的店铺、骡马店烧毁了一多半。他们笑说，那一次，可能我们寨子没有参加。

告别他们我继续上山。开车时，又想起一个故事。上世纪五十年代初，解放军来了。山里的人们被告知，这是当年的红军回来了，而且，这一回，来了就不走了。解放军一支部队翻越亚克夏山进军黑水。发现在山顶附近，十几具尸骨，整整齐齐躺在浅草地上。干干净净的尸骨边，一些金属遗留物，说明他们是当年的红军。人数恰好是一个战斗班。在这缺氧的高山上，坐下休息后，就没有一个人再站起来。山那边有一个解放后才兴起的镇子，叫刷经寺。镇子边有一个烈士陵园。小时候，老师领着我们这些红领巾去参观过那个墓园。墓园中，就有睡在亚克夏山顶就没有再起来的那个红军班。

去年，这座山半腰新开的隧道通车了。原来要上去下来两个小时的盘山道，只要不到十分钟就穿过去了。

这个隧道让我又想到地震。

五年前的汶川地震，黑水也是受灾县，由吉林省对口进行灾后重建。这回所住的新县城，就是灾后重建的大项目。这个隧道也是。某一次，我还从电视新闻看到这个隧道的剪彩仪式上，有一个熟悉的面孔。那是吉林省某厅的副厅长。我们在北京一起学习过。看到他出现在亚克夏山上，使我感到他比在北京一起喝酒时更亲切。我发了短信去问，是不是他。他马上打了电话回来，说，就是我！

五年前的地震发生时，达古冰川景区建设刚刚完成，登高的缆车建好了，游客盘桓山中的看奇花异草和冰川地貌的栈道建好了，进山的公路建好了，甚至一座五星级酒店也建好了。马上就要开门迎客了，凶恶的地震来了。那一次，死亡载道，沿岷江峡谷的公路尽毁，交通阻绝。达古冰川景区无从开放。直到灾区重伤初愈，政府宣布重建提前完成，才得以重新开放。

我从前年开始，到今次，一共三回到这个景区，去发现地理与植物之美，并把这些美告诉世人，多少也有点帮助灾后恢复的意思在里面。

这时，电话来了，记者的电话。问我芦山地震了，准备做点什么。

我没怎么在意，说不知道。

如是，几十公里的下山道上，就接了好几个电话。

地震，这个问题似乎在别人的提醒下越发严重起来。

我在电话中问记者，那边地震真的很严重吗？是很严重。什么程度？说具体情况不清楚，但房倒屋塌，伤亡惨重。

我也无心再在原野中寻迹春天了。赶紧到刷经寺镇上，那里有电视。十一点钟，我进了镇上一家饭馆，电视机前已经坐着好几个人了。有过汶川地震的经验，看电视上的画面，房屋倒塌的程度，公路毁损的程度，我松了一口气，大地之神不能总是那么残酷。自然，对受难者，这也足够残酷，但相对五年前的惨烈的天翻地覆，死亡枕藉，总是轻了许多。但是，时时刷新的伤亡数字，还是叫人心痛难过。去年，我带着一本前辈学者任乃强先生于1942年写成的《天芦宝札记》在那一带地方行走过。这本书写的正是这次重灾的三个县——天全、芦山和宝兴。

这么美好的春天，地震又来了。

我看电视的时候，一个记者的电话又进来了。他说，发了若干条短信为什么不回？我说我没有收到短信。他不信，他以为我不愿接受他的采访。我没有告诉他我收不到短信的原因。亚克夏山这一边，包括我正在着的刷经寺镇，属于红原县，这里，因为藏区维稳，手机短信功能不能使用。这位记者有点生气，他干脆问我，什么时候去灾区？我说，我在老灾区，暂时没有想去不去新灾区这个问题。他说，那么你作为四川省作家协会的主席，准备组织四川作家为灾区做点什么？我说，我无权调度四川作家，你找作协的书记吧。记者简直要生气了，你不是作协主席吗？这个问题也类似于短信问题，有一个答案，但我不便回答。我说，如果你一定要知道答案，作家协会不是保密单位，你是记者，你就到我工作的单位做个调查，看这个机构是由谁指挥运行的。我没有说我在距新灾区六七百公里外的高原上，这位记者的口吻，好像一个四川作家，应该随时收拾好了装备和心情，只等地震爆发，就立马奔赴灾区。如果真是这样，那我心理也太不健康了。采访没有期望的结果，记者不高兴，我也不高兴。不是不高兴，简直是心情恶劣。

这时，开饭馆的老板过来打招呼，问我是不是马塘村的某某，我说是。他说，我是邻村的某某家的啊！某家的长辈我认识，但这个比我年轻的人我不认识。他说，你弟弟我们就很认识啊！

看过分水岭的同行们到了。我们就在这个饭馆里午餐。老板说，店里的特色菜就是当地的各种蘑菇，只不过，都是去年初秋备下的干货。干蘑菇配上猪肉牛肉烧了，也是很下饭的东西。饭后，采风团回成都。我站在饭馆前向车上的他们招手再见。

上车前，团里一位年已七十多岁的台湾作家对我说，不想马上回台湾，想去芦山地震灾区，不晓得你们作家协会能不能提供点方便。我的心情又沉重起来。我说，如果我在成都，我愿意开着自己车送你去。但作家协会……你还是回成都到作协问问吧。

老作家没有再说什么，我想她肯定认为我在推托。

但我又懒得再作解释，只是有口无心地说抱歉。心里却想，是不是全中国都必须跑到灾区去呢？

同行们走了，我从超市往车上塞了些过日子的东西。沿着梭磨河下行十多公里，就到老家马塘村了。

母亲不在，在城里妹妹家。父亲在家。弟弟和弟媳在家。

四周又安静下来。在家里的寨楼中，我和弟弟说话。说在若尔盖县城帮着我另一个妹妹打理一家小宾馆的侄儿，说刚考到另一个县做了护士的侄女，说地里今年准备了种什么庄稼。父亲老了，不理家事了，只是静静坐在我对面，微笑着听我们说话。我想，这就叫生活安好吧！不一会儿，弟媳从厨房里端了一碗手擀的面片汤来，面片之外，汤里有酸菜和小块的腊肉。我口说刚在刷经寺吃过了，还是把那碗面片汤吃了个一干二净。现在，家里生活好些了，常常做些小饭馆里一样的饭食，但他们都知道，我一回家，首选就是这口酸菜面片汤。

吃过了，到屋外的地头上走走，解冻不久的土地在脚下是那样松软，在阳光的暖意中散发出无以名状的气息。那是苏醒的土地的气息。这也是春天。

我看看山坡，父亲明白我在看什么，他说，你喜欢的那些花开放还要些日子呢。

那我就不用上山去了。

父亲又说，今天早上有人从乡上来，说你明天要去参加开犁仪式呢。

乡里距我们村有二十多公里远。

父亲和弟弟送我离开。父子三个从家中的地里穿过去，我想起三十多年前，和父亲一起在地里耕作的情形。那时，父亲比我现在还年轻，我还只是一个懵懂少年。这么想着，过了桥，到公路边上，我发动车子，父亲在窗外摇手，我离开。从后视镜里看越来越小的两个人影。汽车转一个弯，镜中的景物切换成了泛出隐约绿色的山野。

又五十多公里，梭磨河的深峡里，绿色越来越鲜明，开枝展叶的绿树越来越多，越来越漂亮。我停下车来，拍开黄花的高山黄华。再停下车来，那是一树树盛开的粉红色的杜鹃了。

我把让人难过的地震忘记了。

进县城，还有我过去在此工作时留下的四十多平方米的老房子。里面有几架没搬走的书。我回去了一趟，从书架上找了两本带到酒店。其中一本，就是任乃强先生的《天芦宝札记》。这本是我自己买的；成都那一本，是任先生的儿子送的。晚餐时和县里父母官见过，听他们说些旅游规划方面的事情，我当然说，家乡事，有能出力之处，任凭驱使。

然后，又看一阵电视中的地震，便在灯下读写如今地震了的那三县的旧文字。

说那里的地理有一篇叫《芦灵道中》：

“自芦山出北门，10里仁嘉场，悉河源坦道，稻田芊芊，村落相衔，为县境富庶之区。”

“仁嘉场至天全属之双河场15里，皆峡道，峡分两部，东段长七八里，势较缓，称为峡口，属芦山县。西段长七八里，为砾岩层之深邃裂隙，劈地三十余丈，以泄双河场之水。两壁相距，自踵至顶，俱仅二三丈，一线天光，非亭午不能达地，行人缘壁，如入洞府。”“瞿塘、巫山未足喻也。土人不呼为峡，曰大岩腔。”

“沿河多水臼制香人户。”

说到了地震区中心的灵关镇：

“扬雄《蜀纪》，谓蜀王杜宇，以褒斜为前门，灵关为后户，灵关之名始著于此。”“盖此地外控羌氐，内屏邛雅。四周则山道险隘，河谷则田畴腴美，诚边疆屯戍要地也。”“唐武德初，始置灵关县。”“有市民400余户。”

“自灵关北行，过舒家岩为中坝，更逾一狭岸为上坝。上坝尽处曰小关子，往时设卡稽查汉番出入处也，自此入长20里之前山路，无人户。往时沿江岸为路，多设偏桥栈道，人畜多失路坠水，夏涨时每每阻绝。”“民国十八年，灵关上坝善士苟树堂，倡议改修为山道，遂成此路，当时称为马路，实则肩舆亦难通行，唯背夫极感其便。其间经费之十九，由苟氏一人担任，亦可称也。”说到了宝兴县：

“宝兴县民国十七年就故穆坪土司地改流置，县境包硗碛、陇东两河谷”。

“县治在两河合流处稍南。旧土署所在也。旧有市街，有江西、湖广、陕西商店，市况与灵关相当。民国二十五年被毁，现存200余户，市房尚未修复。土司时曾建城垣，倚山面河。”

城外“有定西碑，亦为平定金川后纪念定西将军阿桂立，有红军改镌革命口号。官军收复宝兴后，以其古物未忍仆毁，以石灰涂之”。“碑阴为藏文，未毁。”

“县境古为氐羌住地，唐时氐人同化于吐蕃，宋代有董卜韩胡等七姓首领分王其地……金川之役，穆坪为进军五大干道之一，随军商贾云集，始建街市。其后汉人移居者渐多，土著亦多汉化，现唯硗碛一区，土人保持番俗。”

金川之役，是十八世纪中叶的乾隆年间，那时宝兴县全境还属于穆坪土司领地，是纯粹的藏文化区域。后来，汉族移民渐多，当地人生活也日益汉化，藏族土司也改了汉姓，到任先生去的二十世纪中叶，就只有硗碛一角还保持着嘉绒藏人的风习了。

两年前的春天，我去宝兴，并在硗碛镇上小住两天。就是想感受文化变迁。

我常说，自己是一个肉体与文化双重的混血儿，一个杂种。但至少因为身上占了一半的嘉绒藏人的血缘，更因为在嘉绒文化区内出生成长，所以，我认为自己是一个嘉绒人。我在这些地方走动，也是因为宝兴一县，过去是嘉绒十八土司之一穆坪土司的领地。近两三百年中，嘉绒地区的藏区受到异质文化冲击最多，也是改变最多的地区。宝兴一县，嘉绒文化的意味，已经非常依稀了。所以，我想看任先生写下那些记录文字七十年后，宝兴全县，嘉绒文化意味最浓重的硗碛又是怎样的状况。我去时的硗碛已经不是过去的硗碛了。原来的硗碛小镇被新修的水电站淹没了。新硗碛镇迁到半山上的更高处。新镇子是按一个旅游小镇打造的。我住宿的这个家庭旅馆的主人，失去老房子同时也失去了河谷中的耕地，便开了这个家庭旅馆作为新的生计。主人做好了饭，叫我下楼，我取了自带的酒，和男女主人共饮。我用自己也日渐生疏的嘉绒话和他们聊天。男主人不懂。女主人能听懂，也不会说了。这是汉藏交界地带，常见的景况。那天，我们聊他们以前的生活，被水电站淹没的村庄和庄稼。饭后，我在这新造的山间小镇散步，看四处设置了一些藏族文化符号化的东西。我知道，这是政府出于旅游方面的考量，但这些符号下所包含的内容与意义与当地人的生活却很少干系了。

那一回，是晚春。硗碛四周山林里的杜鹃花已经开过了。我对这家主人说，我要来看一回这里的杜鹃开放。其实，哪里是只看杜鹃树开花，还是想体味这种新兴的旅游小镇显现了什么样的发展可能，以及是否会产生一种新的文化走向。本来打算，这一次，我就从马尔康翻梦笔山到小金，再翻夹金山到硗碛，在原来那个家庭旅馆住上一天两天。地震一来，这个计划又要推迟了。

又开了电视，想起雅安的一个作家朋友赵良冶，给他电话，通了，没接。

赵良冶回电话时，我出去散步，没有听见。路上，遇见一个朋友。也说地震。我说电视上说，宝兴县还进不去。他说，那是从成都。阿坝的武警和消防队已经到达灾区了。从马尔康到宝兴县，先翻梦笔山到小金县，再翻夹金山，下去就是宝兴。路程不到四百公里。五年前汶川地震，沿岷江到汶川的公路长时间不通，很多到汶川的救援队伍与物资，就是从成都到雅安，经芦山、宝兴、小金、马尔康，行程八百多公里，才到汶川。本来，成都到汶川只有一百五十公里。地震时，我也经那条路去汶川，沿途都是新竖立的指路牌，牌子上墨迹未干的字，都是汶川。不要说在山下，在夹金山三千多米的山口上，也有人供应免费的饭食。公家派出的人供应盒饭。当地百姓从山下背上来新蒸的包子和煮鸡蛋。我对那位熟人说，本来想回去时再走这条路的，看来不行了。他说，真要去可以帮助安排，但你去干什么？他开玩笑说，别把自己变成看稀奇的人了。这位朋友是州里领导，汶川地震时，徒步在震中走过许多地方，组织当地百姓自救，努力向外传递消息，那真是出生入死。震后十多天，他从映秀来成都，我为捐建学校的事，和他见面。见面时，他就流泪，说，我们几十年的建设成果，全部毁于一旦！

那一刻，我决定不去灾区了，至少救灾最紧要的时候不去。

回去，见赵良冶来了两个电话。

再打回去，问他好不好。好。问熊猫好不好。好。

问他熊猫，是因为，他有一部作品，写熊猫的发现与保护的历程。还是我作的序。这回地震的宝兴县，就是大熊猫的发现地。那是1867年。宝兴县一个叫邓生沟的地方，有一个法国人建的天主教堂。当时的神父让·皮埃尔·阿曼德·大卫可以算得是一个业余生物学家，传教之余，在当地进行广泛的生物资源考察，最大的发现，就是熊猫。我说，过了这一阵，去雅安看你和熊猫吧。

宝兴还有一种漂亮的野生植物宝兴百合。据说欧洲现在最漂亮名贵的百合花，就是由宝兴百合培育而成（另一说，是汶川一带岷江河谷中的岷江百合）。我几次上下夹金山，都未遇见过百合开花。因此还给赵良冶一个任务，叫他百合开花时通知我，去年通知了，人在外国，没有去成。这回，他在电话里说，今年还要来看百合花吗？

我说，花开时一定告诉我。

这时，电视里已经在劝告志愿者不要急着涌向灾区了。

我发了一条微博，是夹金山下美丽的宝兴百合。我说，等灾后大家多去那里吧，旅游也是对这些地方的支援。我喜欢汶川地震后的一条宣传语：四川依然美丽！四川的山水，其实就是雄伟的地质运动所造就的。

临睡前，我想地震让这一天变得好长啊！

古老的开犁礼

4月21日。

走二十多公里的回头路，沿梭磨河峡谷上行，到我老家的梭磨乡。

这二十多公里，正是梭磨河峡谷最漂亮的地段之一。深切的河道，陡峭多姿的山壁。更为难得的是，即便是悬崖上，也密生着松、杉、楸、桦和杜鹃。那些树从悬崖上斜敧向河上的虚空里，有种种奇异的姿态。如果山坡稍缓一点，就站满了红桦、白桦、栎树和高山杨。林下，是摇荡不停的箭竹海。这个季节，松杉一味深绿着，栎树林也深绿着。高山杨和白桦蔓生开一片片色调不同的新绿，而红桦林还挺拔着树身沉默着。我一早就出发了，一个人去看这峡谷风光。太阳从山脊后升起来，这一片林子和那一片林子之间，这一面山崖和那一面山崖之间，就有阳光倾斜下来，峡谷中的色彩因此有了更多变化，峡谷中的空间，因此有了更多的深浅远近。在这一片片光瀑中行走，河上清新气息四处弥漫。

一个朋友曾在我家乡县任过县长，他告诉过我，说当初，有开发商而不是游客发现了这段峡谷。开发商看上的是水电资源，而不是壮美风景。想要在峡中建水电站。最后，那一届县委县政府决定要保护这段峡谷风光，而拒绝了开发。我得说，他们功德无量。我愿意在故乡有一条自然的河流，未被人工建筑一次次拦腰截断。美，自然之美，是今天我们生活中越来越稀缺而珍贵的资源。

我不希望，再过十年二十年，我拿出今天拍下的照片时，需要告诉人们，这样的美已经不复存在了。

我这样想，说明我仍然心存危殆之感。

九点钟，我赶到举行开犁仪式的木尔溪村。这个村，就在乡政府对岸的台地上。桥头上几株老山荆子树，等到庄稼出苗的时节，会开出满树洁白繁花。现在，这些树主干黝黑，盘虬的老枝苍劲有力。树后是几家寨子。寨子前是要举行开犁仪式的庄稼地。地的尽头是山坡，坡上是茂密的树林。树林后的蓝空中白云舒卷。早几天，县里和我联系时就说，21号一定要到，我们是看了日子的。

我问，找喇嘛打卦了？

说，气象局看的天气！我们要一个晴天！

果然是天朗气清。

走到地头，村子里的人已经聚集起来，摄像机的镜头对着两个老人。两个老人弯腰都很吃力了，一个用柳枝在地上画出线条，一个人沿着线条撒下麦面。于是，隐约的线条显现为鲜明的图案。第一个图案出现了，是一个法轮。第二个图案又是一个圆圈，像是法轮，又不是法轮。法轮中的辐线是直的，这个圆中的辐是波状的。所有人都在问，这是什么？老者之一直起身来，对我说：格央。我把这个词翻译成汉语：太阳。他们又画一个圆，里面却没有那么多的辐条。只是逢中一条弯曲的横线。老者又直起腰来，对我说：泽那。我又把这个嘉绒语词翻译成汉语：月亮。

两个老者，又在并列的日月图案间画了一个供瓶。那自然是献给日月的供养。

然后，一个老者把一枝枝针叶青翠的杉树枝堆在那个法轮图案之上。另一个老者拉着我的手说话。说，你是马塘村谁谁的儿子吧。我说是。他说，你爸爸我们年轻时在一起的啊！今天是个高兴的日子啊！我说，是啊，春天来了！他说，啊呀，春天说来就来了。电视台上来采访他，老者紧抓着我，说你就当我的翻译吧。老者用古老颂词里那些雅致的修辞比喻春天，用虔敬的语言感谢日月和大地，记者嫌这样的话太迂回曲折，启发他要说更直白的话，老者对我说，我腰疼，背着手走开了。

然后，象征性地往地里抛撒青稞种子。

然后，两架犁到了地里。每一架犁由两头并驾的牛牵引，两头牛前，还有一个牵牛的人。少年时，我就做过那牵牛人。忽紧忽松地把两条牛的穿鼻绳攥在手上，就是为了让这两头牛并了肩笔直行走。现在，牵牛人却是两个健壮的姑娘。掌犁的是村里的壮年男人，嘴里的耕地歌唱起来，牛前行，牵动了犁，犁上锋利的铁铧锲进土地，黑黑的泥土从犁头两边翻卷开来，苏醒的泥土的气息也在空气中弥漫开来。也许是地头上太多摄像机和照相机的缘故吧，聚集在地头的村民也没有记忆中那样自然的庄重，脸上的表情也像是看客。两架犁依然在深翻土地，往东犁过来，对着地头的村寨，掉头往西，对着山峦。来来去去，不久就翻耕出好大一块黑土地了。我放了相机，从后面那一架接过犁，想试试还能不能像三十多年前一样稳扶犁把。地有些坚硬，但铁铧的尖还是破开了泥土，往下深入了。只是我忘了那又像吆喝又像歌唱的耕地歌了。不是忘了。是顾了下犁，就忘了歌唱了。让了位置给我的犁手就在我身后唱起来，前面的两头牛和牵牛的姑娘就往前走了。黑土就在我脚前翻卷起来。新鲜的黑土的味道，那些黑土中被铧头斩断的植物根茎的味道，立时就充满了我的鼻腔。两三趟下来，那些味道就已经充满我的身体了。那是三十多年前，一个十三岁的少年最熟悉的春天气息。

可我已经不是那个少年了，两三趟下来，背上就浸出了汗水，手心也被犁把磨得生疼。我把犁头还给了犁手。本来，我还想温习一下已经生疏的耕地歌的。

这么想着的时候，象征性的开犁也结束了。

已是中午时分了，村人分男女两排坐在地头，午饭，象征性的午饭，感谢大地和日月之神的午饭。这时，每一个席地而坐的人表情都变得庄重了。每一个人面前摆上了一块面饼，饼上一块肉，然后，每人面前又上了一碗加了肉的酸菜汤。人们浅尝辄止，喇嘛开始祝祷。堆在法轮图案上的杉树枝被点燃了。青烟腾地而起，芬芳的烟雾带着人们感恩的心情直达上天！这些乡亲，除了感恩的心情，并不会对上天有更多的祈求。此时，我离开，我知道接下来是欢歌，是舞蹈。

我已经看到家乡的乡亲们如何迎接春天的君临了。是啊，故乡美丽的春天到了。

我开车向下游而去，去看另一片乡野。

沿河而下，梭磨河不断纳入一条又一条溪流，越发壮大。平静处，越发深沉。激越处，越发汹涌。越往下游，海拔越低，春意就越深浓。是的，梭磨河峡谷里的春天是从低到高渐次来到的啊！

沿河下行五六十公里后，我已经在春天深处了。一路上，一丛丛橙黄瑞香盛开，一片片蓝色的鸢尾花盛开。那些蓝色的仿佛在风中要成群起飞的鸟群一样的鸢尾开在一座座村寨四周，开满了进入村庄道路的两边。那些河边的台地宽阔肥沃，加上气候温暖，很久远的时代，就有人类居住。这一带的河谷里，发现过一万多年前的人类化石，也发掘出过五千年前的整座村庄。那时，距吐蕃帝国向东扩张，征服这些农耕河谷，最终把这些广阔幽深之地纳入藏文化圈还有整整四千年！

一座巨大的水电站，已经在梭磨河汇入大渡河的河口处的花岗岩峡谷中开始筹建。要不了多少年，深峡上将有钢筋水泥大坝截断河流，巍然耸立。那时，水位提高，河水倒灌，河流经过好多万年的深切，在山间造出的那些肥沃台地将被淹没。那些存在了上千年的古老村庄也将沉入水下，人民将要迁徙。

傍晚时分了，我坐在一段高高的河岸上，看峡谷中即将消失的村庄、田地与果园。一朵云飘过来，一团阴凉便笼罩了一片地面。地面上或者是一片树林，一个村寨，一片新出苗的庄稼，一个果园。核桃树的果园，苹果树的果园……然后，云飘走了，阴凉中的一切又被阳光照亮。这是一种古老的文明，不断闪现出她某一个美丽的局部，让我去想象她的整体，让我试图把握她的来路与去路。我是这个农耕文明哺育的一个生命。我为她那自然纯正的美感而深感自豪。同时，在这个任何美都变得脆弱的时代，我已经看到时代的潮水上涨上涨，但这些美丽的存在，都是一副听天由命的模样，没有惊叫，没有愤怒，甚至没有哀叹。

我想起，在上午的开犁仪式上，那个老者对我说，我知道，这样的方式要消失了。他们说，不过，我们老了，不用再看了，但你是会看到的呀！

峡谷里起风了。下午的太阳降低了热力，河面上的凉气就升起来。这就是风了。我的四周，一丛丛野蔷薇和沙生槐沙沙作响，更远的地方，是那些树干虬曲的杨树和柳树叶片翻飞，旋动着如水的绿光。再背后是沉静的大山，斜阳的光幕下，森林更显得幽深遥远。

我要离开了。

再次回首，我得说，这是多么美丽的春到人间的动人景象。

但是，时代在以我们并不清楚的方式加快他的步伐，总有一个声音在催促，快，快！却又不告诉我们哪里是终点，是一个什么样的终点。这个时代，水泥在生长，在高歌猛进，自然在退缩，自然之美在退缩。退缩时不但不敢抗议，不敢诘问，而且是带着深深的愧疚之感。

再次回望这即将消逝的田园风光，我想，这一辈子我都将以且喜且忧的，将信将疑的，越来越复杂的心情来探望故乡的春天。

原载《作家》2017年第1期（有删节）

爸爸去哪儿了?

陈蔚文

有一本向孩子们介绍图形与空间的数学绘本，叫作《寻找消失的爸爸》，它通过一个“找爸爸”的故事，向孩子们介绍了点线面的概念，引导孩子将这些空间几何概念与日常生活中的事物联系起来。

为什么不是“寻找消失的妈妈”呢?

或许，“消失的爸爸”已是某种社会学常态。“消失”与“爸爸”成为一个约定俗成的词语同构。爸爸去哪儿了?这追问不仅带红了一个收视率超高的节目，还引起了广大共鸣——这个时代，没有父亲，只有一堆男人。爸爸们，到底去哪儿了?

有精神分析师在1970年代的咨询中就发现，父亲缺席已成全球现象，伴随父亲缺席的是解体的家庭与焦虑的母亲。

而在更早的文学史中，“消失的父亲”业已成经典化形象。

布鲁诺·舒尔茨的小说《父亲的最后一次逃走》中，父亲异化成《变形记》中的甲虫一般的形象，文章末尾，“他靠着剩下的精力，拖着他自己到某个地方去，去开始一种没有家的流浪生活。从此以后，我们没有再见到他”。

短篇小说《河的第三条岸》里，巴西作家罗萨也写了位离家的父亲。某天，他异想天开，为自己打造了一条结实的小船，告别家人，走向离家不远的一条大河，从此独自驾舟飘荡河上，儿子送来食物（母亲总是把食物放在儿子轻易能偷到的地方），为了这些食物，母亲得叫来她的兄弟帮助做农活和买卖。而父亲，不论酷暑严寒，只一顶旧帽和单薄衣衫的他始终在船上漂着。最终，已白发染鬓的儿子对他隔岸发誓：只要他回来，一定会踏上他的船，顶上他的位置。父亲接受了这提议，挥桨靠近岸边，可儿子却突然害怕“这个像另外一个世界来的人”，在恐惧中落荒而逃。父亲再没出现。

霍桑的小说《威克菲尔德》，是我多年前第一次读到出走的男人形象，这是一桩“在人类一切怪行中也堪称了不起的任性举动”。一对住在伦敦的中年夫妇，丈夫借口出门旅行，在离家很近的街上租了房子，一住就是二十年。人人以为他必死无疑，妻子早就听天由命，中年居孀。忽一日，他傍晚不声不响踏进家门，像是才下班回来……

这场以“二十年”为单位的出走，充满冒险。如果他妻子并未孀居，而是另择侣伴，他还有家门可踏入吗？他又为何要离家出走，一个解释都不留下呢？

事实上，威克菲尔德和其他几位父亲的出走一样，正因“不可解释”，才无可通融。

甚至在动画片中也有出走的父亲——迈克尔·度德威特导演的七分钟动画短片《父女情深》中，父亲拥抱女儿后，登上了小船，从此未归。女儿在河边一年年等待，从小女孩到妇人，母亲，老妪，最后，她在父亲离去的小船上躺下，如同与父亲的会合。

如果带走这位父亲的“远方”不是死亡，那么，这又是一个自我放逐的男人。

在这些作品中，父亲的出走原因全是抽象化的、超验的，看上去他们几乎有些心血来潮的劲儿，像为实践“一场说走就走的旅行”。实际上，当然不是，小说家赋予他们的叙事形象更接近“自我放逐”。从家庭，从现代社会中，义无反顾地逃遁。

他们如此频繁地被书写，似乎使人们不得不接受这样一个现实：父亲们从家庭的逃离是注定的。他们一旦感到孤独与在生活中的窒息，他们便要去追寻“河的第三条岸”，这一充满理想光环却又虚无得奇怪的遁身地。

逃遁，一直是文学中的经典母题之一，在文学作品中逃遁的父亲又格外多，他们都有着某种同一性：年纪都不轻了，都有着不满现实，程度不一的苦闷忧郁，或隐或显的“零余人”特征。他们逃向的，都是“一个没有落点与终点的过程”。

有分析“爸爸去哪儿了”的原因时说，社会还在继承传统价值观，对父亲角色还是一成不变的期待。然而经过了法国大革命、工业革命和现代民主文明时期，父亲承担家庭责任的“特权”不断受到打击和削弱。“父亲”们找不到自我位置，于是他们更愿意在家庭以外寻找释放与慰藉。

不得不承认，在强大的工业文明席卷中，责任往往带给“父亲”们更大的心理压力。离家对他们也许更像是一次次“越狱”，尽管他们不敢像威克菲尔德先生那么任性，一走二十年之久，他们的逃离方式是：不时还回家打个卡。

在一个广告里，“爸爸”被设计成取款机形象，提供家用，妈妈则负责养育——一有项来自新浪网的调查显示，在1988名参与调查的网友中，有近一半的网友成长过程中主要由母亲承担教育责任，体现出父亲角色缺失的广泛性。另有项调查显示，中国高中生将父亲选作第六倾诉对象，排在朋友、母亲甚至网友的后面。

父亲缺席对一个家庭及孩子的成长影响，早有许多文章论述。它使得孩子自我认知有缺失，“使子女只能进入母性的现实，而母性现实的现实恰恰是有束缚性的”，母性特点的阴柔与粘连性会造成孩子，尤其是男孩的懦弱及严重自恋。甚至还有精神分析家表明，父亲缺席也是造成男同性恋者的重要因素——因为父亲形象的缺失，他们渴望一个具有男性力量的伴侣。对女孩的影响则是可能令她们缺失成长中的男性参照，从而无法判断自己作为女性的价值，成年后易在年长的男人那里寻找“父亲”的感觉，为对方的“成熟”而轻率献身。

放眼当下的学校，几乎一应家长会都是妈妈参加。幼儿园和小学阶段，孩子们的聚会也多是妈妈陪同，若有爸爸同来的，立即会被点赞。活跃在各个家长群的也多是妈妈，她们负责和老师沟通，交换资讯……

曾在等孩子下课时，听见身旁两位女性交谈。一位是戴眼镜的知识女性，另一位看去文化程度不高，两人聊得挺投契，一致抱怨丈夫不管孩子。知识女性说：“我家那位，上班忙工作，下班忙打游戏，最近又在忙张罗同学聚会，还振振有词：你看哪家不是妈妈管孩子？”另一位女人附和：“唉，一样！我家的那个成天不着家，回了家就是看电视，从没给女儿报过听写，检查过作业！高兴了带女儿下下馆子，逛逛超市，平时女儿的事全我包圆了！”

两个女人声气里一样的无奈与抱怨，这一幕，也是许多中国妈妈的缩影。无论她们身处什么阶层，丈夫对孩子的养育态度都高度统一：你看哪家不是妈妈管孩子？这一问，因为有延续千年的“伦理”做靠山，显得格外理直气壮。

在“父亲”缺席的地方，多半还共生着“丈夫缺席”，在孩子们问“爸爸去哪儿”了时，也有许多妻子在焦虑地问“丈夫去哪儿了？”——不是物理空间的去哪儿，而是情感的去哪儿了。他们即使在家，身体未缺席，情感却处于“不在”的状态，他们的关注点总在外部，即他们认为的“意义的顶部”，而与家庭事务有关的，他们认为是一种与女性义务相连的底部。这一观念烙印如此之深，连同男权社会认定的其他女性美德：温顺、纯洁、恭敬、贤惠，以及牺牲。

女性的智力不是用来创造，而是用来甜蜜地服从——在这种“文化”背景下，爸爸去哪儿了变得毫不奇怪，在家庭事务方面，他们很难和女人达成真正平等的对话。他们的观念里有着另一重更高的“意义空间”。对女人承担的家庭事务，那如西西弗推石般重复的具体琐屑，他们不觉得有多大价值，此种不认同导向女性的两种反应，一种在“悠久传统”中培养出的默认现实的配合，另一种反应是妻子的愤怒不满，继而这不满又将“爸爸”们从家庭中推得更远……

如果爸爸哪也不去，就在家待着，和妻子共同担负起养育之职呢？

我加入的一个家长群里，有位专职在家炒股的爸爸（太太在家商场当部门经理）发言较踊跃，女儿的学习也多由他负责。有次开家长会，他有事没来，太太来了，大家一致推举该爸爸任“家委会”会长，太太一口替他坚辞了。她有点不悦的神情透露出一个讯息：一个男人，担任家委会会长是有些丢脸的，这说明他没有比这更重要的事情要做。

这位太太的不悦并非没有依据。在大家一致推举她先生时，同步响起的小声哗笑表示某种认同：她先生有闲嘛——有闲，也可能是“游手好闲”的代名词。在通常认知里，“在家炒股”算不得一个男人体面的事业。

纠结与悖论也由此产生，当集体追问“爸爸去哪儿”了时，爸爸们的解释是，他们在为一份“体面事业”奋斗，在为这个家辛苦付出；如果爸爸经常有闲（不是富人阶层意义的闲），他就要被质疑庸碌、孱弱。而后者比前者更糟糕，不管前者的“奋斗”是否只是个托词。

比起一个缺席的爸爸，一个庸碌的爸爸更可能受到耻笑。换言之，在“缺席的父亲”和“体面的父亲”之间，人们更倾向于选择后者。

文学作品中，当然也有女性出走者。最著名的是易卜生笔下的女人娜拉，还有为爱情出走的安娜·卡列尼娜，以及凯特·肖邦小说《觉醒》中为“实现自我”而出走的女主人公埃德娜。她们的出走，比起那些男士的出走，要沉重得多，结局也多悲惨，安娜与埃德娜都选择了自杀，娜拉呢？鲁迅先生分析她走后会怎样时说：“不是堕落，就是回来。”

出走的还有多丽丝·莱辛的小说《去十九号房》中的主妇苏珊。她得体、疲惫，“像只飞蛾冲撞玻璃板，滑落门底，拍着折断的翅膀，然后再撞毁在隐形的障碍物上。不久她就精疲力竭。”这个中产主妇死在一间小旅馆的十九号房，四个孩子也没能挽留住她对人世的一点兴趣。孩子也是虚无的一部分。

苏珊的出走，与文学作品中出走的那几位著名的父亲们颇为近似。没有典型事件催化——比方说被一场突如其来的爱情袭中，他们任性得简直像心血来潮，但同时，在貌似任性中充弥痛苦的自我煎熬，如锁进箱中般的窒息。一分钟也不愿拖延，他们焦躁地以各自方式逃遁，和世俗生活坚定地划清界限。

离家越近，离自我就越远；离家越远，离自我就越近——这个逃遁理论似乎适用多数原因不明的逃遁者。

逃遁究竟有无出路呢？变成爬虫，登上不再靠岸的船，躲进陌生小旅馆，或像聚斯金德笔下的夏先生，长年在途中奔波，没一天歇过脚，这些，全都是形式的逃逸，像拎着自己的头发离开地面一样，不可能有实质的“离开”。

女人苏珊在十九号房自杀了，夏先生投湖了，其他几位在文学史中出走的著名父亲，作家虽未交代他们的结局，但无疑，他们并未获得真正的拯救。

卡夫卡说：“我们唯一能够逃避的就是逃避本身。”

或许不止在艺术作品里，现实中，选择逃遁的父亲也多过母亲。孩子降生后，他们比母亲进入角色慢，逃离起来却比母亲快得多。大概是因为从在子宫起，母亲与孩子就建立了天然联结，父亲的身份却是在与孩子相处中逐步构建起来的。现实中的母亲们，被庞杂的事务系牢，腾不出多少空来考虑逃遁的可行性，父亲们相对来说却有更多时间用来思考“意义”之类的问题。

母亲的形象是肉身的，父亲的形象却是精神的，象征责任、秩序、力量，他们的缺席对一个家庭造成根本性的动摇。

法国视觉艺术家卡米尔韦创作过一组照片，每张照片上都有一位父亲，但每一位父亲的头像都空缺。父亲们“被消失”了，这些空缺有如无声的讽刺与申诉。

与此同时，另一些影像中定格着另一些父亲。电影《美丽人生》中的父亲，为了不让在纳粹集中营生活的儿子幼小心灵受到伤害，他用各种谎言善意地欺骗儿子，告诉他："一切只是个游戏，游戏结束后，我们便可以回家。"用心良苦的父爱背后是巨大的死亡压力；《阿郎的故事》中的司机父亲，为了让儿子留在自己身边，拼死参加摩托大赛；《因父之名》中的父亲，陪伴儿子度过漫长的监狱岁月，直至离开人世；《当幸福来敲门》中的单亲父亲，与儿子相依为命，为使儿子有保障，他疲于奔命地穿梭在城市。坐在地铁站的长椅上无家可归之时，克里斯灵机一动，与儿子玩起了游戏。他们借助"时光机器"回到了远古时代，地铁站的卫生间被当作"洞穴"，成为安身之所。坐在卫生间的地上，怀抱熟睡的儿子，父亲哭了……

那一刻，即使眼泪淌在他脸上，他也像一位真正的英雄！

米兰·昆德拉曾在《笑忘录》中借一位哲学教授之口说："我们生活的最伟大的冒险在于冒险的不存在。"对此有人评论说：冒险还在，只是它的形式变了，它从行动的历险转为心灵的历险，从绝地转到家庭，从英雄事迹转为日常生活。

驻扎于日常生活的父亲，或许是平庸的，他们没有"第三条岸"可追寻，同时他们又是了不起的，他们将"雄性"上升至"父性"，这"父性"与地位、财富等无关，它承接了古罗马时期的"父亲"角色——被法律确定的责任，包括养育孩子，从精神上托举孩子，成为孩子重要的人生导师。

2016年夏天，在挪威奥斯陆参观"维格兰雕像公园"（世界最大的花岗岩雕塑群公园，园内数百件人物雕塑作品全由挪威艺术家维格兰独立完成），惊诧于有那么多的"父亲"雕像，他们或抱或背孩子，或把孩子举向天空。查资料才知，这是维格兰特地创作的一个主题"父亲与孩子们在一起"。创作背景源自二十世纪初期西方男人不甘陷入家庭生活，企图挣脱家事纠缠，但生活仍将他们和家缠绕一起……维格兰自己早年丧父，在那些雕像中，或许寄寓着他对父亲的怀念？

"一个世纪前，这一意象会被视为亵渎神明：因为能够被举向天空的唯一的孩子是基督，隐含着主人被举起的意味。这一姿势再次回到我们的社会中，意味着父亲与孩子之间的关系再次受到关注。但是，这一关系是紧张而戏剧化的。”意大利心理分析学会主席鲁格·肇嘉在《父权》一书中说道。书中有一章节就是“举高的消失”，鲁格说，举高与祝福是父性态度的体现，它和成长仪式一样，是给予孩子生命这一需求在法律、神学以及人类学上的表达。

细雨中，注视这些父亲，仿佛铜、铁或花岗岩材质也变得柔软。这些人间的父亲，同时也接近着上帝了——为何把上帝比作属灵的父亲，称作天父呢？与人间父亲一样，他们同样对孩子有着全然的接纳与陪伴。

鲁格还说：“现代的父亲危机，就是因为将父亲责任窄化为了单纯的经济上的角色，举高孩子等仪式消失了。尽管如此，在了解父亲角色和功能的意义之后，自觉改善以（部分）复原父性的努力仍是可能的。”

“父亲”，不仅仅是一种名分，更是身体力行的承担，在合格的“父亲”渐成奢侈品的年代，该如何找回父亲，找回父性呢？面前这些充满父性之爱的雕塑，有如无声呼唤，呼唤“父亲”的归来，也只有父性能使一个男人真正趋向成熟、完整，如希腊史诗中的奥德赛一般——克服英雄、死亡、青春等情结，从自我成长开始，使“父亲”的身份真正坚实起来。

原载《天涯》2017年第3期

海水荡漾

赖赛飞

海洋的深广与动荡，在海边不是看海得出的，而是看网。

休渔期，网衣摊晒在南田岛上的各个网场，搁不下的摊在公路边。这些下过深水的网一旦重回陆地，从此便不一样了。

它的部分网眼被鱼——更多的是其他东西勾勒切割，撕开了口子，伤痕累累。原本青翠的蓝绿两色一下子变得黯淡苍老，上面黏附了鱼鳞、虾皮等海洋生物碎屑，犹如皱纹与斑点。它的体味也出来了，是海腥味。这很另类，与陆上世界完全不相匹配，呈现真实的异域风情。

当一张网以涉险而归坦然于天下的气概，加上宽度和更夸张的长度——总之是无法忽视的特质宣示了存在，海的内里就这样被顺带翻开直接曝光。以至于每次，渔网静静地委身于地面，看在我眼里却像一片阳光照耀下正在往外翻腾的海，附着在每一只网眼每一根纤维中间的气息扑鼻而来，尤其浓郁强烈。

当然，它眼下并不在过滤海水，只能过滤一下空气和人的眼光。很长一段路，每一个发生了兴趣的人都像一条观光的鱼走过上纲、底纲、边纲，走过引绳、网身、网袋，掂掂浮子、坠子。时间过去了，相信能得到好几个惊叹号，仿佛情感像鱼群一样被捕获。

生来如此，生活在海岛上的人，每一个日子里，海水荡漾。

总的来说，不管是客观事实还是主观印象，岛都是一块被放逐的土地，由造物主随手扔进大海里面，住在上面的人随身打上了放逐的烙印。世世代代，人们不仅要动手从海水中打捞出一片片土地作为自己安身立命的家园，还要用堤坝像延长自己的胳膊一样将之圈在怀里保护起来。更多时候，动手打造出一片片能漂浮的陆地——船。完全可以视船如同陆地的组成部分，驾船出港的情形是陆地裂变出许多的小块离开母体，岛立刻瘦削一大圈，离开大块撑起小块的渔民则日夜颠簸漂泊在海上。

就岛而言，它的边缘——海岸线是个常见常用的概念，代表着立竿见影的范畴：从面积大小到安全界限到出入口。如果一个岛可以称作一个小世界，最有可能的是人们就沿着世界的边缘居住，哪怕仅仅是便于离开这个世界。

另一种广大世界就在眼前无限展开。每天从海岸线上经过，看着潮水对着人一层层地卷过来，退下去又卷着舌头过来。那种无休无止，同样不仅是形体，还有味道，更有声响有力辅佐。这跟单纯的太阳照着，或雨雪落地总有不同，仿佛是来自那个世界的莫名诉求，宏大与顽强。即使走远了，潮声还会伴随很长一段路。更远了，海风依然跟过来耳提面命，迫使脉动跟着潮水起伏。

终需回应，才能首先平息心海中被引发的潮涌，然而终究未能平息的是一滴海水千重味的想象和事实。

从来不会直接品尝海水，但就是深谙它的味道，清而鲜而咸。因为它，有时候感觉得到巨大的上下区别：头顶的天空明白单纯，脚下的海洋幽昧而复杂。

将刚捞上来的海草塞进嘴里，这种味道特别的刚劲，几乎带来形体之感，完全触碰到了柔软的口腔内壁，清晰得能辨认出质地，脆中带有弹性，爽滑掩饰着粗糙。恍惚之中，已经将海一口含进，正向着身体深处滚滚而下。

沿岛行，看着紫菜、苔皮、浒苔之类就这样将自己一端固定在岩礁、滩涂以及船板、绳索随便什么上，其余悠扬地活在海水里，通过自己的吐纳，将海水带给收割走它的人品尝。鱼类、贝壳类、软体类也活在海水里，同样通过吐纳，由捕鱼人将隐身于它身体的海水味道带上岸。这种携带方式非常细腻周密，除了需要灵敏的嗅觉与味蕾，还需要已经建立完善的信息传递通道，才能恍然觉察——海水除了基本的咸、鲜、清，另有甘甜，作为一种回味，藏匿在它们的细胞核心，形成海水灵魂（假设它有）深处的味道。

需要更有力的证据，只要跟踪海边心眼活络的人，便会发现他们很有节制地拿海水来浇灌房前屋后的果树，结出来的果子特别甜，吃过的人都得惦记。此时此地，海水味道的样子就从鱼形、海藻形、贝壳形、软体形改头换面成了果形。复习一下这种秘密入侵，它是以水的形式从渗入土壤开始，伺机进入复杂的植物根须，顺着茎干爬向无数枝头，最后到达每一只果实甜蜜的内部。

当整个岛泡在咸水里，水就始终是咸的，至少在视线内迅速变咸。下雨了，无数雨滴砸进海里，像尘埃落在地面，泡泡都不起，这洗不了大海的咸。少部分砸在岛上，汇入河流，转眼冲入大海，原本的淡水迅速变咸。

有一点毋庸置疑，对冒着巨大风险的海边人来说，自然的恩赐也是慷慨的。如果这是一种回馈，证明需要付出；如果是一番弥补，那里面包含着牺牲，换一个词，也还是“伤害”二字。

此时若论海水的味道，开始出现浓浓的苦涩味。就像海塘上的村庄，正常情形下，桃花源里有人家，然而咸涩就潜伏在地下并不深远处，等待时机泛起。仅仅是平时并不因为这种威胁而否认甚至放弃它上面丰裕美丽的存在。

具体到每一个渔家，日常本就乐于享受父兄或丈夫亲手捕得的海鲜，烹制得宜，再奉献给出海回来的亲人。而他们在历经苦累艰险之后，端坐于最尊贵的位置上坦然享受美食，连带十分体贴和尊重，作为及时有效的慰藉和鼓励。这里面有多重的心理交集：愿意、自豪、感恩，心照不宣的庆幸与喜悦之情，致密和直接，效用复杂且叠加，并不仅仅是财富转化。

也只有在这种情形下，海水的味道保持住了生活平面以上单纯的鲜美。

从远处说过来，西北人离开牛羊，北方人离开面食，南方人离开了大米，岛上人离开了海鲜，都是大事。

很难拒绝去想象，海水的味道一开始就像海妖的歌声，注定听闻的人，将面临无法摆脱的诱惑，从此五味备尝，历尽风波。

这样的人生始终处在下述境界里：苍茫大海，一个小岛，一艘小船，一个摇晃的世界。眼前没有阻挡，身后不见岸，只有无限的可能性——什么都有可能发生。对于出海在船上的人，心中的岛成为唯一明确的航标。相对于留守岛上的人，不明所向的船一再成为不知所措的牵挂。

用一句话来叙说，这是一方被世代思念的土地，住着一生用来思念的人们。

有时候想，航行中的船若能于海面上留痕，或者是那一道道相望的目光有迹可循，就能发现指定任何一个时刻，这些沉浮于海水之中的岛屿们，周身都有无数的线条延伸向海天苍茫。每一条虚无缥缈的线索端点都维系着实实在在的一条船，整条船上的人又反过来维系着岛上的一个个家。天涯海角与万家灯火，千百年下来，都是这样对应着、牵挂着。

宁隔千山，不隔一水，古人的感慨里往往藏着消磨不动的东西。至今为止，事实是不仅船无法在海面上留痕，人们的日夜念想、瞭望，最后的呼号、挣扎都无法在上面留下任何痕迹。想要聊以安慰，最多在地图上标出它们的经纬度，再多此一举，在岛和那些点之间画一条直线。某时某刻，由近往远，依次是近海的各大渔场、最远的线可以延伸到太平洋、大西洋深处。那种距离和深度，足够消弭最强大的想象力。

所有这一切，都是为了追寻那股海水的味道或受它所驱使，也只有这种味道，一直给予他们相同的慰藉，历久弥新。这期间的种种努力，千回百转，到最后，无非是为了留住海水之味，经过千难万险捕获的滋味，使之不轻易逃逸和损失。假设将一切投射在承载海水味道的某条鱼身上，这条鱼先是在海里游，接着以其他方式在陆上继续游动，当它侧身而过，沿途润滑了千家万户。

一方水土养一方人，应该是指假以时日，一个地方会动用空气、温度、风、水、土质……最后和最重要的是食物，终于塑造出一款款与众不同的民风和民性。既然是海鲜——海水味道的各种呈现方式提供了大量优质高效的生命能量，它就是海岛和岛上人的日常气息，同时是固有的生命气息。一岛之民，一生之中，反复的重逢与离别，诸般抗拒与迷恋，都笼罩在这里面。

如果有一天，离开了岛，深入大陆内部，带着口味，这种无法拭去的识别码，这些人的体内依然会海水荡漾。

原载《散文》2017年第3期

茶心如雪

董小酷

人过四十之后，便真切地喜欢起冬天来。

北方的冬天，草木歇息，寒风吹过大地和雪野，凛冽中有一种沉潜的静气。而冬日饮茶，又自带几分禅意。窗外寒风呼啸，窗前水沸炉暖，茶香因为寒冷的映衬，愈发清冽，直抵心源。

有人说，若要体会冬天的妙处，必经时间的淘洗与打磨，如同体会茶气一般，必要走过高山与峡谷，看尽湖泊与激流，从盼望“晚来天欲雪，能饮一杯无”，到“快日明窗闲试墨，寒泉古鼎自煎茶”，酒茶之间，岁月酿出了酒香，日子氤氲着茶气。平淡天真里，是静穆，是微笑，是禅意在吹拂。

酒是寒冷的友伴，而茶是冬天的知音。且不说各种以“雪芽”命名的茗茶，泉水也大多与雪、冷、寒结伴。泉水以从石出者为佳，石出者水质清冽，甘寒滑爽。文人最重石泉，也多吟咏：“寒泉自换菖蒲水，活火闲煎橄榄茶”“小石冷泉留翠味，紫泥新品泛春华”“啮雪饮冰疑换骨，掬珠弄玉可忘年”。水是茶的载体，好水必寒。清代袁枚在《随园食单》上说到茶时，开头就说：“欲治好茶，先藏好水。”可见水的重要。乾隆皇帝为此钦定了天下第一泉，而且认为雪水比天下第一泉更好，“遇佳雪，必收取，以松实、梅英、佛手烹茶，谓之三清”。如此，说茶是冬天的知音应不为过。而宋人品茶的一大特色是以声辨水。因为宋代茶人煎水用的是细的瓶和铫，口小不容易观察，只能依靠听觉，根据水的沸声来辨别候汤。故蔡襄《茶录》中说“候汤最难”。黄庭坚在《煎茶赋》中描绘听水声时有如“汹汹乎如涧松之发清吹”，在《双井茶》中更有“不嫌水厄幸未辱，寒泉汤鼎听松风”的诗句。将煮泉时的水响声称作松风，借山中松涛声助兴水沸的声音，泉寒茶热，松涛阵阵，一冷一热，极致之间，茶气凛冽。

而茶之仙骨，其色也讲究冷如雪。宋代文人中有不少茶道高手，在蔡襄、黄庭坚、苏轼兄弟、陆游等人的诗文中都能看到他们爱茶、嗜茶、品茶评水的功力。宋代的点茶法是把团茶碾成粉，再将沸水注入茶盏，将茶粉打成沫来喝。因为打出的茶沫是白色的，所以“茶色贵白”，以茶汤“白沫重叠，积聚水面，状如积雪”，着盏无水痕而又能耐久为佳。因之，衬托茶色之白的黑釉茶盏得到了最为充分的发展，其中产于建州的建盏最为有名。建盏在烧造时发生窑变，变化出各种花纹，其中有一种均匀细密的条状斑纹，在黑釉的衬托下银光闪烁，状如兔毫，被称作兔毫盏，最适合于斗茶，一时成为风尚。斗茶风尚之盛，连大宋皇帝宋徽宗都直接参与其中。他不但亲自点茶，还专门写了一本关于茶的论著《大观茶论》。黑色的茶盏与白色的茶沫，在运筅击拂的瞬间，动静相济，给人带来无穷乐趣。以至于晚年的蔡襄“老病而不能饮，日烹而玩之”，让人想起宗白华在《美学散步》里说，“禅是动中的极静，也是静中的极动，寂而常照，照而常寂，动静不二，直探生命的本源”。茶与盏、动与静，茶中禅味，隐逸里有真切。

茶香梅韵，也是文人在茶事上追求的文化格调。“寒夜客来茶当酒，竹炉汤沸火初红。寻常一样窗前月，才有梅花便不同”，以茶当酒，月下赏梅，宋人杜小山的《寒夜》诗，将茶香与梅韵交融一体。而明代画家沈周则以梅比茶，“香中别有韵，清格不知寒”。到了清代，各抱才艺的“扬州八怪”正式将茶与梅联姻，他们痴梅嗜茶，爱梅画梅，嗜茶如梅。“八怪”之一的汪士慎曾云“知我平生清苦癖，清爱梅花苦爱茶”。清代著名学者厉鹗在汪氏的《煎茶图》上题诗赞曰：“先生爱梅兼爱茶，啜茶日日写梅花。要将胸中清苦味，吐作纸上冰霜桠。”梅情茶心，高洁清远，人生，原来也是一种审美的姿态，一种审美的状态。

而最能让人气静神凝的，当属旷野山林间的一壶茶。明代以后，制茶饮茶的方法发生了很大变化，泡茶法流行开来。泡茶的流行，催生的是另一样茶具，紫砂壶。而泡茶的简单易行，也令饮茶的场地有了极大的自由度。明清文人山水画兴盛之际，也正是文人墨客热衷于茶艺之时。喜欢在山水间游历的明清文人，也将他们在山中的一壶茶引至笔端。观文徵明的《惠山茶会图》，唐寅《事茗图》《品茶图》《烹茶图》，画面大多在广阔幽静的山水之间，置一小亭，亭内茶壶醒目，有人煮茶品饮，或独啜或对饮，或静思或清谈，静谧安详。然而，在泉石松竹的空灵寂静里，在炉下烹茶的人间热气与山间溪边的空灵之气间，人又感受到一种巨大的充实，与空灵相伴生的充实。这充实所来何处？我把它归功于茶。一壶茶，在画幅广大幽远的空间产生了幽微的弥漫感，与天地自然圆融合一。这恐怕就是清代画家恽寿平所谓“画至神妙处，必有静气……画至于静，其登峰矣乎”。静气，是一种心理状态，是古代士大夫在心灵管理能力上追求的最高境界。如果没有这一壶茶，也许人就少了一份温情的驻足，对于隐逸也少了一分向往之心。

原载《人民日报》2017年月2月11日

送走三只猫

南　帆

一

一只肥猫长长地打了一个呵欠，懒洋洋地从我的记忆之中踱出了来，鼓出的肚皮隐隐地一颤一颤。

这只猫叫作阿灰，一身又滑又亮的灰皮毛。想不起它怎么来到我们家。二十世纪六十年代，我们家居住在小巷一幢破旧的瓦房里，大小老少衣裳简陋，面有菜色，只有少许的荤腥短暂地漂过清苦的日子。奇怪的是，阿灰居然在这种日子的皱褶里悄悄地长成了一只大肥猫。

阿灰是外婆的宠儿。外婆时常悄悄地挤出几文菜金，买回一些小鱼小虾喂养阿灰。父亲偶尔会流露出不满的神色：饭桌上的人还吃不到鱼虾，怎么又来了一只猫争食。外婆装聋作哑。阿灰分得清亲疏的脸色，它从来不会撒娇地蹭父亲的裤脚。

这是一只懒猫，大部分时间闭目养神，或者干脆盘成一团打起了呼噜。那时我还是一个顽劣少年，不时想方设法捉弄阿灰。我的手臂插进阿灰毛茸茸的怀里，用力搅散它的睡眠。鸡或者鸟的鲜艳羽毛之下隐藏了一个灼热的身体，人们的手掌可能因为意外的温度和嶙峋的骨架而恐惧地缩回；猫的身体温度适中，光滑而柔软的皮毛常常形成某种诱惑。阿灰并没有对我的骚扰表示多大的反感，它愿意配合游戏。阿灰抱住我的胳膊装模作样地啃一口，有时还用后腿奋力蹬几下。敷衍过之后，它一仰身滚到另一边继续打呼噜，仿佛不胜劳累。

午间的闷热消散之后，阿灰多半要从厨房出来溜达一圈，从事一些轻松的娱乐——譬如戏弄壁虎。它悠闲地坐在地板上，慢条斯理地拍打一只刚刚捕获的壁虎。壁虎弃掉了尾巴试图潜逃，阿灰对于这种诡计洞若观火。它的一个爪子按住活蹦乱跳的尾巴，另一个爪子及时地把逃出了几步的壁虎一次又一次地拨回来，有条不紊的操作让人想到炉灶前的大厨。奇怪的是，阿灰对于老鼠似乎缺乏应有的仇恨，它生平仅仅擒获一只老鼠。不知那只稚气未脱的小老鼠如何落到它的爪下。大约半小时的时间，阿灰兴高采烈地享受自己的战利品：它用前爪将老鼠一次又一次地高高地抛起，远远看去如同一个尽职地垫球的沙滩排球运动员。事后阿灰并未吃掉老鼠。它明星一般骄傲地扬长而去，那一只分崩离析的死老鼠扔给外婆收拾。

这幢破旧瓦房的地板底下有一条大阴沟，众多老鼠穿梭往返。许多时候，老鼠在朽烂的地板破口探头探脑，然后鬼鬼祟祟地钻出地面收罗一些食品。可是，阿灰仿佛耗尽了攻击老鼠的兴致。它眯着眼坐在一缕阳光里，任由老鼠行色匆匆地窜来窜去，安详的神情如同一个窥破了世情的智者。某次一只大老鼠竟然在不远的地方停下来，目光炯炯地和它对视。这个挑衅仅仅让阿灰微微地动了动胡须，它甚至懒得站起来。阿灰似乎不屑于再与地板底下那些神情诡异的家伙交手，它的漠然终于让那只勇敢的老鼠无趣地怏怏而去。猫是清洁的动物，阿灰肯定对于老鼠的龌龊深感厌恶。魑魅魍魉，不可与之论英雄，赢了这种对手仍然算不上多大的功绩。阿灰大约就是在这个时候仰起头来，开始想念明亮的天空和自由自在的呼吸。某一天下午，它攀上一小段柱子，跃过一个横梁之间的空隙，转过屋檐来到了瓦顶之上。

瓦顶是猫的江湖。它们在那儿谈玄论道，分配阳光、势力范围和异性伴侣。我无法猜度阿灰瓦顶上的浪漫生活，估计多少有些卿卿我我的轶事。阿灰是一只雄壮的公猫，凛凛一躯，堂堂一表；这一带的雌猫显然乐于迎来送往。某些时候瓦顶上突然传来悠长的嚎叫，这是它们共同高吟的情诗。公猫之间某些局部的小型战事不可避免。瓦顶上鼓点般的脚步踩得瓦片一阵的脆响，那是擂台比武的胜者正在将手下败将逐出领地。这些故事情节起伏，引人入胜，可是，一个难堪的结局出其不意地出现了：阿灰不知该怎么回家。返回屋檐跃过横梁之间的空隙之后，阿灰愣住了——它不敢头朝下地沿着柱子滑下来。情场或者战场的凯旋无法兑换为食物。饥肠辘辘的阿灰坐在瓦顶的边缘哀哀地叫着，长一声短一声。

我找来一架木梯子靠到了屋檐的边缘。阿灰观察了许久，颤巍巍地伸出一条前腿试了几番又缩回去。它显然对于一堆摞起来的方格子极不信任。我不耐烦地攀上梯子试图把它拎下来，阿灰竟然一侧身躲开了。父亲愤愤地表示无须理它，这种笨猫丢了也罢。天渐渐地暗下来了，外婆心急如焚。房前屋后转了几圈，她想出一个笨拙的办法：外婆用晒衣服的长长木杈挑起一个菜篮伸到屋檐上，嘴里阿灰阿灰地叫着。这时，奇怪的事情发生了：犹豫了一会儿，阿灰竟然慢悠悠地跨入了菜篮。它一屁股坐下来的时候，接近十斤的体重压得菜篮一晃，外婆一个趔趄几乎扶持不住木杈。

阿灰善于归纳，它很快形成了习惯。酒饱饭足，鼓腹而游，瓦顶上云游一番归来，阿灰就会坐到屋檐旁边千呼万唤，催促外婆备好菜篮。它堂而皇之地坐入菜篮左右顾盼，惬意得如同坐上了轿子的县太爷。外婆不断地咒骂着，恶狠狠地发誓这是最后一回，然而，阿灰的召唤总是让她一次又一次食言。

我记得阿灰失踪过一回。外婆端上它的饭盆走家串户，一边用筷子叮叮当当地敲打着，一边阿灰阿灰地呼唤。这种老乞婆的形象让我们感到了脸红。可是，外婆前所未有地强硬，根本不睬我们的劝阻。几天以后，阿灰不知从什么地方溜回来了，浑身污迹，整整消瘦了一圈。它将脑袋埋在饭盆里狼吞虎咽了一阵，神情慢慢镇定了下来。外婆坐在厨房的小椅子上，一下一下地抚摸阿灰背上的皮毛，嘴里喃喃地劝它不要出门，不要到布满了陷阱的危险世界四处乱窜。它眯起眼睛静静地听着，慢慢地打起了呼噜。

阿灰活了十来年，外婆送走了它。多年之后，外婆也到另一个世界去了。他们在那边仍然相依为命吗？

二

为什么猫没有纳入十二生肖之列？这是一个令人不解的问题。

据说当年天庭打算选拔十二种动物作为生肖的代表，群兽踊跃响应。猫和鼠是一对好友，它们相约共同参选。由于猫嗜睡，老鼠答应参赛的日子担任它的叫醒闹钟。当然，接下来的故事情节肯定会如此演变：那一天早晨老鼠悄悄地独自赴会并且拔得头筹，猫被太阳晒醒的时候十二生肖的名单已经公布。猫并非动物界威风凛凛的大杀器，它常常无声地伏在枝叶斑驳的树干上，如同一个高人冷冷地打量这个世界。猫的长相形同狐狸，它对于自己的智商具有足够的信心。然而，猥琐的老鼠居然出面算计它，奇耻大辱不可忍受。从此，捕杀老鼠成了猫世代相传的天命。

我不太相信这种传说。如果允许放纵想象，我宁愿把十二生肖的龙指认为疑点。“飞龙在天”，龙的伟岸形象活跃在神话之中，龙的鳞甲闪烁的是耀眼的阳光，这种高高在上的神物又有什么必要与鼠、猴、猪、羊之类俗物为伍，格格不入地厮混在十二生肖之中？龙几乎不可能与芸芸众生玩到一起。相对地说，猫更像它们之中的一员。猫不仅切齿地仇视老鼠，长期与狗争执不休，同时还自称担任过虎的师傅。如此复杂的交集表明，猫才是与十二生肖共进退的整体。我愿意公布的一个猜测是，会不会当时天庭的点名发生了某种错误，以至于把龙的名字安放到了猫的座位之上？

倒霉的猫从此不断遭受冷落，它远不如十二生肖之中的诸位荣耀。例如，文学勤勉地为十二生肖造册登记，对于猫往往视而不见。猴机灵，猪憨厚，牛勤劳，蛇阴险，马与狗忠诚，兔与羊可爱，雄鸡一唱天下白，威震天下的老虎就不必说了，甚至老鼠也时常有当主角的时候，例如“米老鼠”，或者“老鼠嫁女”，还有“小老鼠，上灯台，偷吃油，下不来……”至于“硕鼠硕鼠，无食我黍”的诗句差不多是向老鼠告饶了。然而，猫几乎没有机会露面。猫的文学性格模糊一团。我一时记得起来的大约就是风行于百老汇的音乐剧《猫》，还有日本出产的那一个头重脚轻的《机器猫》。当然，动画片《猫和老鼠》也算得上名著，但是，影片之中的汤姆不过是杰瑞股掌之中的玩物。

我们景仰的鲁迅先生是一个坚定的仇猫主义者。春暖花开的季节，猫开始忘情地交配。这时，先生就会手擎长竹竿从屋里杀出来，打得那一对苦命的情侣落花流水。如果不是从《朝花夕拾》的《狗·猫·鼠》之中读到这一幕，大部分人恐怕想象不到先生的强烈义愤。先生在文章之中申辩说，他不是由于性压抑或者嫉妒而痛下杀手——他仅仅是因为恋爱的猫发出了令人生厌的凄厉号叫。被窝里的那些事，有必要叫嚷得全世界寝食不安吗？先生手擎长竹竿向不知羞耻宣战。当然，鲁迅对于他的仇猫精神还有进一步的论证：这些可恶的家伙向主人扮出了一副媚态，转过身又残忍吞噬了他的童年宠物隐鼠。

这些解释真的不那么合理。媚态的猫的确不像英勇的战士，但是，那只隐鼠不正是由于妩媚而赢得了鲁迅的宠爱吗？童年的鲁迅从盘在屋梁上一条蛇的嘴里救出了身受重伤的隐鼠，可是，他从未对蛇——真正的凶手——表示足够的仇恨；况且，不久之后鲁迅即已得知，他的隐鼠并没有成为猫的点心，而死在他家一个健硕的女仆长妈妈的脚板底下。这只隐鼠试图沿着长妈妈的腿往上爬，终于遭到了致命的惩罚。尽管如此，鲁迅仍然变本加厉地与猫为敌，甚至练就了飞石投掷等多种袭击的绝技。当然，伟人多半有权利拥有一些异常的癖好，庸众没有胆量计较他们的任性。得不到先生的宠爱，只能证明猫的福分不够。鲁迅之后，慈祥的冰心奶奶倒是一个有名的爱猫人士。但是，她的文章似乎没有办法为猫增添多少文学史的声望。

为什么猫只能寂寞地徘徊在文学之外？我想到了猫的独立性格。一只猫无声地悠然穿行于各个房间，东张西望，旁若无人，它并未流露出向主人邀宠的愿望——这一点与狗远为不同。一条狗见到了久别的主人常常会欢喜得失态：疯狂地打转，不顾一切地扑上来舔主人的脸，或者因为泣不成声的激动而在主人的裤腿上沾满它黏糊糊的涎水，如此等等。猫的表情冷淡得多，甚至仅仅无动于衷地瞟一眼。君子之交淡如水，猫似乎更乐意遵循这条谚语。所以，狗的故事往往赚足了人们的大把眼泪，很快晋级为热门的文学形象；相反，猫仅仅冷淡地嗅了嗅文学的门槛，转身踽踽离去。猫时常离开人们的视野，回到自己的世界。回眸一望的时候，猫的瞳孔闪过拒人千里的冷光。它不肯充当投机分子，哪怕文学关上了大门。

三

另一只猫的造访，大约是四十五年以后。这时我已经搬到了一幢公寓的九楼。我始终想不明白，老鼠从什么地方潜入家里的贮藏间的。窗门紧闭，所有的下水道出口俱已蒙上不锈钢的盖子，不知道那些黝黑的游击队发现了哪一条秘密通道。

最初是被贮藏间里断断续续的可疑响声惊动了。贮藏间堆放了一些过季的衣物、鞋子和几个箱子。夜深人静的时候可以听到窸窸窣窣的噬咬。老鼠来访？我将信将疑了一阵。当年我在乡下生活的时候，老鼠曾经在一只长筒雨靴里生了一窝粉红的鼠崽子。我清晰地记得当时毛骨悚然的感觉。几天之后，贮藏间箱子缝隙闪过的一根小拇指粗细的老鼠尾巴证实了入侵者的存在。根据尾巴的长度揣测，这只老鼠接近一尺。遇到一尺长的狮子，我可以毫不犹豫地拎起来远远地扔出去，但是，我没有勇气翻检贮藏间，徒手对付一尺长的老鼠。

太太也察觉到贮藏间的异常，我不敢向她描述那一根老鼠尾巴，担心她可能干脆收拾起行李搬走。我设计了许多骚扰老鼠的方法，期望它们不堪忍受因而自愿离去。最为常用的一招是，将一部手机放在贮藏间，反复地打通电话。我的想象之中，各种稀奇古怪的刺耳铃声可能让那些来自阴沟的不速之客久久地失眠。然而，事实证明，老鼠对于苹果公司的高科技产品安之若素。除了向这一批入侵者的天敌求援，别无他法。

咪咪是外甥女从马路上捡回的一只流浪猫，已经喂养了几个月。那一天下午，外甥女用一个塑料笼子将咪咪作为维和部队运送至公寓的九楼。打开塑料笼子，咪咪慌乱地蹿出来，一溜烟地藏到了一个柜子底下，很长一段时间之后才蹑手蹑脚地露面。当时我没有想到，这种羞怯是咪咪的伪装。事实上，这是一个极其活跃的顽皮家伙。

咪咪抵达的两天之后，贮藏间就安静下来了。尽管咪咪的叫声仍然稚嫩，但是，猫的气息可以让老鼠浑身颤抖。那只一尺长的老鼠知趣地撤退了。于是，我们的公寓成为咪咪的表演舞台。这一只猫对于许多事物充满了好奇，例如屋角的一盆蝴蝶兰。它攀上狭小的花盆，亢奋地在花丛之中不停地来回穿插，直至那些蝴蝶般的粉红色花朵纷纷坠落，香消玉殒；片刻之后，花盆里仅仅剩下几根光秃秃的枝丫可怜地摇晃。完成了对蝴蝶兰的摧残之后，咪咪看上了一排的落地窗帘。它后退五米左右，然后一阵助跑，飞身跃起抱住窗帘，跟随摆动的窗帘荡秋千。这是它每日不辍的游戏。数日之后，咪咪的利爪已经将窗帘的下半段撕成一丝一丝。

好奇的咪咪无疑具有科学家的素质。它对于厕所里的各种器具深感兴趣，譬如，马桶为什么可以冲水？人们用过马桶之后按下了冲水的开关，咪咪就会闻声而至。它跳上马桶左右察看，聆听水箱里叮叮咚咚的进水声音，满脸困惑的神情。它很快发现浴缸底部有一根塑料管插入下水道。下水道通往什么世界？阿里巴巴发现的山洞还是陶渊明的桃花源？咪咪企图将塑料管从下水道里拽出来。对于一只瘦弱的小猫来说，这是一个艰巨的工程。塑料管仅仅露出一小截又噗的一声落下去，咪咪不得不重新开始。这种西西弗斯式的苦役，咪咪往往不懈地坚持一个小时左右，直至精疲力竭。书房里一会儿就能听到厕所传来噗的一声，以至于我不得不在电脑屏幕上写下一个新的标题：一只猫为什么具有如此锲而不舍的精神？

咪咪终于从厕所拐到书房，很快把目标锁定在书桌上的另一个高科技产品——电脑。它跳上桌子，围绕电脑打转，喵呜喵呜地叫。那时我正在电脑上写作《马江半小时》一书，悲愤的叹息不时织入沉重的词句。十九世纪末期，大清王朝与法国曾经在福州闽江下游的马江打了一仗。仅仅半个小时左右，福建水师灰飞烟灭，七百九十多个官兵陈尸江面。这是一个久久不能愈合的历史创口。如此沉重的半小时令人扼腕地改变了这一片地域的命运。从左宗棠、沈葆桢、严复的船政学堂到第一架水上飞机，现代社会的雏形曾经在这一片地域缓缓地积攒自己的能量。然而，半小时的炮声无情地震碎了脆弱的梦想，所谓的现代社会如同一只惊飞的水鸟再也没有回返。我的书房窗外是一片建筑工地，勾机伸出长长的铁臂粉碎残存的水泥构件，嘎嗒嗒的嘹亮声波如同冲刷记忆的阵阵涌浪；近十台的打桩机愤怒地锤击大地，嘭嘭的巨大音响持续地震荡我的耳鼓。令人意外的是，一只猫也想把它的脑袋伸进历史。咪咪苦恼地坐在电脑屏幕旁边，似乎因为弄不明白大清王朝李鸿章、张佩纶或者何如璋这些人的所作所为而焦虑。这一场战役正在发生关键的转折，咪咪转过身一屁股坐到了键盘上。于是，屏幕上一连串R或者Q鱼贯而至，幽默地取代了故事的不幸结局。

大约一个月之后，完成了使命的咪咪送还外甥女。然而，不久之后就听到了噩耗：它居然从外甥女家窗户的防盗网钻出，在不足一寸宽的窗框上行走。那天是不是下了点小雨？总之，咪咪脚下一滑，径直从二十二楼跌下。老话说猫有九条命。可是，二十二楼太高了，咪咪一下子将九条命统统用完。外甥女赶到楼下的时候，它已经气绝而亡。

过了一段时间，网络上开始流传一句话："好奇害死猫"。我立即想到了咪咪，心中不由一颤。

四

咪咪离去不久，狡猾的老鼠似乎有卷土重来之势。贮藏间再度出现可疑的响声。太太二话不说，立即到花鸟市场买来一只黑猫装在麻袋里带回。我回到家里，黑猫已经巡视过公寓的各个角落。它身材颀长，目若点漆，一条长长的尾巴拖在身后。我坐到了沙发上。黑猫落落大方地和我对视了一阵，然后缓慢地、坚决地爬到我的大腿上坐了下来。

俗气一点显得亲切——我们将这只黑猫取名为“旺财”。

旺财神情开朗，意态从容。家里来了客人，它从不因为对方陌生而回避。旺财歪着脑袋打量一小会儿，继而镇静地缓步靠近，然后不慌不忙地爬到客人身上，举手投足之间纹丝不乱。“这只猫大方得很。”我有点喜欢。

太太似乎不那么信任。她隐约地觉得，这只猫主意大得很。旺财的镇静似乎藏了一些冰冷。我们从门外进来，旺财仅仅是礼节性地弓了弓身子，甚至视而不见。或许它觉得没有必要自作多情。旺财是一个手脚敏捷的黑衣捕快，它的职责是捉拿老鼠而不包括讨好主人。对于一个自食其力的雇员说来，感恩戴德的礼仪显得有些多余。

太太的预感很快得到了证实。那天晚上她企图为旺财洗澡。旺财惧怕脸盆里的水，挣扎着往后退；太太将它抱起来轻轻地放入脸盆，没想到它突然湿漉漉地跳起来，恶狠狠地在太太的巴掌上咬了一口，尖利的小牙齿啮穿了太太手上的橡胶手套。太太尖叫一声急忙扔开了它，连夜奔赴医院打狂犬疫苗。事后，太太多次心有余悸地回忆那个吓人的瞬间：旺财小小脑袋上所有的毛都狰狞地奓了起来，龇牙咧嘴如同凶神恶煞。人与猫的四目对视让她感到了彻骨的寒意。

一个深藏不露的旺财突如其来地现身。

没有人敢于蔑视老虎的凶猛，即使它懒洋洋地踱步或者蜷缩在树荫里打瞌睡。猫如同老虎的一个没有完成的投影。上帝不仅缩小了它的身体尺寸，同时也缩小了它的脾气。猫必须温顺柔媚而没有资格称王称霸。这种想象常常让人忘记，每一只猫的内心无不藏匿了一个威风凛凛的虎之梦。必要的时候，猫的尖利牙齿拥有相似的杀伤力。

过了两天，我们下班回到家中的时候，旺财不见了。寻找了许久发现，它钻出了阳台的栅栏跳到了下一层邻居的阳台上。旺财无法原路返回。它静静地趴在下一层邻居阳台的边缘，神色之间似乎并没有多少焦虑。我们下楼把它带了回来，旺财表情坦然，看不出重返家园的庆幸。

几天之后的傍晚，旺财再度失踪。询问了左邻右舍，没有任何消息。匆匆吃过晚饭，我们带上了手电筒下楼到居住的社区寻找。社区停泊的汽车底下趴了几只取暖的流浪猫，都不是旺财。女儿心中焦急，回家之后立即画了许多张“寻猫启事”张贴在社区的走道和电梯出口。“寻猫启事”的正中央笔直地坐着一只漆黑的卡通猫，目光锐利，精神抖擞，旁边两行说明文字：

> 我家旺财，出门旅行。因为不熟悉地形，可能误入歧途。哪一位好心的邻居如若发现，恳请通风报信，谢谢谢谢。

接着是电话号码和门牌号码。

次日出门看了看，这些“寻猫启事”都不见了。见到我们诧异的神情，一位邻居笑得有些暧昧。问了半天终于明白过来：因为这些“寻猫启事”画得有趣，被人揭走收藏起来了。

我们又在四处找了一天，仍然杳无音讯。太太自我安慰说，算了，猫的脑容量贮存不了太多的记忆，旺财很快就会忘了我们。它擅长四处为家，随遇而安的性格不会产生相思之苦。我们的心情终于放松下来了。不久之后，我们又一次搬家离开那个社区。如果没有什么意外，旺财大约还活着，只是不知在哪一户人家。这只猫胆大心细，估计能照顾好自己。

丢失旺财之后，至今再也没有养猫。倒是一条狗跟了我们几年。太太曾经在聊天之中表示，养过了狗之后，恐怕就不愿意再养猫。狗的信义以及不计一切地依恋主人都是猫所无法比拟的。享用过大餐，小菜的就会显得索然无味。我赞同太太对于狗的评语，同时对她的结论有些犹豫。许多时候，狗的生死相依可能演变为一副沉重的枷锁，甚至让人没有足够的勇气负担。未来的某一天，聚的所有深情都有可能如数地兑换为散的悲伤。相形之下，猫不像狗那样夸张地挥霍自己的情义，猫的节制和恬淡不至于勒得人们喘不过气来。既然“天长地久”只是一句傻话，不如绕开缠人的内心纠结。与其相濡以沫，不如相忘于江湖，放得下牵挂是另一种透彻的境界。这么说，猫或许比狗的明智。

载于《人民文学》2017年第7期

孤独的馈赠

吴佳俊

日落之前

傍晚时分，我走上山冈。蚕豆花和野菜花正开着。蚕豆花像蝴蝶，爬在豆秆上，任凭冬风怎样吹拂，它都一动不动，跟季节赌气似的。野菜花呢，粉黄粉黄，星散在豆田里。远远看去，像是谁在大地的头发上插了几朵小黄花。

冬阳像一盏灯笼，挂在天空。暖光透出来，照在地面上。我在走，灯笼也在走，替我引路似的。我许久没回故乡了，它怕我不识路，走丢。我在山坡上转了转，打捞过往的记忆，可记忆早就随风飘远了；我又试图寻找到儿时印在土路上的脚印，遗憾的是，脚印也被荒草覆盖。唯独山冈上的那几棵酸枣树，还是原来的模样，只是树干长粗了。那时候，母亲在树下劳动——挖土或种豆，我就爬到树杈上，摘酸枣吃。吃腻了，就躺在树上，看白云从天空飘过，想一些不着边际的事情。我还会观察一只蚂蚁或蜗牛如何爬上树枝，体验移动的乡愁。当然，我看得最多，也最仔细的，是母亲俯向大地的身影。她不说一句话，汗水打湿后背。她以谦卑的姿态，贴近土地，贴近粮食和梦想。母亲劳作时，我是不存在的，她的眼里，只有劳作本身。她对土地的爱，超过了对儿子和自己的爱。

现在，我的母亲老了，已经扛不动一把锄头。她两鬓长出的白发，就像树旁边摇曳的芭茅草。我走进树身，用手摸了摸树皮。粗糙，锉手。刹那间，我仿佛摸到了母亲额头上的皱纹——那被岁月的风沙磨出的沟壑。想哭，却哭不出声。我跪在树前，给树磕头，给土地磕头，给日子磕头，给苦难磕头……

树沉默不语，四野静寂无声。冬阳偏西，暮色就要降临，我站起身，朝晚霞铺展的远处走去。我想在霞光消失之前，再看看故乡的面貌。杂草太长了，几乎要将我淹没，我在草丛中横冲直撞，锋利的草叶割得我双手刺痛。我不得不举起手来，像一个投降的人；又似一个托举落日的人，在故土上无止境地奔走。我担心那个灯笼会掉下来，点着干枯的荒草，把我的故园烧成灰烬。

或许是我走得太急，惊扰了草丛里蛰伏的山雀。它们倏忽飞起，冲向落日。那模样，很有几分悲壮。我突然意识到，这片土地不只是我的，也是动物们的家园。自从我离开故乡后，一直是它们在替我守候着这片土地。它们永远比人忠诚。

然而，就在我走到一片翠竹掩映的田塍上时，一张网挡住了我的去路。那张网的网眼很小，若不仔细辨别，还以为是一张巨型蜘蛛网。网上，套着一只画眉，正在垂死挣扎。翅膀严重受伤，有血珠滴出，染红了野草。我踮起脚尖，想把它取下来，让它重获自由。可我反复试了几次，就是够不着。晚风从网眼里吹过，也从我的心上吹过。网的其他地方，也残留着鸟的羽毛，每一片羽毛，都是一个招魂幡，在替那些死去的鸟雀招魂。我站在网下，耳朵仿佛听到无数鸟儿的哀鸣。我不知道，这张网是谁安放的，在这个世界上，总有那么些人，在偷偷地干一些伤天害理的事情。我必须救下那只鸟，我费了好大的劲，才把那张网撤掉。但令我心碎的是，当我成功取下被困的鸟儿时，它已经气息奄奄了。我没有能力和办法使它再展翅飞翔。

这个黄昏，我经历了一种罪过。

落日越来越暗淡。那刻我如梦方醒，这落日，并非是在指引一个游子寻找乡愁，而是在替一只小鸟送葬。

天就要黑了，我反身朝回走。走着走着，我不禁泪流满面。我感觉到，在我的故乡，每一次日落之前，都有一道悲伤在蔓延。

尽管，在日落的另一面，黎明正欲翻身。

梦冬

我渴望听到一些声音，细小的声音，在这个孟冬时节。我在田野里走来走去，像一个菜园的管家。那些菜全被白雾罩着，宛如农妇冻裂的脸庞涂了厚厚的粉霜。我俯下身子，将耳朵贴于泥土。凉，伴着一股阴湿，钻进我的耳蜗，顿时，我的血管里似有亿万条蚯蚓在蠕动。

田地东边，蹲着一位老人，在扯杂草。他穿得很单薄，须发尽白。浓雾包裹着他，远远看去，仿佛蚕茧里的蚕。我慢慢地靠近他，像一种凉靠近另一种凉。然而，这个老人却丝毫没有察觉到我。他低埋着头，两只手颤抖地扯着一根一根的草，既像一个匠人在制作手工艺品，又像“土地神”在拔除大地的寒气。

我不知如何是好。我渴望听到一些声音，却无意中听到了一个老人细小的喘息。我掏出手机，想替老人拍一张照片，就像我曾经拍过的那些大地上的河流、树木、飞鸟、芦苇和花朵一样。可令我讶异的是，我刚将手机对准他，他竟惊慌失措地站起身，扭头就跑，连身旁的背篼都不要了。

我待在田地中间，感到莫名的惆怅，我的鲁莽总会伤害那些我所热爱的事物。

那天过后，我决定不轻易在村里乱走，我怕自己的脚步会扰乱季节的秩序。我把自己藏起来，像一只冬眠的青蛙。在乡下生活，只有将寒冷抱紧，才能获取丁点温暖。

转眼到了仲冬。我实在憋得难受，就又想到村里转转。在城市生活久了，我已经失去了耐心，变得不甘寂寞——一个人倘若真要跟自己相处，跟寂寞相处，跟内心相处，那是需要境界和修为的。

村子又安静了许多，一切都在沉睡。我抄着手，在村里闲逛，耳边只有风吹树响。突然间，我很想抽一支烟，可打火机无论如何都打不着火。在寒冬，打火机也是冷的。我没法自己将烟点燃，我的指尖没有着火点，我只好重新把烟放回烟盒，就像放回了欲望。

这真是个索然无味的冬天，我想。我继续抄着手，在村里闲逛。我渴望遇到一团火，就像我曾渴望听到一些声音。这是我的梦想，冬天的梦想。我的梦想非常简单，可越是简单的梦想却越难以实现。

正在我灰心沮丧的时候，我又遇见了那个被我的拍照行为所惊吓的老人。他拿着一把锄头，在房屋周围使劲地挖什么。我很好奇，停下来默默地盯着他。这次，他没有被我的怪异举止吓住。或许，他根本就没有心思理睬我。他只拼命地刨挖，复仇似的，额头汗珠滚滚。渐渐地，我看明白了，这个老人，是在刨房屋的地基。他想制造一场事件——房屋倒塌事件，这是他在这个冬天的梦想。如果这个梦想能够实现，他将为后人赚取一笔意外死亡赔偿金。但他没想到的是，他这几间瓦房太坚固了，几根石柱已被他刨得如裸露的白骨，却就是不倒。

我被眼前的一幕吓傻了，不禁汗毛倒竖。这是怎样的一个老人，又是怎样的一个冬天啊。我仍想抽一支烟，这回，火机倒是打燃了，可颤抖的嘴唇就是叼不稳烟。索性，我连烟和打火机一并扔出老远，像把冬天扔出季节之外。

不知不觉间，日子到了季冬。一天上午，我站在村头，正在眺望春天的消息，却无意中发现老人拿着一把锯子，在锯生长于屋旁的一棵大树。他不把树锯断，只拉开一条大口。他希望能在春季来临之前，刮起一场大风，将树吹倒，压垮房屋。可这场风却不守信用，它在村前旋了几圈，就掉转了方向。风是聪明的，它识破了老人的阴谋。它不想成全了老人，却毁了自己的清白。

风走后，老人失望至极。就在这个冬天快过完的时候，他掉进村头的池塘淹死了。一个梦想着死亡的人，终于死在了制造死亡的路上。

寒林树语

我曾经常走进那片树林。

有时，是受一只鸟的引领；有时，是受一种莫名的情绪引领。那片树林不大，树种以青树居多。特别是夏季，下过几场雨之后，树林里杂菌丛生。这时进林，准能捡到大小不等的菌子。拿回家洗净，炖成汤，真是又鲜又香。

可现在是冬天，无菌可捡，也没有鸟为我引路。我的情绪也很正常，我之所以走进树林，是我听到了树的召唤。离开故乡多年，我时常在梦中看到树披头散发，在风中奔跑的样子。它边跑边喊我的名字。醒来，树又全都消失不见了。只剩下它的喊声，不断在我耳边萦绕。我的脊背一阵冰凉，泪珠像两枚细小的卵，在眼眶搭建的肉巢里滚来滚去。

那些树都还认得我。我从树底下走过，落叶铺了厚厚一层。脚踩在上面，软软的，挺柔和。这是它们为迎接我这个游子，专门铺设的地毯，这仪式太隆重了，我感到十分羞愧。我伸出手，顺着树干一棵一棵地抚摸过去。我不仅摸到了树那潮润的皮肤，也摸到了自己的年轮。有的树干上结了痂，手摸上去，硬硬的。我怕碰疼它们，就住了手。每一个疤痕，都是曾经的一道伤口。那些伤口里，藏满了生长的秘密。

遥记当年，我利用上学的间歇，养了几只兔子。每天放学后，我唯一要干的事情，便是去菜地里给兔子扯草。短短几个月时间，兔子被我养得又肥又胖。父亲为犒赏我，还特地砍来竹子，替兔子编织了一个大笼子。看着兔子在笼子里活蹦乱跳的样子，我感觉生活无比地美好。可让我没想到的是，有天我放学归来，跑到兔笼前一看，其中一只灰毛兔趴在笼内一动不动。我揭开笼盖，用手一摸，兔子的身子已经僵硬了。那一刻，我的眼泪夺眶而出，我不知如何是好。我既不想把这事告诉还在坡地干活未归的父母，也不想压抑自己的悲伤。低泣一阵之后，我抱着死去的兔子，提起墙角的一把锄头，向那片树林里走去。我将那只灰毛兔埋在了林子西边一棵苦楝树下，还用随身带的小刀在树身上刻下“爱兔”两字，以示对这只兔子的哀悼。埋掉灰毛兔，天已经黑了。父母早已回家，他们看到我沮丧的表情，一句话都没说。母亲接过我手里的锄头，就转身去灶房煮晚饭去了。从那天起，他们再没向我提过那只灰毛兔，他们不想去触碰我的伤疤。

如果树也有记忆，它们一定会记得当年有个孩子，在一个薄暮时分，曾静静地走近它们。那个孩子，他独自穿过密林，穿过正在降临的黑暗，穿过被无限放大的悲伤。他徘徊又徘徊，站在树下，听风吹树响。所有的树，都在默默地看着他。而后，树们开始窃窃私语，议论着一个孩子内心的风暴，和一只兔子的死亡。最终，它们又看见那个孩子，在绝望的笼罩下，摸索着找到了回家的路。

我不能再继续回忆了，也不能替树去回忆。不管是树或人，都不应该老是活在回忆里。我绕着树林走了一圈，林子里寒气森森。雾霭包裹着树叶，湿漉漉的，仿佛刚刚哭过。只是我不知道，它们是因为高兴哭呢，还是别的什么原因。一棵树站久了，也会很孤独。别看它们伴侣多，其实一棵树与另一棵树之间，永远难以靠近，也根本不会走进彼此的内心。真正了解一棵树的，不是树，也不是种树者和伐木工；而是风和雨，阳光和空气，水分和气候。这跟人类很相似，一个人倘要走进另一个人，那中间永远横亘着一道鸿沟。不论这两人之间的关系多么亲密，多么特殊。因此，也才有那么多渴望被了解的人，悄悄走向山川河流，旷野丘陵；走向一朵花，一块石头。他们相信，只有自然界的这些，方能安妥他们迷离彷徨的心灵。

如此说来，我在这个冬季走进一片树林，也是在为自己那渴望被知晓的心灵寻找一条路径吗？

树没有回答我的问题，唯有树梢动了动，像是摇头，又像点头。

青瓦

昨夜，风大。屋后的竹子受风的指使，扫掉了我家屋顶上的几匹青瓦。那时正值夜里十一点钟，青瓦落地的响声惊醒了沉睡中的父亲。他从床上爬起，打着手电筒，到屋外转了一圈后，又回屋蜷缩进了被窝，像一个患梦游症的人。我躺在隔壁的木床上翻看一本名为《旧都的味道》的书，作者是一个叫薄田泣堇的日本作家。我合上书页，准备入睡。这时，父亲的鼾声穿过墙缝，在我的耳膜上此起彼伏。屋外的风更大了，咆哮着，像个黑夜中的暴徒。瞬间，我的睡眠和父亲的鼾声都被风粗暴地掳走了。又一匹青瓦，从房顶坠落，砸向黑夜的脊背。

第二天清晨，风停了，我赶紧跑去屋后察看。两根老竹，一根嫩竹，均倒在屋顶，竹叶尽脱，竹枝插在瓦楞中，形象十分狼狈。瓦脊上，蹲着一只鸟，羽毛被晨雾濡湿。我轻轻摇动老竹，想让它飞走。可鸟就是不飞，依旧静静地蹲着，也许它早已厌倦了飞翔。我凝视着鸟，鸟也凝视着我。一下子，我的心中涌起太多的话，却不知道对谁说。这些话语，闷在我心里若干年，跟屋顶上的瓦片一样，全都长满了青苔。

青苔长在瓦上，就像白发长在父亲的头上。青苔和白发，都是岁月的物证。正这么胡思乱想着，我脚底一滑，身体撞在一根竹子上，落下的水珠滴进我的脖颈，寒冷迅速将我包裹。我一个激灵，仿佛大梦初醒。回转身，见父亲拿着一把柴刀向我走来。他要将倒在屋顶的竹子砍掉，不然，竹子还会扫掉青瓦。在父亲眼中，每一匹青瓦，都如鱼身上的一片鳞甲。鳞甲每掉一片，鱼就会疼痛一次。青瓦每掉一匹，房屋也会疼痛一次。父亲最怕见到疼痛，因为他一生都在被疼痛追杀和围剿。

柴刀闲置了一个冬天，有些生锈，刀刃不是太锋利。父亲费了好大周折，才把那三根竹子砍掉。我帮他把砍断的竹节捆好，像把一些生活的片段整理打包。父亲在旁边盯着我，额头汗珠直冒。他掏出一支烟点燃，烟圈在他的白发周围缠绕。瓦脊上，那只蹲着的鸟，已经不见了踪影。它被我们的伐竹行为吓跑了。我猜，它一定是担心那把生锈的柴刀会落在自己身上。

清理掉倒伏的竹子，房顶果然轻松了不少。只是，那被竹子扫掉瓦片的地方，破开筲箕这么大的一个洞口。发霉的檩条裸露出来，好似老屋的骨骼。父亲抽完烟，立刻去偏房里搬楼梯。他要亲自上房盖瓦，替房屋修补伤口，但被我强行制止了。看他搬楼梯都费劲的样子，我哪敢让他上房。记得前年冬天，他一个人爬上房顶盖瓦，摔了下来，造成身上多处骨折，在家躺了半个多月，才勉强能够下地行走。这次，我不能让他再冒险。我本想自己上房盖瓦，但又没那本事。这不比挖地种豆，盖瓦是个手艺活，一般人还真不敢贸然上房。否则，极有可能漏没盖住，反而越盖越漏。

情急之下，我想到了村里的国华爷。他是个老盖匠，村里每户人家的房顶，他都上去过。可我这想法遭到父亲的反对，父亲说，国华爷年纪大了，早就不上房了。别人请他，他也一律谢绝。除非他自己的房屋漏水，他才不得不爬上房顶一试身手。我问父亲，那村里还有其他的盖匠吗？父亲摇摇头说，以前倒有好几个，可都老的老，死的死了。我的心里再次涌起太多的话，想说，却说不出口，心里闷得慌。

就在父亲让我给他扶稳楼梯，准备爬梯上房时，恰好国华爷扛把锄头路过。他见状，放下锄头说，让我来替你们盖吧。我和父亲都感到惊讶，国华爷继而说，你们父子俩对我都很和善，不像村里有些人六亲不认，这点小忙，我这把老骨头该帮。我一下子眼眶泛潮，父亲也赶忙递上烟。国华爷果然手艺超凡，十几分钟，他便将我家屋顶的洞口补上了。我和父亲要留他吃早饭，他说刚吃过了，还没饿呢。说完，就扛起锄头朝坡地去了。

我站在房檐下，泪水打湿了一个衰老的背影，和一颗柔软的心。

记梦

夜里，醒了几次。我睁开眼睛，黑夜依旧很黑。外面吹着风，仿佛在给我催眠。我瞅瞅夜光手表，时间是深夜两点十二分。我盯着秒针看了许久，我想知道它是如何分解时间的。但遗憾的是，我还未看明白，就再次进入了梦乡。

在梦里，我变成了一个孩童。我很饿，饥肠辘辘。我跟着一个中年妇女，走在一条没有尽头的山路上。那个妇女肩上挑着两筐谷子，金黄灿烂，像是太阳洒下的光芒。从背影看，我似乎认识她。而且，我熟悉她汗水散发出来的味道。可当她转过身来面向我时，她又是那样的陌生。我不知道她要去哪里，是去邻村的打米房打米，还是去镇上交公粮。她沉默着，我也沉默着。我在后面盯着她，也盯着她筐里的谷子。大约走到午后时分，我发觉谷子开始一粒一粒从她的筐里漏出来。谷子漏出来一粒，我就弯腰捡一粒。不多一会儿，我的衣袋和裤袋里就被谷粒塞满了。但我仍然很饿，我很想把谷粒放在嘴里嚼了。我刚一张嘴，那个妇女就扭头斜视我，目光比砒霜还毒。我害怕，毛骨悚然，只好把拽在手心里的谷粒又放回到衣袋中，继续默默地跟着她。山路上，从筐里漏出的谷粒连成了一条金色的细线。我还想捡，可找不到地方放。正在我愁肠百结之时，忽然从天空飞下一只鸟，一嘴就把那根细线叼走了。继而，一大群鸟闻风而来，停在妇女的箩筐边沿，争食筐中的谷子。这些鸟个个凶恶，嘴奇大无比，跟撮箕差不多，几口就将谷子啄得颗粒不剩。我简直惊呆了。然而，那个妇女却对眼前发生的一幕熟视无睹，仿佛那些鸟都是她喂养的，她之所以挑出谷子，就是专为供养它们。

瞬间，我的饥饿被仇恨所取代。我恨那个妇女，也恨那些鸟。她和它们使我的希望破灭，让我小小年纪，就窥到了活着的真相。这一切，对我这个孩子来说，太残忍了。我不想再跟着那个妇女走，她现在什么都没有了，只剩两只空空的箩筐。我回转身，朝路的另一端迈步。哪承想，一只大鸟拦住了我的去路。它张开翅膀，每一根羽毛都似一把锋利的短剑。鸟的眼睛死死地盯着我那鼓鼓的衣袋和裤袋。我明白它想干什么，我自觉地掏出那些谷粒，连同我的饥饿和仇恨，希望和梦想，统统都掏了出来。鸟双翅一合，顿时就把我掏出的东西包走了。

我站在山路上，失魂落魄。我不清楚该往何处走，我的脑子一片混乱。我恍惚记得自己是从家里逃出来的，逃走之前，我跟母亲吵了一架。吵架的原因我忘了，好像是为了一个馒头，又好像是为了一个破碗。那会儿，天色已近黄昏。我凭借记忆，寻找家的方向。路的两边，林木茂盛，树冠里不时传出鸟鸣，叫声凄厉，响彻山谷。我怀疑那些鸟就是刚才抢夺谷子的鸟。它们一直躲在我看不见的地方监视我，我的背脊发麻，我很想摆脱它们。

我加快了脚步。我的脚步轻飘飘的，走着走着，我感觉自己像鸟一样飞了起来。我一下子升到了高空，我看见了我出生的村庄。那一座座连绵不断的山脉，那一条弯曲盘绕的河流。我还认出了我们家的茅草房，草房顶上正升腾起袅袅炊烟。我想，那应该是母亲在做晚饭了吧。果然，母亲在院坝里搂柴火。她抬头望了望天，我以为她看见了我。我大声喊母亲，声音洪亮，但母亲却丝毫听不见我的呼喊。我急了，奋力一挣，从天空掉了下来，恰好掉在院坝里的草垛上。母亲被我吓了一跳，惊慌失措。当她认清是我时，禁不住泪流满面。她放下手中的柴火，摸摸我的头，再拉起我的左手，没有说一句话。

我伸开右手紧握的拳头，把唯一一粒没被鸟夺走的谷粒交给母亲。母亲拈起那颗谷粒，像收起一束光，又像捧起一团火，朝我笑笑。我在母亲的微笑中晕了过去，我太饿了。

当我从昏迷中睁开眼睛，已经是第二天早晨了。刮了一夜的冬风已经停止。我再次瞅了瞅手表，想搞清楚它到底是怎么分解时间的。可我昨晚忘了上发条，手表早已停止了转动。

原载《清明》2017年第4期

水边的事

刘醒龙

亲爱的三峡

再次来到三峡。这是第几次来到这里，很难记得清楚了，唯一清楚的是每一次与三峡相逢，都是一次情怀与思潮的碰撞。

长江一万里，大岭九千重，能奔涌的自然奔涌而来，会伫立的当然相守相望。还有一万一万又一万，像我这样的人，毫不吝惜从青丝到皓首的光阴，一次又一次乘风而来，看不够满江的桃花汛。一回又一回顺水漂泊，拥抱起漫天红叶而归。

来到三峡的方式越来越快捷，拥抱三峡的方式越来越舒适，从最熟悉的武汉为另一个点，将三峡连接起来的时间，即便是从汽车时代算起，也有了从漫长的两天两夜，到如今的只需三四个小时的巨大变化。在这种改变的过程中，从三峡工程截断亘古江流至今的时间算起来也一点不长，很奇怪曾经冷冰冰的山一样、海一样的钢筋混凝土建筑物，竟然悄无声息地从我这里获得了某种感情。

对三峡的迷恋无外乎那举世无双的山水，以及想看透与这得天独厚的山水密切相关的现代化工程的计划与实施。因为来得太多，因为来得太多生发的深情，因为深情而对天赐山水肯定会消失的惆怅，因为惆怅太多，必须排遣而又无法排遣，所以只能使用得幸天赐的抱怨为出路。可以想象的原因还有一些。这一切原因都还看得见摸得着，哪怕有少数原因变得淡忘了，也还在记忆的边缘小心翼翼地游走。

我的小猫小狗一样的童年，我的海枯石烂不可改变的日常起居吃喝口感，我的审美趣味，我的思哲基点，我的视野偏好，我的话语体系，我的一切构成生命的非物质元素，早就决定着我会将个人立场建立在纯粹自然一边。比如我是那样讴歌，只生长于老青滩岸边的香也香得醉人，甜也甜得醉人的桃叶橙，本是普通的几株果苗，偏偏遭到雷击，枯了半边，活了半边，然后就变异出世间仅有的果中极品。比如我是那样抒情，只生长于老归州外鸭子潭中的桃花鱼，本是昭君出塞前洒在香溪中的一滴泪，年年江水涨起，淹得无踪无影，再大的江水只要退去，那婀娜多姿的桃花之鱼依旧从雷霆袭过、龙蛇滚过、恶浪翻过、洪峰漫过的江底飘然而至。比如我是那样惊叹，年年桃花汛期，那些要去金沙江产卵的鱼群，冲不过江中的急流，便聪明地沿着江边礁石阻击后的细水缓流向上游进，更聪明的三峡儿女，排着队站在细水缓流旁，轮番上前用手里的渔网舀起许多健硕的鱼儿，再用这些鱼儿晒满两岸的江滩。比如我是那样敬畏，江边那被炭火熏得漆黑的老石屋，比老石屋还黑的老船工，至死不肯去儿子在县城的家，只要说起现在的江、现在的船，老船工就会生气地大声嚷嚷，这叫什么江，这叫什么船，一个女人，一边打着毛线，一边飞着媚眼都能开过去，这不是江，也不是船。老船工的船是必须手拿竹竿站在船头的船，老船工的江是船工手中竹竿在礁石上撑错半尺就会船毁人亡的江。比如我是那样赞美，一排排船工逆水拉着纤绳，拖着柏木船不进则退，退则死无葬身之地时，那些被称为滩姐的女子，一边唤起船工的名字，一边迎上前去，挽着某位船工的臂膀，助上一臂之力，等到柏木船终于驶过险滩，那些滩姐又会挽起船工的臂膀，款款地回到自己的家。这些旷世的奇美，早已被钢筋混凝土夺走了，砌在十万吨现代建筑材料的最深处，见过的人还能有些记忆，没见过的人纵使听得倾诉一百遍，也是枉然。

站在我站过多次的神话般世界最大的船闸旁，站在我站过多次的高高的坛子岭上，站在我站过多次的巨大得令人震撼的大坝坝顶上，站在我站过多次的亿万年沉潜江底的岩石旁，我真的太惊讶了，大江流水，高山流云，一切都在蓝天朗日之下，我居然对用三千亿人民币打造的三峡有了一份由衷的感情。

好像只是回眸之间，亲爱的三峡，也许是经历了太多的流言，才使人想为她抱一点不平。循着长江大桥、长江二桥、二七长江大桥、白沙洲长江大桥和天兴洲长江大桥下从未有过的清得可以的江水，再一次来到三峡，是九天来水驯化了钢筋混凝土的庞然大物，或者是钢筋混凝土的庞然大物习惯了九天来水，年年一二月份，这仿佛天作之合的大坝与水，就会千里奔驰到上海，去挤压从东海涌入的咸潮。三四月份，这温情之水又会加大流量去温暖万里长江的每一朵浪花与漩涡，让每一条怀春的鱼儿早些做那繁衍后代的准备。进入雨季，要做的事谁都知道。防完洪水，就该满负荷发电了。接下来的冬季，当美丽的洞庭湖太过干涸，当鄱阳湖露出湖底石桥，便是最多流言攻讦的时候，殊不知往年这种季节长江过水流量不过两千几百，亲爱的三峡为了保证通航，已补充水量到五千几百。这比自然还温馨的种种，真个配得上人称亲爱的情感。还要为左岸电站那八台进口的七十万千瓦水力发电机而感动，不只后来的右岸电站的十八台同等量级的发电机完全由中国工厂自己制造，而且还以此为基础制造出目前世界上最大的发电机。我对三峡的亲爱的感情，还源于自己十八岁时，受县水利局委派主持修建一座名叫岩河岭水库的小水库所学到的专业知识，当全世界的自媒体都在疯传三峡面对战争可怕后果的威胁时，我知道那是不可能的，哪怕是百万吨级的氢弹直接命中，三峡之水也不可能像自来水那样直接冲击到武汉与上海，亲爱的三峡更准确地告诉我，最坏的结果是，那些水会在枝江以上形成新水库，然后，那水就会沿着长江河道，习惯性地流向下游。

我曾经发现三峡的可爱，如今再次发现三峡的可爱。

人总是如此，一旦发现，就会改变。不是改变山，也不是改变水，而是改变如山水的情怀，还有对山水的新的发现。

汨罗无雨

时值雨季，气象台预报有雨，肯定会有雨，气象台预报无雨也有可能下雨。偏偏这一天，气象预报说有雨，却没有下一滴。

端午的天很蓝，端午的太阳很灿烂。

汨罗江上，丝毫没有云愁水浊迹象。

甚至相反，江面上旗很红艳，江两岸人很快乐，水清得能将三十几条胜过云霞的龙船变成六十几条。

雨在昨天就下过了，从离秭归、离九畹溪、离乐平里最近的宜昌出发时，大雨便不离不弃一路跟随，直到听懂了我们要来汨罗江。大雨变成小雨，小雨变成大雨，有雨变成无雨，无雨又变成有雨。我们的意志不曾动摇，那雨却开始摇摆不定了，大的时候，惊心动魄，小的时候，润物无声。沿荆江，过洞庭，眼看就要抵达岳阳楼，那雨终于不再如影相随，前前后后的模样太像饮食男女的犹豫不决。雨的样子像是说，故乡已为屈原流干了能够流出的泪水，再无泪水可流。此去汨罗，没有了雨和泪水，该如何表示对故人的痛惜之情?

没有雨，没有雾，没有雷声，只有一声声喇叭在叫，再排演一遍，还有排演时单调沉闷无力的鼓点。此时此刻，还是有雨来临为好，冒着雨，努着力，就没有机会想着娱乐，而枉费精神。那些说是为了祭祀三闾大夫的龙船，如果有雨，也就看不见桨手的表情，也就将漫山遍野的雨丝当成从鼓手到舵手整条龙舟的表情，更不可能额外地选择一朵愁云作为我们的心情。

没有苦雨当哭，没有沉雷长长。

阳光灿烂，暑气飞腾，舞台上有人独唱《离骚》，也有人在领诵《招魂》。

还没有放假，端午小长假要从明天才开始，大小道路上已变得如过年一般车水马龙。汨罗本地，早将端午节当成与春节、清明同等的必定回乡的重要节日。清明是要返乡祭祖，春节必定回家团圆。汨罗江两岸村村都有龙舟，每逢端午，青壮年男人都会从千里之外赶回来，吃几颗清水粽子，洗一场艾叶汤澡，即便是没有想起屈原，心口之中也没有吟诵诗章，也会纷纷操起木桨，一队队结伙去到江上划起龙舟。汨罗江上“宁荒一年田，不输一轮船”的节日精神，想必相同于“慢晔莺喉，轻敲象板，胜读离骚章句”。“荷香暗度，渐引入陶陶，醉乡深处。卧听江头，画船喧叠鼓”，宋时人们尚且如此，又如何要求今日今时！

这是第一次来汨罗祭拜屈原，我有理由让自己显得肃穆，相同的原因，我无法让自己尽是娱乐之心。如果能读得屈子祠墙上的碑刻，就会发现托寄三闾大夫灵魂的屈子祠，也有被淫僧沾染的时候。这或许正是屈原的宿命，精于政治而被政治所毁，因为忧国忧民而死于忧国忧民。那漫漫之路哪里是求索，分明是君子舍身。同样的端午，本是因祭祀而成节日，又因为节日被拖累为满天满地的喜庆。

天不下雨也罢，只要心里湿润也行。谁会将两千三百年前的悲伤，用一滴泪水流到如今？连天地都不过如此，否则这时节，就该是雷鸣电闪暴雨倾盆。龙舟再多也载不起屈塘中的悲壮，粽子连天仍不及屈塔耸立的意蕴。从唐玄宗开始，八大帝王不断追封屈原为忠烈侯、忠洁清烈公，直至被清康熙尊为水仙尊王，身后获得如此厚待，竟与孔子平齐。与华而不实好大喜功的皇帝相比，以个人之品格到屈子祠前三叩六拜九揖，聊表襟怀已是了得，如若真要当真，还不如转过身来，用心雨之笔写下心语：八帝追封，纵然与孔圣齐名，不如离骚总天问；千帆竞渡，只为个忠魂沉冤，从此汨罗永怀沙。

走读第四才子书

在陌生的山水间行走，突如其来地遇见先贤，是一种极为特殊的事件。那感觉与滋味不是兴奋，也不是震撼，完完全全是一种在今生遇见自己的前世，在前世遇见自己的今生般的错愕。汨罗江上游的平江离武汉不算远，有几位朋友老家正在那里，平日相聚，从未听他们说过。而我去岳阳的次数在各历史名城中也是最多的，每次到岳阳无论是见到文坛朋友，还是其他什么人，包括那些家在平江的人，都不曾提及杜甫于公元770年去世后，就安葬在一山之隔的平江。这一次来汨罗江下游访端午祭屈原，在岳阳住下后，忽然听见有人说起，就像被某种东西触动神经，仿佛之中不敢相信，又不能不相信，有那么一阵子，不知说什么好，然后还要反问，这是真的吗？

中华文化中更有一种备受尊崇的传说，凡是天造地设由东向西的河流，命中注定不会平凡。譬如湖北枣阳的滚河，在曾随国号谜一样的气氛下，随手从擂鼓墩大墓发掘出来的曾侯乙尊盘、曾侯乙编钟等一系列的国宝器物，就惊世骇俗了。汨罗江也是一条由东往西流淌的大河，仅仅屈原投江就足以流连于历史，再加上死于斯葬于斯的诗圣杜甫，不要说汨罗江将居何等地位，这天空的雀鸟、地上的禽兽、水里的鱼虾，都会平添许多文气。

五月初五，刚刚在汨罗江上祭屈原。

五月初六，又溯汨罗江源参拜杜甫。

只在那墓前稍一伫立，心头疑问，世上疑云，忽然尽数散去。墓前三五尺见方的一池洗笔泉水，像慧眼一样将千古文章、百代人世映照得一清二楚。虽然这也是历史，又与历史大不相同。对望之下，横一道小小水纹，正是感时花溅泪；竖一条微微风波，实为恨别鸟惊心。长草荒荒，小路弯弯，田舍重重，苔藓满满。不是秋风茅屋，也非寒士草堂，一心一意尽是与苍生相关的苍茫。

天地精灵，既不能言说，也无法为文，所能做的也就是将其精粹托付给配得上天地信任之人。所以，天下文章但凡出类拔萃的，必定是贯通天地，气质自然。杜甫灵寝处，冷清得有些过分，正好印证除了杜甫只有天地的那种地位。四周是那种专属于原野的清净，看不见俗不可耐的故意展览，也没有发现无意遗落的诗词文章。目光所能读到的唯有“唐左拾遗工部员外郎杜文贞公”

等文字。虽是初夏时节，四周充满暑气，脚下青砖的缝隙里，仍在冒着直达骨子的阴凉，宛如杜甫一生的阴郁。

公元767年，杜甫从瞿塘峡乘船而下时，还能抒写“无边落木萧萧下，不尽长江滚滚来”。宋时有人曾说此两句十四字，写出了八层意思：他乡作客一可悲，万里作客二可悲，经常作客三可悲，正值秋天四可悲，身怀疾病五可悲，晚年衰病六可悲，更兼多病七可悲，重阳节孤独登台八可悲。身为少陵后来者，当知杜甫身后事，这样的追溯与对照，多少有些牵强，多少也有些道理。及至公元768年到770年，那情怀中的豪迈，就被命运的悲怆彻底逆袭。短短两年湖湘经历，就只能与李白天人相隔地写着，“凉风起天末，君子意如何”。分明那方世界是无法活着抵达的，还是要问个清楚，“鸿雁几时到，江湖秋水多”。“文章憎命达”的境况，“魑魅喜人过”的现实，放在现今时日也是如此，天下哪有真写文章的人是官运亨通财源滚滚的？地上哪有暗箭不伤人的？这样的文字就是想作别的诠释也作不了。最是那句，“应共冤魂语，投诗赠汨罗”，简直是一语成谶！世间通常习惯暗示他人，像杜甫这样，除了自己将自己当成诗文赠予大江大河，那些记得诗，并热爱诗的人，哪敢有此念头？若是谁有，无疑会触犯天条。

十年之后，若有怀想，还可以当作惋惜。百年之后，任何一种怀想，都是不道德的！千年诗圣，只落得举家投亲靠友，更有苦雨相逼，人在船上，船却一连十日无法靠岸，最后还要对他人的施舍千恩万谢。早前远在皖南秋浦河上的李白，何尝不如此，吃喝人家几天，临走时还要歌唱，那酒肉款待之情，比桃花潭水还要深！李白有情唯有杜甫能解。李白既然先杜甫而去，杜甫之心就只有凭空托寄给凉风鸿雁江湖秋水了。

识时务者为俊杰，不认时务者为圣贤。那个叫李林甫的，因识时务，了解皇帝秉性擅长投其所好，用一个野无遗贤的说辞，将好大喜功的唐玄宗奉承得晕乎乎。不必去怀想这些人若知道，被他们屏蔽在金榜背后的杜甫，日后成了圣贤，会作何感想。看着这楚天云水伤心处，这满山荒草泪横流的小田村，用春天的一株兰、夏天的一滴露、秋天的一群雁、冬天的一坡雪，连续起汨罗远水，就会明白，一个屈原怀沙投入一条向西流淌的江，尚不能避免屈原与楚国的悲剧在杜甫与大唐身上重演，那就需要用杜甫与屈原的灵魂叠加，以强化汨罗江，强化天地留给后人的道德、文章、节义的警示。否则这向西流淌的河流，就失去如此存在的理由。

明末清初的金圣叹，被尊为中国文学第一评论家，他从经史典籍、诗词歌赋、戏曲小说中选出六部书，认为是千古绝唱。这六部书是：一庄（《庄子》）、二骚（《离骚》）、三史（《史记》）、四杜（杜甫之诗）、五水浒、六西厢。金圣叹称它们为“才子书”，也叫“天下必读才子书”。年少时，对诗仙李白与诗圣杜甫之不同甚至很不以为然，后来才察觉出其中分野来。将自己的每一个文字都用作世人疾苦的一部分，自然要比春花秋月来得重大。曾经有人这样说，杜甫的诗，后来被人各得其所，学成六种模样，孟郊得其气焰，张籍得其简丽，姚合得其清雅，贾岛得其奇僻，杜牧、薛能得其豪健，陆龟蒙得其赡博。果真如此，从幕阜山发源的汨罗江，就是杜甫从活着到永生的清楚无误的象征。

记得苏轼有诗，大江东去，浪淘尽千古风流。

眼前天地分明，汨水西流，屈杜遗志何时休？

永生的杜甫墓有些荒凉，到访的人很少。太忧国的人譬如屈原，国家会给予纪念。太忧民的杜甫，本当由民众来纪念，可是民众都去哪里了呢？“饥籍家家米，愁征处处杯”的杜甫，“亲朋无一字，老病有孤舟”的杜甫，饿着肚子走遍半个中国的杜甫，难道还有更为不堪的圣贤吗？从屈原到杜甫，相隔有一千零四十八年，难道这汨罗江还要再过一千年，再有圣贤流落同千古，才会明白人世最重要是什么吗？

仁可安国

小时候生活在山里，总听爷爷说长江的事，爷爷说的那些长江事，重复最多的是黄州青云塔。爷爷这样说话，是希望他的长孙不要忘记自己的家乡在哪里。那时候我是见过青云塔的，只是没有记住，没有记住是因为根本记不住。我最早见到青云塔时是在零到一岁之间，这样的年纪，哪怕母乳的味道也是记不住的。爷爷说，万里长江在黄州城外绕了一个急弯，这青云塔的修建，是要用高望之物来平复长江拐弯得太急带给黄州城的种种风水不利。这个夏天，沿长江一路走来，只要是大拐弯的地方，总会有人将自己的意志强加于斯，可见爷爷的话是有来头的。

始建于明万历二年（公元1574年）的青云塔，一直在黄州城。二十岁时，自离开黄州城第一次回来，留在记忆中的青云塔是在城外，三十岁时再次见到青云塔，已经是在城内了。这么长的时间里，却一直没有到这塔的跟前去，直到六十岁，才走上这青云直上的全楚文峰之塔。年轻的安国寺住持陪着，也不知崇迪和尚是从哪里统计的，竟然脱口说出，青云塔建立之前的明朝，黄冈一带只考中进士四十五人，建塔之后，明朝时考中进士二百七十六人，到清朝时共考中的进士达三百三十五人。

仰望这塔，我做了一个加法，将明朝前后的进士加起来，与清朝的进士数相比，二者并无明显差异。为什么还要如此表述，这中间肯定存在另一种东西。

黄州城内还有一座石塔，爷爷在世时，从未对我说过它。是我重回黄州之后，自己发现的。石塔建在东坡赤壁内，立在世所闻名的二赋堂南墙外。从发现这座石塔起，在公开场合总听人一说石塔与苏轼相关，二说与安国寺相关。与苏轼相关是因为苏轼的到来，旧黄州的陈腐就被新黄州的文采取代。因此黄州人爱苏轼，爱苏轼的诗词书法，并进一步爱上街头飘荡的每一张废纸。而安国寺的僧人又是此中杰出代表，为了爱苏轼，为了爱苏轼的诗词书法，安国寺的僧人每天早上都会上街，将各个角落的各种有字迹的废纸，收集到一起，送到东坡赤壁二赋堂南墙外的石塔里焚烧。所以，这石塔实在是一座古老的焚纸炉。

这样的故事讨人喜欢。但是，有一天，我找到了这个故事的真相。说是真相，其实就是没有真相。没有真相的真相是，这个故事在现实中从未存在过。故事的出现全因为那位叫丁永淮的苏轼研究者的杜撰。丁先生之所以要杜撰，也是由于这石塔的真相过于不堪。作为研究者，丁永淮先生从方志史料中找到这石塔的出处，清朝时，黄州城内出了一个放荡的寡妇，因其声名败坏，家族深感耻辱，不得不祭出家法族规将其处死，仍不解恨，就修了这石塔镇着压着永世不许超生。在黄州与丁永淮先生相处时，听他多次说起这事。丁先生爱苏轼心切，而这石塔不仅建在东坡赤壁之内，更立在二赋堂旁，又不能拆除，这才另起炉灶重新创作一个关于石塔的故事。

在历史与现实之间，长江流水之上，这样的事有许多。譬如三峡中那美妙绝伦的桃花鱼，传说是昭君出塞时流下的鼻涕变成的。当地一位朋友觉得鼻涕太丑太难看，有损天下第二美女的形象，便改为是昭君的眼泪滴入水中变化的。这样的改变，合情合理，令人敬佩。也有让人恶心的。譬如三国时期赤壁大战那事，后人总也免不了追问，在冷兵器时代，曹操的千军万马南下本欲夺取江南吴国都城武昌，也即现今的鄂州，却要绕到上游数百里的荒野处渡江，而江那边是更荒的荒野，三国过后多少年才有了地名的赤壁，这一点也不符合冷兵器时代，最经济的战争策略是两军直接面对，兵对兵、将对将、刀对刀、矛对矛地分出胜负。想不到近几年竟有人借着创意经济弄了一个创意，说是当年曹军在此发现一条翻过幕阜山，直插时名柴桑再叫九江的小道，所以曹操才决定在此渡江。这样的创意也太肆无忌惮，连起码的常识也不要了。放着武昌不攻打，却要翻越拎着打狗棍都难以通过的崇山峻岭去攻打上不巴天、下不巴地，且远在千里之外的柴桑，这也太不把别人脑子当人脑子了。

青云塔边，那座因为苏轼而在文学史上留下盛名的安国寺正在有序复建，虽不会回到当年“骑马关山门，鸣锣开斋饭”规模，也不会再在寺内设四里凉亭和五里凉亭，苏轼的文学精神却是要恢复其中。苏轼有名句：飞流溅沫知多少，不与徐凝洗恶诗！恶诗虽然没有恶人那样遭人愤恨，却比恶人更坏，因为这样的坏是披着诗的光彩，最能妖言惑众，损坏人世间的文化伦理底线。在苏轼的黄州，重要的是传承一个仁字。无论传说与否，青云塔修建的用意与结果都是为了一方百姓，且不会对任何其他有所妨碍。哪怕将明清两朝数百名进士的出现归功于石塔，也是借石塔之名，彰显文情、文采与文化。二赋堂边石塔故事的修改，也是因为一个仁字。一个寡妇哪怕再多几段私情，也是人性使然，断不可为了他人名声而要了她的性命。相反，用石塔来说说黄州城对诗和诗人的喜爱都到了如此地步，才是这座古城和古城所有人的荣耀。不要小看了仁字，也不要不在乎仁字，更不要有意无意地糟蹋了这个仁字。

须知仁可安家，仁可安城，仁可安国。

浔阳一杯无

一座浔阳楼是由大江大湖大山大水堆积起来历史的遗憾！

除去遗憾，浔阳楼名声就会更小。九江来过多次，浔阳楼旁边那座锁江楼与文峰塔，都曾上去走了走，近在咫尺的浔阳楼却似无缘一样，一只脚伸到旁边了，也不肯将另一只脚迈过去。在长江边出生，对长江边的一切都有兴趣，偏偏这浔阳楼，总不能留在心里。没有别的原因，全是太不喜欢《水浒》中的那个黑矮胖子。

第一次读《水浒》，黑矮胖子这词就令人心生不快。《水浒》这书本不值得多读，那些人物故事，一遍下来就有七八分印象，再读一遍不仅不会达到九分十分，反而会走向反面，让人越读越糊涂。譬如，为什么要让真好汉晁盖轻而易举死去？这黑矮胖子分明是个吃着碗里，盯着锅里，凡是好处都不想放手的贱骨头，所有本事无外乎玩弄权谋，算计来算计去，反而将自己算计成强盗头，虽然勉强却还是大权在握地做了一百零八名好汉的主子。晁盖是湖口与长江四围博大的原野，当强盗就当强盗，有志愿也只是想当绿林英豪。这黑矮胖子充其量是湖口与长江中间那座在急流之上左右逢源，洪水来了吃洪水，清水来了吃清水的小小江洲。

这一次终于上了浔阳楼，凭栏四望，感觉造化弄人，这么好的景致，在九江做过官的白居易为何非要等回洛阳时才写呢？当初在九江时为何不将写给本地朋友刘十九的那首绝句，“绿蚁新醅酒，红泥小火炉”等等，写在这浔阳楼上呢？更别说那首感天动地的《琵琶行》，如果浔阳楼上的白居易不是题了一首相对平庸的《题浔阳楼》，而是有了这绝妙的《问刘十九》，或者索性用惊天地泣鬼神的《琵琶行》，后来的黑矮胖子，就会心知肚明，自己一没有在这楼上题诗的资格，二没有在这楼上撒野的胆子。

当年黑矮胖子被官府发配来此，看见一座酒楼牌额上有苏东坡大书“浔阳楼”三字。黑矮胖子上楼凭栏举目，端的好座酒楼，“雕檐映日，画栋飞云。碧阑干低接轩窗，翠帘幕高悬户牖。……消磨醉眼，倚青天万叠云山，勾惹吟魂，翻瑞雪一江烟水。白蘋渡口，时闻渔父鸣榔；红蓼滩头，每见钓翁击楫。楼畔绿槐啼野鸟，门前翠柳系花骢”。黑矮胖子看罢喝彩的一派江景，如今只是水面窄小了些，雕檐画栋换成了满城霓虹，渔父钓翁野鸟花骢等等也各有替代之物。就连黑矮胖子后来凭着酒兴题写反诗的例子，也能从楼后的庐山上找到新的翻版。

那黑矮胖子一杯两盏，倚栏畅饮，不觉沉醉，思想自己三十大几了，名又不成，利又不就，倒被文了双颊，发配到此，如何与家中老父兄弟相见！不觉潸然泪下，临风触目，感恨伤怀。见白粉壁上多有先人题咏，不禁也动了舞文弄墨念头。黑矮胖子喝酒之前的想法，哪有丝毫想造反的意思，所有变故也就是男人的面子问题。为了一点虚荣，最后闹得血雨腥风的事，诸如此类，古往今来数不胜数。

浔阳楼在长江南岸，北岸的龙感湖，古称雷池，那句“不敢越雷池一步”，说的就是这地方。在黄鹤楼那里，面对崔颢题诗李白尚且知道眼前有景道不得。浔阳楼上，若白居易题写了“能饮一杯无”，那黑矮胖子只怕连喝酒的兴趣都无了。再加上相逢何必曾相识，那黑矮胖子也许会醍醐灌顶，邀上花和尚和黑旋风，上五台山做了真的出家人。那样的浔阳楼就会成为黑矮胖子人生的雷池。

因为这些都不存在，黑矮胖子才敢寻思，磨得墨浓，蘸得笔饱，在上面写些文字说，倘若他日身荣，再来重睹一番，以记岁月，想今日之苦。对黑矮胖子的不喜欢，最是他在那白粉壁上写的头两句：自幼曾攻经史，长成亦有权谋。恰如猛虎卧荒丘，潜伏爪牙忍受。这酒后吐出来的真言，直教人脊背发凉，胸口冒着冷汗。想想自个儿身边，若是藏着如这黑矮胖子一般的家伙，不定什么时候就会用那权谋加爪牙，将别个的人生弄得一塌糊涂，在家就会家不安宁，在团队就会团队不安宁，在哪里就会哪里不安宁。最是黑矮胖子力不胜酒时，还记得与酒保计算清楚该付的银子，还将多出的碎银赏给酒保。醉到如此程度，还丁点心计不少，像古人说的久假成性，这黑矮胖子着实太可怕了。

在浔阳楼上，想这叫宋江的黑矮胖子所题反诗之过程，总觉得其人品人格，都不远及庐山上那个写下万言书的大将军。即便黑矮胖子后来觉得不过瘾，又攀上“冲天香阵透长安，满城尽带黄金甲”的天下第一反诗，加以“他时若遂凌云志，敢笑黄巢不丈夫”的俗句子，怎比得了大将军的诗！黑矮胖子再怎么说，也不过是为着个人私利，如果管着他的那些人也能抛开个人私利，稍多一点宽容，笑一笑，挖苦几句，讥讽一场，由着他发牢骚去，酸溜溜的话说得再多，也掀不起大风大浪。

事实上，遇上一点事就想着反了的看上去十分痛快，归根结底于人于己都是一种破坏。成就宏大事业的最好方式是改正变好而非打碎破坏。改变会让世界越来越宽厚，越来越宽容，不会损毁既往与当下社会资源的积累。总是反了反了的，一旦真的反了，必定不分好歹地抢先破坏妨碍反了的一切，而不管历史之下还有休戚与共的芸芸众生。

小人最爱与小人过不去，因为小人与好人过不去时，好人往往会忍受再忍让，让小人闹腾不下去。小人与小人过不去时，小人之间互不相让，各自将最不堪的手段亮出来，一点屁事也会闹到九霄云外。黑矮胖子与对手正是互为小人，才将彼此逼成水火不相容。这样人格低下的反了，其实质与狗咬狗差不多。古往今来，太多反了反了反了，没有哪一个反了是百姓获利的。相反，一旦反了，百姓的日子就会陷入水深火热之中。彭大将军洋洋万言，区区六句，没有一个字是为了自己，一笔一画全是舍身为民。这样强烈要求改变才是民族进步的大仁大义。

白居易之所以没有在浔阳楼上写下自己最想写的诗文，一定是预感到身后将要发生之事，早早断绝后来者将自己与那不屑之人牵扯到一起的念头，不使自己名节有惨遭污损的可能。只可惜了苏东坡，无论当初是否真的题写过浔阳楼匾，反正已被人与那黑矮胖子捆绑到一起了，这偏偏是苏东坡最不屑的。想那“天涯何处无芳草”是何等境界，怎么会欣赏因为功名利禄而杀人越货的江湖浪人？

相逢何必曾相识，同是天涯沦落人！没有这般人生际遇，天下有名楼只不过是一种强说。

“晚来天欲雪，能饮一杯无？”缺了这境界，世间无比酒的招牌是亮不起来的。任凭从前的店小二，现在老板娘如何叫卖，不如且行且珍惜地来一杯啤酒！

原载《上海文学》2017年第1期

我的词条

张羊羊

照片

我很沮丧，竟然找不到一张和外婆的合影。我无法领回全世界唯一的外婆，搂着她拍一张相片了，让微笑挨紧微笑。使用了摄影艺术二十多年，我粗心得没有给过她一个镜头，可以还有一种继续表达我和一个如此疼爱我的人之间的存在方式。其实，我们经常使用着“错过”“失去”的“艺术”。

我的出生，就生活在外婆的老年中。现在平面的她被挂在三舅家的堂屋，她的微笑不会再变老了，而我将年复一年地老去。如果能活到外婆的年龄，五十五年后，一个94岁的老人还能时常去看看自己153岁的外婆。一个94岁的老人会对着住在相框里的另一个94岁的老人说点什么呢？我真一点也不知道。

外婆离世的前天清早，我问她想吃点什么，她无力说话，我说小馄饨可以吗？她微微点了点头，我现在怀疑连她点头的那个瞬间都没发生过。那个小镇的馄饨摊，为一个活到近百年的老太太下了最后一碗小馄饨，她也最后给身体添加了一点点盐、香葱、胡椒粉、猪板油的味道。守夜的那天，我让年迈的舅舅们、妈妈和小姨全部早睡，搬了箱啤酒，独自坐在棺材边，想着“我只认识老了时候的你/小脚，小路，挽只小竹篮／三十多年你这样打扮了我的记忆／池塘边，／竹园里，／桑树林，／你找我，你到处翻不到我／你在我眼前拭干额头的惊吓”，边说边喝边哭得稀里哗啦。

今天，我坐在这里想你、写你的时候，遇见了一个美好的词语“草飞莺长”，却遇见了巨大的悲伤。我才想起你，孔美英，虽进不了家谱，你的兄弟也是孔子的77代孙。这第77代里，种地的种地，养鱼的养鱼，好像没有几个认得了字的。你也许到离去喊着我的小名时还不知道我有个笔名。

来北方快两个月了，每天翻看家人的相片变得越来越日常，现代物品有时真好，它可以把我的一家子带在枕边。有一张拍的是爸爸、妈妈、妻子和孩子吃晚餐的照片，那照片看起来有扇为我打开的门，我多想走进去，到厨房给他们做几道可口的菜，然后倒杯酒，在我常坐的那张椅子上坐下来，心满意足地看着他们吃。

想起儿子两三岁时看到我小时候的照片，妈妈扶着一辆“永久”牌自行车，我坐在前座绑得十分牢固的板凳上，他叫他的爸爸“哥哥”。妻子纠正说那是爸爸，他回过头喊“哥哥爸爸”。甚是可爱。而这种珍贵随着照片的年月变动，他的五官和言语不得不让我面对他越来越像大人的事实。

十多年前因为搬家，我弄丢了我在这个世界上的第一个影像：满月照。当时只是觉得很可惜，十多年后想起“我那时候／脸蛋圆润／酒窝也好看／眼睛比人类尚未出现／的湖水还要清澈”，心疼得想哭。我把三十八年前的脸弄丢了，它此时可能完全消失于世间，也可能长在某个废品店的角落里，和《毛主席语录》或1979年某张旧报纸的头版头条睡在一起。真的，我愿意花光我现在所有的积蓄去换回这张旧照片，把它献给我的妈妈，她可以捧着刚满月的我，暂时忘记一下胡须、白发、烟酒缠身的清瘦孩子，回想她二十多岁时的光景。

慢慢地，我的照片不断贴在各类学历的证书、申报的表格、无聊的新闻上。一寸、两寸的不再纯真的微笑，让我想起村口老树上挂着的枯黄的丝瓜。我也终于像爸爸妈妈的结婚照那般，和一个姑娘镶嵌在了一起。在白纸黑字的婚姻里，“共牢而食，合卺而酳”，传宗接代，模仿《诗经》里“执子之手，与子偕老”的样子生活。我还藏有一本相册，好多年没打开了，里面贴满了九十年代末交笔友时许多女孩寄来的照片，加上暗恋的、初恋的、失恋的各位姑娘，厚厚的，你们丰富过我一去不返的青春，我收藏了你们二十岁之前的容颜。

兴许是离家久了的缘故，美美地想着这些，却突然想起《古诗十九首》中的第十四首《去者日以疏》，两汉时一个没留下名字的人写的：“去者日以疏，来者日以亲。出郭门直视，但见丘与坟。古墓犁为田，松柏摧为薪。白杨多悲风，萧萧愁杀人。思还故里闾，欲归道无因。”原来那时就有“古墓犁为田”啊。

我倒是说不上有那么多感慨和酸辛。只是想起这两年因墓而常和爸爸妈妈说起的话题，有了时间，我会去江西的景德镇待上一段日子，学会烧得一手好瓷，我用我精湛的手艺只完成一件作品：一只带相片的青花瓷，用来装你们的骨灰，我要把你们的面容烧得十分清晰，摆在家里，没有雨打风吹。走到哪，也会带在身旁。

孝子

时常有人说，你真是个孝子。其实我挺不喜欢这样的夸赞的。一是心有疑惑，难道你不孝顺吗？有一种人我是绝对不结交的，连对父母都不好的人你还指望他会对别人付出什么真情实感。二是三纲且不谈，有些人把起码的五伦都忘很久了。去年，妈妈住过一阵医院，有个熟识不久的朋友坚持要来看望她后，我说了声谢谢，他说了句“我们是兄弟，因为你是个孝子，我也是个孝子”，这话我倒是爱听。

另外，如史骐生《写怀》“父书空满筐，母线萦我襦”之类句子虽然温暖，再读吧总觉着有些不公道也不舒服。记得汪曾祺在好几篇文章里提他对母亲的印象全无，因为母亲得的是肺病，一个人住在一间偏屋里，不让人把他抱去见她。当他写到“一个人怎么会连自己母亲的名字都不知道呢？因为我母亲活着的时候我太小了”，我愈加地难过。试着想象一个人从母亲的遗像上知道她是什么样子的感受吧，我身边不乏这样的朋友，但我无法得知那是怎样的滋味。所以，汪曾祺在那个年月比一般人提早获得了另一种美妙的情感，“他喝酒，给我也倒上一杯。抽烟，一次抽出两根他一根我一根，他还总是先给我点上火。我们的这种关系，他人或以为怪。父亲说：‘我们是多年父子成兄弟。’”我觉着吧，在我生活的年月，我和爸爸之间也提前获取了类似的情感，多好的生活状态啊。

当然，无论是文学作品还是现实生活，爸爸和妈妈在孩子眼里的地位总是不能相提并论，我不清楚什么地方出了差错，是爸爸在生活中扮演的角色不易叙述吗？至少儿子们写妈妈时往往比爸爸多，包括我。《楞严经》云：“十方如来，怜念众生，如母忆子”，妈妈的爱怜等于佛祖的慈悲。在柴门的背景下，唐代僧人舆恭是这样思念亡母的：“霜陨芦花泪湿衣，白头无复倚柴扉。去年五月黄梅雨，曾典袈裟籴米归。”在柴门的背景下，我的清代老乡黄仲则是这样愧疚的：“搴帷拜母河梁去，白发愁看泪眼枯。惨惨柴门风雪夜，此时有子不如无。”我在脑子里简略翻着文学的长卷时发现，写得最为真切的总是提到爸爸的左臂也离不开妈妈的右膀了，“父兮生我，母兮鞠我。拊我畜我，长我育我，顾我复我，出入腹我”。再次体味《诗经·小雅》里的这首《蓼莪》，也终于解决了一个困惑，世间没有了爸爸妈妈怎么办？这是令我感到很后怕的事。原来几千年前就有人在想“无父何怙？无母何恃？”了，几千年后也一样。

写至此，忽想起我的家乡有座蓼莪禅寺，三面环山，面向太湖。始建于东晋，是为纪念二十四孝之一王裒所建，乃国内唯一一座孝子寺。《晋书》载，王裒对父亲的感情至深，“庐于墓侧，旦夕常至墓所拜跪，攀柏悲号，涕泪著树，树为之枯”后，“母性畏雷，母没，每雷，辄到墓曰：‘裒在此。’及读《诗》至‘哀哀父母，生我劬劳’，未尝不三复流涕”，以至“门人受业者并废《蓼莪》之篇”。坦白说，我读《二十四孝》时关于王裒的《闻雷泣墓》尤为真切感人。《戏彩娱亲》里的隐士老莱子是可爱的，《啮指痛心》里的曾参可以说是巧合吧，《涤亲溺器》里黄庭坚每天给母亲洗洗马桶不是很正常吗？我也可以做到。《恣蚊饱血》里，吴猛总是赤身坐在父亲床前任蚊虫叮咬而不驱赶，担心蚊虫离开自己去叮咬父亲，这事也有可能，但总觉得此人有点傻。至于《尝粪忧心》，庾黔娄听医生说，“要知道病情吉凶，只要尝一尝病人粪便的味道，味苦就好”，于是他就去尝父亲的粪便，发现味甜，内心十分忧虑。我在怀疑此医生的医术以及这位儿子尝粪便的勇气。

“二十四”似乎是一个古老的数字结构，我没空去仔细研究其由。桥要二十四（桥名），否则夜里没有明月了；风要二十四，否则花就开不来了；节气要二十四，否则时间不流动了；史要二十四，否则世间没故事了。这孝子为什么也偏偏要凑个二十四呢？其余二十三个孝子我还能接受，《埋儿奉母》里那个河南人郭巨简直令人愤怒，你再穷也不必和妻子商量“儿子可以再有，母亲死了不能复活，不如埋掉儿子，节省些粮食供养母亲”，这么龌龊的想法近乎没了人性，假得也离谱。编此书的那个姓郭的元代人，连黄庭坚给母亲刷马桶的事也能居孝之一席，就没有点其他的想象力除去郭巨凑个其他人？想来还是黄庭坚极负盛名的缘故，我若在北宋每天给妈妈刷着马桶，那真是太平常的事了，不值一提。

回头一想，孝的方式实在是太多了。我发觉因我的某一个嗜好，妈妈的叮嘱也逐渐变得单一化，单一得让我在她面前随口应个声转身就抛得一干二净。喝了这么多年酒了，当我终于在4月29日的北方一觉醒来愧疚得不敢照镜子并近乎忏悔地写下《皮囊》：“妈妈，我躲着你/又喝来一个黎明/刷牙，洗脸/梳不清新生白发/为革命，保护视力/我戴上了眼镜/一个共产主义接班人/已成慢性胃病患者/血压偏高/尿酸偏高/转氨酶偏高/血黏度偏高/妈妈，我矮不下来了/比不过一只蚂蚁的理想/有时还自挖一堆悲伤/妈妈，我激情万丈/又忤逆不孝/迎来了四十岁的/矛与盾”时，我仿佛看见妈妈正从南方心疼地看着宿醉后的自己。可是我能不喝吗?

“少喝点酒”，面对妈妈四个字的日常叮嘱，我不配是个孝子。

简单

把这个词语讲清楚一点也不简单。我凝望这两个字，觉着它们天生就有血缘，不能分离。一个朋友说，羊羊你很幸福，守着你爱的酒写着你爱的文字，简简单单一辈子。这样一来，我对“简单”这个词语反而有点陌生了。那天几个人在一起喝酒聊金庸笔下的武侠人物，我说我最喜欢令狐冲。他们分析来分析去，最后约莫地分别给自己对应上段誉、杨过、张无忌、乔峰，唯一一致地认为，我最像令狐冲，率真洒脱。当然，也会说起相关的女人，我说我喜欢仪琳。

几乎每年我会花两三天时间通宵达旦地把1996年版的《笑傲江湖》重看一遍。看得投入时仿佛置身剧中，令狐冲打开一壶酒一仰头，我也会打开一瓶酒喝起来。想起2012年写诗集《马兰谣》的自序：“春天的时候，我去武夷山，山没看，却买回一把蜀剑。去武夷山之前，我重温了1996版的《笑傲江湖》，并得下这样的结论：我喜欢前半个岳灵珊，后半个任盈盈，喜欢一整个仪琳。那个给令狐冲偷偷打酒喝的小师妹仪琳，她清澈如水的眼睛是我多年来的梦，一个绿色植物般的梦。”这可能是我和令狐冲仅有的不同，仪琳一句“唯愿令狐大哥一生一世快乐”，夫复何求?

在我眼里，令狐冲就是一个简单的人，喝喝酒，弹弹琴，牵上心爱的女子浪迹天涯，笑傲江湖。我是无论如何也回不了那个世界了。有时看着这部连续剧，我会不由得打开柜子，取出那只精致的长木箱，把剑拿出来放肩膀上扛扛。当然，也只能在自家屋里摆和摆和过把瘾，要真走上街头，难免被人家骂上一句“神经病”。

常有人开玩笑，张羊羊只有七岁的智商，或者十三岁。我自我感觉没那么差吧，我也算得上是冰雪聪明吧，我吹吹牛说我是大智若愚可以吗？只不过我是个懒人，懒得去复杂，我宁愿把这种去瞎捣鼓的时间省下来问问兄弟们“晚来天欲雪，能饮一杯无”。我妈老跟我说，“吃点亏没关系，吃亏是福”，我妈说得多好，所以我不怕伤害，我可以做到被你伤害得不忍心再伤害我。

还有编辑说过，你的诗过于简单了，有颗少年心很好，不能作少年语。这个问题我也想过，在诗集《绿手帕》的自序里我说过了，一种叫婆婆纳的野花教诲我质朴，一种叫布谷的小鸟教诲我真诚，所以我越来越喜欢简单了，于是写诗也越来越简单。简单也挺不容易的，当我看见九十多岁的外婆活得像个孩子，越发见到了世间的美好。“长成老者的是树，变回孩子的是奶奶”，遇见田野里几片青花碎瓷我会惊喜，也爱看启功的字，那些都是一颗颗澄明的心。

不可否认，走向简单喝酒是一条佳径。酒还呵护着一连串相关的词语，比如真诚与善良。

《五灯会元》第十七卷，唐朝禅师青原惟信说：“老僧三十年前未参禅时，见山是山，见水是水。及至后来，亲见知识，有个人处，见山不是山，见水不是水。而今得个体歇处，依前见山只是山，见水只是水。”这里面可以谈论的东西实在太多，我个人悟到的，就是回到简单，返璞归真。

我给孩子取了个名字：张简之。大道至简，我愿他简单快乐，如果长大也像我这样喜欢酒又喜欢文字，想必也会有人对他说：秒秒你很幸福，守着你爱的酒写着你爱的文字，简简单单一辈子。当然，能遇上一个像他妈妈一样简单的女人，更好。

灵感

我向来不提灵感这个词语，因为我都弄不清它究竟是什么意思，或者说是什么样一种物质。反而常有人在我面前提到，他做什么是为了寻找灵感，这么一说我觉得挺好玩。也常有人问我，酒喝多了是不是灵感就来了？抽烟是为了找灵感吧？听起来灵感可以写本《十万个为什么》了。我不知道如何回答，一般都说哪有什么灵感啊，抽烟喝酒只是我的一种坏习惯。

我说的是心里话，酒喝多了哪里来灵感呢？牙不刷、脚不洗，有时外套不脱就睡着了，“灵感”早被“邋遢”替代了，顶多来了点稀里糊涂的梦。虽说“诗酒趁年华”，往往是“酒醒却咨嗟”的状态，还会有那么一点喝得太过了的悔意。接下来每天发生的，依然是“殷勤满酌从听醉，乍可欲醒还一杯”。

说灵感又扯上酒了，打住。我只是想说，灵感这个字眼对我而言，带有某种宗教色彩，不能像“吃过饭啦”“那好玩吗”随便挂在嘴边。

我很喜欢一本书，《万物静默如谜》，这个“谜”我更愿看作“迷”。扉页上那个波兰女人抽着烟，烟雾下有一杯不知道什么牌子的咖啡，她迷人地微笑着，如同我的姐姐。她说“我偏爱写诗的荒谬，胜过不写诗的荒谬”，一九九六年十二月七日的斯德哥尔摩，她在诺贝尔文学奖演讲词《诗人与世界》里有个相关的回答：“好几次被问到这样的问题时，我也躲闪规避。不过我的答复是：大体而言，灵感不是诗人或艺术家的专属特权；现在、过去和以后，灵感总会去造访某一群人——那些自觉性选择自己的职业并且用爱和想象力去经营工作的人。这或许包括医生、老师、园丁——还可以列举出上百项行业。”

爱，想象力，令我想起“铺一片草原，只需一株三叶草，一只蜜蜂和一个梦”的艾米莉·狄金森和“原子变成沙粒，沙粒变成字母，字母发芽，开花，结出单词的果实，单词变成动物，动物发情，生育”的安娜·布兰迪亚娜。她们三个，看起来本身就是灵感。

如果再说灵感就如黑暗中的一道闪电或石头缝里开出的花，那样的比喻不脸红吗？有时候，我盯着一个熟悉的词语会突然感觉它是那么陌生，陌生得几乎有了一种久别重逢和脱胎换骨的美。比如把“继承光荣的革命传统”里的“光荣”挪到“母亲用大半生写下我们光荣的衣食谱”或“我记得那些光荣的清贫”，我自认为这就是一种说不清道不明的灵感。“五四”之前，我们没有“灵感”这个词语现代意义的汉语面庞，但“灵感”从老祖先结绳记事就在了，屈原有，庾信有，张潮有，周作人有。

还是来说下我能体味到的“灵感”的某种具象吧。康·巴乌斯托夫斯基在《似乎无足轻重》里说，“几乎每一个作家都有自己的鼓舞者，自己的守护神，后者一般也都是作家。只消将后者的书看上几行，自己立刻就想写作了。某些书仿佛能迸溅出琼浆玉液，使我们陶醉，使我们受到感染，敦促我们拿起笔来。”恰好有一位作家确实这样引领了我，比如随手翻到《美丽的嘉荫》，“这里仿佛是一个尚未启用的世界，我所置身的空间纯粹、明澈、悠远，事物以初始的原色朗朗呈现”，我就会打开本子或文档，摸清汉语的脾气，开始遣词造句。

有只蜜蜂在冬瓜花上绕来绕去，不久结出了小瓜，可它被某只脚不小心撞飞的石块压住了；一个孩子打枣的时候有点莽撞，一颗被打裂的小青枣依然挂在树枝慢慢发育。此“歪瓜裂枣”在我眼里就是一种灵感。包括那个生双胞胎女儿的姑娘。

垂钓

年少时，我也是个垂钓高手。比方说，奶奶晚饭都快做得差不多了，爷爷突然说最好弄点鱼吃吃，每逢这话从我耳边刮过，我会悄悄地提上鱼竿往沟边一站，不多工夫几条半筷长的鲫鱼就拎上来了。看爷爷的酒喝起来更美滋滋的，那些年我就一直觉得自己很牛。

儿时钓鱼，虽快乐，但找情趣的成分不多，纯粹为了摆满蔬菜的餐桌上多道荤而已。垂钓工具也简单：竹林里砍棵不是太歪扭的竹子，镇上买根四磅或六磅的丝线（我没有钓大鱼的野心，而且曾经被上钩的大鱼一个甩尾的猛子拖下了水，那次受的惊吓着实不小），5分钱的鱼钩，挖几条嫩红的蚯蚓，一只装鱼用的塑料桶。后来读古人诗篇，柳宗元的《江雪》“孤舟蓑笠翁，独钓寒江雪”、王士祯《题秋江独钓图》“一蓑一笠一扁舟，一丈丝纶一寸钩”等，好像都少不了“蓑衣”“斗笠”“小舟”等道具，难道都是找个坏天气去钓鱼的？而且不是钓雪就是钓秋，闲情得很，后人解读起来，他们钓鱼就成了傲骨。王士祯还会“一曲高歌一樽酒”呢，我钓鱼的时候尚不爱酒，高歌嘛，有杨树上知了此起彼伏的合唱，也挺好的。

爷爷花少许钱承包了村里一个几百平米大的小池塘“乌泥沟”，顾名思义，这个池塘的淤泥特别多。池塘虽小，相比一些小伙伴，我自然就多了一份优越性，在一个池塘前面可以加个私人属性的符号“我家的”——代表着你拥有一个可以随心所欲钓鱼的地方，你甚至觉得树上的知了、鸟巢都属于你，别人来碰一下，有一定的侵犯性。我说自己是钓鱼高手，有一定的原因是自家的池塘每年都放鱼苗，鱼当然多，比他们在野沟野河钓肯定容易。小伙伴们有时也去别人家承包的鱼塘偷钓，被人发觉后，名声就坏了，“某某家的孩子贼偷贼摸，连一丁点大的草鱼都钓上来，作孽啊”（钓自己鱼塘的鱼，一般不舍得把太小的草鱼、鲢鱼、鳊鱼等家鱼拿来吃的，钓上来会再放回沟里，钓别人家鱼塘的鱼就不一样了）。爷爷承包鱼塘，倒不是为了年底清沟捉鱼多卖几个钱，想来想去，还是平时吃鱼来得便当。

我自小喜欢吃鱼，且偏爱吃小鱼，虽然刺多了点。尤其是冬天，小鲫鱼烧咸菜，它的美味还不是一出锅热腾腾时的诱惑，而是过了一夜早晨用来下粥吃的鱼冻。隔夜吃剩的零碎鱼肉嵌在晶莹的鱼冻里，比大块的鱼肉来得更香。我把这比作啃肉骨头与吃红烧肉之间的区别。

今日写此文，逢爷爷18周年忌日，在他去世的这些日子里，我吃了数不清的鱼，连他一辈子从没吃过的鱼也吃了不少，只是再未钓过鱼。他承包过的沟塘早换了主人，那条沟，除了奶奶偶尔去码头边淘米洗菜外，杨树的背影里隐约还叠着我当年钓鱼时的背影，不同的是它年年绿发，我已白发骤生。

如果说十多年没钓鱼，倒也说错了。今年钓过一次，在淹城野生动物园。我越来越佩服商业社会的头脑：在一个池塘放满各种各样的小观赏鱼，租一根鱼竿，一分钟一块钱，钓的鱼可以全部拿走。去动物园玩的孩子居多，于是有了这样的情景——大群年轻的父亲陪着孩子在专心致志钓鱼。我能拗得过孩子来自同龄孩子的诱惑吗？他每看见钓到一条鱼就兴奋不已，还要吵着抢过鱼竿有模有样地钓起来——尽管一条没钓到，那情景就如胡令能《小儿垂钓》中描述“蓬头稚子学垂纶，侧坐莓苔草映身。路上借问遥招手，怕得鱼惊不应人”。

四十分钟，钓了七条鱼，还要花三十元买个装鱼的盒子，七十元买了七条鱼，远比花鸟市场一条鱼两元贵得多，当然一切都是自愿。如果不是连哄带骗，我估计这鱼的成本还要贵上几倍，买鱼和钓鱼之间显然有了不同的情趣。我真有点相信利奥波特所言，“狩猎和钓鱼的欲望是更深植于人心的，而此欲望的来源关乎本能，也关乎竞争。鲁滨逊的儿子从来没有见过网球拍，所以不打网球也能好好地过日子，但是，不管有没有人教他，他必然会打猎或钓鱼”。

说起竞争，想想也是，那些有闲的人，一有空老约着钓鱼。垂钓中心的主人去鱼市批发的8元一斤的鱼，钓上来就得付双倍了，各得其乐。他们还喜欢比谁钓的鱼大，真不知道征服一条鱼又有多大的成就感。最奇怪的是钓上来几十斤重的大青鱼、大草鱼，又多不爱吃，收拾收拾就去饭馆点个清蒸白鱼或昂公炖豆腐。那些装在蛇皮袋里的大鱼奄奄一息，比较好的结果是吃一半浪费一半。我倒是赞赏如今鱼市买卖的一种组合，举例：大花鲢6元一斤。一条大花鲢6斤的话，总价36元。把鱼头和鱼身分离开来，各3斤。鱼头卖10元1斤，计30元；鱼身卖3元1斤，计9元。卖鱼的分开卖比整条卖多赚3元，像我这种喜欢吃鱼头的人，可以省6元，图便宜吃吃鱼肉也行的省了30元，最重要的是，各取所需，没有浪费，何乐而不为呢?

小时候，还能见到以钓鱼谋生的人，到市场卖掉再换取其他日常所需，我对孙承宗、郑板桥笔下“呵冻提篙手未苏，满船凉月雪模糊”“卖得鲜鱼二百钱，籴粮炊饭放归船”的钓者满怀敬意，而不是“金辖茱萸网，银钩翡翠竿”之类寻欢作乐的排场。明代开国皇帝朱元璋也喜欢钓鱼，用的还是金钩，有次很久没钓着鱼，拍马屁的解缙为讨取皇帝欢心，居然能写下如此恶心的诗：“数尺丝纶落水中，金钩抛去永无踪。凡鱼不敢朝天子，万岁君王只钓龙。”

这不是“龙”钓“龙”、手足相残吗？何况谁也没见过龙。

我为什么这十多年不愿钓鱼呢？说起来还是因读了一首诗，有个短句说“饱暖的鱼嘴”，想想那冰凉的铁钩穿过嘴唇且把力作用在嘴唇上再提起它的体重，我设身处地想一下，心里不免打了个激灵。

塑料

“但是后来，可怕的瘟疫发生了：瘟疫在乡村中蔓延，一切都变得不同，就如同被施了诅咒。牛羊成群死去，家雀也没能逃脱厄运。死亡的阴影笼罩着这里的每一寸土地，农场中的人们都谈论着家人的病症。医生对于这些病症也毫无办法，随后开始出现毫无征兆的突然死亡，死者不只有大人，还有活泼的孩子。他们刚刚还在玩耍，几个小时内就死去了。”

“母鸡在农场中做功夫，却再也孵不出小鸡；农人们对养殖业的抱怨再也没有停歇过：他们抱怨着猪永远也养不活，幼崽个头小，小猪即使生下来也活不了几天。苹果树开花了，花丛中却看不到蜜蜂的影子——没有授粉，苹果树便无法长出果实。”

我从蕾切尔·卡森1962年出版的《寂静的春天》一书里摘录了两段《明天的寓言》。她说这个小镇是虚构的，但很容易就能够在美国甚至世界上任何地方找到成千上万个这样的村镇。而今，因为化学农药的介入，我们浑然地向她五十多年前描述的地方越走越近，不再需要掩手眺望了。

“天覆地载，物数号万，而事亦因之，曲成而不遗，岂人力也哉。”其实，化学本身就远古地依存于我们的生活。从祖先原始的钻木取火到于谦的《石灰吟》到后来的百炼成钢，炼丹术、冶铁、制盐、铸钱，从一朵棉花和一株蓼蓝生成蓝印花布的智慧到女孩子们采下木槿花洗头，美好的化学结构慢慢精细起来，变成我们每天在吃化学、穿化学，最难过的是我喝的酒里也住了化学。此刻，我书桌上摆放的水杯、“汇源”牌果汁、“伊利”酸奶、炭化牙签、驱蚊水……布满了脂、磷、氟、钠、苯等字眼，令我觉得每一秒都在和它们一起化学反应。

我突然惊觉，对某个事物愈加害怕了。每天起来去买早点，两个青菜香菇包装一个塑料袋，两个肉包装一个塑料袋，然后它们并装进一只塑料袋；再买点葱油饼、油条、茶叶蛋，又是三只。把中午和晚上的菜也买好吧，一条鲈鱼给爸爸下酒，妈妈爱喝鸡汤，还有妻子和儿子吃不厌的白虾，我喜欢的是苋菜和莴苣，就这样十几个塑料袋掐进我各个手指之间晃回去了。有时候假日睡个懒觉，喊份外卖吧，解开一只大塑料袋，然后取出两份塑料碗装的豆腐汤、一份塑料盒子装的煎馄饨，拧开塑料盖子的豆浆喝吧，塑料小调羹就算了，家里有瓷器的，自己洗洗吧。把一大堆塑料垃圾塞进套在塑料桶上的大塑料袋打好结，拎下楼倒进每个单元门口摆着的两个大塑料垃圾桶。时常有流浪的猫蹲在鼓鼓囊囊的垃圾堆上，用爪子尝试着扒开残羹冷炙，填填肚子。一会儿工夫，它会被运垃圾的人惊跑。看着满车的垃圾挤在一起，有时我心感不适，闷得慌，想着那么多的塑料垃圾的去向。

花朵上的塑料袋、垃圾堆上的乌鸦、塑料模特、垃圾池塘飞机的倒影甚至垃圾堆里的佛像，一群羊在垃圾堆里咀嚼烂菜叶、水果皮，而后奶牛摇晃着奶子出场了，然后猪出场了，狼吞虎咽着泔水。王久良的纪录片《垃圾围城》捕捉的画面几乎惊心动魄，可以超越一个城市居民的最高想象。我投入得似乎迈进了那羊群，用舌头卷起满口的垃圾嚼了起来。他的另一部纪录片《塑料王国》用眼睛看见了小孩子们在分拣进口的塑料垃圾，那些布满细菌甚至可能携带病毒的医疗垃圾到了孩子们的手中却成为了玩具。母亲们因为生存，不得不将孩子带在身边，连哺乳也在垃圾堆中完成。我似乎不得不想起那首摇滚，1994年的那几句咆哮“我们生活的世界，就像一个垃圾场，人们就像虫子一样，在这里边你争我抢，吃的都是良心，拉的全是思想”预言，逼近并完成了我们的生活。

“两只黄鹂鸣翠柳”，杜甫捋了捋胡须，“一行……”，咦，那是什么东西啊？杜甫没上过化学课，不知道那被风吹得破破烂烂挂在树枝上呼啦啦作响的是塑料袋，一走神把白鹭飞向蓝天的句子给忘了。我这么写，觉着一个严肃的话题有点油腔滑调了。有时，我怀疑自己算不算是一个忘恩负义的人，明明享用着物理、化学带来的便捷生活，又老是抱怨着它们。比方说，起码我现在必须靠塑料材质的眼镜才能更清楚地看见这个世界的表象，看到那些我热爱的色彩纷纷迎我而来，我得依靠它进行书籍的滋养，然后在写下一句时重新翻看前一句有没有错别字和语病。我惧怕的塑料又如此可亲，每天呵护着我有条不紊的生活秩序。

眼前浮现一个画面，爷爷骑了自行车去集市，车把上挂了一只竹篮。归来时，篮子里装满了我们期待的美味佳肴，它们将在奶奶手里变成一碗红烧肉，一盘糖醋排骨，一盆胡葱笃豆腐。他的竹篮里很少会抖出塑料袋来，偶尔出现一只，也会被奶奶洗干净，用来装装种子什么的，不像我，每天离不开几十只塑料袋的生活。那只竹篮还可以盛满自家种的各类蔬菜，奶奶拎着它去码头边清洗它们，那只竹篮不会干那“打水一场空”的蠢事，塑料桶就别去笑话它了。

爷爷接触最多的塑料是一种塑料薄膜，那比厚重的油布来得轻巧、有效。每年脱粒好谷子，总要晒上几天才能囤仓。碰上起风欲雨，那些塑料薄膜会盖好谷子，沿薄膜一圈，再摆上数十个稻草把，以免薄膜被风卷起。后来，这些薄膜慢慢使用在大棚蔬菜上。可种的地越来越少，种地的越来越多不种地了。少数种地的还能吃着自己种的时令蔬菜，大多数不种地的就吃大棚里混乱的季节。温饱之余，人们也有了点闲情，买回一些大棚里的花草来养养，当年的“二十四番花信”已经不能去信了。

许多事也就是个温度的事，或者说生命也就是个温度的事。虽说老祖宗们也能略微改变一下温度让自己过得更舒适一点，洞个穴啊，取个火的，但怎么也做不到子孙们要什么温度就拿个什么温度来用用的份上。以前，小鸡是要母鸡用心孵的，用的是体温，现在母鸡你就管生蛋吧，生不出来就煲汤，人们喝完汤，去“孵”蛋了。说到孵小鸡又看到了开头摘录的蕾切尔·卡森描述的农场，以至想起不怎么搭的《活着》里的对话："爸爸，小鸡长大了是怎么样的呢？""小鸡长大了就变成了鹅；鹅长大了，就变成了羊；羊再长大了，就变成了牛；等牛长大了，馒头也长大了，共产主义就到了。"又这么多年过去了，共产主义怕是一时半会儿还到不了，太平洋上倒是被陆地倾倒的塑料形成了一个漂浮的大陆，我们可以搬过去，那肯定是我们共同的财产。

做过一个梦，应该不止一次，我时常困惑于一个相似的梦来过的次数的确切性。那情景大致记得，我坐在沙漠般的塑料堆上茫然四顾，毫无一人，我是全世界的孤儿。

底线

和阿尔贝特·施韦泽差不多，在小时候，我就知道有同情动物的必要。在男孩子堆里，像我这样的性格，时常是被他们取笑的对象。包括我的母亲，到现在谈起我的过去，还要说一句"没出息"，杀猪宰羊大过年的，一个人躲在门背后哭。我甚至和村里的一个小伙伴断绝友谊、至今没有交往，因为他用气枪打伤了一条狗的后腿。

奇怪的是我还是很多次设计过这样的状景：面对一大群丰腴的野兔、山鸡、鹿……会不会加入他们的狂欢之列？对于我这样一个从小就渴望一把木头手枪玩具的正常男孩，此刻有没有勇气举起手感真实的猎枪、瞄准那些惊恐的眼睛？我的犹豫会不会因为他们情绪的牵动或酒精的怂恿而消退？

再次为自己这样命题的时候，又一年冬至，阳光下读书是很幸福的事，我读海明威的"狩猎专书"《非洲的青山》，阅读刚开始已停止在这段对话上——

"我姓海明威。"

"我姓康迪斯基。海明威这个姓氏我听见过。在哪里呢？我在哪里听见的呢？噢，对了。是个大诗人。你知道诗人海明威吗？"

"那就是我。"

“你来这里干什么？”

“打猎。”

“但愿不是搞象牙吧。”

“不是。是打捻（一种非洲大羚羊）。”

“人们为什么要打捻呢？你，一个有才智的人，一位诗人，居然打捻。”

这个诧异的设问，没有妨碍海明威对狩猎的热情。根据杰弗里·迈耶斯所著《海明威传》介绍，海明威此次1933年11月至1934年2月的东非肯尼亚之行，共捕获三头狮子、一头水牛、二十七头别的动物。我并不打算把这个视为精确数据，我理解饥饿的本能，但决不原谅寻找乐趣的凶手，猎人起码的道德，是不要浪费好肉，在海明威“幸福的追猎之路”上，人类正消失着昔日的荣光。你为什么要雇佣专门陪人打猎的白人专业猎手、追猎手和脚夫等组成游猎队呢？你可以用祖先从危险恐惧中突围的力量、用粗糙的石块长矛与其中的一头狮子骁勇地战斗吗？你绝不可能！你只是一个毁灭狩猎文化价值的道德堕落者。

眼前，利奥波特从一棵好栎木的年轮上倒叙了这样一段时光：

一八八九年，最后一只旅鸽在北边两个郡外的巴卡克附近被子弹射中；

一八七七年九月十日，一对在慕思克勾湖持枪打猎的兄弟，一天之内便捕获了两百一十只蓝翅鸭；

一八七五年，四个猎人在往东一个郡外的约克草原上，猎杀了一百五十三只草原榛鸡；

一八七二年，在西面两个郡外，最后一只威斯康星州的野生火鸡被杀死；

一八七一年，一群群的猎鸽者以网和枪、棍棒和盐砖来捕鸽，而一火车一火车的鸽子，不断地被运往南方和东方的城市去做鸽肉馅饼；

一八七〇年，一个市场枪猎人，在《美国运动家》杂志夸耀他在一个季节之内，在芝加哥附近射杀了六千只鸭子；

一八六六年，最后一只土生土长的威斯康星州赤鹿被杀死了……

无论是庞大的复数，还是“最后”的单数，都是令人揪心的。我们究竟需要什么呢？当“最后”这个忧伤的时间语词缀在“人”的前面时，我想我就再也不用思考了。《最后的尼安德特人》在追寻我们从哪里来的过程中，想象过一幅温情的画面：大火吞噬后的荒凉森林，尼娅没有奶水喂养女儿娃玛时，手足无措的奥吹起悲伤的骨笛。奇迹发生了，一头刚生过小马驹的母马闻声而来，给了娃玛生命的乳汁。

我宁愿相信，在早期智人生活的时期，虽然不同族群的人会相互残杀，而自然界的温良给了人类无数的庇护。作为凭借无知与无畏征服山河的智人的后人之一，我必须为一些事实面红耳赤。我相信人类还有高贵的梦想，不但不去残害身边弱小的朋友，而且帮助那些曾经帮助过我们的动物们过得更好，诸如“富足的庄稼地，喂养着肥壮的麻雀”之类乡间的和睦。

而我们都在做些什么呢？

多年前，有一座黑色的大房子，阴暗、潮湿，无处不在的恐惧，死亡的气息弥漫在每一个角落。这座黑色的房子里有个小孩子扑闪着天真的眼睛说“刽子手叔叔，请你把我埋得浅一点好吗？要不，等我妈妈来找我的时候，就找不到了。”这声音天真无邪，却像根锋利的无形之针，深深地扎进了人类历史的耻辱柱。请记住那黑色的房子叫“奥斯维辛集中营”，那造房子的人叫“纳粹”。1945年，当阿尔贝特·施韦泽得知第二次世界大战结束的消息时，他从书架上拿下了心爱的《老子》，与东方先哲产生了深深的共鸣：“兵者不祥之器，非君子之器，不得已而用之，恬淡为上，……战胜，以丧礼处之”。

从布瑞安·伊恩斯的《人类的酷刑》曾描述过的16世纪晚期天主教烧炙酷刑的情形：受刑者仰面躺着，有一个大盘子装着几只睡鼠，扣在他的肚皮上，然后在盘子上点火，睡鼠一受热，便拼命在他的肚子上挖洞，然后钻进去……到中国著名的腰斩、凌迟、车裂、剥皮（据说剥皮有一种方法是：把人埋在土里，只露出一颗脑袋，在头顶用刀割个十字，把头皮拉开以后，向里面灌水银下去。由于水银比重很重，会把肌肉跟皮肤拉扯开来，埋在土里的人会痛得不停扭动，又无法挣脱，最后身体会从那个埋口“光溜溜”地跳出来，只剩下一张皮留在土里），不同的时代、不同的地域，多么相同的残酷的智慧啊，我的灵长类手足。

如果说“人类对待人类的残暴造成了数千次的哀悼”（罗伯特·彭斯），种族歧视引发了无以计数的灾难的话，物种之间造成的更多骇人听闻的血腥事件就发生在我们的日常生活。有部纪录片写下这样的评语：“如果我可以让这个世界上的所有人都看一部电影的话，那么我会让他们看《地球公民》。”如果让我来评论的话，我在没有看到彼得·辛格这句评语前我也会说出这样一句话。假若这个星球有一个巨型的剧院，让我们这个物种的六十亿成员在一起观看这部影片，我相信没有一个人会不心惊胆战。一部长达95分钟的纪录片由以下只占有影片的几分钟或数十秒的片段组成——

日本的太极湾：每年九月开始，渔民们在水下大声敲击金属棒，破坏海豚的声呐系统，温和善良的海豚被驱赶到太极湾内一个凹口中，刀，长矛，这个贪婪的民族开始了疯狂的屠杀。麻木的屠夫将雪亮的刀子插进海豚光洁的身体，海豚嘟起孩子般的小嘴，它的喉咙破布般裂开，血像泉水般汩汩地流出来，它挣扎，抽搐，在陆地上它是无望的……孩子们经过时的笑声与海豚无声的哀号交织在一起。

加拿大海豹猎场：捕猎者在冰层上不断地挥抡镐子，动作像极了开垦者翻犁、疏松土地，为播种作准备。而镐子的目标却是一只只小海豹。海豹皮砌墙般整齐堆放在一起。那些光溜溜的鲜红尸体在冰天雪地里散发出热气，海豹妈妈在尸体旁不停地流泪。

中国皮毛养殖场：他大概180斤的体重通过双脚的受触面积转移到白色狐

狸单薄的身体上，血从鼻孔、嘴巴里挤压出来。倒悬，撕扯，皮肉的经纬分离时，仿佛响起巨大的雷声，被活活剥皮的狐狸瞪着惊恐的眼睛，舔舐着血淋淋的身体，痛苦而绝望。从那掠夺狐狸体温的双手暴起的青筋中可以感受到他的躯体里藏着怎样一颗冰冷的铁质的心……宛如最残暴的灵长类活跃在《动物世界》的镜头里。

我们屏息凝视，仿佛在照着一面镜子，当伦理道德秩序的金字塔坍塌时，对于其他生命物种来说，镜子里的我们是不是每个人的胳膊上都挽着一个血腥符号“卐”？那一刻，《地球公民》带给我的震撼至少闪过一个素食主义的念头。身处罪犯帮凶的痛苦心境，我想起杨键宗教式的奉告“懂得敬畏也就获得了柔软，懂得垂首也就获得了惭愧”，同时也拥有了他“写作是我的第二次耻辱，第一次我是人”的双重耻辱感，而我再也不能否认出生为人的事实。

一张横线是天理、纵线是人欲相互交织的网裹住了整个人类。网是无法密封的，许多人照样呼吸网里网外同等质量的新鲜空气肥壮地活着，透过网眼装下私人版本的天空。我有时想得太多，然而“生年不满百，常怀千岁忧”的顽疾早也落在我心里生根发芽，于是这网紧紧勒住了我。我多想断章取义地借法国诗人伊凡·哥尔的“要是我成为你翻涌的落潮之海豚该多好，要是我能扔掉这张人类的脸该多好”嚎叫一声！

铺在我面前的，依然是《细细的红线》开头部分五个没有答案的问句：

世上为何有这么多战争？

万物为何自相残杀？

陆地和海洋为何互相抵抗？

大自然是否充满仇恨？

善恶是否同时存在？

此刻面对看似平静的五个问句，我不敢追问。一旦追问，我脆弱的内心会卷起惊涛骇浪，仿佛有族人的祖先初次出海航行时面对浩渺大海时的无助。敲打完这些，你们大可讥笑一个伪善的标榜者，我坦然一笑，只是说说做人的底线。

鲤鱼

尽管十分醉心于“鱼传尺素”之类萦绕的古老中国情愫，我还是忍不住偶尔掀开纱帘，问声，送封信干吗还得塞鱼肚子里呢？那么美的思念，得先剖开鱼才能取出来，还有股鱼腥味，除非是一个打鱼的给另一个打鱼的写信，闹着玩。真不如“驿寄梅花”“雁足寸心”干净，闻着也清新。当然，大雁有没有给人捎过信是一个问题，起码它也不是随便给人捎信的，“我居北海君南海”的黄庭坚就会碰到“寄雁传书谢不能”的情况，因为一个值得“桃李春风一杯酒，江湖夜雨十年灯”的朋友吃了回“闭门羹”。我这个人老改不了这毛病，有时说太明白了，就不好玩也不美好了。

我蛮喜欢读到动人的文字，作者却是身份不明的无名氏或佚名，可以多些想象的空间。有个无名氏写了首《饮马长城窟行》，我就想啊，那个青丝落肩、手托香腮的女子，在旧时的月色里，泪盈盈地思念着心上人。我可以看见她“客从远方来，遗我双鲤鱼”的惊喜，可以看见她“长跪读素书，书中意何如？”的古老仪容，我这口枯竭之井，得时常来点汉乐府的音乐之水温润温润。年少时读此句，觉着古人挺会生活的，写封信给家人吧，还把鱼用作信封，读完信还能顺便将此“信封”做道菜吃吃。后来读着觉着不对，赶那么远的路鱼还新鲜吗？即便有马，从山东到山西的时日那鱼也快发臭了。果然，据闻一多考证，“双鲤鱼，藏书之函也。其物以两木板为之，一底一盖，刻线三道，凿方孔一，线所通绳，孔所以受封泥……此或刻为鱼形，一孔当鱼目，一底一盖，分之则为二鱼，故曰双鲤鱼也。”那“双鲤鱼”还确有信封的用处。

说到用鲤鱼做菜，我们那是不吃鲤鱼的。置办喜事时，取一双鲤鱼摆放一下，寓意吉祥，完了会将它们放回河里。我读诗词，鲤鱼总是与“双”这个量词关联着，比如王昌龄垂钓后“手携双鲤鱼，目送千里雁”，有那么巧吗？就不会是钓到一条或者三条，看来诗歌也囿于某种固定的结构了。还有山东人王祥，继母想吃鲜鱼，天寒冰冻，他冒着寒风在河上赤露着身体卧冰，冰被暖化了，冰下也跃出了两条鲤鱼。几日前我在黄河入海口看见渔民在卖鲤鱼，心生奇怪，中午时分来了道鱼汤，说是“黄河鲤鱼”，味道极佳。那汤究竟有多鲜美，我不清楚，对于饮食我是有所为有所不为。当年京师洛阳有“洛鲤伊鲂，贵于牛羊”，这两句里鲤和羊我是从来不吃的。我生在长江边，也可以说生在太湖边，总自认为是一个幸运儿。除了名贵的“长江三鲜”和“太湖三白”，几乎所有的鱼都吃过，唯独鲤鱼。鲤鱼的眼睛太深邃了，看下去，仿佛藏了几千年的中国。

有时，我常怀疑是不是受《诗经》影响，总是拿鳊鱼和鲤鱼相提并论。鲤鱼的味道我无从谈起，鳊鱼却是苏南水乡的寻常鱼类，比它好吃的鱼实在太多。见有人写文章写到鲤鱼老提那句“岂其食鱼，必河之鲤”，大概想表达如果要吃鲜美的鱼一定要选鲤鱼，为什么不去读读整首《诗经·陈风·衡门》呢？有些问号是不能忽略的。“岂其食鱼，必河之鲂？岂其取妻，必齐之姜？岂其食鱼，必河之鲤？岂其取妻，必宋之子？”说的是那时候恋人对爱情的态度，比我们许多人淳朴多了。

年画上，穿红肚兜的男娃娃骑在活蹦乱跳的大鲤鱼上，这种喜庆远比乘坐赤色鲤鱼的琴高好看多了。求仙之道也就没有了生死，没有死也没有了敬畏。生命一代代的延续令我们一生享用了更饱满的情感。“若我躺下也能是一条大河／我将与两岸共荣辱／往北，或者往南／皆是红鲤鱼的中国”，这是我提到“中国”这个字眼最多的一篇文章，因为有时我把它与“鲤鱼”等同来看。

原载《钟山》2017年第4期（有删节）

中国式的吃饭

孙贵颂

偶尔读到钱锺书先生的《吃饭》，咂摸再三，品味再四，觉得妙不可言。

钱先生说：“吃饭有时很像结婚，名义上最主要的东西，其实往往是附属品。吃讲究的饭事实上只是吃菜，正如讨阔佬的小姐，宗旨倒并不在女人。这种主权旁移，包含着一个转了弯的、不甚朴素的人生观。辨味而不是充饥，变成了我们吃饭的目的。舌头代替了肠胃，作为最后或最高的裁判。不过，我们仍然把享受掩饰为需要，不说吃菜，只说吃饭，好比我们研究哲学或艺术，总说为了真和美可以利用一样。”

吃饭为了什么？一是为充饥；二是为品味。充饥是生理需要。我小的时候，曾有过一段挨饿的经历。那时肚子里没有油水，三尺肠子闲着二尺半，前胸贴后背，饿得咕咕叫，整天盼望能够吃上一顿饱饭，哪还管吃什么东西和何种滋味！为了充饥，我曾和哥哥到山上去摘柿子树叶、杨树叶，回来以后，母亲反复用清水浸泡，换洗，去掉涩味，然后和上玉米面或地瓜面，做成团子，供一家人填充肚皮。我至今记得，那种柿子树叶还有一股淡淡的香味。民间广泛流传明朝开国皇帝朱元璋喝“珍珠翡翠白玉汤”的故事。朱元璋从小家境贫寒，常年食不果腹，衣不遮体。某年天下大旱，赤地千里。朱父把他送进庙里当了和尚。一天，朱元璋外出化缘，没得收获，饥肠辘辘，眼冒金星。这时恰遇一富家喜庆，有个老厨婆见朱元璋凄惨可怜，趁主人不在，将碗盘中的残羹剩饭和青菜豆腐倒进锅里烧热，端给朱元璋。朱元璋一阵狼吞虎咽之后，舌唇之间还残留着美味余香，问老婆婆："这是什么山珍海味？"老厨婆答道："此乃珍珠（米饭粒）翡翠（青菜叶）白玉（豆腐块）汤是也！"朱元璋遂念念不忘。直到做了皇帝，还经常想起那位老婆婆做的美味佳肴，遂把老人家请到京城，让她再做一次"珍珠翡翠白玉汤"。老婆婆如法炮制——这时的食材已非先前可比，不用说全是特供。朱元璋吃后，觉得平淡之极，完全没有从前那般感受了。

有意思的是，当人们解决了温饱问题之后，对于吃饭，却依然保留着饥饿时的动作习惯。我们常常看到，某些人在享受一种美味佳肴时，就像三天没吃饭一样，吃得飞快。特别是集体就餐，更是如此。哪怕这种东西并无断供之忧，食者依然争先恐后。尽管此时的肠胃，并不需要口舌超速运转，快吃多填，最好是细嚼慢咽，可以减轻消化的负担。然而食者却不管不顾，只管满足口舌之福。有时吃得多了，还容易把肠胃撑坏，肚子疼，跑厕所，甚至上医院，挂吊瓶，得不偿失。理论上说，一张嘴在五分钟之内吃两个苹果与吃一个苹果的滋味，应当是一样的——因为都在不停地咀嚼加咂摸。然而，人却首选吃两个而决不吃一个。而在肠胃，明明一个苹果已经够了，但它却无法阻挡嘴巴继续啃食，继续吞咽，继续给自己增加负担。肚子饱了眼不饱，于是就只好接受。

中国人有勤俭节约的美好传统，反对铺张浪费。这个传统当然应当提倡和发扬。但有时也矫枉过正。比如小孩子有剩饭的习惯，当然不好。家长往往要逼着他们把剩饭吃光，理由是不能浪费。但如果孩子确实是因吃饱了而剩下，你再逼着他们吃到肚子里，不但也是一种浪费，而且对身体有害无利。

人选择吃的东西，往往是以"好吃"为标准。只要是好吃，便要千方百计弄到嘴里尝尝。有形容说：有些人天上飞的飞机不吃，地上跑的汽车不吃，水中游的轮船不吃，除此之外，什么都吃。虽说有点夸张，但中国人好吃，会吃，却是世界闻名的。

沈括在《梦溪笔谈》中说：“吴人嗜河鲀鱼，有遇毒者，往往杀人，可为深戒。”但偏偏有人冒着生命危险去吃，据说味道“有西施乳之称，食者必不肯弃”。（《丹徒县志》）你说这个诱惑有多大！

还有些东西，并不是因为多么多么好吃，而是因为自己没有吃过，就想尝上一尝。就像一个旅游景点，有人说那里多么好玩多么美丽，大家就一窝蜂似的投奔而去；就像一部电影，有人说真好看，于是就赶快排队买票进电影院去熬上两个钟头。上半年去了一趟新西兰，有一次中午吃饭时，餐馆上了一盘袋鼠肉，团中每个人都排队夹上几块，因为没有吃过啊。结果尝了之后，普遍反映不好吃——味道倒在其次，有了谈资便觉得满足。

从营养学的角度分析，应当是缺什么，补什么。但中国人往往望文生义。阳痿者就让他吃什么猪鞭狗鞭牛鞭，以为毛病出在物件上。脑子不好就吃核桃，因为核桃仁的结构与脑子相似。前几天在市场上看到一种花豆，表皮形如肾脏，全身布满红色经络花纹，卖者便称它“肾豆”，说是吃了可以补肾。对于这些，我表示怀疑。所谓缺什么补什么，应当是去吃含那种成分的食物，而不是看它长得似是而非的模样。

还有就是，国人在吃上所表现出来的狠毒和凶恶，有时令人不寒而栗。曾看到一个视频，一个长得还算人模狗样的姑娘，对着镜头，扬扬得意地抓起一只正张牙舞爪的螃蟹，就那么往嘴里塞。边吃边念叨：“好吃！”冯小刚有一篇文章叫《在餐桌上发现一个残忍无比的民族》，他以吃某菜系为例：

“开饭前先请来宾围着鱼缸笼子一通端详，分别指出自己心仪的活物，接着就有一批生猛海鲜英勇就义。处决的方式也是十分残忍，龙虾通常是被活着凌迟，肉都吃完了，头上的须子还疼得直打哆嗦。蛇一般会当众剪掉脑袋，挤出血和胆献给主宾。虾的下场有几种：赶上喜欢白灼的算它们上辈子积了德；但大多数会被扔到烧红了的石头上煎熬，美其名曰‘桑拿虾’；更有惨无人道的是活着用酒麻翻，生吞活咽，席间常能听到‘嗞嗞’的叫声，那是活虾发出的呻吟。”

我们汉民族一直标榜自己善良儒雅，但从冯小刚的描写来看，“也很残忍，对弱小动物犯下的罪行也是惨绝人寰、令人发指。”这样的结论虽然有些偏颇，但不能说没有道理，因为有根有据。

回到开头所说的，人类的吃饭，主要还是为了充饥和营养。现在已是饥饿无虞的时代，我们不能为了口舌之欲而做饕餮之徒，吃得狼吞虎咽，吃得丑态百出，吃成一个大腹便便的亚健康。

原载《解放日报》2017年8月29日

我的电影生活

刘 齐

说到喜爱的电影，我能举出不少，美国的《闻香识女人》《辛德勒的名单》《拯救大兵瑞恩》，意大利的《天堂电影院》，法国、德国和波兰的《钢琴家》，这些都是全球有名的彩色大片。还有三部中国黑白老片，国际上默默无闻，画面比例是过时的四比三，却是我此生观看遍数最多的片子。

半个世纪以前，中国的电影大多被禁，只有寥寥几部得以幸免，《平原游击队》《南征北战》和《铁道卫士》就在其中。它们讲的是抗日战争、国共内战和抗美援朝三个时期的故事，主题正确，剧情单纯，看片名即可知其大概。影院无新片可演，又不能闲着，只好反复放映。我们这些辍学（官称“停课闹革命”）小孩无事可做，也就一天又一天，一遍又一遍地观看。为了混进影院，或在上场演完下场尚未放人之际赖着不走，无票之人挖空心思，使出种种小儿无赖手段。就算被影院发现逐出，也自认不丢脸，革命人不看革命电影，怎么受教育？

非常时期，看电影当然强调受教育。话是这么说，一旦跟银幕对上光，兴趣就成了主宰。只是我们喜欢的，不一定是上面希望我们喜欢的。作为愚蠢少年，我们不太上道，往往只对细枝末节感兴趣，断章取义，各取所需，买椟还珠，不知道心疼“珠子”。

我主要关心某些情节和次要人物的对话，过目不忘，入耳生根。按上帝规划，我的记忆力正处于强盛阶段。《平原游击队》里那个笑嘻嘻的游击队员老侯，是我重点关注的对象。游击队在县城捉了汉奸，队长李向阳说：“老侯，开导开导他们。”身穿对襟大布衫子、长相诙谐的老侯，就用驳壳枪一拨汉奸的手：“站好站好，我给你们上堂政治课（演到这里我常感叹，不光好人上政治课，坏人也得上）。国际形势是这样的（我心说一个小县城，一个土汉奸，你也配听“国际形势”），伟大的苏联红军（可惜现在变修了，也可能像鬼子那样侵略中国），已经开始大反攻了，希特拉（老侯不会说希特勒，发音不准）就要垮台啊。”汉奸赶忙点头如捣蒜：“要垮台、要垮台。”老侯：“国内形势呢，我们八路军就要反攻，日本鬼子是兔子尾巴长不了啦。”汉奸又“捣蒜”：“长不了、长不了。”老侯：“那你们还咋呼什么，还不改邪归正啊？”训话至此，影院里总是笑声一片，小孩子笑得尤甚。

老秦爷说话又是另一路风格。他给游击队送吃的，李向阳跟他客气：“老乡这么困难……”老秦爷不“客气”：“你八岁那年爬上枣树偷吃你老秦爷的枣，吃得你肚子疼，可现在倒装起假来了。”这种餐饮方面的“装假”，是苦难中国一种常见的善意欺瞒（富国人民衣食无忧，不爱这么做），一旦遇到更加善意的揭露，其结果则是皆大欢喜。

面对恶人，老秦爷会换上另一种口气。汉奸骂他：“你是人不是人？”老秦爷说：“那谁知道，我把祖宗三代都忘了。”汉奸脸上挂不住，怒骂：“你这个老杂种！”老秦爷更怒：“你这个狗杂种，老天爷白给你披一张人皮了！”汉奸：“我崩了你！”老爷子亮出胸膛：“来吧小子，这儿打，你打死我这六十多岁的人，你看你有多能耐！”鬼子中队长松井见状竖起大拇指：“老头，你是中国人的这个。”见老秦爷没给好脸色，就问：“皇军不好吗？”老秦爷笑说：“皇军好啊，皇军给中国人造福气来了，不杀人，不放火，不抢粮食，你看这多好啊！”这种跟坏人正话反说的讽刺方式，令我们大为赞赏，出了影院举一反三，不分青红皂白，逮谁泡谁，险些成瘾。

《铁道卫士》有段对话也有意思。治保主任赵师傅，就是《英雄儿女》里演王成他爸的那个老头，装成旅客，坐在特务马小飞身旁，指着报纸上的新闻对马说：“反革命分子消灭一个少一个。”马特务：“要不天下就大乱了。”赵师傅：“乱是乱不了，麻烦。”各弹各曲，机锋彰显。

好人说话好玩，坏人说话也好玩。《南征北战》里，国军中将张军长沮丧地说：我们这一着棋输得太冤枉，美国顾问团又要说我们无能。这时他的少将参谋长说了句全国小孩耳熟能详、不断模仿的妙语：“不是我们无能，是共军太狡猾了。”此话技术含量和风趣指数甚高，见过会说话的，没见过这么会说话的，敌我双方，银幕内外，方方面面听了都舒服。

相比之下，好人里边那个戴翻毛帽子的师政委，说起话来虽然字正腔圆，尾音还有点磁性，就因为总讲大道理，跟两三个战士聊天也像做大报告似的，有点儿“装”，我们就比较烦。但只要看这部片子，一定躲不开他，如同本单位的领导，你虽不喜欢，也得忍着。有时一来劲，就像老师念差生作文那样，用一种刻意贬低的口吻学他说话：“你们笑什么？”“没想到可不行？”“我们还要打到南京呢。”奇怪的是，他的搭档，那位由陈戈先生扮演的解放军师长，尽管也没少讲道理，有一次还跳上坦克大讲特讲，感觉上却比听政委讲话自然。师长的神态放松而亲切，那一口“川普”，亦即四川椒盐普通话，也给他帮忙不少。我爸在机关工作，有实际体验，曾多次夸陈先生，像一个老干部。

在无法阅读老舍、林语堂、马克·吐温、契诃夫、左琴科、毛姆的特殊年代，老侯、老秦爷、赵师傅、参谋长，以及其他说话有趣的电影人物，都被我们视为难得的幽默老师。那时不懂编剧和导演的作用，他们在幕后默默施恩于我们。

电影散场，兴犹未尽，还要跟同伴回忆鬼子进村的场景和音乐。夜幕下，松井中队长骑着大洋马（此前李向阳骑的是蒙古马，比较瘦小），带领中日坏人行进在农村土路上，铜管乐器随之奏响，拉稀啦发米，发米，发米都稀啦，这大概是长影作曲家雷振邦先生从日本民歌《樱花》中化用过来的，应是国人所创最经典的鬼子进村旋律。我们，我是说，我们这些一、二、三、四、五、六零后年龄段的人们，大家都知道，什么最是鬼子进村的动静，这个就是。

吃喝，也是我重点关注的对象，忘了什么也忘不了影片中的吃喝。物质匮乏，少年成长，口腹之欲难以克制，容易让人把志向立歪，怎么坏人总是吃得那么好，吃了上顿有下顿。马小飞跟老特务把酒言欢，桌上那道主菜起先大家没看清，由此产生争论。林彪说，要带着问题学毛著，我们是带着问题看片，看了几次终于确认，那是一只整鸡，但不知是烧鸡还是炖鸡，黑白片看不出颜色。张军长他们更是奢侈，炮火连天都有酒喝，有罐头吃，而且不用本民族的筷子，用帝国主义的刀叉。鲁南决战，蒋委员长电谕，只准成功，不准失败，开那么严肃一个军事会议，桌上竟然摆了一盘又一盘滚圆肥硕的水果。可恨张军长身在福中不知福，看都不看水果一眼，只顾发言："在决定党国命运时，有人不顾大局，有意保存实力，这种常识，在军事史上也许是没有的。"李军长一定也吃腻了水果，空着嘴反唇相讥："我们以往的失败，就在于轻敌。"

反观我方人员开会，只能用大瓷缸子喝水，顶多用烟袋锅子抽几口"老旱"，革命的确不易，方方面面考验意志。百姓口攒肚挪，省出几斤白面，烙了大饼，用手巾包着送给游击队。饼的表层星星点点，分布着一些小黑烙印，一看就知没放油，小火细柴，生生烙熟的。贫苦人家，战争岁月，哪里有油？但这已经足够让我羡慕。我的家乡沈阳不比李向阳他们的华北平原，我家这边只产高粱苞米不产小麦，有关饼的概念通常只用在苞米面上，但那不叫烙饼叫大饼子。即便如此也不"管够"，所以一见根据地小闺女捧出一摞烙饼，恨不得马上跳进银幕，参加队伍。小县城里，跟李向阳接头的饭馆伙计那一声吆喝，更是令我神往。该伙计低声透露情报完毕，拖长声调，给李队长点菜："半斤白干一盘花生米四两酱牛肉外带胡椒面儿——"简直让我高兴得没法儿，长长出了一口气，找回不少平衡。呵呵，好人也准许吃好的，也有好的吃。

早期电影比较朴素、本真，故事发生年代尚不遥远，一应服装道具、街景建筑取之现成，接近原生态。日本卡车、美国吉普、城门楼子、市井老屋尚未废弃或拆除，要啥有啥，犯不上伪造。不像现在一些影视，古楼不古，闹市不闹，三五人物于空旷街区走来走去，一辆圆咕隆冬的黑轿车开进开出，好人坐了坏人坐，各剧组总不让它得闲。这还算对历史有礼貌。一些导演混不吝，小巨手一挥，鬼子就坐上解放牌卡车，国军就驾驶了北京牌吉普。其实该吉普1966年才问世，首先搭乘的是毛主席，在长安街头缓缓行进。老片子少有此类穿帮镜头。《平原游击队》里，葛存壮先生演的汉奸，别的不说，单那一身滑爽的老式黑胶绸行头，就让我们相信，汉奸穿的就是这种服装。该片1955年拍摄，葛先生一头黑发，还是二十多岁的小伙子，公子葛优两年以后才出生。

电影的朴素本真，还得益于早期的某种宽疏。比如特务，按说他们是剥削阶级，理应好逸恶劳，饭来张口，衣来伸手。可是海外派遣的那个特务头子马小飞，居然自己在脸盆里洗衣物，看得我一愣一愣的。马小飞喝酒吃鸡我理解，人特务就该这样，可他为啥还要劳动？诚然，孤身潜回大陆，使唤丫头一时难觅，但也不必特意让他这么演，掐掉不就结了？八个样板戏，一堆反动派，你见哪个干活了？

这几部老资格的故事片，还在不同程度上引领或促进了中国电影一些模式的产生，即使算不上鼻祖，至少也是源头之一。双方交战，敌人一片片倒下，好人则半天不死一个，而且总闹“革命化”情绪——领导不让打主攻，想不通；不让参加志愿军，不高兴，总之都是积极性难以高涨憋出来的“正面”问题。为了衬托上级高明，特设低智商同志，令其隔三岔五做出观众都觉其傻的判断，以此推动情节向着观众心知肚明的方向发展。话语上也设有标准句型。正面角色爱说：“敌人再狡猾，也逃不出如来佛的手心。”（后来的编剧这样填词：狐狸再狡猾，也斗不过好猎手）反派则向小喽啰许愿：“事成之后送你去南朝鲜。”晚几代的反派几乎将此句型用滥，差别只是将诱饵换成香港或欧美。

另有一类毛病，属于打造不精的粗糙型问题，这方面，《铁道卫士》表现较多。比如护路民兵的表决心："我们保证，连一个蛤蟆也不让它爬到铁路上去。"时值影片设定的寒季，敌我皆穿棉衣，蛤蟆也在冬眠，无意试探人类庄严的承诺。我们看出这个明显破绽，优越感随之而来。

侦察或捕人的场面也糙。公安人员闯入陌生房间时，好莱坞那种双手护持一把手枪，背靠背，半蹲，四处乱瞄的姿态尚未发明传入，几个公安只是单手拎枪，随随便便就进屋，就面对危机四伏的黑暗死角。而且大量吸烟，作案人拼命吸，吸完留下烟头让你有迹可循。破案人也拼命吸，吸完马上产生灵感，找到线索。二十一世纪的影视可能担心青少年学坏，轻易不露抽烟镜头，电视剧《少帅》尤甚，几十号兵匪大老爷们儿，开会也好，闲聊也好，一律轻柔地嗑瓜子，就差跷莲花指了。

枪击方式也糙，一声枪响一股烟，人就玩完。丢了阵地，张军长痛斥部下："一个团守一个车站你都守不住，怎么指挥的？"把左轮手枪搁桌上，示意其自裁："快执行吧。"部下哀求："我曾为领袖立过战功，我曾为领袖立过战功。"张不耐烦，亲手开枪，只见一股烟窜至对方腹股沟，位置不致命倒也罢了，好歹整个创口吧？不整，就那么草草完蛋，要多省事有多省事。可叹我们这些早期小孩，兴致勃勃接受种种简陋的假死，丝毫预料不到几十年后，效果将大为改观，需要挨枪者被枪一打一个洞，血溅得满墙满地都是，比真的还像真的。

粗糙归粗糙，我们仍旧喜欢，我们就生活在粗糙之中，我们也是粗糙之人。电影是粗糙年代的稀罕之物，我们尊敬电影，崇拜电影，熟悉每一个角色、每一个演员，他们比我们年长，堪称父辈，神奇的、了不起的父辈。1968年一个夏夜，我所居住的沈阳崔家胡同一片欢腾，李向阳的扮演者郭振清先生摇着折叠纸扇，到他的亲戚家做客。我挤在人群中向窗里张望，惊叹他的神情长相，活活就是刚从银幕里钻出来。郭先生原是天津电车工人，身材魁梧，浓眉大眼，方脸阔嘴，笑起来特别爽朗，特别工农，被认为是那个时代英雄的一种标准。

《铁道卫士》里的侦察科长高健是另一类英雄模样。他的戏份多在沈阳，借他的光，家乡的公园和街道得以搬上银幕。北上广这些大都市现在房价高，那时拍电影的概率也高，当地人见多识广，未必珍惜。而沈阳这还是第一次，仿佛今天的国际大赛，偶然安排到了一般城市，我们就很自豪，格外高看高科长一眼，尽管他身上没“块儿”，脖子也细。爱之深，责之切。高科长为了保卫隧道，和马特务在列车顶棚翻滚打斗，不但没治住特务，反被特务压在身下，扼住喉咙。看到这里，我家邻居一个十二岁的小孩很不满意，情急之下，脱口大骂：“掐，往死掐，掐死得了！”该小孩名叫梁光，家庭出身不错，无人觉得他的立场有问题。倒是后来插队当知青，社员群众认为他有问题，主要是嫌他的名字不好，梁光粮光，粮食光了，还怎么活？不由分说，异口同声，管他叫梁有。梁有回城后，在和平大戏院当放映员，可以天天看电影。

《南征北战》里有个英雄高营长——怎么都爱姓高——脖子也不粗，还被流弹擦伤，缠上了绷带，但就是与众不同。他是单眼皮，比中国审美观认为好看的双眼皮少了一层，整体看上去仍不失为英俊潇洒。他有一种读书人的儒雅气质，在一群大老粗指战员的映衬下，分外显眼。高营长不是不可以当营长，但更应该去当一个秀才。《南征北战》拍摄于1952年，是第一部军事影片。过了几年，在古装电影《桃花扇》里，高营长成了明代书生侯朝宗，跟秦淮歌女李香君才子佳人，爱恨情愁。

当高营长那会儿，身旁也有女性，是张瑞芳女士扮演的民兵连长玉敏。玉敏同志身穿大棉袄，腰扎宽皮带，短发圆脸，嗓音洪亮，充满车尔尼雪夫斯基称赞的健壮美、刚劲美、劳动妇女美。高营长和玉敏这一对单身青年彼此多有来往，却总谈工作，一点儿不让观众往有关方面推想。再说当时举国上下都很害怕爱情和性，弄得小孩子也自律甚严，与其说我们的情窦未开，不如说是半开不开，不敢开，尤其不敢往革命男女那边开。张军长帐篷里那个头戴船形帽、嘴叼烟卷的国军女报务员，以及收音机里播送战报的娇滴滴的国军女声，倒是让我们悄声议论：《新华字典》里的“妖艳”和“娇媚”，指的是不是这一类女的？

高营长率部撤退，我们恋恋不舍地看他向玉敏赠送卡宾枪，坚定地说：“我们一定会打回来。”放映机沙沙作响，扇形光束忽明忽暗。

演好人不得好，演坏人更不得好。方化先生是我们小孩子佩服的人。他创造的鬼子形象特别成功，是无人超越的“鬼子王”，谁知竟惹祸上身。电影厂抓“右派”，名额没凑够，拿他充数。方先生不解，询问缘由，答：你演的松井比鬼子还像鬼子，你不反动谁反动？这些也是我后来得知的，当时只是隐约听说，方先生有“问题”，天天挨斗。我的父亲也有“问题”，天天也挨斗，头上戴着纸糊的高帽，胸前挂着铁制的牌子，一站就是几个小时，腿都站出病来了。由此及彼，内心便有辛酸感，觉得方先生可怜。有时暗自设想，“松井”遭受批判，会是什么样子？

几十年过去，天天泡老电影的情形历历在目。某日跟北京出租车师傅闲聊，下班后干什么，打牌还是玩微信？他说啥也不干，就看录像。每天回家，启开啤酒，切了小肚儿，边喝边看，不看别的，只看两个电视剧：《潜伏》和《亮剑》。我说总看不腻吗？他说不腻，一天不看都像缺点儿啥似的。我一怔，明白了，他哪里是在看电视，他是在过生活，跟电视里的人一道生活。是人都要生活，党员过组织生活，教徒过宗教生活，夫妻过性生活。当年的我，我们那一伙失学少年，我们过电影生活。我们避开纷扰的乱世，在老电影里寻找乐趣，日久生情，相看不厌，老电影成了老朋友。

原载《天涯》2017年第5期

命若二姨

李美皆

十几岁时读到鲁迅《纪念刘和珍君》中的“我目睹中国女子的办事，……看那干练坚决，百折不回的气概，曾经屡次为之感叹”这句，我就想起二姨。至少在当时，二姨是我见过的女性中最有“中国女子的勇毅”的一个。或许因此，她的结局也是早早死去了。最后一次见她时我六岁，四十一年过去，我已成为一个四十七岁的中年人，而且是所谓知识女性；可是想起她来，还是有种无语而惊的震慑感。

小时候去姥姥家如同现在外出旅游，是超常规的喜悦。因为姥姥家的生活比我家好，因为姥姥家有二姨。在当时的我的心里，与二姨有关的一切都代表着一种高档，比如，大姐穿的是二姨织的红毛衣，纯毛线的，大姐穿小了再传给我，我穿出去都被认为是“洋气”。那时候农村保暖的衣物是绒衣和家制棉袄，很少有人能穿毛衣。那时候农村姑娘农闲时是纳鞋垫，很少有人会织毛衣，何况织得那么好，何况是纯毛的。没有人会把二姨看作一个农村姑娘。姥姥家生活好也跟二姨有关，二姨是民办老师。但二姨所受到的尊敬并不只因为她的民办老师身份，二姨有领袖风范，受到的是“一方领袖”的尊敬。尽管她一点没有铁姑娘的架势，而经常是凝神静气的一个人。这是一个孩子的直感。

几年前到某地参观，看见像开花一样连绵地承托起来的引水渠上还有人民公社时代的标语：水利是农业的命脉。大家纷纷拍照，据说有人正在研究标语文化。我没有拍照，但比拍照的人还要心潮起伏。这个引水渠让我想起了小时候的姥姥家。村口也有这样的高高的引水渠，远远看见它，就知道快到姥姥家了。那意味着已经达到小孩子极限的漫长的行走即将结束，姥姥家的好吃好喝的已经在望。我们就顺着引水渠走到姥姥家。但是，我从未留下在姥姥家看见二姨的印象，隐约的印象是在她任教的学校里，我似乎还狐假虎威地欺负过那里的小孩子，因为在我们村里，没有人撑腰，都是我被别人欺负。二姨似乎对我没有纵容，也没有斥责，只是看了我一眼，但那一眼就把我制止了。她的眼神并不凶，却有着沉静的威严，比母亲的万千数落还能让我感受到其中的分量，让我明白我的做法是多么令人不齿、应当摒弃。大概这就是所谓不怒自威。

我对二姨最清晰的印象是在我家，那也是最后的印象，然后她就远走了，一去不复返。二姨是一九四六年生人，一九七五年去东北的。

初冬的早晨，外面的干草上有霜，吃过早饭，被窝带来的暖意已经消失，太阳还没有发挥作用。哥哥姐姐都上学去了，早饭时用过的锅碗瓢盆都洗刷和归置好以后，家里便彻底清冷下来。秩序井然有时候代表着一种清冷，乱哄哄反倒给人暖意，这大概就是“热闹”一词最原始最通俗的含义。这时候母亲总是要扫地，地面是土的，受到笤帚打扰的尘土在朝阳的光束中兀自飘扬，看起来既无热情又不消沉，就像一个中年人。母亲扫地的时候实际上是洒了水的，那通常是小半盆刚刚用完的洗脸水，地上便不均匀地出现潮湿的颜色，阳光照上去，那潮湿处不但不显得亮一点，反而颜色更深了，与门后或屋角的阴影一样地深，这使它好像是在阴凉之中，更加深了屋子的清冷。二姨拿着一把烧水壶在用沙子搓，经年的使用使那壶身已经变成黑的了，好像穿了一件黑棉袄，其实它里面还有一件穿旧了的白内衣，那是水垢，也该去除了。但二姨现在正在对付的是“黑棉袄”。爸爸一手夹烟，一手插在裤子口袋里，正在跟她说着话。具体说什么我已经不记得，反正是大事要发生了，他们既踌躇满志又有着对前途的不可知，但最终还是踌躇满志占了上风，他们在做着搏一搏之前的思想热身。二姨此去就是要搏一搏。他们已经这样交谈几天了。正如二姨不被看作农村姑娘一样，父亲也不会被看作农民，因为他上过大学，尽管他已经降落农村，身份与大学毕业生毫不匹配。二姨是高中毕业生。他们之所以能够长时间交谈，是因为他们是农村寥寥可数的可以成为知音的文化人。文化空气一定是越往上越稀薄的，他们就在那稀薄的上层里。同样曲高和寡，但我感觉二姨比爸爸有威信。

壶被搓洗干净了，“黑棉袄”脱去了，赤裸裸白生生的，耀眼，让人看着发冷。然后，二姨也点上一支烟。二姨定格在我心里的就是抽烟的样子，沉静如水，从容大气。母亲也抽烟，但母亲抽不出那种静感。是的，就是静感，优雅一词都显浮薄，不合适。二姨周身有一种强大的定力，有一个静谧的磁场，令人镇定，看到她就感觉有了依托。

二姨这次到我家是来告别的。我还记得，母亲的心情是低沉压抑的，对于二姨的远走没有那么踌躇满志。母亲是彻底的文盲，二姨和爸爸的交谈经常是把她排斥在外的。在文化格局里，母亲显然要低一层，虽然母亲也是女强人，二姨很尊重她。二姨要去哪里呢？当时我只朦胧地知道是东北，大人是不会跟小孩子细说的，问多了会遭斥责。多年以后，我才知道二姨远走的具体情况，那时她已死去多年了。

二姨的远走与那个时代有关，更与母亲的家族有关。母亲的家族几代以来都是男人不旺，所以残破，姥姥生下的唯一的男孩几岁就惨死了，只剩下三个女孩，姥姥又在大家庭中受尽欺凌，这就导致了女孩的要强，小小年纪就要在家族中毫无惧色地站出来。我母亲作为老大很泼辣，但二姨就相对优雅内敛，也许二姨是遗传了姥姥。姥姥是一个执拗而沉默寡言的人，我母亲晚年曾经恨恨地称她为“木头”，但姥姥极有内力和韧劲，所有的苦难到她那里似乎都被某种暗物质无声地吸附与溶化，消遁于无形。我母亲是不平则鸣绝不受气的。

二姨的反抗力大于我母亲，但她是内在的，不鸣惊人或掷地有声的。同样是生活的磨砺，却把母亲和二姨磨砺成了不同的样子，除了天性的原因，可能还与文化教育有关。我母亲主宰的家庭造就了不会流泪的孩子，小时候我们都不会流泪，没有怎样敏感的自尊，除了大姐——因为大姐是在姥姥家长大的。大姐很小时因为发烧导致残疾，家里孩子又太多太密，照顾不过来，她就被接到姥姥家去养了，所以，她比我们其他几个都要娇惯一点。最关爱大姐的是二姨。颇受尊敬的二姨经常带着她到自己任教的学校或在村里走动玩耍，无疑她也是养尊处优的了。她所体现的是二姨的教养，当时相较我们简直是贵族了。二姨走后，大姐也被接了回来，因为下雨时没人背她去上学了，二姨一走她在学校里也不遭待见了，以前可想而知的仗势欺人多少会遭到伙伴报复。我乐意去姥姥家，其实还有一个原因：在姥姥家不会受到母亲粗暴的呵斥，不会有兄弟姐妹之间的打架。当然，有不良表现大姐也会回来向母亲汇报的，秋后算账的风险不是没有。

据我母亲讲，二姨不仅照顾了大姐，而且像母亲一样照顾了我们。我们家孩子出生太频密，母亲实在是养不过来，每周六下午，二姨就会到我们家来，把我们的衣服脏了的洗，破了的带回去，借用别人家的缝纫机补好了，下周再带来。她几乎每周末都来，以至于一次不来，邻居们就会奇怪。这些我都没有记忆。

二姨高中毕业回到村里时，正是“文革”，村里派系斗争严重，母亲家族的一派男人不够强，落了下风，大家便推举有知识的二姨站出来，虽然她只是一个女孩子。二姨毅然站了出来。她这一派时而要集结在一起商量怎么斗争，怎么应对，谁说哪一套，基本上都是由她来部署和决定。二姨很快便有了慑服力，使她这一派占了上风。二姨虽然身份只是一个民办教师，但在村里参政议政的权力很大，颇有威望。政治斗争的关键时刻，争当村支书，父亲的意思，是叫二姨勇敢上！可二姨作为女性而且是未婚女性的身份终究局限了她，可能无论盟友还是她本人，都觉得由一个姑娘统帅全村不合适吧？对立方当然更不乐意看到这个结果。二姨的高度在关键时刻没上去。母亲说，拿到现在，你二姨就当村支书了，那时候，还不兴女的当官。二姨不上，她这一派就找不到其他有竞争力的人了，结果是另一派的人得势，当上了村支书。自此，她这一派的日子就没那么好过了，包括二姨。母亲劝她说，这一派又不是你一个人，看脸色的也不是你一个人。可二姨是这派打头的，承受的压力自然更大。而且，二姨更要强，更看不得别人脸色，所以，母亲晚年说，她就是强死了。

二姨在那个并不开化的村子创造了一个奇迹。同时也可以说，这在母鸡打鸣引为大忌的农村是一个异数。当二姨的命运多舛水落石出之后，母亲似乎也有责备二姨太“能”了的意思，潜台词是在验证一个古老的定律：女人太“能”了，没好下场！我母亲那么泼辣的一个人，却坚守着这一“文化底线”，在我看来实在匪夷所思。我一直以为不识字的母亲没有体现出一点“女子无才便是德”的古训，写到这里突然发现还是有的，按照那个文化体系来衡量，这种绝不僭越，也许就是她的“德”吧。

这样的一个二姨，在农村能匹配一个怎样的男子呢？她的终身大事注定有难度。有一个当兵的，二姨看中了，彼此都有意，但姥姥认为那个人太细瘦，她和一个妯娌相看后的结论是：挑担水都会闪了腰。姥姥也嫌那个人家里穷，连大门楼都没有。于是，坚决反对，说出狠话：跟了那个人，就别要这个家。姥姥想象的二姨的理想丈夫，也许是一个敦敦实实的能过日子的农村后生吧？姥姥的固执是难以想象的，她看起来那么隐忍，固执起来怎么会那么吓人呢？但二姨的不妥协也是可想而知的。此后，她就赌气不要在本地找对象了。

母亲一面说二姨是“被人家挤走的”，一面又说，“要是没有那场洪水，她也走不了。”一九七四年的那场洪水，似乎是母亲的公元年，她对于家族史的讲述，经常以此为界。本来，姥姥家已经另盖了三间新屋，暗含着二姨或许找人入赘、将来养老的意思。可是，洪水一来，新屋旧屋都没了，二姨似乎更没了待下去的理由。

在此之前，二姨的命运还有一次可能的转机。公社有一个保送大学生的名额，二姨的资格足够，虽然超龄，但若按我父亲的主意运作一下，还是可以的。但二姨决定帮助村子里一个叫HD的女孩子争取到这个名额。HD的家在东北的一个兵工厂，她从小寄养在老家，由爷爷奶奶抚养，到了该就工的年纪，赶上知青下乡潮，她的父亲怕她去别的“广阔天地”更受苦；而且，她跟爷爷奶奶的感情比父母还深，不愿离开。所以，就由她继续在老家待着了，算“下乡”。HD跟二姨是好朋友，但二姨之所以帮她，似乎还得到了HD父亲感恩的许诺。HD上大学以后，她的父母回了一次老家，为了报答二姨，HD父亲愿意把二姨带走，顶上山下乡的知青名额安排进HD父亲所在的兵工厂。HD的父亲是这个兵工厂的某位领导。

二姨之所以帮HD而不为自己运作，还有一重原因：她觉得为自己运作是营私，可能会不服众，以及被对立面看轻，有损自己的威信。父亲此后多年只要说起这点来还会难以释怀：你二姨实在太君子了！二姨的高风亮节委实害了她，四十岁之后，阅历告诉我：太要脸的人是难以成事的，成功需要适度的不要脸。我们的历史也可以证明这一点，刘邦和项羽就是例子。

对于二姨的远走，姥姥还是坚决反对。压迫了姥姥半生的姥爷已经去世，二姨是这个残破家庭的主心骨，姥姥怎能允许她远走！但这次，姥姥的反对无效了。大姐说，二姨走的那个早晨，姥姥用笤帚追着她打，还在背后用石块扔她。二姨只是不做声，但出走的脚步亦不停留。难以想象，无论我们如何讨嫌都不吭一声的姥姥，怎么会对二姨做出如此举动！姥姥七十六岁寿终正寝时，我去见她最后一面，她吃力地睁开眼睛看看我，我简直受到惊吓，她的眼珠似乎蒙着一层白翳，不太像正常人的眼睛了。生命之水即将从她的身体里消失殆尽，仅存最后一滴，她就在等待这最后一滴的干涸。我不知道在生命的最后，她有没有想起二姨，是怎样想的。自二姨死后，就没有任何人对她提起过二姨，她也没有跟任何人谈起过。

大姐说，姥姥当时一边打一边恨恨地说，走了你就别死回来！姥姥一语成谶，二姨真的没“死回来”。难道姥姥当时有感应？我宁愿相信那是一种所谓命理，以二姨之强，是不会平凡终了的，而刚性越强的人，越容易折断。只要生活所给予的与二姨的“强”不匹配，结局就很难说。姥姥一定是深谙这样的命理的，虽然她说不出来。这是深植民间的无言的智慧或曰文化暗示。二姨从走出家门到赴向死地，一次都没回来。以二姨的心性，闯不出一番局面，她是不会回来的。未必一定要衣锦还乡，但一个证明自己的成果还是需要的。可是未及等到，她就死去了。

HD那时已保送到W医学院去上学了，二姨必须到W市去乘火车，在医学院见了见HD，也算告别。HD自然是千恩万谢。那时候，她们都相信，二姨一到东北就会被安排进兵工厂上班的，也不错。

我曾经从家里翻出过二姨写给爸爸的信，开头是称呼某某哥，而非姐夫。信中说，她如何在楼上眺望邮递员，盼望爸爸的信。二姨的字好是当地人公认的，而“好字”往往就意味着青少年认不出来，跟我现在看处方字一样困难。而且，毕竟不是写给我的信，有偷窥之嫌。所以，没有多看我就放下了。看起来，二姨到东北后的生活并不那么顺遂。十年前，我以成年人的身份问过爸爸，他说，二姨到HD家之后，发现HD的爸爸并不能兑现自己的承诺，但对她尚好；而HD的母亲和姐姐对二姨并无感恩之意，亦不善待，她们还生气HD父亲善待二姨，说一些不中听的话。HD的姐姐甚至曾写信给我父亲，意在曲线驱逐二姨。HD是个厚道人，知道母亲和姐姐这样对待二姨后很生气，但也无可奈何。再说，毕竟她们是一家人，毕竟胜利果实她们已经拿到手了。我想，HD后来肯定宁愿把二姨的命运理解为意外吧？否则，她太沉重太难以承受了。

HD的父亲打算先解决二姨的婚姻问题，再想办法给她安排工作，但这不是一下子就能解决的。这个过程中，HD的母亲和姐姐已经不能容忍了。只三个月，二姨就待不下去了，尽管她去时是带着粮票、布票、棉花和被子的。

不会被看作农村姑娘的二姨到了兵工厂家属院里，能够如何自处呢？二姨已经陷入无能为力的尴尬境地，她在异地落到两个女人手里，相当于虎落平阳。但她既然已经破釜沉舟地出去，就绝对没有无功而返的可能，那不符合她的心性，她不会给自己留一条这样的退路。我老家的人喜欢把“闯外”的人神圣化，如果有人在美国是网络工程师，他们一定会把他说成比尔·盖茨，他们乐意给自己家乡出去的人以足够的成就感，如果这些人能够衣锦还乡的话。但如果你不能衣锦，那就干脆别还乡了，回来会很难堪的。这也是二姨势难回头的一个原因。

二姨去东北时同行的除了HD的父母，还有一个叫Z的本村人，幸好，她当时留了Z的地址。Z的哥哥在东北当兵，转业后安排在当地了，Z是投奔哥哥去的。Z的哥哥所在地离HD父母家不是太远。在HD家待不下去，二姨就投奔Z去了。Z的婶子之前已经投奔Z的哥哥来此安家落户，二姨就住到了Z婶子家。当然，是要在这找对象。强大的二姨最后还是沦为嫁人一途。二姨不太从容地嫁人了。她嫁给了村支书的舅子。这个男人有过老婆，他的老婆因为忍受不了恶婆婆，走了。开始二姨是不同意的，可巧，Z婶子家的狗咬了人，对方不依不饶，Z家作为外来户的弱势即刻显现了出来，二姨免不了也有齿寒之感。这种情势，无形中也在迫使二姨嫁给那个男人。嫁了村支书的舅子，还怕扭转不了弱势吗？二姨倒也不怕恶婆婆，嫁过去之后，能与婆婆分庭抗礼。东北的院落大，她家种了很多菜，有老乡来了，二姨就弄些菜给人带走，婆婆一向为人不好的，当然不高兴她这么做，但也奈何不了她。——这一段是母亲的讲述。但地名她是一个都说不出来的，统统都是东北。

她的丈夫也是一个强横之人，两个人谁也降不了谁，一个很说明问题的例子是：二姨有次生气，居然把一块上海牌手表扔进了正在燃烧的灶里。那时候的一块上海牌手表，可是顶得上现在的一辆车呀。——这一段是父亲的讲述。

二姨做了村里的广播员兼文书，渐渐在村里有了影响和起色，马上就要当老师了。

一九七七年的三月，二姨艰难地生下一个男孩，只存活三天就夭折了。二姨希望姥姥和三姨去伺候月子，三姨如果愿意，就留下嫁人。为此，她还专门寄来五十块钱做盘缠。可姥姥和三姨都是内向之人，犹豫不决，一直拖着。母亲说，要去就快去，不去就赶快给她答复。结果，她们一直拖到不必去了。那段时间曾有Z的亲戚去东北，二姨对这个人抱怨说，是我母亲不让姥姥和三姨去的。这成为母亲一辈子的心病。

二姨在东北的这段历史，我是后来听父母分别讲述的，以上内容是我把二者综合起来了。父母分别对我讲述的时间，相差大概十年。

二姨在东北的境况，虽然知识女性的文化优势有所体现，但到底，是做了农民，而没有当上工人。二姨虽未能如愿进入兵工厂，让家乡的亲人略感失望，但我们还是相信二姨有能力东山再起，有朝一日能够继续帮衬和提携我们的生活，我们对二姨总是存有这样的信心。二姨对于我们来说，就像莫泊桑笔下的于勒叔叔。幼小的我可能也曾有过“二姨回来了”的意外惊喜和功利幻想。眼前的一切都是可见的局限，只有远方的未知可供幻想，何况那在远方的，是曾创造奇迹的二姨。

我们等待着，等到了一九七七年七月的某个日子。我们放学回家时，发现母亲不在，爷爷说她去姥姥家了。我们影影绰绰听说是二姨出事了，具体什么事，爷爷不让问。四十年后，我终于向母亲核实了二姨的死讯抵达时的情形。男方家拍来了电报，大家瞒着母亲，把我父亲叫去商量，商量的结果是由家族里的两个舅舅赴东北处理后事。父亲回家后，才把这事告诉母亲，那时舅舅们已经走了。母亲为此很长时间都怨恨父亲，她对我说，我当时应该去的，一辈子想起来心里都过不去。以母亲的悲伤欲死，以母亲的烈性子，谁知道去会怎样？再说，家里老老少少，实在脱离不开。或许，父亲就是不希望母亲去，才等到舅舅们走后再告诉她。他知道，以母亲的脾气，她要去是谁也阻挡不了的。我说，你去了又能怎样？她说，怎么着也去看看她，死了都没个亲人到眼前……这句话让我听出血亲之间的骨肉撕裂与相连的痛。

事实上，即便母亲去，也见不着“她”了，或者说，所见已经不是“她”了。

死讯是用电报传达的，详情当然不知。舅舅们去了才了解到：雨后，二姨出来找自家的鸡，她家建在一个崖头上，那些鸡跑到了墙外的崖上去，任她在下面怎么呼唤和扔石子吓唬，它们就不下来。母亲后来说，唉，人该当怎么死是一定的。二姨只想怎么上去把鸡撵下来，雨后泥滑，那个土崖不好爬，这时她看见了唯一的抓手，就不假思索地伸手一揪。那是一个裸露的、带电的电线头。二姨的生命就此戛然而止。当然，这个版本是她的夫家提供的。母亲说，就算真是电死的，拿到现在，也得追究漏电的责任，那时候都不讲这个。

两个舅舅到时，二姨已经在棺材里，棺材在树林里，周围苍蝇飞舞。虽然东北不那么炎热，但毕竟是夏天。舅舅们有没有看遗体，我实在不忍心探究了。即便看，也是面目全非。何况，据说，二姨触电时即已面目全非。陆川的电影《可可西里》中，保护藏羚羊的主人公死在盗猎者枪下，这我能接受；我不能接受的是他让主人公死得那么不悲壮，甚至难堪，像一条狗一样在地上抽搐了一会儿才死去。我相信中枪的人死去时可能真的是那样，无论他是高尚还是卑下的人。可是，作为一种艺术表现，这种不动声色的残忍和冷酷还是让我难以接受。现实主义不是自然主义，并不全然拒绝升华。文艺要给人以必要的提升，要追寻某种存在的价值和意义，如果它只是使人难受绝望的话，人们干吗还需要文艺作品呢？去看生活本身就足够了。对于电影，我可以提出这样的不满，可是，对于二姨的死，我的叙述只能这样不加遮蔽。我无法粉饰命运的残酷，否则可能使一切变得更轻。

四十年后，我忍着心问母亲，是当时就死了，还是抢救过？她说，好像抢救过，没救过来。两个舅舅去时是带着某种不安全感的，一是二姨死得不寻常，每个人心里都在猜测其中蹊跷；二是东北人不是那么好惹的，这是当时我们那里的普遍共识。两个舅舅没作停留，在林子里挖坟埋了棺材就离开了。母亲说，炕上只有二姨从老家带去的几床被，其他东西都被收走了。或许，她的夫家还担心娘家人去分财产？所以，预先做了准备。

我问母亲当时是怎么去姥姥家的，她说，自己走着去的。我的心猛烈地痉挛了一下，难以想象母亲是如何走过那二十多里乡村路的。人心是能承受怎样的悲伤和绝望啊！

母亲快到姥姥家时要经过姥爷的坟地附近，她先去了姥爷的坟前，哭到肝胆俱裂。她说，姥爷的坟是在花生地里，她把花生的秧苗搓倒一大片。可见她是怎样翻滚着大放悲声的。

姥姥悲痛的表现近似于无表现，她完全聋了，无论多么大声地喊她，她都听不见。她不哭，一句话不说，整个人是恍惚的，生活也不能自理了，上厕所都要有人扶。上二姨五七坟时，姥姥要去坟地，家人全部阻拦。我问，二姨的坟根本不在老家，你们怎么给她上五七坟？母亲说，就是在祖坟的旁边，给她画个圈，在圈里烧烧纸。按照当地规矩，长辈是不能给晚辈上坟的；更重要的是，大家怕姥姥受不了。四十年后母亲说，当时应该让她去坟地哭上一场的。作为唯一支撑的二姨这样倒下，那时候，姥姥一家得有多惨呀，姥姥心里得有多苦多黑呀。

三天后，母亲回来了。当时我和爷爷正在门楼下择韭菜，我听见母亲的声音抬头看时，她正走过邻居家门口，邻居老太问，怎么样？显然她知道母亲干什么去了。母亲说，死了。母亲口中发出这两个字时的样子我依然记得，她垂着眼皮，仿佛木然，也仿佛不屑抬眼看谁，她的语气不是悲伤，也没有颤抖，而是不含感情的，跟说“活该”或“罢了”差不多。我惶恐地站起来时，母亲已到眼前，当时正下着毛毛雨，母亲浑身发湿，但我感觉那湿不是被雨淋的，而是被泪水泡透了，母亲整个像一块吸足了水分的海绵，那些无法吸收的多余的泪水，好像随时会从母亲鼻孔里眼里嘴里纷纷坠落，她的每一根头发好像都要滴下泪来。那雨，蓦然间很像清明时节的雨，路上行人欲断魂的雨。爷爷见到母亲也一反常态地站了起来，探询地看着她的脸。母亲什么也没说，从我们面前移过，好像一块泡了水的木头从水上漂过。紧接着，我听见屋里传来母亲空洞绝望无依无赖的哭声，她在喊着二姨的名字哭，仿佛想把二姨唤回来而又知道不可能。我进屋，看见她坐在炕上，仰头靠墙哭着，浑身写满绝望，没有一丝力量和支撑。我也害怕地大哭起来。

父亲晚上回来了，他肯定也是悲痛的，但我不记得具体表现。半夜里，我们被母亲喊着二姨名字的哭声惊醒，父亲半是劝慰半是斥骂地制止着母亲，他大致是说何苦呢？哭有什么用呢？别吓着孩子和邻居。我从母亲的哭声中听得出来，她一定是咬不住牙关了，稍微一松动，那哭声就从口腔里冲了出来，无法遏止。母亲绝望的哭声给我留下了历久弥新的印象，我迄今还可以从自己的脑子里听到。母亲该是多么绝望啊！曾经几次产生自杀意图的她，这次一定也想到了死，但五个年幼的孩子拖着她，使她无法解脱，而离长大还遥遥无期的五个孩子，此时一定更令她绝望。那些天，母亲不吃不喝不下炕，她好像变成了绝望的一摊，站立不起来了。那些天，都是年迈的爷爷在好歹地做着饭，这在我家是从未有过的事情。

我总觉得二姨的死在姥姥预料之中。二姨远走时母亲的隐忧，似乎也暗含了某种命运的推论。我想，她们就是这样来接受二姨之死的。或者说，因为符合她们的宿命观，二姨之死在她们接受起来略微容易了一点。村里另有一人去东北投奔过二姨，他以前在村里是二姨的同盟军，也是待着不爽才去的。但他在东北待不下去，不久还是回来了。他回来跟母亲说起二姨在东北的生活，也是一个“强”字。我说，他为什么在东北待不下去？母亲说，他也是到了哪里都得强着人家的人，能待得下去？母亲的言谈中，这个“强”字是颇有些咬牙切齿的，她一直觉得二姨就是强死了。她认定，人强不过命。事实上，我也觉得，强就是一种命。所谓性格决定命运，并非只有一种决定法，所决定的亦可能绝然不同，就拿“强”这种性格来说，可能决定了一种“强者必胜”的命运，也可能决定了一种“刚性易折”的命运。

我当时是从母亲对前来安慰者的讲述中，大概知道了二姨之死是如何发生的。二姨之死使我对于触电永远有着特别尖锐的感受。三十年后，我在一所军校教书，晚上授完课从教室里出来，听到电线盒子里发出嗡嗡的响声，都会警觉地一凛，二姨从我脑子里瞬间划过。有一个晚上，我和丈夫推着宝贝儿子散步回来，刚下过雨，路灯发出吱吱的声音，我问，不是漏电吧？丈夫说，你怎么会想到漏电呢？我说，当然可能漏电，漏电是很危险的，会电死人的。丈夫愈发觉得我不着边际。我说，我二姨就是这样电死的。丈夫惊讶了，你二姨？我说，是啊，你不知道我二姨的故事吧？他说，从来不知道你还有个二姨。我说，我还没对你讲过我二姨呢。我们回家了，“我二姨的故事”停留在外面雨后清凉的空气里。我一直想着写点什么，却一直没写，总觉得还不到时候。

二姨在东北的一切，亲人们都是隔膜的，连她所嫁之人的照片都没见过。二姨一去，是先把自己投入陌生，继而投入死亡。这一去成了一场无尽的放逐，从不知所之，到彻底流入永恒。她的漂泊实际上从离家就开始了，先是进入河流，而后汇入海洋。死亡就是海纳百川。

我清楚地记得，母亲当时对别人讲述到最后，总会有一个怀疑的结论：还不知道怎么死的呢。母亲口中那个从未谋面的二妹夫几乎是一个“疑犯”。二姨的死亡在我的印象中一直笼罩着这样的疑云，因而更惨。

母亲为什么会产生这样的怀疑呢？四十年后她说，是从别人的半截话里听出来的。自从二姨去东北后，只要村里有人去东北见到过二姨，回来后母亲就会去找此人聊聊，了解一些二姨的情况。二姨没了，母亲仍然沿袭这一做法，只是，现在是要了解二姨死亡的具体情况。每一次了解，都是加剧她的难受，也许人是需要在受虐中释放的。几乎每次回来，她都要痛哭一场，有一次她了解到二姨以为是她不让姥姥和三姨去东北的，回来后就边哭边诉：我要背一辈子的黑锅呀，不是我不让咱娘和三妹去看你呀。就是从这些去过东北的人嘴里，母亲听到了关于二姨死因的半句话，比如，谁知道呢……比如，说是那么说……只有半句，再不肯多说，却让母亲感觉到无限多，无限沉重，无限憋闷，但又无可奈何。也许那些人也说不清楚，只是一种怀疑。

二姨的照片从姥姥家和我家的墙上取了下来。——四十年后，我需要二姨的照片。母亲说，没了，都被洪水泡坏了。我说，有的，我清楚地记得，洪水之后的家里，还有二姨的一张照片。母亲这才回忆起来，是大姐从相框里取下来的，当时还好好想着是夹在哪里了，时间长了就忘了，找不到了。母亲尚存一丝侥幸说，打开老家那个老相框，看看盖在底下那些外面看不见的照片里有没有。大姐当天下午就去找了。我反复嘱咐她，如果已经跟玻璃或者其他照片粘在一起，千万不要揭，会揭破的，拿到照相馆让有经验的人揭。但是一张二姨的也没找到。倒是找到了母亲和三姨以前的两张照片，我惊讶地发现，照片中的母亲与我印象中的完全不同。也许是我已经忘记了母亲那时候的样子。我跟大姐说，所有的老照片，都扫描了保存吧。这件事也提醒我，该处理自己的老照片了。

姥姥的耳聋还在继续，父母把她接来治疗，隔一天带到医院去，医生用小喇叭状的东西往她耳朵里吹药。所幸，几个月后，姥姥的耳朵通了，她好像从另一个世界回来了。

经过一年的缓冲，母亲的痛不欲生也在渐渐平复，生活不允许她把太多的心力用于悲伤。只有在二姨忌日时，她才会有难受几天的反应，难受到不能为我们做饭。

我们把许多美好的假设放在好强的二姨身上，可好强的二姨却把自己的尸骨都抛在了无名的异乡，她成了不甘平庸的生活的炮灰。虽然我们寄托在二姨身上的希望落空了，但没有了二姨，我们的生活也得继续。只是，遭遇困难时，父亲会说，假如你二姨还活着……或者，母亲家族的某一个决定被证明是错误的时候，父亲也会说，你二姨在的时候就说，不该……

年岁久了，二姨的忌日也淡出了我们的生活，二姨好像在我们的人生中没有存在过一样了。

但是，二姨并没有淡出我的心，很小的时候，尽管作业缠身，尽管作文作为一项作业是面目可憎的，我依然有着“将来一定要把二姨写出来”的使命意识。这是我生命中的一个作业，自己布置给自己的。为什么我会把写作作为一个不绝如缕的人生志向？即便遥不可及，即便滑稽可笑，即便在最艰难困厄捉襟见肘、看起来与文学毫无关系的人生阶段。我想这是命定的，有些东西你遭遇了见证了，所有的触动都在暗暗告诉你：如果不写出来，它们就白白存在过了，那么重那么离奇那么不可磨灭的！是它们，为你选择了写作，你只是服从。似乎唯有写作，能使这一切凋零产生意义，能使惋惜变得有价值，能使无解变得有解。我用写作来超度一切，熨慰自心。写作改变不了什么，它于实际的人生无补，它不会结出果实来喂给我们的现实，但它是一种开花，凝缩地让你洞见过眼的、想象的、思索的一切。

当生活终于有了余裕，除了顾及活着的，还能够顾及死去的，我曾经几次起意要"寻找二姨"。萧红死前写下："我将与蓝天碧水永处，留下那半部《红楼》给别人写了"，"半生尽遭白眼冷遇，……身先死，不甘，不甘"。二姨也是心志未酬的人，一去异乡，也是白眼冷遇。一个不甘的二姨，就这样不明不白地没了，我也不甘。既然二姨与丈夫感情并不深，既然她连一个自己的孩子都没有，她在东北就是孤独的、举目无亲的。东北在我的意象里总是连绵的大片的荒野，二姨岂不就是漫漫荒野里的孤魂野鬼？想到这里我就揪心，东北旷野的风就在我心里凄厉地呼啸。改革开放三十年了，假如二姨活过这三十年，必定会成就一番事业，然后回到家乡。她没有赶上这三十年的生命，但至少不应再遗骨他乡。她最好的生命时间是在家乡，她在家乡活得最好，家乡最不辜负她，这里理应做她永远的故乡。回到家乡，她才算死得其所。

我不敢问母亲，怕搅起她的痛苦难以承受。而且，母亲的记忆经常过于感性和零碎，不易理清线索。大姐也不赞成我翻起这段历史，怕母亲受不了。

事实上，我十年后——也就是写作这篇文章时——还是问了母亲，所以，前面的叙述已经包含了母亲所提供的，比我十年前知道的多得多。但是，为了还原"寻找二姨"的过程，我还是先从十年前与父亲的交流开始吧，让未知暂且保持着未知的样子。

我首先跟父亲谈了"寻找二姨"的想法。父亲说，可以找。然后问，你想要达到一个什么目的？我被问住了，不得不回头整理思路，我说，首先搞清楚她的死因，再一个，有可能的话，把她的尸骨迁回来。父亲说，搞清楚死因又怎么样？早过追诉期了。我说，至少，不能那么不明不白的。父亲说，迁回来葬在哪里？父亲到底是长者，考虑问题比我现实和命中要害。我被问得茫然。我说，葬在哪里可以再讨论，葬在亲人们身边，或者买块墓地，方便亲人们去祭奠她，总之，不能一直游荡在东北做孤魂野鬼。

父亲被我说动，答应去向亲戚们打听二姨的下落。

“寻找二姨”的过程极其渺茫，渺茫到荒诞，原来亲人们并不确切地知道二姨去了哪里。年久失修的记忆，连不起来的线索，也许，二姨离家时就意味着失落？二姨强大惯了，竟没人可以为她负责，只有她自己为自己负责，她这猝不及防的一死，自己就被遗落到不知何处了。

父亲说，HD父亲的兵工厂是在F市，二姨嫁到了K市。我一听就凌乱了，二姨不是嫁到兵工厂附近的村子了吗？一直以来我都是这么认为的。F市和K市居然分属两个省！HD家是怎么把二姨嫁到那么远去的呢？当时的网络搜索还不那么发达，不好轻易知道这两地有多远，一听是两个省就觉得诡怪。其实现在搜搜看，两地虽分属两省，却相距不过一百公里左右，也说得过去。父亲说，也不一定是HD家给她找的对象，当时姥姥村子里有在K市的，也许是别人找的。那么，现在就是要么找到HD父亲，要么找到在K市的同村人。——这时候，我还没问过母亲，还不知道二姨出嫁的原委。如果早些从母亲处知道，当然也不至于费那么多周折。

父亲打电话给母亲家族的亲戚，请他们向HD家的亲戚打听，得知：HD父亲极有可能已死，而且跟老家人多年不联系了，言语间，他们透露出对HD父亲“忘本”的不满。HD父亲的名字，他们只知道读音，他在外面究竟怎么写，他们不确定。至于K市的同村人，没有人知道是谁了，那好像是“开元天宝年间”的事情了。我说，可以问HD嘛，HD就在本地的W医学院上学的，总该跟村里的亲戚有联系，至少他们应该知道她毕业后去了哪里。父亲又去问，得知：HD毕业后留在了W市，不知是人民医院还是医学院，但也跟村里的亲戚多年不联系了，而且早该退休了。我还是不死心，又让爸爸去问HD的学名。我在W医学院有同学，W市也有朋友，只要知道她的名字，一定可以查找到的。可是，村里人竟不知道HD的学名，HD当时还是个女孩子，村里人习惯叫乳名；就连HD这个乳名，也只有老人们知道，中年以下的人根本不知道村里有过这么一个人。

我说，HD父亲既然是兵工厂的某个领导，只要知道那个确切的厂名，我可以委托朋友在F市查。我立刻在脑子里搜罗到了F市方面可以帮忙的朋友。我以为至少父亲当年会知道那个厂名，即便现在记不扎实了，也可以借助什么回忆得起来。可是，他当年竟不知，现在更无从记起。也许，当年的他们觉得具体知道也没什么用，反正就是东北的某个兵工厂，对他们来说，只需要这一个符号就够了。谁会想到，有一天要循着这个线索来寻找二姨的尸骨呢？二姨自己更想不到。父亲又去问，没有人能够说得出来。甚至，那个兵工厂是在F市城区还是在F市的某个县某个公社，他们都不确定了。我完全陷入茫然，想起了余华小说《世事如烟》中的情节：接生婆走入并不存在的城西去为并不存在的人家接生，她不知道是谁为她安排了这一切，她吃了主家酬谢的面条和鸡蛋，吐出来时变成了麻绳和麻团。世事是如此诡谲！这个兵工厂究竟存不存在？二姨究竟有没有奔向这个改变命运的兵工厂？似乎都变得可疑了。写到这里，我上网搜了一下“F市”和“兵工厂”两个关键词，搜到一家代号为四个数字的兵工厂。我不知道这是不是HD父亲所在的厂，如果是的话，我理解了为什么亲人们记不住这个厂名。

我还是心怀侥幸地请朋友打听一下F市的兵工厂。我说，如果有必要的话，我可以去一趟。这位朋友是写诗的，心有灵犀，充分肯定我的寻找的意义。他是间接地托人去打听的。最终他也只能回复：不可能找到HD父亲这个人了，一个大厂三十多年的茫茫人海，怎么去捞一根针！何况他的名字的确切写法和岗位、职务都不知道，何况他极有可能已老死多年。

我又回头找我W医学院的朋友，请她查毕业生档案或退休老干部档案，看有没有一个籍贯为某某村的女性。我必须首先向朋友陈述自己为什么要这么做，我一面陈述，一面自己都感到迷茫：都死去三十多年的人了，还寻找她干什么？我可以想见朋友对这件事的荒诞感。朋友说，你提供的信息太少了！我苦笑：是的是的，我也知道这不可能。我只是想把最后一点线索用尽而已——证明它没用，也是一种用尽。或许，我还在期待奇迹：万一，朋友家隔壁的老太太就是HD呢？

我的寻找之路终于被堵得死死的。这个过程中，最“现实主义”也最匪夷所思的是，亲戚警觉地反复追问：为什么要寻找二姨？他们首先纠缠于这个问题，仿佛父亲不交代清楚，寻找的话题就无法进行，他们不可能配合寻找；甚至，即便父亲此时表示不麻烦他们了，都已经晚了，他们依然会揪住这个问题不放。这个问题对他们来说比寻找二姨重要。改革开放以后，一些曾经失联的台港和海外亲戚陆续取得联系回归家乡，那些有人归来的人家都发了，我们的“寻找二姨”之举，是不是让他们与此发生了神秘的关联？他们觉得父亲突然来问二姨很是诡异，肯定隐瞒了什么，或有什么不可告人的目的；而我跟父亲所谈，显然是不可能说给他们听的，他们不会理解和相信。

对于这场寻找，我曾经有着未知的期待、丰富的想象和隐隐的激动，最终却什么都没有上演。我想象着，有一天，我找到了“她”，窒息和战栗：这堆白骨就是我的二姨吗？我心里还徘徊着一些话：回乡的路，走了三十年；送走的是一个姑娘，迎来的是一把白骨。我把自己感动了。可是，这些戏份都没有出现，最终只是索然作罢。

几年前，我曾对母亲故作无意间说起，二姨当时是火化了还是直接埋了？要不要迁回来？母亲诧异地看着我问，迁回来干什么？我说，她一个人在东北不太孤单吗？母亲说，她跟她的丈夫在一起，怎么会孤单。我说，他们感情不是不好吗？母亲说，再不好，那也是她丈夫。想了想她又说，迁回来往哪放，嫁出去的闺女不能进祖坟。我说，买个地方放骨灰盒，这样就有人祭拜了。她说，那何必，她在东北，跟她丈夫在一起，早晚也会有人祭拜的，别人祭拜她丈夫的时候，就祭拜着她了。从前怀疑二姨死因的母亲，居然又这样说了。人老了，什么都肯认了，对人世的芥蒂越来越少。

母亲都已经释然，与“疑犯”妹夫和解，我是不是也该放下？我原本也不信能探究出什么腾讯新闻头条那样的惊天大案。如此一来，逝者安息，九九归一，块垒已消，人世和谐，我还有什么必要写这些呢？难道我写这些就是为了让自己放下吗？不，我不是佛教公众号的写手，我的写作，是为了纪念一个非凡之人的曾经存在过。

我不愿意相信未完成自己人生的二姨会甘心悄然隐退，母亲晚年经常梦见死去的人，她说自己成夜跟死人啰唆，那她怎么从来没说过梦见二姨呢？我是无神论者，在二姨身上却宁愿相信托梦一事的存在。后来我明白了，二姨去东北后的人生与我们是不搭界的，她的一切，亲人们都没有目睹，耳闻也很有限，所以，连梦都无从梦起。她的突然离世，使尚未接壤的两者永远不可能接壤了，把亲人之间的失散上溯到了她的生前，以离家为起点。

资讯的发达是近几年的事情，不知当初寻找二姨时若能轻易查到那个兵工厂的名字，我还会不会努力。其实难度几乎是一样的。电子时代和前电子时代的信息有一个断层，包括档案，以前的档案是纸质的，不像现在的电子档案，一搜索即是。倪萍的寻找节目《等着我》开播之后，我也有过委托寻找的闪念，想想又觉得无意义，因为，根本无法确定自己的诉求是什么，寻亲还是化解怨仇？难道，我还能上演杨三姐告状的戏码吗？

我已经不想再努力了，我甚至不想再去调查更多的人，以更好地还原真相，就是我印象中的样子罢，我接受了。知其渺茫是原因之一，还有一个原因，就是经历过一番寻找之后我终于想通：用文字来安葬二姨，也是一种安葬。

二姨被命运抛出轨道，直接遗落在永恒之中了，想到这点，我就感觉心里张着道口子。我想把她从永恒之中捡回，就算只是一把白骨。这只是为了安慰我自己。我以为，这也是安慰二姨不甘的一生，可是，逝者已不能思索，还有什么心甘或不甘呢？不甘，只是我的想法而已。无论自我实现与否，生命都只有一次，不可能倒回去重来，不管甘不甘心，结局都是这样了。

我用这篇文章代替了对二姨的寻找，我在虚拟中把二姨的尸骨运回了故乡。没有长歌当哭，只有平静，我已经越来越不愿意把某种感情弄到悲壮了。我用一堆文字来安葬二姨，这是当年她离家时绝对想不到的，她无从料想那个最讨人厌的小女孩将来有一天会来写她。

盖棺论定的人和事，我会写下来。因为结局已现，无须等待了。二姨即属此列，而且是第一个。等一切写完，就该走了。来人世一遭，就是活过，并记录。

本文的初稿拿出来以后，我犹豫了一下，最终还是决定发给跟二姨感情最深的大姐看看。

之前写作的过程中，我很平静，觉得是一种完成和卸下负重的轻松，写完之后状态也很好，已经在准备下一篇文章的写作了。可是，我想错了。发给大姐之后，我的失眠开始了。开始我并不认为那是一种不安，我以为是偶然的生理低潮。第一天，大姐说，手机上看着累，第二天在电脑上看了再回复你。第二天，大姐回复了。我竟然害怕去看大姐的回复，看来，人都是害怕面对痛楚和受触动的。大姐把我标红的部分做了一点补充。她说，你知道的比我还多。

写作初稿的过程中，我一滴泪都没流；看大姐的回复，我开始流泪。我竟然没勇气打电话跟大姐交流。当天因为别的事给大姐打电话，好像顺便地，说起了二姨。我说，我这几天失眠。大姐说，不用说你，我昨天在手机上看了一部分，就半宿睡不着了。大姐说，我有时候想想也是不甘心，是不是再去找找？她走了就不知道怎么着了，连个结果都没有。我说，结果不就是死了吗？大姐说，那究竟是怎么死的呢？我说，就算知道被谋杀，也早过了追诉期。大姐说，不追诉了，弄明白也好。我说，真要知道是被谋杀的，不更难受吗？大姐说，也是，算了，写出来就算完成了。但大姐又说，是不是再通过亲戚打听一下？去看看，迁回来，在咱们老家的山上买块墓地安放也行，至少清明和忌日可以去祭拜一下了。我想起了母亲的话，说，她死的时候是有婚姻的，还不如维持那种状况吧。其实我和母亲都是宁愿含混着保持一种二姨死后不孤的模糊印象，而不敢较真。我们都是为了安慰自己的心。大姐说，是很难找，地址已经不记得，何况这些年的大拆迁。大姐再次作结：算了，写出来就行了，别再翻腾了。

我说，我在犹豫，要不要再问问老太太？大姐说，也可以问，她知道的多些，你尽量自然点问。我愈加失眠，愈加心神不宁。我得把母亲接到我家来问，不能在电话里问；我得找个合适的理由把她接来，我还得找个合适的引子提起二姨。究竟还要不要这么做？

还有，大姐给我的回复最后有句话：二姨的死就是个谜，总想知道谜底。这句话在我心里多次闪回，搅起我的不平静，燃起我揭开谜底的冲动。有一点，我和大姐都很肯定：二姨是绝对不会自杀的。我们好像面对着一口不敢挖下去的井，甚至，我们连在井口探看的勇气都缺乏，我们害怕过去的惨痛打扰了现在的安宁。

有些写作注定是要伤元气的，我终于意识到自己的失眠与这次写作有关，更加坐卧不宁。我甚至明白了探究南京大屠杀的张纯如为什么会自杀——人一旦被卷入某个旋涡，就会欲罢不能，又无所作为、无能为力。

终于，我把母亲接来了，以儿子想吃姥姥做的饭为借口。母亲住在哥哥家，我给她叫的滴滴快车，来回是一百二十块钱左右。她感慨着，有这个钱，出去吃饭店都够了。我一直在寻找着提起二姨的机会，真的很难自然，因为二姨确实已经淡出我们的生活太久了。有那么一刻，我甚至怯弱地打消了这么做的念头。

终于，我由梦开始谈起了。我故作轻松甚至没心没肺地说，你不是经常梦见死去的人吗？有没有梦见过我二姨？她说，老梦见老家那些不相干的人，自己人越发一次都没梦到过。母亲又说，我只梦见你二姨一次，还是很早的时候。梦见她在发洪水之前的老家的西屋炕沿上坐着，说，你不管我了。那个梦很清晰很清晰。母亲看起来比我和大姐都轻松，没有多少伤感。也许人老了，就豁达了，无所畏惧了。母亲说，她从来不找我，倒是经常捣鼓你三姨，你三姨一不舒服就撑筷子算卦，总是算出是她的事，给她烧烧纸，数落她两句，就好了。母亲的叙述也在把我带离伤感。

我绕来绕去，一会儿又绕到二姨的话题上去，其实就是在套母亲的话。母亲纳闷地问过我，你今天怎么老是说你二姨的事？我假装满不在乎地说，说起来了，随便闲聊嘛。——母亲让我比较意外的是，当我需要二姨的照片时，她竟然悄悄地主动地去问了亲戚家，虽然也是无果，但至少说明她知道我在做什么，而且重视我所做的。至于我究竟怎么写的，她是不会知道的，她不识字，也没有人会把这念给她听。她大概只是明白，写出来就是一种祭奠，比烧纸有用。

虽然有太多丝缕缠绕在心，萦回不下，但归纳一下，其实也就两点：二姨的死因，二姨的死后孤独。

关于二姨的死因，原本父亲的讲述中有很大的疑团。加上大姐说，二姨死前催姥姥和三姨快去东北，可能当时有预感才催的，结果还是没赶上，这就是命吧。大姐的说法让我在等待母亲到来前的一天里愈加心神难安。真的因为二姨太强，不驯顺，以至于命难保？但母亲来了之后的讲述，又让我觉得二姨基本上是能驾驭丈夫的，一家人的日子过得也还可以。我反复跟母亲确认：既然二姨结婚后那么强，应该不会被陷害的吧？母亲说，谁知道呢，当时怎么个事儿，我们都没见。母亲喜欢看法制节目，她说，要是拿到现在，肯定得追查，不能那么算了。说了半天又绕回去了，我终究无法确定母亲还有没有疑虑。或者，对她来说，有无疑虑都是一样了？因为她已经放下。而且，就算疑虑被证实，也没用了。

二姨的死后孤独问题，关系到我们还要不要寻找。母亲提供了新的线索：Z。我说，找到Z不就行了吗？怎么死的也能了解到了。母亲说，哪那么容易找。母亲也提到，看了倪萍主持的《等着我》，曾经想过能不能通过这个节目寻找二姨。母亲说，唉，找到了又能怎么着？我说，去看看她的坟，是孤零零地单独埋在那儿的，还是埋在男方祖坟里。说到这里我又想起来：那个男的肯定又结婚了，怕是不能跟她一起埋的。母亲说，谁知道他还活着不。又扯成一团乱麻，又是个罢罢罢。但母亲接着又绕回去了：她死在东北，死也不见个尸，连个坟也见不着，连张纸都没法给她烧。我说，就是呀，所以才要去找找，看看是个什么情况。在我的想象中，二姨的坟就孤独地待在一片树林里，像那个被冲到海滩上的叙利亚难民小孩的遗体。母亲又说，算了，你姥姥家那边每次上祖坟，也在坟边画出个圈来，在圈里面烧烧纸，算是给你二姨的。不管她埋成什么样，反正都有人烧纸了，心到神知。——这是母亲最后的心理了结？

我所能做的，就是在母亲走后打开电脑，把记在纸上和脑子里的、母亲讲述的内容加进初稿，使之成为二稿——也就是现在的样子。

我不知道是不是又该母亲失眠了。也许在我写作二稿的同时，母亲正在失眠。

原载《中国作家》2017年第5期

人类的孩子

李　城

在甘南一座古老寺院的门口，我与一只羊对视良久。那是一只可能有相当年岁的公山羊，我却从它眼里看到了孩童般的天真。

那是许多放生羊中的一只。可能是某年正月初八的放生节它碰巧被选中，背上洒几滴水，耳尖扎上彩色丝线，转瞬间获得了自由身。或者它已被绳子绑着拖往肉市，屠家正用拇指试着磨好的利刃，其时突然来了救星——那可能是一位眉目和善手头也较宽裕的人，他听不得惨叫见不得流血，于是重金赎出放归自然。谁知道呢。它长可及地的宿毛青白相间，肩胛、臀部都结了块，体侧悬挂着似乎叮当作响的毛球。当它款步向我走来的时候，那旁若无人的神气让人忍俊不禁。它当自己是谁啊，一位披挂威严的中世纪皇帝吗？仿佛整个街道只属于它一个。它昂头站在我面前的时候，还挑逗似的摆了摆它那年轮缠绕的双角。丹凤眼，金色眼球，黑如葡萄的瞳仁。在斜射过来的朝阳中，它目光炯炯直视着我，又像个大胆顽皮的小男孩。

它移驾前来可不是为了接见我。我身后是个卖食品香火的摊位，一个藏族胖大婶正摆弄着一袋袋桑料及扎成小捆的柏枝。胖大婶回头瞥它一眼，故作生气地骂道：“一天不差，我欠着你的啊？”可接着她就抿嘴而笑了。那是一个母亲娇宠儿女的笑。她俯身摸了摸它的角，它就孩子般低了头，两只耳朵撒娇似的扑扇着。胖大婶从摊位拿起一袋大红枣儿，扭着腰引它走到前面的空地。她撕开包装弯腰放在地上，它就双膝着地跪下来，一颗颗慢慢品尝。

不远处，白塔前一大块空地上，成百上千只鸽子——白的家鸽，灰的野鸽，灰中夹白的杂交鸽也在享用它们的早餐。人们将干粮掰碎抛撒开去，满心欢喜地看着它们点头啄食。一些大块的干硬饼子被啄来啄去，有人就走过去，垫在石块上仔细敲碎。鸽子们却是急性子，歪着头从人手底下争抢，扑啦啦扇着翅膀。

要是你留意看上一眼，就发现它们眼里没有丝毫胆怯。在那里，放生羊和鸽子都成了人们的孩子。

人们说孩子的眼睛是干净的，更有人说，如果你凝视他们的眼睛，就会发现蕴藏着生命的奥秘。只是我们忽略了另一个事实：动物也有孩子般的眼睛。马的眼睛，牛的眼睛，鹿和兔子的眼睛。它们的眼神同样清澈、天真，或者好奇、顽皮，也不乏深邃——我手机的屏保是一头仪表堂堂的斑斓猛虎，它就被摄影师命名为“深邃之眼”。问题是我们愿不愿跟它们对视，并在对视的片刻做到心底坦荡面无愧色，如同面对自己的孩子？

也许这就是它们始终被忽略的原因。

我喜欢的一种鸟儿叫油葫芦颠颠。那是它的俗名，其实它应该是赭红尾鸲，鸣禽类候鸟，由于小时候不知道这个名字，我们就那样叫它。它黑背红腹，像厨架上一只年代久远的油葫芦；一长串叫声叽里呱啦不知所云，而且总要点头翘尾跳来蹦去，看上去很不稳重，就加了颠颠的外号。初春，很可能在某天清晨的梦里听见它叫，仿佛童年的伙伴在门口叫着去上学。赶紧起身去看，发现它就在院墙或柴垛上，对着你上蹿下跳大献殷勤，亲热得不得了。它是那么幼稚单纯，一点也不为自己的冲动和轻佻觉得害臊。它也是报春的鸟儿，听到它叫，就知道高原的春天终于来了。

求偶产卵的季节它晚上也叫，尤其是月夜，万物披上朦胧面纱，它的歌声就变得舒缓优雅，而且含情脉脉，有如西洋诗人笔下的夜莺。一到它孵出幼鸟，以及幼鸟离巢的日子，它又显出一副疯婆子模样，见到人或别的动物靠近鸟巢，就做出舍身拼命的样子，叽里呱啦诅咒发狠，声音沙哑刺耳。人们本来并不留意幼鸟所在，但它在那儿飞起又落下，极尽折腾之能事，反而泄露了秘密。它的叫声伴随了我童年的乡村生活，一直到现在——无论我走到哪儿，都会惊喜地相逢于异乡的春天。

可是老实说，我的喜欢里是含着歉疚的。

利用它自报家门的弱点，孩子们总会轻易找到墙缝或土坎小洞里的鸟巢，掏出一窝三四只肚皮滚圆的雏鸟来。毫无戒心的小鸟以为自己的父母来喂食，激动得颤抖不已，争抢着张开鹅黄大嘴。那时的我们却是一副铁石心肠，作恶的快感像魔鬼一样从头顶冒出来。当时流行一种名为“担棍棍”的凌迟术，在邪恶的嬉笑中将它们一一送上天：找两根小树枝摆成十字，上面的树枝一头着地一头翘起，让雏鸟的头枕在落地的那头，然后举起一块石头，对准翘起的那头狠砸下去。结果怎么样了呢？鸟儿身子纹丝未动，它的头却不见了。鼻涕淌过嘴唇的孩子们仰着头，看那颗小小的脑袋流弹般射向天空，钻到了云层里。

是什么遮蔽了我们跟生命万物的联系？如果非要找到开脱的理由，也许跟“灭四害”有关。四害名单上有麻雀，而它也那般大小，只毛色和叫声不同而已。为此我曾写过不少文章，表达我的愧疚和忏悔。这样就减轻负罪感了吗？不，只有变得彻底麻木的人，才可能忘掉那一切。有时我想，此生即便承受同样的报应，我也无话可说。

尕海湖是甘南草原最大的淡水湖泊，每年有数万只棕头鸥、黑颈鹤在湖畔草丛里产卵育雏，由于藏族牧民不打鸟、不吃鱼、不盗猎的传统，使那片辽阔水域成为各类候鸟的乐园。北方多风雪，原野够辽阔，有了那些尊贵禽鸟的光顾，终年守护着牛羊的人们才不至于过分寂寥。

在候鸟繁殖期，尕海湖附近上了年纪的牧民都成了义务护鸟人。他们每天骑着马绕湖巡视，防止人和动物不慎弄坏了鸟巢，或者挖虫草、采蘑菇的外地人捡拾鸟蛋。神出鬼没的狐狸也喜欢偷食鸟蛋。护鸟人见到生病和受伤的鸟儿就抱回帐篷，以青稞酒擦洗伤口，用糌粑丸喂养，经过悉心照料，康复后再放归湖中。其中一个叫西合道的老牧民还受到中国野生动物保护协会的表彰，在此，请允许我转述他说过的几句话："这些鸟就是我的孩子。它们比人还懂感情，要是失去了伴侣，那日夜鸣叫的声音真让人心碎。"

可那时的我们，竟然听不到小鸟的声声悲鸣。人性中隐藏的恶就像草原上的狼毒草，优良牧草茂盛时它被抑制，而一旦牧草遭到破坏，狼毒草就开始抬头，野蛮生长肆意蔓延，最终可能湮没整个草场。

成群的羚羊逃往生命难以存活的无人区，警觉的狼和狐狸选择了昼伏夜出，变得更像个小偷。时至今日，广袤大地上野生动物所剩寥寥，有人就将双手伸向天空。他们举起双手不是在向苍天祈祷，而是要雁过拔毛。每年候鸟南迁之际，媒体总有"危机四伏迁徙路"一类的报道，2016年11月新华社就发布消息称：内蒙古数百只天鹅被捕杀，黑龙江大量候鸟疑遭投毒死亡，津冀交界处发现万米捕鸟网……

藏族牧人的仪式堪称奇观，往往使内地游客"趋之若鹜"。可一走进那经幡猎猎、兀鹰盘旋的山谷，他们却看不下去，女士们可能会蒙住双眼，或干脆掉头就走。残忍。落后。匪夷所思。这往往是他们远道而来得出的感受。他们精神世界的大门依然关闭着，少有人愿意怀了谦恭之心，探究其渊源和深意。

在敦煌莫高窟二七五窟，至今保留着一组北凉时期 "尸毗王割肉喂鹰"的壁画。那组布局交错、已被岁月严重剥蚀的画面，是对佛祖《本生经》的直观演绎：在释迦牟尼成道前的某世，他的身份是尸毗国国王。一天，有只被鹰追猎的鸽子仓皇逃入王宫，钻入他的腋下躲藏起来。他护着鸽子，对跟踪而来的鹰说道：我曾立誓救度世间一切众生，而今它来寻求我的庇护，你就放过它吧——当然你也要吃食活命，我会给你足够的食物。可是鹰说对不起，我只吃带血的鲜肉。国王说既如此，就从我身上割取跟它同等分量的肉好了。于是他命令一个侍者掌秤，另一侍者持刀，一片一片割下他大腿上的肉。秤的一端盘子里放着鸽子，另一端放上割自国王身上的血肉，奇怪的是无论添加多少，鸽子一边的秤盘依然低垂着。直到他的股肉割尽，那秤杆终究不能取得平衡。国王让侍者接着割他臂上和胸前的肉，直到割得血肉模糊骨架嶙峋，秤杆仍是纹丝不动。目睹惨状的左右大臣极度悲伤，王后亲眷更是大放悲声，哀求住手。身衰力竭的国王忽然明白：凡世间众生，肉身的大小轻重并不重要，唯生命是平等的——想要挽救鸽子的性命，也须付出自己的生命。于是他不顾众人阻拦，挣扎着自己爬上秤盘。如他所愿，秤的两端终于达到了平衡。

藏族牧人的仪式，便是延续了那样的自我牺牲精神。活着时因自然条件制约，他们不得不以牛羊为食，死了就将自己的肉身施舍出去。通过割肉喂鹰的残忍和血腥，他们一再演绎着那简朴的生命哲学。

有次带妻子去内地城市逛动物园。枯树造型的水泥架上蹲着一只土黄色大鸟，双目半掩，对周遭动静漠然不顾。我俩认出那是曾自由翱翔于高原天空的雄鹰，不禁驻足流连，为它的命运深感惋惜。其时过来一家三口，脖子上架着孩子的男人指着它，张开无底洞般的大嘴叫道：“哇，能炖好大一锅！”我妻是个不会掩饰情绪的人，嘴脸马上变形，怒视着那人道：“嘴上拴着老虎啊？”平时她并不倾向于素食，但饕餮者的欢呼让她难以忍受。在许多人眼里，无论什么样的珍禽异兽，不过是可以拿来烹饪的一堆肉。

食肉动物捕猎食草动物，也相互啖食，既定的食物链维护着自然界物种的平衡。但人类早已从那个链条上超脱出来。一万年前，人类开始从采集向农耕转变，也渐渐退出了狩猎舞台。“人猿相揖别”，我们已高高在上，自诩为万物之灵。人类已经足够强大，而动物依然弱小。老虎、狮子同样弱小，不再是人的对手。一头八吨重的成年大象可能不敌一个十四岁的肯尼亚男孩，因为他手里不再是木杆长矛，而可能是一支精良的AK47自动步枪。当人们仅仅为获取象牙、犀角和藏羚羊绒毛，将枪口对准毫无自卫能力的动物时，他又回到了进化之前，让意识滞留在数万年前的蒙昧状态。

为世界留下《自然史》遗产的布封，是十八世纪法国的博物学家，他在《食肉动物》一文中写道："如果说杀戮动物是有害的，那么作为生灵系统成员之一的人类，岂不是所有生物中最有害的物种了吗？光是人屠杀毁掉的生命，比所有肉食动物吞掉的都多……人类毁掉那么多东西，往往并不是真正有所需求，而是因为他们欲壑难填。"

他老人家似乎很生气。要是他活着该有三百多岁了，可是看到如今仍有人暴殄天物，他还得把自己活活气死。

生活在青藏高原的人们不得不食肉裹裘，以对付严寒风雪。可如今他们也在改变，食物中谷类和果蔬的成分不断增加。现代科技的发展，日光温室的普及，使高寒地区发展种植业成为可能。牧区男子崇尚的豹皮领、女人们喜欢的水獭皮边饰已不见了，不想跟传统拱手作别的那些人，则代之以足可乱真的人造皮毛。他们不再是穿戴臃肿信马由缰的模样，虽然老人们还依恋着老马，年轻人们却玩过了各式摩托，双手已拧着大小汽车的方向盘了。

其实，汉文化里戒杀的传统由来已久。早在唐代，就流传着出自寒山法师之口的四句偈，那可算得上是戒杀的狠话："六道轮回苦，孙儿娶祖母，牛羊为上座，六亲锅内煮。"据说寒山法师遇到一富豪人家为儿子娶亲，他用法眼看到那新娘原是疼爱孙儿的老祖母转世，坐在筵席上首吃肉喝酒的宾客曾是他家的牛马，而锅里烹煮的猪羊鸡鸭，则是他家六亲眷属的转生。寒山法师不禁悲从心起号啕大哭，接着就吟诵出了那首惊世骇俗的偈语。若再细究，汉语的"肉"字也显得意味深长起来——"内"中有"人"，不知造字者与寒山法师是否有着同样的认知。无论如何，汉文化传统中肉食向来不被看好，《左传》里就有"肉食者鄙"的提法。

寒山法师放出那样的狠话，不过是对境的当头棒喝，属佛家劝化众生的方便法门之一。反对滥杀不光与宗教习俗有关，更与人类的文明程度有关。即便在采集和狩猎时期，我们的祖先也不是每天都在猎杀动物，更不是顿顿都在吃肉。这从我们的牙齿结构可以看出：四对切齿适于果蔬类，两对尖齿适于肉类，而更多的臼齿用来磨细谷物。用于撕扯肉类的“可爱的小虎牙”只占很小比例，何况如今它已不再尖利，进化使我们的容貌更趋和善。

在色达山头有座巨大的立体坛城，从早到晚都有人绕行诵经，祈祷众生安乐，无病无灾。一个夜雨过后的清晨，浓雾弥漫着山谷，我遇到两个眉清目秀的年轻觉姆，一人提一小桶，另一人蹲在地上，捡拾扑打着翅膀的灰蛾子。由于雾气湿重，小小的蛾子难以起飞，她们担心被转经者无意踩到，不仅误伤它们，也给转经的人们造成杀业。二人且行且捡，一圈下来，半桶黑乎乎全是蠕动着的蛾子。最后她们打开铁栅后门，将其倒入草丛，并扬手驱赶着。一位老年妇人用餐巾纸捏起一只遗漏的蛾子，蹒跚着送出铁栅之外。

在青藏高原，牧人们甚至不会亲手杀死一只老鼠。对草地危害极大的高原鼠兔，体型比普通老鼠大了许多，繁殖力也强，一只雌鼠兔一年可产二三十只小鼠兔。但牧人只是把它们交给自然天敌——翱翔在天空的鹰隼。骄傲的鹰通常是不落平地的，牧人们就在草地上这儿那儿竖起了鹰架，水泥的，角铁的，做成T字形框架，方便那些捕鼠兔能手落脚巡视。鹰架上往往还托着柳筐，便于它们安家落户产卵育雏，维护草原生态的平衡。

现代艺术家丰子恺投入大半生心血，创作了情趣盎然的《护生画集》，数百幅漫画作品皆是爱护弱小生灵的主题。其中一幅画面是堆积着麦垛和粮食的农家场院，一位老爷子手牵孙儿似在看守。可成群的麻雀在麦垛上啄食，老爷子却手握烟袋，含笑看着它们飞起又落下，让它们分享大地的丰饶。画面空白处是丰子恺恩师李叔同的书法题词，那是引自明代方孝孺《百雀诗》里的一首：“曲巷高檐避网罗，朝来饱啄陇头禾，但令四海常丰稔，不嫌人间鼠雀多。”无论那温馨的画面还是朴拙的字迹，都透出人的宽宏大度和人间的美好。

《护生画集》的立意比我们理解的要深一层。对此，丰子恺曾解释道：“我作《护生画集》劝人戒杀，但我的护生之旨是护心。不杀蚂蚁非为爱惜蚂蚁之命，乃为爱护自己的心，使勿养成残忍。”又说，“护生者，护心也。去除残忍心，长养慈悲心，然后拿此心来待人处世。”

大地之上，所有动物都是人类的孩子。不仅因为它们有着孩子般纯真的眼睛，更由于在所向无敌的人类面前，它们愈加显得弱小和无助。对许多濒危动物来说，我们每一次见到它们的身影，每一次听到它们的声音，都可能是最后一次。某一天，我们若能跟一只返回市郊的羚羊坦然面对，并尝试走进它的内心，抚慰它的惊恐和慌乱——在那个片刻，人便回到了自己，无愧于头上万物之灵的桂冠。

生活于十一十二世纪间的米拉日巴，是著名的瑜伽行者和游吟诗人，每提到他，我都会毫无保留表达我的敬意。所有发生在他身上的事，都充满着灵性和美，他随口吟诵的诗歌被归集为“米拉日巴道歌”，在青藏高原妇孺皆知。二十世纪五十年代，著名学者张澄基用汉语翻译了他的道歌和传记，名为《密勒日巴大师全集》。书里称米拉日巴为尊者，其中《猎人与鹿》是我百读不厌的美妙篇章。

那时米拉日巴住在西藏与尼泊尔交界的山谷里。他通常是在冰天雪地里苦修驱寒术，但那次例外。那是个温暖而美丽的地方，树木葱郁溪水潺潺，猴子在林间荡着秋千，孔雀和画眉在枝头歌唱，成群的岩羊在草地嬉戏。一天，他正在居住的岩洞边打坐，突然一只麋鹿惊慌失措奔逃而来。见它汗水淋漓四肢颤抖，米拉日巴就将它护在身边，吟唱道歌抚慰它的慌恐。在他优美的歌声中，麋鹿的喘息渐趋平稳，就在他身边安静地伏卧下来。接着到来的是一只凶猛猎犬，露出狰狞的牙齿狂吠不已，就要扑过来撕咬麋鹿。米拉日巴挡住猎犬，同样对它唱起安抚地道歌。极具魅力的歌声很快征服了恶狗，最后那家伙也平静下来，趴卧在他的另一侧。当身体健硕的猎人随后赶来时，看见他的猎犬和猎物一左一右安卧在那人身边，看上去就像母亲护佑着的一对爱子，他一时目瞪口呆，对眼前一幕感到不可思议。米拉日巴面带微笑，又向猎人唱了一首“调服自心”的道歌。猎人就想这是个什么样的人呢，让本是一对冤家的猎犬和麋鹿和平相处，也让我这个以杀生为业的猎手起了恻隐之心。他带着疑惑走进山洞去看，发现除了一些用来活命的荨麻叶和草根之外，什么财物也没有。当他再次站在米拉日巴面前时，就为自己的贪婪和残暴感到羞耻。他当即扔了弓箭和绳索，拜倒在米拉日巴脚前，发誓不再猎杀任何一只动物……

“尊者的慈悲渗透了麋鹿的心，它的恐惧和伤痛被抚平了”“猎犬的怒火完全平息了下来，鼻中发出‘呜呜’声，向尊者摇着尾巴，用舌头去舔尊者的衣服”……开始读到这样的句子，我也是不胜惊讶：他是怎么做到的呢？拜托，有没有人能够告诉我，他真得到什么超自然的神力了吗？但最终，我还是否定了所有与神通有关的猜想。神通终究是靠不住的，唯爱心可以征服一切。对一个视众生平等且慈悲为怀的人来说，走进动物的内心也许并非难事。

此刻我又突然想道：寺院门口那只年老的山羊，可能就是屠家亲手放生的。终有一天，他也会懂得如何去“护心”，让坚硬变得柔软，让凶悍变得优雅。世间万物变动不居，没有什么是不可能的。

原载《散文》2017年第10期

就这样坚持热爱生活

刘 洁

春风十里送给你

前两年，同座大楼办公的一个姐姐找我，问我想不想去运动。其时我正在为找不到合适的地方运动而烦恼，于是，顺理成章地我就成了她的运动伙伴。真是困了就有枕头送手里，这个便宜的舒服。一起运动后才发现原来喜爱运动在我们周围已经自成一派，人数众多的她们因为运动而成了好友，天天热情洋溢地生活着，真是嗨得很。某天偶然间遇到另外一个同事，平时特别稳当的一个人，亲切而温和，没事总能聊几句闲白。看她背着个大包，手里还拎着个塑料袋，自言每周有三个晚上到体育馆滑轮滑已经好几年了，干脆就惊着我，怪不得身材保持得这么好。有句话怎么说来着，人不可貌相，海水不能斗量。好吧，还有什么晴天霹雳在我们这座办公楼里藏着呢？我现在太好奇了，看见个熟人就琢磨他有个什么爱好或者没有宣之于口的乐事呢？简直为这个操碎了心。许多时候我们会被外形蒙住，想不到休闲时间每个人的安排会有巨大的区别。但是外形是什么？有时候是金钱，许多许多的，那些艺术品，高下之分多半只在外形上有细微的差别。一把紫砂壶，卖几十块，满瓢，猛一看还不错，仔细一看就好像不是那么回事了，逮哪儿哪儿扎眼。再找了张顾景舟和吴湖帆合作的石瓢壶的图片，说是已经开到几百万了，立马看出来不一样。外行看来，区别不过就是后一个比前一个更顺眼，用着更舒服而已，而内行会看出来壶的神韵才是立分高下的根本。可做到这些，是把制作者的技术水准和他的审美融合为一体之后呈现出来的，缺一不可中当然就有了天壤之别。所谓神器，肯定出自神人之手，有神气，显神品，具神性，当然，也是绝大部分凡俗之人接触不到的，眼界就是在这样的相遇中扩展出去，没有机缘当然也只能遗憾地说缘分不够了。

影视发展到今天，也是经历了许多曲折。当初看电视剧很为里面的主人公起急，完全可以忽略的情节每每笨笨地出现，真让观众着急又无可奈何，也琢磨演员对这样的情节设置难道没有异议吗？时至今日，终于可以看到有点节奏感的作品了，这一回首，也是一二十年过去了。在这个问题上，文学作品中最讲究节奏感的是小说，却每每不能完全做到张弛有度，给阅读带来了巨大的心理负担。所谓好的小说家，应该是把讲故事的技巧研究透彻了，呈现的作品不仅是完整的而且有阅读快感。文学中的故事虽然往往有所本，但真实的世界里发生的故事更出意表更背离世道人心，小说家仿佛能随心所欲地安排一个人的命运；但是命运，其中的诡谲与不可知，文学能做到的，毕竟有限。

饕餮是个好动物

地铁上，听到了一个小姑娘问和她腻乎在一块儿的男孩：“你玩过弹球吗？我妈说她小时候玩过。”男孩根本没回答，直接拿出手机，一通划拉：“你下午玩不过去的那关我给你玩过去了。”姑娘立刻忘了刚才的话题：“快给我，我还想玩呢。”这小伙子，人才！知道解决问题的方法必须灵活多样而且还能付诸实施。解决问题，是不容易的事，尤其在类似的情形下，有些人一辈子也做不到，还总会抱怨周围的人没水平搞坏了局面。人的区别太大了，一个妈生的，也不是一样。曾有龙生九子个个不同的话，仔细看那九个龙子，有些长相霸气，有些则完全想不到是龙子，按照传说应该是母亲的遗传基因起作用的缘故。九个龙子中，我最喜欢的是饕餮，别看样子和狼看着有点亲戚样，长得不善，经常被用来吓唬人，可人家是美食家，啥都吃，好胃口，占着鼎盖那好位置，整天闻香的辣的，巴适得很呢。不像狻猊，在烟熏火燎中待着烤着，也就有个烟味，老百姓的观点认为，这样的家伙正经没有实凿东西，不世俗，不顶饿。真的世俗是高要求，尤其本来高雅的东西，就让他世俗了，这中间要跨越的，岂止千山万水。所以古今中外都承认的一个事，雅俗共赏难度最大，从来不是想做就能做到的。尤其人都要个上进，好不容易离开了俗，到了雅的圈子，再入俗，有掉价的意思，心里那关就过不去。所以高人能做到的，大隐隐于市，恰恰在于能把个俗看透了，琢磨到位，知道怎么在俗中立身、立世、立命，能天天活在俗中最后达到雅的效果。这里要突破的除了技术问题，最难的是心理问题。

散文的写作者，会为了一句话，一个词琢磨上好久，怎么样把自己的风格展现完全让人接受是他要完成的任务，不能说服自己当然不能说服读者、编辑，这哪行？类似的事对写小说的作者，就是为了某个故事情节下的功夫一点不少，能不能让故事立起来，人物活起来是写小说的作者的首要任务。以为万事万物都顺理成章地成就出来，那是痴人说梦，天上掉馅饼的事听说过，专门守株待兔只能说脑子里出梗儿了。不过人确实有时运，有人孜孜以求的东西，在某些人那里轻而易举拿到，正巧踩上点了。不过也别太高兴，这里轻而易举的，那里一定难于上青天，谁都有个短板，偏偏写作是扬长避短的过程，首先要知道的是哪些是自己的长哪些是自己的短。在此之后，有技巧地把长扬出来把短藏起来，同样也是本事，都需要长时间的磨砺和出成功入失败坑多少个儿来回翻滚。从来没有随随便便的成功。

忧伤抵达世界的尽头

每年都会有人离开我们。近年来有文学大师，也有体育男神。最近的男神是克鲁伊夫，他曾经带领阿贾克斯、巴萨等世界级队伍统治世界的时候，他的弟子们留下一串永远辉煌的名字：博格坎普，劳德鲁普，古利特，范·巴斯滕，罗马里奥，哈吉，科曼，斯托伊科夫，瓜迪奥拉，还有更多让我们不能忘怀的他们。千里马常有而伯乐不常有，可这许多的绿茵场上的强手都是他的门徒，只能说明伯乐之名归于克鲁伊夫绝无疑议。许多年前，被克鲁伊夫高度评价的范·巴斯滕在屏幕上吸引着我的眼球，我追随着他的脚步不断地在各个报纸电视上寻找他的身影，“如果你想看真正的前锋，那就是范·巴斯滕”，他是令我真正对足球感兴趣的肇始。他太帅了，酷得不要不要的，当年的倒钩，比后来的齐达内在皇马做得好看多了。大师是什么，是标准是旗帜是永远追求不到的光，克鲁伊夫是，范·巴斯滕是，罗马里奥是，张国荣也是。4月1日是张国荣的逝世纪念日，每年这个时候都会想起他，据说在地球上有许多人会在这个日子想起来他，和愚人节同一天。《纵横四海》中的他，伤心欲绝地推开机场玻璃门，风吹着他的脸，对着钟楚红的眼睛，没有眼泪只有说不尽的伤感难过，就是那个眼神让张国荣离开了歌手的位置成为演员。而周润发曾经说过他，娇婆守不了寡，是在他宣布要退出娱乐圈的时候。果然还是他们之间更了解，后来的他出演了奠定他的世界级演员地位的《霸王别姬》，“女姬”可以到什么境界，他做出了没有后来人的阐述。不过我的印象里，还是《纵横四海》里那个镜头的痕迹更深。过了这么多年，仍然在怀念他，每次看到他的影像还会停下来看上一会儿。就像每次读阿多尼斯的诗歌，总会让我安静下来，然后，抬起头看看世界。

有人说写作是重复的劳动，因为在前进的道路上会做许多无用功。仅仅以此就说是重复的劳动好像太偏颇了，但是写作的过程中的确会做许多在后来看来是没起到什么作用的功夫。不过，假如没有那些曲折，上山的路一定更隐秘更无迹可寻，怎么可能有一条光明四射的道路一马平川地躺在那里等着某个人走呢？更何况每个人对世界的理解和了解是不同的，他们对此的描述和解构也区别甚大，所谓林子大了什么鸟儿都有，对写作这个事情来说，就是各人自有道路，不管是阳关道还是独木桥都是自己的，走通了才是王道。那些所谓的重复的无用功，该做还是要做，至于哲学上的质变飞跃之类的道理，应该没必要重提的。倒是小心，真的把写作做成了惯性，踏上了背道而驰的路。

你怎么知道我难过

据说，袁世凯当年动手修天津老龙头火车站是因为他从北站下车后，路过租界，外国人不让他的仪仗随行。是可忍孰不可忍，老袁一气之下，索性给自己另外修了个车站，解决了这个小问题。让老袁更气的是，外国人不是对所有大清的官员都这样。左宗棠就可以。虽然老袁认为左宗棠和自己的差距没那么大，但是在外国人眼里，显然不仅存在，而且还挺大。像这样的事情发生几次，老袁除了奋起，去小站练兵，让自己成了大清的股肱之臣，也没啥路可走了。所以一个人要奋斗要崛起，原因如果细究起来，还是有点意思的。隔壁的俄罗斯，历史上著名的彼得大帝也经历过奋斗的过程，他曾经花了半年的时间在荷兰一家木器厂做工，是普通的工人，他想通过自己的学习实践带领俄国走向现代化，当时的俄国就是欧洲的落后蛮荒之地。当然，是他那个时候的现代化。他后来做到了，也让自己成了伟大的领袖。后来有个沙皇伊凡雷帝，坏毛病，脾气大，而且大起来根本不听解释，他因为脾气最后悔的是，自己亲手打死了儿子。有幅世界著名油画就把当时的场景描绘出来了，是否真实不能确定，但是他的表情复杂，身上的衣服和手上都有血迹，身体姿态扭曲的样子，把观众的心都抓牢了，人们会不自觉地想，虎毒不食子，什么样的争论让亲父子动手且能下如此狠手。做个帝王家的孩子的危险性一向很高，其中的原因复杂而许多时候还都是莫须有，人与人之间不容易彼此理解，中国历史在这个方面的先例简直不胜枚举。这几天有消息说柯洁要和阿尔法狗下棋了。上次李世石和阿尔法狗的战斗，柯杰曾经说只有一局的胜率，后来果然应了他的话；这次他自己上阵了，确实吊人胃口。

前几天和一个写作者交流，她非常苦恼地说微信给她的压力。每天看到那么多人晒自己的进步，不是又发表了作品就是又参加了什么活动得了奖，晒开心晒得意晒上天眷顾，她的心啊天天都在水深火热里熬着。让我想到此前在社交网络上看到的有些人最后自杀，而在他的网页上都是阳光灿烂的日子，让突然听到噩耗的人都回不过神来。我一贯反应慢，没感受到她说的，可这样的事情确实听过，有些人因为顶不住心理压力，最后糊涂事也做下了。现代人的苦恼，古代人如果听了，也许会感叹知道太多信息未必有什么好。你看我们，乘兴而来，兴尽而返，没看到人我们也不难过，欢天喜地心理也不会生病。写作者今天面临的难处，比历史上任何时候都多，偏偏写作对有些人已经成了流水线作业，一旦形成写作惯性，就停不下来不说，还成品飞快，让那些掏心掏肺费劲巴力写的人，心里五味杂陈。人和人的区别咋那么大呢？可惜，从来如此。先让自己心平气和，然后，才可能把注意力放到写作对象上，好作品自然不远矣。先让自己安静下来吧。

就这样坚持热爱生活

春天看见花儿开放，秋天果实缀在树上，都是让人特别欢喜的时刻。如果此时能有相爱的人在侧，蓝天白云下，那热爱生活四个字太容易自己浮现了。可惜，春天也就在上班路上看看开放的花朵，秋天那些仍然在树上的果实，多半是因为酸才依然存在。也有例外，前些日子每天早晨我会从一棵桑葚树下经过，连着许多日子地面都是黑紫色，那些成熟了的果实纷纷掉落，被路人走过踏在桑葚的身体上，把地面染成了那个样子。很不好看，但是天天会感动我，提醒我一个轮回即将结束，新的生命之轮要启动了。许多时候就是这样的，来自自然的光响有自己的方向和进程，许多时候各种变化都带着自然的心语，只给那些能感受到的人一个礼物，不用文字也不依赖其他，所有那些人千方百计创造出来的办法统统不用，来自天候的某种谕示带着神秘的光环轻轻地降临了。当年庄子知道这些变化中蕴含的深意，他写出来，用他能想到的属于他的特质的方式，那些大气磅礴的文字，纵横捭阖的想象力，和他看懂事情的真意的本领，直到今天还被许多人喜欢、孜孜不倦地研究着，只是后人想赶上或者超过他，显然有困难。困难的事情天天发生，对学生来说是学习成绩，参加了中高考的被称为学霸的家伙们，也有学习上的各种烦恼，对从来没做过学霸的人来说，几乎是不能相信的。就像狮子不能理解老鼠的烦恼，老鼠想象中狮子应该是无往不利的，解决这样的问题显然超过了现阶段地球人的能力上限。地球有一天会消失，那之前人类一定会解决许多难题，即使知道会有那么一天，也不轻易放弃努力，热爱生活，每个人都这样做，今天的我们是这样，我们的祖先是这样，我们的子孙也这样，地球上生存的人们才有未来。

写作者爱语言，一个是不得不用，再一个是非要用得好才能出好作品。对语言的基本功用现在差不多有了共识，倒是对语言到底能做到什么程度还是模糊的。前不久看到了汪曾祺关于语言的若干心得，当时就想这样的好东西也不会是个人就能受用，那些完全和汪不是一个路子的写作者，尽早还是朝别的方向想，每条道路的对与错都有适应的具体人。那些上了歧途的，多半也不过是认错了方向，耽误了时间，降低了成就，真是让人可惜得紧。每每看到写作者用力过猛或用力不够，就琢磨是不是和本人的力量有差距，这样吭哧瘪肚的，自己费劲不说，看的人一样难过。这样又到了那个最艰难的问题上，要做到这个，先要知道自己是谁。而这个问题，连哲学家都不能回答。太难了。

自带天使光环的喜鹊

这个星期有个节日，七夕，果然庆祝的架势没有2月14日隆重有商机。自然免不了再次听到东西方节日的各种对比和吐槽，让我有点困惑的是为啥人们接受西方节日的热情和深入程度会如此洋溢洒脱顺其自然，远胜于平时耳熟能详的本国传统节日？对待节日的方法明明都是吃和玩，也没什么新办法嘛。虽然明知道如果细究起来会落入现成的坑里，被全方位立体式攻击也是有可能的，仍然会简单粗暴地替喜鹊们难过，明明担了天使一样的大任，多少年来也不过是草草地被提了一下。根据计算，牛郎星和织女星之间的距离是十五点四光年，如果按照喜鹊的平均身长，大概需要三十四亿亿只才能搭起来那座桥，这力气费的，只怕是要一边搭桥一边繁殖才能做到吧。而对牛郎和织女这对情侣来说，走这座桥是不是需要半年啊，他们的毅力好让人佩服。这个节日早先和爱情无关，倒是和女子的小心思大有关联，女子要心灵手巧外加许下美丽的心意，于是趁这个日子和天上的月亮商量一下，看看能不能一夜之间让自己升个境界。这个日子被叫“乞巧”也是古人直接说了功用的。喜鹊做了如许贡献，仍然不能让所有人都喜爱。我的朋友就漫不经心地对她看见的每一只喜鹊都会发出“呸”声，对那些个头稍微大点的，尤其会发出更大的声音，以至于我现在已经很适应和她在土山公园闲逛的时候，说话的间隙中不断夹杂的噪音。有一天我问她，如果有人要给你画一幅《喜鹊闹梅》怎么办？她云淡风轻地说，已经和一个画家说过了，画只乌鸦给她。大概过了半年，我忽然想起来，问那只乌鸦咋样了，她特别平和地说，那个人说了，乌鸦画好了不容易。

一个题材能反复用吗，或者说题材要用到什么程度是写作者必须面对的问题。假如这个问题的提问对象是两个作者，貌似就没有什么问题了，不过好玩的是，另外一个问题一定会出现，就是对同一个题材的使用每个人的处理方法是不同的，那就必然会有比较出现了，即谁的办法更有效率能让题材性价比更高。所以还是回到原点吧，对一个题材的使用，即使同一个人，在不同的阶段也有不同的处理方式，这个和写作者有关，也和写作者的写作能力有关，甚至和时间也是有关的。如果说我们能确定什么，那就是题材的出现就和素描时的静物一样，不同的人从不同的角度看见的其实不太一样，这是无法控制的，但是能画到什么程度，又是可以控制的。所谓本领高下，就是这个时候看出来的。了解题材的上下限，真像个谜语，猜吧，反正也不会有正确答案，一切都在写作者手里。此时，写作者和上帝非常接近。

文明小鲜肉的前世今生

朋友家养了只猫，纯种的英短，她赞赏有加，说是确实好，乖巧不生事，还归结到纯种的原因上。此前她还养过一只美短，因为去遛狗，那个猫咪顺便跟出来却没被发现，到底猫咪不是习惯随便走天涯的，饿了没有人照顾，吃了有毒的耗子药大餐，没救过来。她的宝贝伤心不已，根据时间推断，现在的这只猫咪，应该是那之后出现的。她家的那只汪，也不是很省心，很小的时候得过细小病毒的啥病，说是为了治病花了几千大元，“幸好救回来了”。另外一个朋友养了只泰迪，治一条前腿的小膝盖花了大几千，说是不然有可能瘸了。两口子和睦，为了谁付这个款，很是费力气地争了一番，她的道理是因为这只汪更多地在陪她，所以她有责任付。后来我问，没看出来做手术前后的区别啊？果然遭到鄙视，那个应该算预防性措施。对这样的家伙，也是被我冠以“爱心爆棚”后，立刻换了话题。纯种的东西就是高端，它们的样子更可爱，性情更纯粹，讨人喜爱，只是可能因为其纯，抵抗力更弱，所以更容易被伤害。道理应该和人与环境的关系类似，同样的事情，在世界历史上发生了无数次，那些更充满活力的力量可能同时也更野蛮更谈不到纯，对文明发展到更高程度的国家构成了巨大威胁后，却因为二者不在一个文明境界层面上而彼此不能理解，后者被消灭几乎是命定的。太纯粹和文明，反倒束缚了动物性的发挥，自然就只能眼睁睁看着而无力自救。从这个意义上说，那些高度文明的文化，更需要某种来自外界的强力的杂糅，才能更充满生机，想生存，纯到底还是劣势。

特立独行的写作，是否是更有前途的，这个命题比较虚，可写作者在开始写东西的时候，哪个不是感觉自己的写作非常不同需要纾解而走上了写作的这条路的呢？倒是想保持与众不同或者说独一份比较艰难，后来慢慢地许多人居然殊途同归，这个现象很有意思。越是成熟越具有一致性，早先的独特被时间和其他的什么东西消逝，进而成为了具有更同一性的特点的作品，虽然每个写作者在酝酿新作的时候，肯定不会认为自己和他人是一样的，那个他人的想法和情感，不是应该和我不一样吗？失败感最后打败了写作者，重新起炉灶不可避免，从这个角度看，他人即地狱，然也。在这个事情上，还有个现象就是散文家的小说和小说家的散文，已经成熟的写作者，在彼此浸润中，总有更占便宜的一方。目前看来，还是小说家更舒服一些，当他们写作散文的时候，他们的作品更容易被接受，而散文家做同样的事情，好像就比较硌得慌，谁让散文家更注重的是叙述和解构呢。有些东西，天生就是带感的，也怨不得的。

大风起兮天转凉

教育孩子到底有没有统一的标准，始终困扰着所有的父母。看着别人家的孩子貌似都优秀得紧，自己的宝贝有太多的不满意，让做父母的情何以堪。可惜，别人家的孩子不能抓过来作为自己的宝贝，自己的宝贝就是有再多的不满意到底是自己生的，于是劝自己就忍了吧，也许是遗传造成的这样的结果呢。只是到底意难平。隔壁老王比自己家的先生牛叉，如果自己的孩子成功就可以抵消不少自卑，尤其是想到多年后，也许娃出色了，还能让家里大人有机会鄙视一下老王呢。而这之间的明争暗斗最终就演变成了孩子们的竞争，这种竞争的下降版对小小的孩子来说，是挺不公平也不人道的。话说，那么小的孩子凭什么成了父母们之间的竞争标的物呢？而且，成长的过程中，有许多事情是不可控的，或者说超出了父母或其他某个人的控制，比如那被顶替了高考录取名额的，生病生得不是时候的，人生怎么那么的如意，想什么有什么才是奇怪的。刚好有个机会我家小朋友去参加了个专业性非常强的培训，回来眉飞色舞地讲述了一通，我在替他高兴之余听到他说“这样的急救在马路上和高铁上可能不太行，家人之间应该没问题”。深究了一下，原来是培训老师说的，其中有伦理方面的问题。他给细细地讲解了一下，方才明白所谓的伦理方面，要比平时理解的复杂许多。如果他没有接受培训，就可能没有机会听到医疗角度的伦理方面的事。牵涉到人的事，总是最复杂的事，就像天气，规律中总有特例。

哪种审美和写作方向更高端，让不少写作者纠结不已。潮流就一定是最正确的吗？且不论正确与否，但有一点是肯定的，最流行的一定是被多数人认同的，而且无论是文学创作还是评论，都有个当下流行的问题。历史上的伤痕文学、新写实主义、意识流等等，都是某个时间段最受瞩目的写作形式或文学潮流。那些在潮流中的弄潮儿往往也是文坛的一时之选，也许过了多年以后都没有人会记得当时的具体情形了，但在当时，一定是非常受瞩目的。疑问往往来自没有在潮流中的写作者，难道我一直坚持的就错了吗？这样的问题没人能回答，恐怕写作者要首先明白自己的心意，是想让更多的人知道自己还是只要能写作就可以了，知道自己的人多与少又有什么关系呢。目的是引导写作者前行的主要动力，心之所向，将带领写作者大步向前。至于审美或写作中的层次问题，往往和生活环境、历程以及其他来自内与外的各种因素相关，顺其自然是比较省力气的，难的是因为想学习而拼命改变，最后成了四不像，才让人难过呢。

时间的误会真相

某一天早晨，我忽然想通了一个长久以来困惑我的事：为啥人要长白发。这个事对所有三十岁以上的人都可能构成问题，尤其过了四十岁，更就见惯不怪了。我见过四十岁的人满头白发，是那种单纯的雪白，没有任何杂色在其中，突然间在晚上看到，真会吓到人。而明明的，那个人脸色红润，甚至连皱纹都很少，如果遮上头发部分，说三十几岁也没有任何违和感。因为白发，所有的事貌似都改变了，忽然和德高望重起了联系。这对一个还年富力强的人简直是精神上的打击性暗示。但是为什么？我想，一定和遗传以及人类自身的特异性保护本能有关。上溯至三十年前，五十几岁的人给人的印象就是进入暮年的老者。拜改革开放之赐，情况有了很大的变化，生活水准提高的同时人的生活条件也改善了，带动了身体状况大幅提升，现在五十几岁的人看着和小伙子没啥区别。从这个意义上说，延长退休年龄还是有道理的，针对着现在人的自身状况的变化而进行的。白发这个人类花了成千上万年时间做成的遗传特性，它的本来意义应该和供养有关，换言之，在漫长的岁月里，人想长时间活着需要付出太大的努力；而一个人到了三十岁可能已经没有能力达到了，出于某种保护需要，开始向周围的人告白：我要开始老了，不成了，你们看，我已经开始有白发了。多项研究表明，远古时代，人的生存寿命大概只有三十岁上下，如果那样的话，白发简直是必需的，只有这样才能心安理得地享受来自年轻一代的供养，进而形成了某种制度，这样每个人都能得到晚辈的供养而没有后顾之忧。想象一下为了生存，海参可以吐掉肠胃，壁虎可以断掉尾巴。人也一样，作为动物性的表现，花了漫长的岁月终于形成的特异性，必须要继承下来的。白发这个今天许多人的烦恼，是祖先们当年花了很大的力气才生出来的本领，为了种群生存下去而拼命完成的。

讲故事的能力可以改变什么？想想曹雪芹做的，明明是个纨绔子弟的贾宝玉，在曹雪芹精心地描绘下，成了某种自有反抗性质，且对爱情有追求，对女孩热切地带着珍惜味道的样子，甚至成了一些人在描写同类人物时的模板。而贾政，俨然成了某种卫道士的代表，僵化没有灵活性，对孩子要求刻板而人性化不够。可如果换个角度，他对工作比较上心，对家族的未来忧心忡忡，对孩子们的教育分类对待，贾宝玉和贾环的资质不同，他的要求差了许多，这简直是现代大力提倡的因材施教，和当代父亲又能差多少呢？瞧，曹雪芹的好恶决定了人物的特质以及在读者心目中呈现的面目。这个权力，只有作家才天然具备，且越是好的写作者，权力的层级越高，影响力越大，范围越广。

原载《黄河文学》2017年第2、3期